লেখক পরিচিতি

মনোরঞ্জন ব্যাপারী এই সময়ের একজন বিতর্কিত লেখক। তাঁর জন্ম পঞ্চাশের মধ্যভাগে তত্‌কালীন পূর্ব পাকিস্থানের বরিশাল জেলায়। তিন বছর বয়সে উদ্বাস্ত হয়ে পরিবারের সঙ্গে এপার বাংলায় চলে আসেন তিনি। ঠাঁই হয় বাঁকুড়া জেলার শিরোমনিপুর ক্যাম্পে। দণ্ডকারণ্যে না যেতে চাওয়ার কারনে সমস্ত সরকারি সাহায্য বন্ধ হয়ে যাবার ফলে ফের একবার স্থানচ্যুত হন তাঁরা। আসতে হয় দক্ষিন ২৪ পরগনার ঘোলা দোলতলা রিফিউজি ক্যাম্পে। সেখানে ৬৯ সাল পর্যন্ত ছিলেন। যেখান থেকে মনোরঞ্জন বাইরের জগতে বের হয়ে পড়েন ১৪ বছর বয়সে। জীবন ধারনের জন্য গরু ছাগল চড়ানো, চায়ের দোকানের গেলাস ধোয়া থেকে শুরু করে মুটে মজুরি রিকশা চালানো এমন নানা ধরনের শ্রমের কাজ করেন। আজও সেই শ্রমের কাজের সঙ্গেই যুক্ত আছেন।

জীবনের এক পর্বে তিনি জড়িয়ে পড়েছিলেন নকশাল আন্দোলনের সঙ্গে। তখন জেল হয় তাঁর। জেলে বসে নিজের উদ্যোগে মাটিতে কাঠির আঁচড়ে শেখেন বাংলা বর্নমালা। ২৬ মাস পরে জেল থেকে ছাড়া পেয়ে কলকাতায় এসে পেটের তাড়নায় আবার রিকশা চালানো শুরু করেন। এই সময় ঘটনাচক্রে মহাশ্বেতা দেবীর সংস্পর্শে এসে সাহিত্য চর্চার শুরু হয়। প্রথম লেখালেখি শুরু করেন মহাশ্বতা দেবী সম্পাদিত পত্রিকা বর্তিকাতে।

এরপর কিছু বছরের জন্য তিনি ছত্তীসগঢ়ে গিয়ে শ্রমিক নেতা শংকর গুহ নিয়োগীর আন্দোলনেও যোগ দেন। তিনি আততায়ীর গুলিতে নিহত হবার পর মনোরঞ্জন আবার কলকাতায় ফিরে আসেন এবং মুক বধিরদের জন্য স্থাপিত হেলেন কেলার বধির বিদ্যালয়ে রাঁধুনি হিসাবে কাজে যোগ দেন। সেই কাজের ফাঁকে ফাঁকে চালিয়ে যেতে থাকেন লেখালেখি।

এ যাবত মোট তেরোখানা উপন্যাস ও শতাধিক গল্প নিয়ে – মোট সতেরখানা বই প্রকাশিত হয়েছে তাঁর। পেয়েছেন পশ্চিমবঙ্গ বাংলা আকাদেমি, ২৪ ঘন্টা অনন্য সম্মান, গেটওয়ে লিটফেস্ট রাইটার অব দ্যা ইয়ার [মুম্বাই], দি হিন্দু এওয়ার্ড [চেন্নাই], রবীন্দ্র স্মৃতি পুরস্কার [ক্যালকাটা ইউনিভার্সিটি] সহ অনেক পুরস্কার।

নতুন জনযুদ্ধ

মনোরঞ্জন ব্যাপারী

eka

First published in Bengali as *Notun Janajudhha* in 2020 by Eka, an imprint of Westland Publications Private Limited

Published in Bengali as *Notun Janajudhha* in 2023 by Eka, an imprint of Westland Books, a division of Nasadiya Technologies Private limited

No. 269/2B, First Floor, 'Irai Arul', Vimalraj Street, Nethaji Nagar, Alapakkam Main Road, Maduravoyal, Chennai 600095

ISBN:978-93-57762-30-4

10 9 8 7 6 5 4 3 2 1

Typeset by *i*cues
Printed at Saurabh Printers Pvt. Ltd. Greater Noida

নতুন
জলযুদ্ধ

১

রাষ্ট্রীয় রাজমার্গ। লম্বা অজগরের মত কালো পিচ ঢালা পথ যেন ধনুকের ছিলার মত টান টান। পশ্চিম থেকে পুর্ব সোজা চলে গেছে এক প্রদেশ ছাড়িয়ে আর এক প্রদেশের বুকের ভিতরে। পথের দুধারে ছোট বড় অসংখ্য পাহাড় আর বহুবিধ বৃক্ষের ঘন জঙ্গল। সময়টা এখন রাত্রির প্রথম প্রহরের শেষ আর দ্বিত্বীয় প্রহর শুরুর সন্ধিক্ষন। এই সময়ে এই পথে দূরগামী দু একটা ট্রাক লরী ছাড়া পায়ে হাটা পথের পথিক কেউ থাকার কথা নয়। এখন জঙ্গল থেকে নিশাচর প্রানীদের শিকার সন্ধানে বের হয়ে প ড়বার সময়। কোন মানুষ তাদের মুখোমুখি হতে চাইবে না।

এই জনহীন অন্ধকার পথে ট্রাক চালিয়ে চলেছে গাড়ির চালক ভীমা আর তাঁর সহযোগী কাল্টু। সাধারনতঃ এই পথ তাদের আরো ঘন্টাখানেক আগে পাড় হয়ে চলে যাবার কথা ছিল। সেই রকম হিসাব করেই জগদ্দলপুর থেকে গাড়ি ছেড়ে ছিল। কিন্ত আসতে আসতে পথে ট্রাকের একটা চাকা লিক হয়ে যাবার জন্য সেটা বদলে নিতে অনেকটা দেরী হয়ে গেছে। এখন তারা চাইছে যত তাড়াতাড়ি সম্ভব জঙ্গলটা পার হয়ে সামনের ঢাবায় গিয়ে রাতের ভোজন সেরে আজকের মত বিশ্রাম নিতে। তাই ভীমা দ্রুত ছোটাচ্ছে ট্রাক। কিন্ত যত জোরে ছোটাবার ইচ্ছা ততো জোরে ছোটাতে পারছে না। এই কিছুক্ষন আগে আচমকা এক পশলা বৃষ্টি হয়ে গেছে। তাই পথ ভেজা আর পেছল। রাস্তার পাশের গাছের পাতা থেকে এখনও ঝরে ঝরে পড়ছে ফোটা ফোটা জমে থাকা জল।

এই ট্রাকটা ট্রান্সপোর্ট কোম্পানিতে ভাড়া খাটে। রায়পুর থেকে আট টন মাল নিয়ে গিয়েছিল জগদ্দলপুর। আবার সাড়ে আট টন মাল নিয়ে ফিরে চলছে রায়পুর। এটাই তাদের নিত্য দিনকার কাজ। একবার এদিক থেকে ওদিক,আর একবার ওদিক থেকে এদিক। গাড়ির মালিক ভীমা আর চালকও সে নিজে।

ভীমা বাঘেল – যার বিশাল দেহের মধ্যে বাঘের মত একটা সাহসী মন আছে। সাহসী তো অনেকেই হয় কিন্ত তাঁর সাহসী মনের মধ্যে নরম কোমল দরদী একটা কোন আছে। অসহায় দরিদ্র দুঃখীর তরে সেই কোনটা আর্দ হয়ে ওঠে।

চলতে চলতে অনেকক্ষন হেল্পার কাল্টুর কোন গলার সাড়া শব্দ না পেয়ে ঘাড় ঘুরিয়ে দেখে ভীমা কাল্টু সিটের পিছনে ঠেস দিয়ে ঘুমিয়ে পড়েছে। নিয়ম

হচ্ছে এই রকম চলাচলের সময় চালকের সহযোগী মোটেই ঘুমাবে না। সে চালককে মাঝে মাঝে খইনি বানিয়ে দেবে, কথাবার্তা বলবে আর চালকের দিকে খেয়াল রাখবে। দূরপাল্লার যাত্রায় এমন হয় – চলতে চলতে স্টীয়ারিং ধরে চালকের চোখে ঘুম এসে যায়। রাজমার্গে এই কারনে অনেক দুর্ঘটনা ঘটে গেছে।সহযোগী- যার ইংরাজি নাম হেল্পার তাঁর কাজ ড্রাইভারকে জাগিয়ে রাখা। কিন্ত এখন সহযোগী নিজেই ঘুমিয়ে পড়েছে।

চোখ বোজা কাল্টুকে দেখে তাকে ডাকে ভীমা- ক্যায়া বে কাল্টু, শো গ্যায়া ক্যা!

ভীমার গলার আওয়াজে চমকে জেগে উঠে বলে কাল্টু- নেহি ওস্তাদ, ঘুমাবো কেন! আমি তো বিলকুল জেগে আছি।

এটাই নিয়ম। কাল্টু কেন-যে কোন চালকের যে কোন সহযোগির চোখ লেগে এলে সে তা মরে গেলেও স্বীকার করবে না। সে যে সত্যি বলছে তা প্রমান করার জন্য আবার বলে কাল্টু- চোখ বুজে আমি একটা কথা চিন্তা করছিলাম।

এটাই যে কাল্টু বলবে সেটা ভীমার আগে থেকে জানা – তাই সে কাল্টুকে জাগিয়ে তোলার জন্য কথা বলে- জেগে আছিস তো তোর নাক ডাকছে কেন!

-কী যে বলো ওস্তাদ! বলে কাল্টু – কোথায় নাক ডাকছে! নাক ডাকলে কী আমি শুনতে পেতাম না!

-এখন ডাকছে না, যখন ঘুমাচ্ছিলি তখন ডাকছিল। বাপরে-! নাকের ডাক তো নয় যেন বাঘের ডাক।

লজ্জিত গলায় বলে কাল্টু- না ওস্তাদ, বিশ্বাস করো একদম ঘুমাইনি। আসলে আমি কিছু ভাবনা চিন্তা করতে থাকলে আমার চোখ আপনা আপনি বুজে আসে।

হেসে উঠে বলে ভীমা- দেখ, ভাবনা চিন্তা করার কাজটা তোর মত মানুষের জন্য নয়।এই সময় তো আরও মোটেই নয়। তুই যদি গভীর ভাবনায় পড়ে যাস তখন কী হবে বলতো? আমিও ভাবনায় পড়ে যাবো। আমারও চোখ বুজে আসবে। আর গাড়ি তখন রোড ছেড়ে জঙ্গলের দিকে দৌড় মারবে। তখন কী হবে? তুই আর আমি দৌড় মারবো সোজা উপরের দিকে।

ভয়ে কেঁপে বাবা 'হাই রোডেশ্বর'কে স্মরন করে বলে কাল্টু- অলক্ষুনে কথা বলোনা ওস্তাদ।জয় বাবা হাই রোডেশ্বর ভালোয়-ভালোয় পথটা পার করে দাও বাবা তোমার মন্দিরে গিয়েই ডবল নারকেল ফাটাবো।

এই জঙ্গল পথের শেষে বাবা হাই রোডেশ্বরের মন্দির আছে। সব গাড়ির ড্রাইভার সেখানে গাড়ি থামিয়ে ধুপ আগরবাত্তি জ্বালিয়ে পুজা দিয়ে যায়। হাইরোডেশ্বর নাকি শিবের আর এক নাম। এটা কোন বেদ পুরানে লেখা নেই। ওই মন্দিরের পুজারি শিবের এই নতুন নাম ধার্য করেছে।

কিছু পথ গাড়ি চলার পর আবার সহযোগীকে ডাকে ভীমা- কাল্টু।

এবার সাথে সাথে সাড়া দেয় কাল্টু- বলো ওস্তাদ!

-তুই মরতে ভয় পাস?

-পাই ওস্তাদ। একটু থেমে আবার বলে সে -এখনই মরে যাবো! কত বা বয়স আমার? এই তো সবে তেইশ পার হয়ে চব্বিশে পড়লাম।দুনিয়ার কী বা দেখলাম কী বা খেলাম। না ওস্তাদ আমি এখনই মরতে চাই না।

বলে ভীমা- তাহলে তুই গাড়ির লাইন ছেড়ে দে। অন্য কোন কাজকর্ম খুঁজে নে। যারা জীবনের মায়া করে তাদের জন্য এই লাইন নয়।গাড়ি নিয়ে রাস্তায় বের হলে পথে পথে ওত পেতে আছে মরন। চোর ডাকাতে ধরতে পারে। চোর হলে কোন মতে জানে বেঁচে যাবি কিন্তু ডাকাত হলে সোজা বুকে গুলি চালিয়ে দেবে। তা যদি নাও হয় কোন গাড়ী এসে তোকে ঠুকে দিতে পারে। তুই ঠুকে দিতে পারিস কাউকে। মোট কথা কোন দিক থেকে মরন তোর উপর হামলা করে দেবে কিছুই টের পাবি না। স্টিয়ারিং ধরে গাড়ির সিটে বসলি – তোর জান আর তোর নেই, যম যদি দয়া করে রাখে তবেই বেঁচে থাকবি।

কাঁপা কাঁপা গলায় বলে কাল্টু- বেকার ভয় ধরাচ্ছো কেন ওস্তাদ!

-ভয় ধরচ্ছি না রে পাগল, তোকে বলছি। যা হতে পারে আগে ভাগে জানিয়ে সাবধান করছি।

-তা এত যখন ভয়ের ব্যাপার তুমি আছো কেন গাড়ির লাইনে? তোমার মরার ভয় নেই?

-দেখ যদি বলি ভয় নেই তো তা মিথ্যা বলা হবে।একটা পোকা সেও মরতে ভয় পায়। ভয় আমিও পাই।গাড়ির লাইনে আছি নেহাত দায়ে পড়ে। না থেকে কি করবো বল!তাহলে গাড়িটাকে দাঁড় করিয়ে দিতে হবে রাস্তার ধারে। রোদে বৃষ্টিতে মরচে ধরে যাবে।

-তা কেন! কোন ড্রাইভারকে দিয়ে দেবে চালাতে।

গাড়িটার নাম মাতা দন্তেশ্বরী। ভীমার দেওয়া নাম। দন্তেশ্বরী জগদ্দলপুরের এক বিখ্যাত দেবী। তাই বলে ভীমা- সে কী 'মাতা দন্তেশ্বরী'কে আমার মত আদর

যত্ন দেবে? মায়া মমতা করে চালাবে? কোনদিন দেবে না। কোন ড্রাইভার তা করে না। আমার এই মাতা দন্তেশ্বরী আমাকে সারা জীবন খাইয়ে পড়িয়ে বাঁচিয়েছে।এর কোন অযত্ন হোক তা আমার প্রানে সইবে না। তাহলে তো কবেই বেচে দিতাম। কত নতুন নতুন মডেলের গাড়ি এসেছে। টাটা এস- একটা সেই নতুন মডেলের ট্রাক নিয়ে নিতাম।

বলে কাল্টু- আমাদের ট্রাক আচ্ছা আচ্ছা নতুন ট্রাককে ফেল করে দেখে।

-সেটা তো আর এমনি এমনি হয়নি। মাসে মাসে এর পিছনে কত খরচ করি!

-তুমি নিজের গাড়ি নিজে চালাও তাই এত খরচ করো। মালিকের গাড়ি হলে করতো না। সে তার লাভের দিক দেখতো।

রাস্তার চারদিকে ঘন জঙ্গল। মাঝে মাঝে এখানে রাস্তার উপর বাঘ ভালুক হাতির পাল এসে দাঁড়িয়ে পড়ে। ওরা কাউকে ভয় পায়না। ভীমা আর কাল্টু মনে প্রানে চাইছে দ্রুত এই জঙ্গল পথটা পেরিয়ে সামনের ঢাবায় পৌছে যেতে। ওখানে পেট্রোল পাম্প আছে। টায়ার সারাইয়ের দোকান আছে। আর ঢাবায় আছে গরম তড়কা রুটি টক দই। মদও পাওয়া যায় ঢাবায়। সব গাড়ির ড্রাইভার খায়। কিন্ত ভীমা খাটি ছত্তিশগড়ি মানুষ হয়েও মদ ছোয় না। রাতের আহারের পর হয় এক গেলাস গরম দুধ আর নাহয় খানিকটা টক দই।

বেশ কিছুক্ষন গাড়ি চলবার পর হঠাৎ যেন আতংক মাখা গলায় ডেকে ওঠে কাল্টু- ওস্তাদ!

-বোল, সাড়া দেয় ভীমা, ক্যা হুয়া!

-সামনে তাকাও।

-সামনেই তো তাকিয়ে আছি।

-কিছু দেখতে পাচ্ছো! দেখো কে যেন রাস্তার পাশে দাঁড়িয়ে আছে।

চোখ মেলে দেখতে পায় ভীমা – কাল্টু যা বলছে তাই, কে যেন দাঁড়িয়ে রয়েছে। বলে সে- হ্যাঁরে তাই তো! তাঁর গলায় বিস্ময় ঝরে- হ্যাঁরে কাল্টু, আগে পিছে দশ বিশ মাইলের মধ্যে কোন জন বসতি নেই,চারদিকে ঘন জঙ্গল আর পাহাড়। এখানে এত রাতে মানুষ এল কোথা থেকে!

-খালি মানুষ না ওস্তাদ, মেয়ে মানুষ।

-কাষ্টমার ধরা মেয়ে নাতো!

-তাহলে সে জঙ্গলের মধ্যে কেন থাকবে? কোন ঢাবা ফাবার কাছে যাবে না!

-তাও ঠিক।

-কোন বিপদে পড়েছে মনেহয়।

-হতে পারে।

কেন কে জানে ভীমার পা ব্রেকের উপর চলে যায়। ধীরে ধীরে গাড়ির গতি কমে আসে। ভালো করে দেখে বলে কাল্টু- মেয়েছেলেটার কোলে আবার একটা বাচ্চা আছে বলে মনে হচ্ছে।

-হ্যাঁ নিশ্চয় কোন আপদ বিপদে পড়েছে। না হলে এত রাতে একলা...।

-আমার মন বলছে কেউ একে এখানে গাড়ি থেকে নামিয়ে দিয়ে চলে গেছে।

-জিজ্ঞাসা কর তো কী হয়েছে। কেন এখানে এভাবে দাঁড়িয়ে আছে। কথা শেষ করে ভীমা গাড়ি থামিয়ে দেয় পথের পাশে দাঁড়ানো মহিলার সামনে। কাল্টু মুখ বাড়িয়ে জিজ্ঞাসা করে- কোথায় যাবে? এই যে শুনতে পাচ্ছো, তোমাকে বলছি- কাহা যানা হ্যাঁয়?

মহিলা ছত্তিশগড়ের ভুমিকন্যা। এখন তাঁর বেশবাস আলুথালু- বিদ্ধস্ত। চোখের কোনে চিক চিক করছে জল। কোলে তিন চার বছরের ঘুমন্ত বাচ্চা।কাল্টুর প্রশ্নের জবাবে বিড়বিড় করে বলে মহিলা- কোথায় যাবো! কোথায় যে যাবো! ভাগ্য আমাকে যেদিকে নিয়ে যায় সেদিকেই যেতে হবে।

বলে কাল্টু- এই ভাবে একটা বাচ্চা নিয়ে হেটে চলছো! সামনে জঙ্গল আরো ঘন। বাঘ ভালুক থাকতে পারে। বিপদ হলে তখন কী করবে?

মহিলার নাম দুর্গা। সে এক মোটামুটি সম্পন্ন পরিবারের গৃহবধু। পোশাক আসাকে সেই পরিচয় বহন করছে। যেন বিড় বিড় করে বলে সে- বাঘ ভালুক মানুষের চেয়ে মারত্মক নয়।

বলে কাল্টু- আমরা মানুষ তবে মারাত্মক নই। আমাদের উপর ভরসা করলে গাড়িতে উঠতে পারো। যেখানে যেতে চাও, নামিয়ে দিয়ে চলে যাবো।

নিঃস্ব গলায় বলে দুর্গা- আমার কাছে ভাড়া নেই ভাইয়া।

রায়পুর থেকে শুরু হয়ে যে পথ জগদ্দলপুর গিয়ে শেষ এই পথের দু ধারে ঘন বন, আর বন সাফ করে মাঝে মাঝে গড়ে উঠেছে কিছু কিছু পাতলা পাতলা জন বসতি। দেশের অন্যান্য অঞ্চলের তুলনায় জনসংখ্যা এখানে খুবই কম। ফলে এই পথে জন পরিবহনের জন্য বাস চলাচলও করে খুব কম। ঘন্টা দু ঘন্টা পরে পরে দূর পাল্লার বাস এক আধটা যাওয়া আসা করে। ফলে এখানকার মানুষ যাদের দূরে কোথাও যাবার দরকার পড়ে তারা বাসের জন্য অপেক্ষা করে না। সামনে ট্রাক জিপ যা পায় তাতেই চেপে বসে। আর তারা নিয়েও যায়। বাসে ভাড়া এখানে

অনেক বেশি। উঠলেই কমপক্ষে দশ টাকা। অন্যান্য গাড়ির চালকরা সেই বাসের ভাড়াটাই নেয়। বেশি দাবী করেনা। ভীমার গাড়ির ড্রাইভার সিটের পিছনে হেল্পারকে বাদ দিয়ে আরামসে পাচজন বসা যায়। একটু চেপে চুপে ছয়জন-। দিনে সওয়ারি পেলে বসিয়ে নেয় ভীমা। রাতে এখানে কাল্টু শুয়ে ঘুমায়।উপরের তাকে ঘুমায় ভীমা নিজে।

এখন মুখ বাড়িয়ে বলে ভীমা- ভাড়া দিতে হবে না উঠে এসো। তোমার বাচ্চাটা তো একেবারে ভিজে চুপচুপে হয়ে রয়েছে।

খানিক আগে একপশলা বিষ্টি হয়ে গেছে। মহিলার কাছে ছাতা নেই। তাই তাকে ভিজে যেতে হয়েছে। মহিলা কোন দ্বিরুক্তি না করে কাল্টুর দিক থেকে ট্রাকের উপর উঠে আসে। তাকে উঠতে সাহায্য করে কাল্টু। তখন কাল্টুকে বলে ভীমা -দেখতো আমাদের কম্বল চাদর কী আছে। যা হয় কিছু দে তো। বাচ্চাটাকে জড়িয়ে নিক।

গাড়ি চলতে শুরু করতেই ভীমাকে জিজ্ঞাসা করে দুর্গা- তোমরা কোথায় যাবে ভাইয়া?

-আমরা যাবো রায়পুর।তুমি কোথায় যাবে?

-আমাকে তোমরা একটু রায়পুর নিয়ে যাবে?

দুর্গার কথায় অবাক হয়ে তাঁর দিকে তাকায় ভীমা। তারপর তাঁর গলা থেকে যেন প্রবল বিস্ময় ঝরে পড়ে -আচ্ছা দিদি, তুমি তো হেটে হেটে যাচ্ছিলে। তা তুমি কী হেটেই রায়পুরে যেতে চাচ্ছিলে নাকি!

অসহায় গলায় বলে দুর্গা- এ ছাড়া আমার আর যে কোন উপায় নেই ভাই।

-রায়পুর এখান থেকে কত দূর তা জানো? গেছো কোনদিন? আড়াই শো মাইল।পাগল ছাড়া আর কেউ হেটে যাবার কল্পনা করে না। তা- সেখানে কে থাকে তোমার? কার কাছে যাবে?

গভীর যন্ত্রনাবিদ্ধ গলায় বলে দুর্গা- কেউ থাকে না ভাই।আমি কারও কাছে যাবো না।

-তাহলে যাচ্ছো কেন!

-এমনি যাচ্ছি, না গিয়ে আর কোন উপায় নেই তাই যেতে বাধ্য হচ্ছি।

-এমনি যাচ্ছো! তোমার কথা তো কিছু বুঝতে পারছি না। এত দূর শহরে কেউ এমনি যায় নাকি!তা রায়পুর শহর তো অনেক বড় জায়গা, কোথায় নামাবো তোমাকে?

যেন কান্না ঝরে পরে দুর্গার গলা থেকে, শহরের যেখানে হোক আমাকে নামিয়ে দিয়ো ভাই৷ তাহলেই অনেক বড় উপকার হবে৷ মনে মনে ভাবে দুর্গা – শহরে প্রচুর লোকজন, খুব ভিড়৷ সেই ভিড়ের মধ্যে আমার এখন লুকিয়ে পড়তে হবে৷অনেক অনেকদিন লুকিয়ে থাকতে হবে৷

দুর্গার কথা শুনে খানিক বিরক্ত খানিক বিস্মিত গলায় বলে ভীমা- তার মানে শহরে যাবার মত তোমার কোন ঠিক ঠিকানা নেই?

মাথা নাড়ায় দুর্গা- না ভাই৷পৃথিবীর কোথাও আমার আর কোন ঠিকানা নেই৷ এই ঝড় বাদলের মধ্যে একটা বাস করার মত ঠিকানা খুঁজতেই আমি পথে বের হয়েছি৷

কাল্টু ভীমার কানের কাছে মুখ নিয়ে ফিস ফিস করে বলে- ওস্তাদ মামলা গড়বড় হ্যাঁয়৷ একে তো মেয়েছেলে তাঁর উপর কোলে বাচ্চা৷ অন্ধকার রাতে কোথায় যাবে কোন ঠিকানা নেই৷ ব্যাপার কি বুঝেছো!

কাল্টুর কথার অন্তর্নিহিত অর্থ বুঝতে পেরে বলে ভীমা- এই যে দিদি কিছু মনে করো না৷ আমরা গাড়ির লাইনের লোক তো!পুলিস ফুলিসকে খুব চমকাই৷ কিছু না করেও মাসে একটা দুটো কেস খেয়ে যাই৷ সামনের চার চারটে চেকিং নাকায় পুলিস গাড়ি চেক করবে, দেখবে বেআইনি কিছু নিয়ে যাচ্ছি কিনা৷ তখন যদি তোমাকে দেখে তাদের কোন সন্দেহ হয় – তোমার কি হবে না হবে আমি জানিনা কিন্ত নির্ঘাত আমরা ফেঁসে যাবো৷ ফালতু উটকো ঝামেলায় ফেঁসে যেতে চাইনা৷ তুমি কে আর কোথায় যাবে কেন যাবে সব কিছু না জেনে না বুঝে তোমাকে নিয়ে যেতে পারবো না৷ তুমি অন্য গাড়িতে যাও-। বলে গাড়ির ব্রেকে পা তুলে দেয় ভীমা৷ গাড়ি দাঁড়িয়ে পড়ে৷

ভীমা থামার সাথে সাথে নিজের জায়গা থেকে নিচে নেমে দুর্গাকে নামার পথ করে দিয়ে বলে কাল্টু- নামো, আমাদের ছেড়ে দাও৷ এমনিতে দেরি হয়ে গেছে সামনে এখনও অনেক পথ৷ জলদি উতারো৷

দুর্গা এক বিপন্ন মহিলা৷ সারাদিন সে তাঁর সন্তান কোলে করে জঙ্গলের পথে একা একা যথেষ্ট ঝুঁকি নিয়ে এত পথ হেটে এসেছে৷এই ভাবে সে এতটুকু পথ পার হতে পেরেছে৷ তাকে বাঁচতে হবে, সন্তানকে বাঁচাতে হবে৷ তাই সে চেনা জানা শত্রু ভুমি থেকে অনেক দূরের কোন নিরাপদ জায়গায় যেতে চায়৷সময়টা বড় অনাত্মীয়৷ সময়টা বড় ভয় ধরানো৷ মানুষ ভয়ের সামনে হাটু গেড়ে নত হয়ে বসে পড়েছে৷সবাই জানে তার উপর কত বড় অন্যায় হয়েছে, সবার চোখের

সামনে ঘটেছে সব কিছু। তবু এই রকম সময়ে কেউ তাকে সাহায্য করতে এগিয়ে আসেনি না। ভীত মানুষ কেউ তাকে কোন সাহায্য করে নিজের বিপদ ডেকে আনতে চায়নি না। এখন যা করার তা তার একারই করতে হবে। একার চেষ্টায় তাকে অনেক পথ পার হয়ে পৌছাতে হবে সঠিক ঠিকানায়। অনেক আঘাতে হোঁচটে ক্ষত বিক্ষত রক্তাক্ত হতে হবে। অনেক লাঞ্চনা গঞ্জনা অপমান সইতে হবে। আজ ভাগ্য তাকে ঠেলে দিয়েছে সেই অগ্নিকুন্ডের মাঝখানে। কাল পর্যন্ত তার ছিল সুখি সুন্দর একটা জীবন।অনেক ধন সম্পদ না থাকুক গোলায় ধান গোয়ালে গরু ছিল। দুবেলা আহারের নিশ্চিন্ত আশ্বাস ছিল। মাথা গোঁজার একটা ঠাঁই ছিল। স্বামী ছিল দুটো সন্তান ছিল। কোথা থেকে একটা প্রবল ঝড় এল আর সব স্বপ্ন আশা ভবিষ্যৎকে তছনছ করে দিয়ে চলে গেল। সব হারিয়ে আজ সে নিঃস্ব-পথের ভিখারী। চোখের সামনে থেকে সব আলো নিভে গেছে, আছে শুধু অনন্ত অন্ধকার। তবু তাকে যে ভাবে হোক সন্তানকে বাঁচাতে হবে, বড় করে তুলতে হবে।

যখন সে ভেবেছিল কারও কোন সহযোগিতা পাবে না সবাই মুখ ফিরিয়ে নেবে, হঠাৎ করেই পেয়ে গেছে পথের মাঝে এই দুজন অচেনা মানুষকে। যাদের যথেষ্ট দয়ালু পরপকারী বলেই মনে হচ্ছে। এখন অন্ধের যষ্টির মত আঁকড়ে ধরতে চায় সেই অবলম্বনটুকু। যেমন ভাবে ডুবন্ত মানুষ হাতের কাছে যা পায় তাকে আঁকড়ে ধরে বাঁচতে চায়, দুর্গা আঁকড়ে ধরে এদের। কাতর গলায় ডেকে ওঠে-ভাইয়া, আমাকে বাঁচাও ভাইয়া। তোমরা আমাকে একটু দূরের কোন নিরাপদ জায়গায় নিয়ে গিয়ে নামিয়ে দাও। এখানে নামিয়ে দিলে আমি আমার এই সন্তানকে কিছুতে বাঁচাতে পারবো না।একজন তো মরে গেছে এও যাবে ভাইয়া।

বলে ভীমা- নিয়ে যাবো না তা তো বলছি না। কিন্ত কেন শহরে যাবে সেটা আমরা না জানলে নিয়ে যেতে পারবো না।

-তোমরা সে কথা শুনতে পারবে না।যা আমার উপর অন্যায় অত্যাচার হয়েছে শুনলে তোমাদের বুক ভেঙ্গে যাবে।

-আমরা গাড়ির লাইনের লোক। আমাদের মন বড় কঠোর। সহজে সেখানে দাগ বসে না – সারাদেশ ঘুরে বেড়াই। রাতদিন কত কি দেখি। ওতে আমাদের কিছু হয়না।

ব্যাঙ্গের স্বরে বলে কাল্টু- বলো তোমার কী বলার আছে।সত্যি বললেও বুঝে ফেলবো, বানিয়ে বললেও ধরে ফেলবো।

-তাহলে আমার কথা শুনবে?

-শুনতেই তো চাইলাম।

-বেশ তাহলে শোন।

২

...যা যা তাঁর জীবনে ঘটেছে তা বলার জন্য প্রস্তুত হতেই দুর্গার চোখের সামনে ভেসে ওঠে শহর ছাড়িয়ে অনেক দূরে- এক প্রত্যন্ত অঞ্চলের প্রবেশদ্বারের দাঁড়িয়ে থাকা বিরাট প্রসাদোপম এক অট্টালিকা। সদর দরজায় পাহারা দিচ্ছে বল্লমধারী ফেট্টি চোপকান পরিহিত কয়েকজন পাহারাদার।তাদের চোখে মুখে এমন ভাবভঙ্গি যেন অনধিকারে কেউ প্রবেশ করতে চাইলে তাকে দরকার মনে করলে পেটে বল্লম ফুড়ে দেবে। একটা দামী গাড়ি শহরের পথ ধরে দ্রুত এসে সেই সদর দরজার সামনে দাড়ায়। পাহারাদাররা লোহার ভারী পাল্লা খুলে দিলে সেই গাড়িখানা ফটক পেরিয়ে ভিতরে ঢুকে যায়। গাড়ির মধ্যে বসে আছে কোট প্যান্ট টাই পরিহিত মুলুকচাঁদ কেডিয়া। গোটা জেলায় তাঁর পরিচিতি একজন মদ্য ব্যাবসায়ী হিসাবে। অট্টালিকার প্রবেশ দ্বারের সামনে গাড়িখানা দাঁড়ালে অট্টালিকার মালিক অঞ্চলের জমিদার মহিন্দর চৌধুরি নিজে এগিয়ে এসে মুলুকচাঁদের দিকে হাত বাড়িয়ে দিয়ে বলে ওঠেন- আসুন আসুন মিষ্টার কেডিয়া। আমার গরীবখানায় আপনাকে স্বাগত।

গরীবখানা – এটা একটা কথার কথা। এভাবে বিনয় করে বলাটা আঞ্চলিক সংস্কৃতির অঙ্গ। গাড়ি থেকে নেমে নিজের ডান হাতটা মুকুলচাঁদ জমিদার মহিন্দর চৌধুরির দিকে এগিয়ে দিয়ে হেসে হেসে বলেন- হাপনাকে আমার আন্তরিক ধইন্যবাদ আছে। তো হামার পরস্তাব সম্বন্ধে হাপনার কী অভিমত রাখলেন?

-দরজা থেকেই সব কথা সেরে নেবেন! আগে ভিতরে আসুন বিশ্রাম নিন। কথা তো হতেই থাকবে। বলে মহিন্দর চৌধুরি।

মুলুকচাঁদের বয়স পঞ্চাশের কাছাকাছি।স্বাস্থ্যবান,ফরসা আর গালে ফ্রেঞ্চকাট দাড়ি।গলার মোটা সোনার মালা, মালায় ঝুলছে গনেশের মুর্তি, মাথায় চকচকে টাক। চোখে রোদ চশমা। বলে সে- দেখেন হামি কামের মানুষ। হামি কথা কম আউর কাম বেশি ভালোবাসি। কামের কথা সবার আগে বাকি কথা তার পরে।

আগে আগে হেটে মুলুকচাঁদকে বসার ঘরের দিকে এগিয়ে নিয়ে যেতে যেতে বলে মহিন্দর চৌধুরি- আমিও তাই। তবে ব্যাপারটা একটু বিশেষ ভাবে বুঝে নিতে চাই। বলে না, ভাবিয়া করিও কাজ, করিয়া ভাবিও না।কাজে একবার নেমে

পড়লে তখন তো আর ভাবাভাবির সুযোগ থাকবে না। আর তখন ভেবেও কোন লাভ হবে না। তাই কাজে নামার আগে আমার কিছু জানবার আছে।

-সেই লেগে তো হামি খুদ নিজে আসলাম। হাপনার সব কথার জবাব হামার আছে।

আজ যে শহর থেকে শহরের বিশিষ্ট শিল্পপতি এই এত দূর অজগাঁয়ে আসছেন সে খবর অনেক আগে জানানো হয়েছিল। তাই চৌধুরি ভবনে সম্মানীয় অতিথির জন্য খানাপিনার সব ব্যবস্থা সুচারু রূপে প্রস্তুত রাখা আছে।ভবনের চাকর বাকর কর্মচারী অপেক্ষমাণ। মহিন্দর চৌধুরির আদেশ পাওয়া মাত্র তারা সেবার উপকরন নিয়ে ছুটে আসবে। এখন বসার সুসজ্জিত ঘরে একটা গদি চেয়ারে নিজে বসে অপরটায় মুলুকচাঁদ কেডিয়াকে বসিয়ে বলে মহিন্দর চৌধুরি- আমার খুব জানবার ইচ্ছা, এই জেলায় আপনার বড় বড় তেরখানা ডিস্টিলারি আছে। বলতে গেলে গোটা প্রদেশে আপনার কারখানায় তৈরি মাল সাপ্লাই যায়। তারপরেও এমন একটা নতুন জায়গায় আবার আর একটা কারখানা বানাবার জন্য এত উঠে পড়ে লাগলেন কেন?

বলে মুলুকচাঁদ- ইটা তো একদম সহজ বাৎ। মক্ষি কোথায় গিয়ে বসে? যিখানে মিঠা পায়। ইখানে কারখানাকে লিয়ে কাচ্চামাল সস্তামে মিলবে। মজদুর ভি পাওয়া যাবে সস্তামে-। আউর প্রদূষন- ওকে কী বলে-! পরিবেশ দূষন, ওই লিয়ে আজকাল শহরমে বহুত হল্লা চিল্লা হচ্ছে। ইখানে সিটা ভি হোবে না।আউর লেবার কানুন মানবানেকে লিয়ে ইখানে কোনো ইউনানবাজি- সে ভি হবে না। শহরমে আজকাল পার্টি ফার্টির বহুত দাবাব। শ্রমকানুন লাগু করো, মজদুরকে তংখা বাড়াও। কারখানা স্থায়ী তো মজদুরকো পার্মানেন্ট করো। আগে ইসব ফ্যাঁকড়া ছিলোনা। বহুত মস্তিতে বেওসা করেছি।শহরমে আজকাল এইসোব বহুত ঝঞ্ঝাট। এই কারখানা চালু করতে পারলে ধীরে ধীরে ভিলাইয়ের কারখানাটা বন্ধ করে দিবো। ওখানে ইউনান বাজী হচ্ছে অনেক বেশি। লাল পার্টি হামাদের জিনা হারাম করে দিচ্ছে।

একটুক্ষন ভেবে বলে মহিন্দর চৌধুরি- সব তো বুঝলাম, কিন্তু কারখানাটা বসাবেন কোথায়? তেমন কোন জায়গা...।

মহিন্দর চৌধুরির কথা শেষ হবার আগেই বলে মুলুকচাঁদ- হামি বিজনেস ম্যান। সব খবর আগে না নিয়ে আগে কদম বাড়াই না। এই দিক থেকে ডাকাতে আর বিজনেস ম্যানে মিল আছে। রেকি মানে বুঝেন? আগেভাগে ঘুরে ঘুরে

চারদিক সব দেখে তারপর একশান। হামি হামার আত্মীয় কৈলাস সাহু- আপনি তাকে নাও চিনতে পারেন – বক্সাইড খাদান ঠিকা নিয়েছে – তাঁর ওখানে যাবার সোময় জায়গাটা দেখে গেছি। আর পরে খোঁজ নিয়েছি ইটার মালিক কে। তবেই তো আপনার কাছে পরস্তাব পাঠালাম।

-জায়গাটা কোথায় বলুন তো!

-এই রাস্তা ধরে কুছু আগে গেলেন। বাঁদিকে বেকলেন। ওখানে একটা বস্তি মছুয়ারা থাকে, ওর কী নাম?

-ওই তো জেলেপাড়া বলে সবাই জানে।

-হ্যাঁ ওই জেলেপাড়া।সামনে হাই রোড, পিছনমে বহতা নদী।বহুত বড়িয়া ইস্থান। হামি যো কারখানা বানাবে – পানীকা বহুত দরকার। হেসে উঠে কথা শেষ করে মুলুকচাঁদ- শরাবকা মতলব তো পানী। পানীমেই পইসা। নদীমে পানী মিলবে একদম মুফৎ। আউর হাই রোড সে মাল সাপ্লাই যাবে বড়া বড়া শহরে।

-বুঝলাম। বলে মহিন্দর চৌধুরি – তা এখন এই মহান কাজে আমার কি কী সাহায্য আশা করেন?

-প্রথম তো আপনি আর হামি একটা এগ্রিমেন্ট করতে হবে। জমিন আপনার কারখানা হামার। পুঁজি হামি লাগাবে। দুজন হাফ হাফ পার্টনার।

-তাহলে বস্তিটার কী হবে?-বস্তিটা কী ওখান থিকে তুলে দিতে হবে।

-একদম সহি বাৎ সোঁচলেন।যত তাড়াতাড়ি পারেন জায়গা সাফ করে দেন। বাদবাকি কাম হামার উপর ছেড়ে দেন। লাইসেন্স বাইসেন্স পারমিশন ফারমিশন সোব হামি দেখে লিবে। রাজধানীমে হামার খাঁস আদমি মজুদ আছে। সালকা কাম মাহিনামে করে দেয়।

কিছু চিন্তিত গলায় বলে মহিন্দর চৌধুরি- আপনি বললেন আমিও শুনলাম। কিন্ত জেলে পাড়াটার কী করি!

তাকে স্বান্তনা দেবার মত বলে মুলুকচাঁদ- পুরা ইলাকার মালিক আপনি, হাজার একর জমিন হাপনার। ওদের তুলে অন্য কোথাও শিফট করিয়ে দিন।পচাশ কী ষাট পরিবারের পচাশ শ’ বিঘা জমিন লাগবে।

-ওরা কী এতদিনের বাসস্থান ছেড়ে যেতে রাজী হবে!

-হবে তো হবে। না হলে একটু জোর জবর দস্তি করা লাগবে।একটু থেমে আবার বলে মুলুকচাঁদ- দেখেন কোই ভি বড়া কাম করতে গেলে কিছু ছোট খাটো হাঙ্গামা হুজ্জুত করাই লাগে। না হলে কামটা হয় না। আপনি যদি আমলেট

খেতে চান তো আণ্ডা ফোড়াই লাগবে। আণ্ডা না ফুঁড়লে অমলেট পাবেন না। ওই ক'ঘর মছুয়ার জন্য এত বড় একটা পরিকল্পনা বাতিল হয়ে গেলে আমার তো খুব খারাপ লাগবে, আপনারও তাতে লোকসান। তাই না? -হামার কাছে খবর আছে কুছদিন বাদ এই প্রদেশের জমিদারি প্রথা বিলকুল খতম হয়ে যাবে। সরকার সব জমিন খাঁস বানিয়ে নিবে। কানুন তো বহুত আগে বানবানো হয়েছিল- সেই ইন্দিরা জমানায়। কিন্তু তাকে শক্তসে লাগু করা হয় নাই। ইবার সিটা হবে। আপনি খবর নিলে জানতে পারবেন গাও গিরামের যত্ত জমিনদার সামন্ত সব ধীরে ধীরে জমিন জায়দাদ বিক্রি করে শহরে গিয়ে অন্য রকম বেওসা বিজিনেস শুরু করে দিচ্ছে। সামন্তবাদ খতম হয়ে এখন সারা দেশে শিল্পের প্রসার হচ্ছে। আপনাকেও সময়ের সাথে তাল মিলিয়ে চলতে হবে। না হলে কোনদিন দেখবেন হাতে যা ছিল সেও গেল, পাতে যা ছিল তাও থাকল না।তাই যত তাড়াতাড়ি পারেন অন্য বেওসার দিকে নজর দেওয়া আপনার পক্ষে উচিৎ-।

মাথা ঝাঁকিয়ে বলে মহিন্দর-কথাটা আপনি ঠিক বলেছেন। আর আজকাল জমিন জায়দাদে আগের মত মুনাফা নেই।

-তাহলে কী করবেন?

-আর কী করার! বস্তিটা তুলে দিতে হবে।

-বহুত খুব।

-তাহলে কী আমি এখন যেতে পারি?

-সেকি! যাবেন মানে!এত বড় একটা সিদ্ধান্ত হয়ে গেল এবার একটু পান ভোজন হোক।আপনার জন্য সব আয়োজন করে রাখা হয়েছে।রাত দশটার আগে আপনাকে ছেড়ে দেব। দু ঘন্টায় শহরে পৌছে যাবেন।

-আয়োজন! কী আয়োজন?

-অপেক্ষা করুন একটু দেখতে পাবেন। নাচ হবে গান হবে। আমাদের এখানে কত ভালোভালো নৃত্য শিল্পী আছে জানেন! আপনাদের শহরের ওই কী বলে – নাইট ক্লাব, বার – সব এদের গানের গলা পায়ের ছন্দের সামনে কাত হয়ে যাবে।

রাত এখন আটটার কাছাকাছি। তবে এটা শহরের রাত নয়, এটা ছত্তিশগড়ের বন্যরাজ্যের রাত আটটা। যেখানে এখনও বিদ্যুতের খুটি পোতা হয়নি।অঞ্চলের বুক চিরে একটা ন্যাশন্যাল হাইওয়ে চলে না গেলে এখানে আধুনিক সভ্যতার বিকিরন তেমন একটা অনুপ্রবেশ করতে পারেনি। এই বন রাজ্যের একছত্র অধীশ্বর মহিন্দর চৌধুরি। তাঁর কথাই এখানকার শেষ কথা। আইন

আদালত সব কিছু। আসে, মাঝে মাঝে যে আইন বাবুরা আইন শৃঙ্খলার খোঁজ খবর নিতে না আসে তেমন নয় তবে তারা অধিক পরিশ্রম করার চাইতে চৌধুরি ভিলার বাসিন্দাদের কাছে জিজ্ঞাসা করেই সব খবর পেয়ে যায়।-ক্যা বাবু সাব সব ঠিক হ্যাঁয় না?

-সব ঠিক হ্যাঁয়।

-কোই ভি গড়বড় হো তো থানেমে খবর ভিজবা দিজে গা।হাম তুরন্ত আ যায়েঙ্গে।

-ইহা কোন গড়বড় করেগা-!

-নেহি – ফিরিভি...।

-কোই গড়বড় হো তো জরুর খবর ভেজ দুঙ্গা।

নাহঃ কোন গড়বড় হয় না। অঞ্চলের সব গড়বড় মহিন্দর সামলে নেন।তিনি থাকতে কার ক্ষমতা গড়বড় করবে। যে তেমন করার সাহস দেখাবে মহিন্দরের লোক তাকে ধরে মাটির তলে পুতে দেবে। কাক পক্ষী টের পাবে না। সেই যেবার অন্ধ্রপ্রদেশে ব্যাপক 'লালপিঁপড়ে' নিধন কর্মসুচি চালানো হয়, কিছু পিঁপড়ে প্রানের ভয়ে নদী পাহাড় জঙ্গল পার হয়ে পালিয়ে এই অঞ্চলে এসে পড়েছিল।তাতে অবশ্য কোন অসুবিধার কিছু ছিলোনা। বহু মানুষ এখানে বাস করে ওরা যদি শান্ত ভদ্র হয়ে থেকে যেত সমস্যা হোতো না।কিন্ত তাদের যা স্বভাব দু চার মাস আত্মগোপন করে থাকার পর স্ব ভুমিকায় আত্মপ্রকাশ করতে আরম্ভ করে দিল।ক্ষেতমজুররা সরকার নির্ধারিত মজুরি পায় কি পায়না তা নিয়ে মানুষকে খেপাতে শুরু করে দিল। তখনই তাদের আসল পরিচয় প্রকাশ হল। জানা গেল এরা সব পলাতক 'লাল পিঁপড়ে'। ওরা বোকা তাই জানতো না সরকার আছে সরকারের জায়গা – দিল্লী ভুপালে। সেখানে তাদের আইন নীতি নিয়ম চলে। এখানে তাঁর কী? এখানে সেই আইন চলে যা বহুকাল ধরে চলে আসছে। যে আইন বানানো হয় চৌধুরি ভিলা থেকে।তাই সেই চারজন লাল পিঁপড়ে একরাতে এক জনের বাড়িতে রাতের খাবার খেয়ে শুয়ে পড়েছিল। যখন তাদের চৌধুরি বাবুর লোক গিয়ে ঘিরে নিল তখনও তাদের ঘুম ভাঙ্গেনি। খাবারে কোন মাদক ছিল কীনা সেটা জানবার আগেই তারা আরো বড় ঘুমে চলে গেল। থানার অফিসার ছিল তখন জগদীশ মিশ্র নামে একজন। তাকে খবর পাঠায় মহিন্দর চৌধুরি – ইন সবকো ক্যা করে? আইয়ে, আউর আকে ইন সবকো লে যাইয়ে।ইন লোগোকা নামমে যো থোরা বহুত ইনাম রাক্ষা হ্যাঁয় বো আপকো মিল যায়ে গা। প্রাইজ খুব

বেশি নয় কারও দু হাজার কারও পাঁচশো। তবে সেটা তখনকার দিনে একেবারে কম নয়।

এই হচ্ছে মহিন্দর চৌধুরি- নিজেই বলে সে, হাম যো করতে হ্যাঁয় সিনা ঠোককে করতে হ্যাঁয়।কই ভি লুকা ছুপিবালা কাম হাম সে হোতা নেহি।

শহরে বসেই মুলুকচাদ তাঁর প্রভাব প্রতিপত্তি কথা শুনেছে। আর তাতেই তাঁর মন টেনেছে এখানে একটা কারখানা করবার।

এখন মুলুকচাঁদকে বলে মহিন্দর- তো চলিয়ে।

-কাহা?

-বাহার মহলে। ব্যবস্থা তো ওখানেই রাখা।

মুল ভবন থেকে বেশ কিছুটা দূরে সেই মহল। দেখেই বোঝা যায় এটা নব নির্মিত নয়। মহিন্দরের বাপ ঠাকুর্দার সময় থেকে এই মহলে মজলিশ চলে আসছে। সেখানে গিয়ে কিছুক্ষন অপেক্ষার পর পাওয়া যায় নর্তকির পায়ের নুপুরের আওয়াজ। এই নর্তকি থাকে বুন্দেলখন্ডে। এখান থেকে অনেক দূর। এসেছিল ভানুপ্রতাপ পুরে 'প্রোগ্রাম' করতে।ভানুপ্রতাপ পুর এখান থেকে প্রায় পাঁচশো মাইল দূর।সেখান থেকে তাকে স্ব-সম্মানে এখানে আনা হয়েছে আজকের প্রোগ্রামের জন্য। নর্তকির বয়স মাত্র উনিশ। এখনও কেউ তাঁর 'নথ' খোলেনি।নথ খোলাবার মত উপযুক্ত মুল্য নিয়ে এখনও কেউ তাঁর দরজায় আসেনি।সে এসে গান ধরে সাথে মনো মুগ্ধকর নাচ –

আমি তোমার তরে নাচতে এলাম, তোমার তরে গাইতে।
জান জুড়াবো জলের তোড়ে – মেঘটুকু না চাইতে।।
আমি নাইতে গিয়ে নদীর ঘাটে- ভেজাইনিকো চুল।
ভুল করিনি খোপায় গুঁজে গন্ধ গোলাপ ফুল।।
আমি মদ না খেয়ে মাতাল হবো-
ধরা দিলাম তাইতে।
আমি তোমার তরে নাচতে এলাম, তোমার তরে গাইতে
অঙ্গে আমার আগুন আছে – আগুন মনের বনে নাচে।
পুড়বে যদি পরান পুরুষ- দূরে কেন এসো কাছে।।
চলো দুজন উজানে যাই আপন তরি বাইতে।।
আমি তোমার তরে নাচতে এলাম, তোমার তরে গাইতে।

৩

চোখের দৃষ্টি সামান্য বুজে এসেছে৷ বসে আছে দুর্গা একটা ট্রাকের মধ্যে কিন্ত তাঁর মন চলে গেছে বর্তমান ছাড়িয়ে অতীতের দিকে৷ অতীত বটে তবে তা সুদূর অতীত নয়৷ এই তো মাত্র বছর দেড়বছর আগের কথা৷ এই সময়েই তাঁর নিদারুন ভাগ্য লিপি লেখার কাজ চালিয়েছিল কিছু নিতান্ত নির্বোধ আর কিছু অতি ধুর্ত মিলে৷ এখন যেন দেখতে পাচ্ছে দুর্গা জেলেপল্লীর পাশের গ্রামে- মুখিয়ার বাড়িতে অনেক মানুষের জমায়েত হয়েছে৷ তাদের ডাকিয়ে এনেছে মুখিয়া৷ উদ্দেশ্য- একটা জরুরি বার্তা দেওয়া৷এই সব মোড়ল মুখিয়া মহাচালাক৷ তারা বোঁকাসোকা মানুষকে কথার প্যাঁচে মরন খাদের দিকে নিয়ে যাবার কায়দা জানে৷ মানুষ মরে যাবে কিন্ত জানতেই পারবেনা কি থেকে কী হয়ে গেল৷

তাকে নিযুক্ত করেছে জমিদার মহিন্দর চৌধুরি – যে ভাবে পারো সবাইকে বুঝিয়ে ব্যাপারটা সেরে ফেলো৷ এর জন্য তোমার ইনাম বাধা রইলো৷ বড় মানুষের ছোটদান ছোট মানুষের কাছে অনেক বড় হয়ে যায়৷জমিদারকে খুশি করতে পারলে সে বাঁহাতে তুলে যা দেবে তা মুখিয়ার ঝোলায় ধরবে না৷ তাই সে জেলেপল্লির সবাইকে ডাকিয়ে এনেছে – তোমাদের জন্য একটা খুশখবর আছে জলদি এসে জেনে যাও৷ তাই এসেছে সবাই৷ তারা অপেক্ষা করছে কখন মুখিয়া এসে সেই খুশখবর শোনাবে৷

সামান্য কিছু সময় পরে মুখিয়া এসে সবাইকে দেখে যেন আহ্লাদে ফেটে পড়ে – অহঃ তোরা এসে গিছিস! আমারই এট্টু দেরী হয়ে গেল৷-বস বস আরাম করে বস৷

মুখিয়া তাঁর ‘বারোমাসিয়া’ নরসুকে ডাকে – হেই নরসু, শালার ষাড় ইদিকে আয়৷ ওই কম্বল খেনা বিছিয়ে দে এরা বসুক৷ দেঁড়িয়ে দেঁড়িয়ে কী করে কথা শুনবে! নরসুকে বলা শেষ করে নিজের ছেলেকে ডাকে- এই মোহর- তোর মা’রে এট্টু চা বানাতি বল৷ আদা তেজপাতা দিতি বলিস৷ আর গুড় যেন খানিক বেশি দেয়৷ চা যেদি পানসে হয় খেয়ে মজা লাগেনা৷ সে চা খাওয়া আর না খাওয়া এক কথা৷

জেলেপল্লির যুবক রামাধীন মাল্লার সে আজ বড়ই অবাক৷ তাঁর পাশে বসে পড়া দীনানাথ কাছে নিচু গলায় জানতে চায় সে – কী ব্যাপার বলোদেন দীনু

কাকা- এমনিতে হাত থিনে জল গড়ায় না, একশো টাকা ধার দিলি দিন শেষে একশো দশটাকা ফেরত নেয়। সাড়ে নয়টাকা দিলি খিস্তি দিয়ে বাপের নাম ভুলিয়ে দেয় সেই মুখিয়া আজ চা খাওয়াচ্ছে! আমার তো ব্যাপার সুবিধার মনে হচ্ছে না। দীনানাথের বয়স পঞ্চাশের উপর। সে যেমন এই মুখিয়াকে চেনে চিনতো তাঁর বাপকেও।

এখানকার সমাজে এই নিয়ম, আজ যে মুখিয়া কাল তাঁর ছেলে মুখিয়া হবে।আর আমৃত্যু সে সেই পদে বহাল থাকবে। অন্য অনেক পদের পরিবর্তন হয় কিন্তু এই পদটা বংশ পরম্পরায় সংরক্ষিত। সামাজিক বিধানে মুখিয়া সমাজের সর্বমান্য নেতা। তাঁর কথা মানতে হবে তাকে সম্মান দিতে হবে। সে অন্যায় করুক ভুল করুক কেউ কিছু নিন্দা সমালোচনা করলেও পদচ্যুতি কোনদিন ঘটবে না।তাই সে কোন অন্যায় অপরাধ করলেও কেউ তাঁর সামনে বলার সাহস করে না। আজ তাকে যদি কিছু বলি কাল তাঁর পদের অধিকারে আমার জীবন যদি অতিষ্ট করে তোলে তখন কে বাঁচাবে? এই ভয়ে সবাই মুখ বুজে থাকে আর খুব বেশি অসহ্য হয়ে উঠলে দেবী থানে গিয়ে তাঁর মৃত্যু কামনা করে নারকেল ফাটায়।এখানকার অজ্ঞ নিরক্ষর নিম্নবর্নের মানুষের গভীর বিশ্বাস- দেবী আঙ্গা নারকেল খেতে খুব পছন্দ করে। নারকেল মানুষের মাথার বিকল্প। তাকে সেই নারকেলের লোভ দেখিয়ে যা মানত করা যায় তা পুর্ন হয়। তবে হ্যাঁ- সেই চাওয়াটা যেন একেবারে মন থেকে চাওয়া হয়।

এখন রামাধীনের কথার জবাবে আরো খানিক নিচু স্বরে বলে দীনানাথ- মোড়লকে চেনো না! শালা জন্মের বজ্জাত। খাওয়াবে শক্ত হাগাবে রক্ত। কোন ধান্ধায় ডেকেছে তা কে জানে। কী বাঁশ পাছায় দেবে বলা মুশকিল।

কিছুক্ষন পরে চায়ের গেলাস এসে গেল। বড় বড় গেলাসের কানায় কানায় ভর্তি গুড়ের লাল চা। যাতে চা পাতা কম গুড় বেশি। গুড়ের চায়ের এই মজা, চা পাতা না থাকলেও জানা যায় না। মুখিয়ার নিজের হাতেও একটা চায়ের গেলাস। সেটা হাতে নিয়েই সবার সামনে সবার মত কম্বলের উপর বসে পড়ে বলে, -আজ তোগার ডেকেচি ক্যান তা তোরা কেউ কিছু বুঝিতি পারতিছিস না। সব্বাই ভাবতিছিস কি না কী আফত আসে!মুখিয়া আবার দেবী পুজার কী মন্দির বানাবার চাঁদা চাইবে না তো? বল সবাই তাই ভাবতিছিস কিনা? না আজ তা চাইবার জন্য তোদের ডাকা হয় নাই। কেন ডাকা হয়েছে তা শোনা মাত্তর তোরা তিরিং করে

লাফ দিয়ে উঠবি- আমি তা জানি। তাই ধীরে সুস্থে বলবো বলে মদীয় নিবাসে ডেকেছি। সুখবর তো – তাই।

কথা থামিয়ে মুখিয়া কিছু সময় আকাশ দেখে কিছু সময় বাতাস দেখে কিছু সময় কিছু দেখেনা- কি যেন ভাবে। তারপর বলে আমি এই গেরামের মুখিয়া। সবার আমার উপর কত আশা ভরসা। সবাই ভাবে আমি যে ভাবে পারি তাদের হিত করবো। আমিও তাই ভাবি। ভাবি যে কোন পথে গেলি আমাদের এলাকার মানুষের ভালো হবে। এখেনের মানুষ কত গরীব! তাদের কথা ভেবে আমার মনে খুব কষ্ট- খুবই কষ্টো রে রামাধীন।

রামাধীন একটু 'মুহফট' মানুষ। ঘপ করে মুখের উপর এমন একটা কথা বলে দেয় যে সব 'ক্রিয়াকরমের' উপর 'পানী ফিরে' যায়। পানী ফিরের মানে আঞ্চলিক ভাষায় জলশৌচ আর কি!তাই তাকেই ঘায়েল করার ভাবনা থেকে মুখিয়া রামা্ধীনের নাম নেয়।

মুখিয়ার চালাকি বুঝতে পেরে বলে সে- কষ্ট তো হবেই। আপনি দশ গেরামের মাথা। সব্বাই আপনিরে মান দেয়। সব্বার দুখ্যে আপনার দেহ কাতর-।

মুখিয়া রামাধীনের ব্যাঙ্গোক্তি ধরতে পারে না – বলে চলে- সারা এলাকা তো গরীব কিন্ত সব চাইতি গরীব তোগার জেলেপাড়া।কারও তেমন জমি জিরেত নাই, ঘরের চালে ছাউনি নাই।! পেটে ভাত নাই পরনে ত্যানা নাই।বিশেষতঃ নদীতি আজকাল তেমন মাছও মেলে না। সর্বক্ষন আমারে সেই কষ্ট পীড়া দেয়।

জেলে পল্লীর সবাই যে মাছ ধরে তা নয়, সবার মাছ ধরার মত উপকরণও নেই। সেটা যোগাড় করতে হলেও খানিক টাকা লাগবে।জাল চাই, ছোট্ট একটা নৌকা চাই, এ সবের অনেক দাম। তাই কিছু মানুষ মাছমারাদের কাছে থেকে নগদ দামে মাছ কিনে নিয়ে গিয়ে বাজার হাটে বিক্রি করে। সেই নগদ দাম মিটিয়ে দিতে তাকে টাকা ধার করতে হয়।-ধার দেয় মুখিয়া। ভোরবেলায় এসে নিয়ে যাও যত টাকা লাগে, সুর্য ডোবার আগে শতকড়া দশটাকা হারে সুদ সহ তা ফেরত দিয়ে আসতে হবে। একদিন দেরী করলে একশো দশ টাকায় এগারো টাকা সুদ বেড়ে যাবে। আজকের দশ কালকের এগারো। হয়ে যাবে একুশ। পরের দিন সুদ হয়ে যাবে বারো টাকা। বারো আর একুশ তেত্রিশ। একে বলে চক্রবৃদ্ধি-। চক্রবৃদ্ধি সুদের কবলে পড়ে জেলে পাড়ার কতজন যে সর্বস্বান্ত হয়ে গেছে!

সেই সর্বস্বান্তকারী এখন জেলে পল্লীর দুঃখে কাতর। সে একবার রামাধীনের দিকে তাকিয়ে নিজের 'বারোমাসিয়া' নরসুকে হুকুম দেয়- রামাধীনেরে আর এক

গেলাস চা দে-। চা খাবার এই তো বয়েস। এখন খাবে না তো কখন খাবে। ওর মত বয়সে আমি চার চার গেলাস চা খেতে পারতুম। দে রামাধীনেরে আর এক গেলাস দে-।

রামাধীন থেকে এবার চোখ ঘুরিয়ে বয়স্ক দীনানাথের দিকে তাকিয়ে বলে মুখিয়া- তা বুয়লে দীনানাথ – সিদিন গেনু চোধরি বাবুর কাছে।গে পায়ের কাছে কেঁদে পড়লুম,বললুম বাবু এট্টা কিছু করেন। মানষির কষ্ট দুখ্যু আর যে চোখি দেখা যায়নে। আমার কথায় দেখলুম বাবুরও চোখে জল এসে গিছে। তা সিদিন ছিল বলতি গেলি মহেন্দ্রযোগ। সিদিন আবার বাবুর বেয়াই ভিলায় শহর থিকে বাবুর হাভেলিতে এসেছে।

-চোধরি বাবুর বেয়াই! তাঁর মেয়ের কবে বে' হল? কিছু জানতি পারিনি তো!

-আরে বাবুদের বেপারই আলাদা। বে এখনও হয়নাই। কথা বাত্তারা একদম পাক্কা ।চোধরি বাবুর বড়মেয়ে সেই যে শহরে লিখাপড়া শেখে- তারে একবার চোখির দেখা দেখেই পছন্দ হয়ে গিছে বেয়াই মশায়ের। চোধরি বাবুও এক কথায় রাজী। আর রাজী হবে বা না কেন! বেয়াই মশায়ের শহরে শতেক কারখানা। কত কি ব্যাবসা। তবে দোষের মধ্যি ওই ছত্তিশগড়ি ভাষাটা তেমন বলতি পারেনে। হিন্দি বুলি বলে-। তা হিন্দি আর ছত্তিশগড়ি বলতি গেলি তো ভাই বোন। তাই তেখনই কাগজ পত্তরে সই সাবুদ হয়ে গিছে।এবার ভালো দিনক্ষন দেখে দিয়ে দেবে- বে'। বলেছে আশেপাশের বিশ গেরামে নেমতন্ত পাঠাবে।তা যাক, তেখন তারে বলনু কথাটা- ছায়েব আপনির শুনি শহরে শতেক কারখেনা। এট্টা আমাগার ইদিকেও বসান ইখানকার মানুষগুলোরে দু পয়সা রোজগার দিয়ে বাঁচান। বেয়াইবাবু জমিদার বাবুর কাছে জিজ্ঞেস করলে- এটা কে? তা জমিদার বাবু আমারে খুব মানে তো- বললে দশ গায়ের মুখিয়া। সব্বাই এর কথা মানে। সবার তরে এর পরান কাঁদে।তাই বেয়াইবাবু ঠেলিতি পারলে না আমার কথা।বললে- জায়গা দেখো, বানাবো এট্টা কারখেনা। -নরসু, খালি গেলাসগুলো নিয়ে যা।

বিশ্বেশ্বর নামের একজন বলে- তা কোথায় ঠিক করলে? কোথায় হবে কারখেনা?

বলে মুখিয়া- আমি বললি কি তোর মাথায় ঢুকবে?

-বলো তো শুনি।

-পিরান যেখেনে ছিঁড়ে যায় সেখেনে ফোড় মারতি হয়।সারা এলাকার মধ্যি সব চেয়ে গরীব মানুষের বাস কোথায়? – জেলে পাড়ায়। ঠিক কীনা? তাই তাগার

উপকার সবার আগে হওয়া দরকার। ঠিক কীনা? তালি কারখেনা তো সিখেনেই বসাতি হবে। বলিচি- আমি জোর দিয়ে বলিচি যে ওপাড়ার মেয়ে মদ্দ সব্বারে রোজগার দিতি হবে। পাবে দীনু, তুই তোর ছাবাল, বিশ্বেশ্বর তাঁর ভাই, রামাধীন আর তাঁর মেয়ে সুকলি, নবল তাঁর বউ – সব্বাই কাজ পাবে, মাস গেলি মাইনে পাবে।আর কোন ভয় নাই, এবার সবাই খেয়ে পড়ে বাঁচতে পারবে।

সময়টা দিনের প্রথম প্রহর। এর মধ্যেই দারুন তাপপ্রবাহ হামলা করে দিয়েছে। অসহ্য গরমে মানুষ ছটফট করছে। এটা সবে গৃষ্মকালের শুরু এখনও দীর্ঘ দাবদাহের দিন পড়ে আছে।

দীনানাথ এতক্ষন পড়ে বলে- মুখিয়া তোমার সব কথা শুনলাম, এবার এট্টু আমার কথা শোন। একদিক নদী আর এক দিকে বড় রাস্তা, এক পাশে জঙ্গল আর এক পাশে পাহাড়। তাঁর খোপে আমরা পঞ্চাশ ষাটটা পরিবার বাস করি। কারও তেমন চাষের জমি নাই। থাকার মধ্যি বলতি গেলি ওই ছোটছোট কটা কুড়ে ঘর। ওখেনে আমরা থাকি আর নদীতি মাছ টাছ ধরে কোন মতে পেট চালাই। তা অখেনে এট্টা কারখেনা হবার মত জায়গা কোথায়?

মুখিয়া দীনানাথের দিকে তাকিয়ে বলে- এই জন্যই সবাই বলে তোর মাথায় কিছু নাই।

-কে বলে?

-সে নাম শুনে আর কী করবি!–বলে। আরে আপন ভালো তো পাগলেও বোঝে। নাকি বোঝে না? কিন্ত তোরা পাগলের চেয়েও অবোধ। বড় কিছু পাতি হলি কিছু ছোট ত্যাগ দিতি হয়। কিছু ক্ষয় ক্ষতি সহ্য করতি হয়। মানি যে সামান্য কিছু অসুবিধা হবে।কিন্ত কারখেনায় কাজ মানে তো চাকরি! তা তো পাবি। ওই অতটুকু জমি- ওদিয়ে কী করবি? বলিছি বাবুরে – জমির দাম দিতি হবে, এমনি নেওয়া যাবে না। তা আমার কথা মেনে নেছে বাবু।কম বেশি যা হোক কিছু দেবে। আর একবার চাকরি পেয়ে গেলি- তেখন ওই ওতটুকু জমি কি রে-! বিঘের পর বিঘে কিনে ফেলতি পারবি। দালান কোঠা বানাবি। হাতে ঘড়ি পায়ে জুতো পড়ে মচমচ করে হাটবি। মন দোনোমোনো করিস না দীনানাথ। কেউ যেন দোনোমোনো না করে। সুযোগ বারবার আসে না। একবার সুযোগ যেখন এসে গিছে তারে হেলাফেলা করা ঠিক হবে না।বেয়াই বাবু বলে গিছে শুভস্য শীঘ্রম। সে সাতদিন সময় দেছে, তাঁর মধ্যি বস্তি খালি করে দিতি হবে। জায়গা খালি হয়ে গেলিই ইট পাথর পড়বে। কারখেনা বানানো শুরু হয়ে যাবে। বাবু আগিয়ে এসেছে

আমরা সাথ না দিলি পেছিয়ে যাবে। তালি আর কোনদিন কারখেনা হবে না। তোদের কোন উন্নতি হবে না। তোরা যের'ম জীবন কাটাচ্ছিস তোদের ছেলেপুলে সবার জীবন তেমন কাটবে। এখন দ্যাখ ভেবে কী করতি চাস!

বিশ্বেশ্বর বলে- সব তো বোঝলাম মুখিয়া কিন্ত বালবাচ্চা ঘরের হাড়িকুড়ি নিয়ে যাবো কোথায়?কোথায় গে মাথা গুজবো বলোদেন।

বলে মুখিয়া- এইটে হচ্ছে কাজের কথা! যেতি তো চাই কিন্তক কোথায় যাই? তোরা কী ভাবিস আমার মাথায় এটা আসে নাই?আমি ঘাসে মুখ দিয়ে চললি আর মুখিয়া থাকতাম না। বলিছি মহিন্দর বাবুরে এই কথা – যাবে কোথায় মানুষগুলো সেই জায়গা বলো। তা তেখন বাবু বললে নদীর ওপারে আমার যে জায়গা আছে ওখেনে গে ঘর বেধে থাকুক। আমি অমনি বললেম – গরীব মানুষ ঘর বাঁধার টাকা কোথায় পাবে? কুড়ে বাঁধার মত কিছুটাকা আপনি দিয়ে দাও। আদায় করিছি আমি সেই টাকা। তোরা কালকেই সে টাকা হাতে পেয়ে যাবি। আর এই জায়গা ছাড়ার যা ক্ষতিপুরন তা পেয়ে যাবি দিন পনেরোর মধ্যি।এই হলি আর তো কোন সমস্যা থাকতেছে না?

বলে দীনানাথ- মুখিয়া, এতদিনের বাস ছেড়ে যাবো, হুট বললি হয় নাকি! এট্টু ভাবতি সময় দাও।

বলে মুখিয়া- ভাবো, ভেবে আমারে বলো। তবে সময় মাত্তর সাতদিন। তাঁর বেশি না। তেমন হলি আমার তেখন অন্য কোনখানে কারখেনা বানাবার কথা ভাবতি হবে। সাধা লক্ষ্মী পায়ে ঠেলতি চাই না।

৪

জেলেপল্লিটা রাষ্ট্রীয় রাজমার্গ ছাড়িয়ে বাদিকে যে রাস্তাটা বেঁকে অনেকটা দূরে-যেখানে কোতরি নদীর অবস্থিতি তাঁর পাশে অবস্থিত।তবে প্রায় তাঁর মাইল চার পাচেকের মধ্যে গোটা দশ বারো গ্রাম আছে। এই সব তো বটেই আরো পনের কুড়ি মাইলের এলাকা জুড়ে – যার নাম নারানগড় তাঁর সবটায় মহিন্দর চৌধুরির প্রভাব আধিপত্য।জেলেপল্লির সব চেয়ে প্রবীন মানুষ দীনানাথ। এমনিতে এই সব মানুষ দুঃখ যন্ত্রনা কাতর। পেটে ভরে তেমন একটা খেতে পায়না। তাই এদের সমাজে পঞ্চাশ বছরের পর তেমন একটা কেউ বাঁচে না।চল্লিশ বছর পার হয়ে গেলে শরীরের রোগ প্রতিরোধ ক্ষমতা কমে আসে।তখন কোনও রোগ হলে যে আধুনিক চিকিৎসা নেবে তেমন সামর্থ তো নেই- দেশীয় বনৌষধি- জঙ্গলের লতাপাতার উপর ভরসা। এতে বাঁচার চাইতে মানুষ মরে যায় বেশি।

দীনানাথ বুড়ো হয়েও শুধু বেঁচে নেই বেশ শক্ত সামর্থ রয়েছে। এখন সেই দীনানাথের বাসায় জেলেপাড়ার সব লোক এসে জমা হয়েছে। তারা মুখিয়ার কথায় সহমত হবার আগে নিজেদের মধ্যে একান্তে কিছু আলোচনা করে নিতে চায়।বন্দুক থেকে একবার গুলি বের হয়ে গেলে আর তো তাকে থামানো যাবে না। তাই ট্রিগার টেপার আগে একবার ভালোমন্দ বুঝে নিতে চাইছে সবাই।

একজনের নাম ধনপত – বলে সে- দেখো দীনানাথ খুড়ো আমরা তো সব মুখ্য সুখ্য মানুষ। কিছু জানি বুঝি না। তুমি তো বয়স্ক। তা বাদে দুবার শহর ঘুরে এসেছো। অনেকে দেখেছো বুঝেছো। তুমি আমাদের বলও কী করা উচিৎ। দিয়ে দেবো জমির দখল? চলে যাবো আমরা নদীর ওপারে? সে দিলি তো ঘরের ঘর পাবো আবার হাতে কিছু নগদ টাকাও আসবে।

বলে চিন্তিত দীনানাথ- আমার বাপ আমারে একদিন বলে ছেলো- লোভে পাপ, আর পাপে মরন।

-এর মানে!

খানিকটা দোক্তা তামাক শালপাতায় পেঁচিয়ে বিড়ির মত বানিয়ে এখানে সবাই খায়। তাকে বলে চোটা। সেই চোটায় আগুন দিয়ে একটান টেনে খানিক কেশে একদলা থুতু ফেলে বলে দীনানাথ- মুখিয়া আর জমিদার চোধরি এরা আজ

পর্যন্ত এমন কোন কাজ করিছে যে তাতে মানুষের ভালো হয়? নিজিগার হিত ছাড়া অন্য কিছু এরা জানে? আমার তো মন বলে এরা দুজনে ষড় করে আমাগার কোন ফাঁদে ফাঁসাচ্ছে। তোমরা যে যা ভাবো আমি এগার বিশ্বাস করতি পারিনা যে এরা আমাগার মঙ্গল করতি চাচ্ছে। বাঘ ঘাস খাতি পারে এরা বদলাতি পারে না।

একজনের নাম বুদ্ধুরাম- বলে সে, সব সময় মানষিরি সন্দেহ করা ঠিক না। মানষির মতিগতি কী চেরকাল এক থাকে!কাল কে কী ছেলো তা দে কী আজকের বিচার হয়! আমার তো মন বলতেছে ইখানে কারখেনা হলি তাতে আমাগার উপকারই হবে।

বুদ্ধুরামের দিকে তাকিয়ে বলে দীনানাথ- তোমারা কী কেউ জানো এখেনে কিসের কারখানা হবে?

-কিসের?

-বিষের! মানুষ মারা বিষের!

-শুনলাম যে নাকি মদের কারখানা হবে!

-যে মদ সেই বিষ। এই বিষে মানুষ একবারে মরে না, তিলে তিলে ধনে প্রানে শেষ করে দেয়। সে যে কী সর্বনাশা বিষ তা তোমরা জানো না। সে দেখেছি আমরা আমাদের ছোটবেলায়। গোটা অঞ্চল জুড়ে ঘরে ঘরে যে কী অশান্তি হোত। তখন এক মহাপুরুষ এলো তোমরা তাকে দেখনি খালি নাম শুনেছো। বাবা ঘাসীরামদাস,আর তাঁর ছেলে বাবা বিহারীদাস।অনেক দিন মাস বছর ধরে তারা মানুষকে বোঝালো,দীক্ষা দিল- সৎপথে আনলো। সৎনামী সম্প্রদায় বানালো।তাই আর কেউ মদ ছোয় না।আবার যদি এখেনে সেই বিষের আমদানি হয় মানুষ গোল্লায় চলে যাবে।

চাকরি পাবে, পয়সা পাবে সেই নেশায় বিভোর হয়ে বলে বুদ্ধুরাম- সে যে মদ খাবে সে বুঝবে, যে খাবেনা তাঁর কী!আমরা সৎনামী-আমরা তো আর খাচ্ছি না- কাজ করবো আর তাঁর মজুরি নেব- ব্যাস বাত খালাস।

-তুই না খাস যারা খাবে সেই নেশারুদের জন্য সারা অঞ্চলের শান্তি নষ্ট হবে। চুরি জোচ্চুরি শুরু হয়ে যাবে। এখন ঘরের দরজা খুলে রেখে নিশ্চিন্তে ঘুমাতে পারিস, তখন আর পারবি না। মাতালেরা মারামারি হুজ্জুতি করবে। দেখবি তখন রোজ পুলিস আসবে। মা বোনেদের ইজ্জতে হাত পড়বে। কেউ একলা পথে চলতে পারবে না।তোরা তো দেখিসনি আমাদের ছোটবেলায় আমরা এসব খুব দেখেছি। তাই মদের নামে আমার বুক কাঁপে।

চোটায় আর একটা টান মেরে আবার বলে দীনানাথ- এই সব তো হবে -তবে এসব যা বললাম তা এমন কিছু নয়-তার চেয়েও বড় বিপদ আসবে!

দীনানাথের কথার শেষে একযোগে অনেককটা গলা থেকে আতঙ্কিত স্বর বের হয়- এরচেয়ে বড় বিপদ!

-বড় বিপদ! খুব বড় বিপদ।

-কী সেটা?

-যেদিক থিকে নদীর স্রোত আসছে, ওরা সিখেনে একটা বাঁধ দিয়ে কারখেনার জন্য জল আটকাবে। পাম্প দিয়ে সব জল টেনে নেবে কারখেনার মধ্যি। সারাবছর – খালি বর্ষাকাল বাদ দিলি কতটুকু জল বা থাকে নদীতি! কারখেনায় জল টেনে নিলি চাষীদের চাষ মার খাবে। ধান চাল সজির দাম আগুন হবে। আর বাজার থিনে কিনে খেতি পারবি না। মরবি না খেয়ে।

অবাক গলায় বলে বুদ্ধুরাম- কী বলতেছো তুমি! নদীর কত জল। সব জল কী টেনে নিতি পারবে!

-না তা পারবে না, কিছু থাকবে।সেই বাঁচাখোঁচা জল যেটুকুন যা থাকবে তাতে আবার কারখেনার উল্টো দিক থিনে পচা নোংরা আবর্জনা সব বইয়ে দেওয়া হবে। সে জলের রঙ হবে তুতের মত নীল আর তুতের মতো তেতো। আবার তাতে থাকবে সেই রকম দুর্গন্ধ। মানুষ গরু কেউ মুখি তুলতি পারবে না, চ্যান খাওয়া কিছু চলবে না। সব মাছ মরে যাবে। কি ধরবি তখন! কারখেনায় আর কতজন কাজ পাবে! পঞ্চাশ একশো -! বাকি লোক কি করে বাঁচবে?সারা অঞ্চলে দুর্ভিক্ষ নামবে। কারখেনার মাইনে নে যাবি- পথে চোর ডাকাত মাতাল ধরে কেড়ে নেবে।

একটু থেমে আবার বলে দীনানাথ- আমি সিদিন গিছিলাম- মাষ্টারের বাসায়। তারে যা যা ব্যাপার বুঝিয়ে বলেছি। সে আমারে বলেছে এই সব। তাঁর মতন শিক্ষুত মানুষ যেখন বলেছে তার কথা তো মিথ্যা হবার নয়। তাঁর মতন পরোপকারী মানুষ এই তল্লাটে আর কে আছে! আমি যা শোনার তা শুনে বুঝে এসেছি।মদের কারখেনার পক্ষে আমার কোন মত নাই। তোরা আমার কথা না মানিস তো চল তাঁর কাছে যাই। তাঁর মুখের কথা শুনি। সে কী বলে তা জেনে তারপর যা করার তা করি।

৫

চৌধুরি ভিলায় এখন বাঘের মত পায়চারি করছে মহিন্দর চৌধুরি। তাঁর সামনে কাঁচুমাঁচু মুখ করে দাঁড়িয়ে আছে মুখিয়া। অনেকক্ষন পায়চারি করার পর হুম করে একটা শব্দ ছেড়ে বলে মহিন্দর- কুশল!

মুখিয়া জবাব দেয়- আজ্ঞে হ্যাঁ হুজুর। সব নষ্টের গোড়া ওই মাষ্টারটা। না'লি আমি পেরায় সব গুছিয়ে এনে ছেলাম। কোন কিচ্ছু অসুবিধার ছেলো না। সব্বাই আমার হ্যাঁ-তে হ্যাঁ দেছালো। কি যে কানে ফুস মন্তর দেলে মাষ্টার সব এখোন বিগড়ে বসেছে।

-ওকে আমার কথা বলোনি?

বলিছি আজ্ঞে। বলিছি এই র'ম লোকজনেরে ভড়কানো ঠিক হচ্ছে না। কথাটা জমিদার বাবুর কানে গিলি হিতে বিপরীত হতি পারে। বলে না বেপদ কালে বুদ্ধি নাশ, ওর হয়েছে তাই। বেশি লেখাপড়া শিখলি যা হয় তাই – মাথাটা একেবারে গেছে। আমারে কি বলে তা জানেন? বলে- কে রাগ করবে কে খুশি হবে তা ভেবে তো আমি কিছু করিনে। যা সত্য যা ন্যায়-।

মুখিয়ার কথার মধ্যেই গর্জে ওঠে মহিন্দর চৌধুরি-বললে! ওই কথা বললে?

-বললে আজ্ঞে।আমি তো শুনে একেবারে থ'।

-বিদ্যা ফলাচ্ছে তো, জ্ঞান মারাচ্ছে তো! এবার যাবে-।

-তা যাবে। জলে বাস করে কেউ কুমিরের আহার কেড়ে নিতি চায়! সে যাবে না তো যাবে কে! ওই মাষ্টার আপনার মনে দুক্ষু দেচ্ছে তাঁর ফল পাবে না! নিচ্চয় পাবে। স্তাবকতার শীর্ষে পৌছাবার তাড়নায় আবার বলে মুখিয়া- এধারে পঞ্চাশ মাইল – ওধারে পঞ্চাশ মাইল, এই ভুখন্ডে আমার জনমে আমি কাউরি আপনার মতের বিরুদ্ধি কথা বলতি দেখি শুনি নাই। এই পেরথম-।

মনে মনে বলে মহিন্দর- এই প্রথম আর এই শেষ। মাটিতে শেকড় বসাবার আগেই চারা গাছটাকে তুলে ফেলে দিতে হবে। তা না হলে পরে তোলায় পরিশ্রম বেড়ে যাবে। এখন দরকার মাত্র একটা টান। যত সময় যাবে মাটির গভীরে ততো শেকড় বসাবে।

চিবিয়ে চিবিয়ে বলে মহিন্দর- লেখাপড়া জানা মানুষ তো।ওকে বুঝিয়ে বলতে হবে। যে ভাষায় বুঝবে সেই ভাষায় বুঝিয়ে বলতে হবে।

মহিন্দরের এক বাহুবলি সেবক কাছেই ছিল। কখন কে জমিদার বাবুর উপর হামলে পড়ে তাঁর জন্য সে কাছে কাছেই থাকে।এর নাম পল্টন মাল্লার। মহিন্দরকে বলে সে- হুকুম দিজে মালিক শালে কো কাটকে আভি নদ্দীমে বাহা দেতে হ্যাঁয়।

-না না, যেন আঁতকে উঠে বলে মহিন্দর- গান্ধী বাবা বলে গেছেন হিংসার দ্বারা কোন মহৎ কার্য সিদ্ধ হয় না। আমার সামনে হিংসার কথা বোলনা। হিংসার কথা শুনতে আমার ভালো লাগে না। যাও মুখিয়া, আর একবার মাষ্টারের কাছে গিয়ে তাকে বুঝিয়ে বলে এসো। সে যেন এমন কোন কাজ না করে যাতে আমার আজন্ম লালিত অহিংসা ব্রতকে জলাঞ্জলি দিতে হয়। এখানে কারখানা হলে মানুষের রোজগার বেড়ে যাবে, সবাই পেট ভরে দুবেলা খেতে পারবে, এলাকার রাস্তাঘাট সুন্দর হবে উন্নিতি হবে, সে তা কী চায় না! যাও গিয়ে আবার বলো।

বলে মুখিয়া- আজ্ঞে আমি আমার সাধ্যমত অনেক বলেছি। লেখাপড়া জানা মানষির মাথায় যা একবার ঢোকে সহজে বার হতি চায় না। তারে বোঝানো আমার কম্ম নয়। এবার যা করার তা আপনার করতি হবে।

চৌধুরি সন্নিকটে দাঁড়ানো পল্টনকে বলে- জীপটা বার কর।

মুখিয়া জানতে চায়- আপনি আজ্ঞে নিজিই যাবেন?

পল্টন বলে- আপনার যাবার কী দরকার! হুকুম দেন মাষ্টারকে বেধে এনে আপনার পায়ের কাছে টপকে দিই!

-তাতে কী হবে গাধা!পল্টনকে ধমকে ওঠে মহিন্দর চৌধুরি- আমি গিয়ে তাকে বুঝিয়ে বলবো। আর সে সটান আমার সঙ্গে জীপে বসে জেলে পাড়ায় যাবে।যেতেই হবে তাকে-। সে গিয়ে জেলেগুলোকে বুঝিয়ে বলবে...।

হাসে আর বলে মুখিয়া- ভাইসব, আমি তোমাদিগেরে যা বলিছি যা বুঝিয়েছি সে সব কথা ভুল আর মিথ্যা। আমি এই সব না বুঝে বলিছি। এখন আমারে জমিদার বাবু বুঝিয়ে বলেছেন, তাতে আমি বুঝতি পারলেম যে এখেনে কারখেনা হলি তোমাগার হিত হবে, মঙ্গল হবে সুখি থাকবে। তাই আমার নিবেদন তোমরা কুড়ে তুলে নদীর ওপারে চলে যাও।

পল্টন মুখিয়াকে থামায়- তোমার ভাষন বন্ধ করো।

মুখিয়া হেঃহেঃ করে হেসে ওঠে।

পল্টন জীপ গাড়ি বের করে নিয়ে এলে তাকে বলে মহিন্দর- আমি আজন্ম অহিংসায় বিশ্বাসী- গান্ধীবাবার চেলা। তুই তো আর তা নোস! একটা বন্দুক সাথে করে নিয়ে নে গাধা। জঙ্গলের রাজত্ব, বাঘ ভালুক কত কী সামনে পড়তে পারে।

মহিন্দর জীপে বসে মুখিয়াকে ডাকে- তুমিও চলো।

-আমি আবার কেন!

পল্টন ঘাড় কাত করে মালিকের কথায় সম্মতি জানিয়ে বন্দুক ঘাড়ে নিয়ে চালকের পিছনের সিটে উঠে বসে পড়ে। মহিন্দর উঠে চালকের সিটের পাশের সিটে বসে মুখিয়াকে ডাকে- চলো।

মুখ শুকিয়ে যায় বুক শুকিয়ে যায় মুখিয়ার।সে এখন যেতে ভয় পায়। ঝামেলায় জড়াতে ভয় পায়। কুশল মাষ্টার ভাঙ্গবে তবু মচকাবে না। তাকে নত করার সব রকম চেষ্টা করে হার মেনে গেছে মুখিয়া। আর জমিদার যেরকম একরোখা ওকে নত বাধ্য না করে ছাড়বে না। তারফলে একটা বাজে ব্যাপার যে হতে যাচ্ছে তা সে অনুমানে বুঝে নিতে সক্ষম হয়।কিন্ত সেই যে বলে না পড়েছি মোগলের হাতে,খানা খেতে হবে সাথে।এখন মুখিয়ার মহিন্দর চৌধুরির ডাক উপেক্ষা করতে পারে না। সেও উঠে বসে জীপের পিছনে। জীপে উঠে বসে জমিদারের পোষা চার পাচজন ষন্ডা গন্ডা পালোয়ান। জীপ চলতে শুরু করে কুশল নামের মাষ্টারের বাস ভবনের দিকে।

মহিন্দর চৌধুরির ভবন ফেলে রাষ্ট্রিয় রাজমার্গ ধরে মাইলখানেক পুর্ব্ দিকে গিয়ে ফের বাঁদিকের একটা রাস্তা ধরে উত্তর দিকে মাইল খানেক গেলে পাওয়া যাবে জেলেপাড়া। আবার জেলেপাড়া থেকে সেই পথ ধরে ফিরে এসে রাষ্ট্রিয় রাজমার্গ পার হয়ে খানিক পুর্বদিকে এগিয়ে ডান দিকের রাস্তা ধরে দক্ষিন দিকে মাইল খানেক গেলে পাওয়া যাবে যে গ্রাম তাঁর নাম মোহরগড়। সেই গ্রামে বাস করে কুশল মাষ্টার। মাষ্টার তবে কোন সরকারী ইস্কুলের নয় সে সমাজ সেবার ভাবনা থেকে মানুষকে খানিক অক্ষর জ্ঞান দেবার চেষ্টা করে থাকে।এটা তাঁর মানসিক আরাম থেকে খুঁজে নেওয়া স্বেচ্ছাশ্রম। ছাত্র পড়ায় তাই সবাই মাষ্টার ডাকে।

চৌধুরি ভিলা থেকে ধুলো উড়িয়ে যে জীপ খানা রওনা দিয়েছিল তা এখন এসে থামে কুশল মাষ্টারের বাড়ির দরজায়। মাটির দেওয়াল আর খাপরার ছাউনি দেওয়া ঘর বটে তবে বেশ পরিষ্কার পরিচ্ছন্ন। বাড়ির চারদিকে মাটির উঁচু দেওয়াল। দেওয়ালের উপর খাপরা ঢাকা। সেই বাড়ির দরজার সামনে জীপ

থামলে মুখিয়াকে বলে মহিন্দর চৌধুরি- বুলাও উসকো।জীপ থেকে নামে মুখিয়া। সে মাষ্টারের ঘরের দরজার সামনে দাঁড়িয়ে চিৎকার করে ডাকে- হেই মাষ্টের, ও কুশল মাষ্টের বাইরে এসো, বাইরে এসে দেখো জমিদার বাবু স্বয়ং এসেছে।

কথা বলতে বলতে মুখিয়া খোলা দরজা দিয়ে ভিতর বাড়ির দিকে উঁকি মারে। দেখতে পায় জেলেপাড়ার প্রায় সব লোক উঠে বসে আছে মাষ্টারের বারান্দায়। কিছু দাঁড়িয়ে আছে উঠনে বসার জায়গা না পেয়ে।মাষ্টার হাত নেড়ে নেড়ে তাদের কী যেন বলছে। মুখিয়া মহিন্দরের দিকে তাকিয়ে বলে- মিটিন চলছে। তাঁরপর মুখ বাড়িয়ে ভিতরের দিকে কথা ছুড়ে দেয়- জেলেপাড়ার সব লোক দেখি এখেনে! কি চলতেছে? জীপ থেকে নেমে নিচে দাড়িয়েছে পল্টন- ব্যাঙ্গ করে বলে সে- জাবর কাটা হচ্ছে!

জীপের আওয়াজ কানে গিয়েছিল কুশল মাষ্টারের।তাঁর ঘরের দরজায় কার জীপ হতে পারে কিছুটা আন্দাজ করে ফেলেছিল কিন্ত শেষ কথাটা না বলে থামতে পারছিল না।

এই দেশে স্বনামধন্য অনেক জমিদার ছিল, কারও কারও তো জমির পরিমান এত ছিল যে ঘোড়ায় চড়ে দশ বিশ দিনে একপাক ঘোরা যেতোনা।তারা অনেক অপকর্ম করেছে তবে অনেক সময় মানুষের অনেক উপকার করেছে। জল কষ্ট নিবারনের জন্য পুষ্করিণী খনন, চলাচলের জন্য পথ নির্মান, খরা বন্যায় মানুষকে ত্রান সামগ্রী দান এসব করেছে তারা। কিন্ত ছত্তিশগড় অঞ্চলের কিছু সামন্ত, যাদের হয়তো দু পাঁচ হাজার একর জমি তারা জমিদারীর চাইতে যেন গুন্ডাগিরি বেশি পছন্দ করে। দরকারে অদরকারে এরা নিজেরাই মারামারি খুন জখম করতে মাঠে নেমে পড়ে।মহিন্দর তেমনই এক জমিদার। তবে জমি ছাড়া তাঁর অনেক রকম ব্যবসা। ট্রাক আছে অনেকগুলো, দুটো খাদান লিজে নেওয়া আছে।বনবিভাগ থেকে জঙ্গল কাটাইয়ের ঠিকাও নেয়।

সে এখন জীপ থেকে নামেনি, পল্টন আর তাঁর সাগরেদগুলো নেমে দাঁড়িয়ে পড়েছে।আগত মানুষ জনকে যা বলার তা দ্রুত বলা শেষ করে কুশল মাষ্টার বের হয়ে এসে মহিন্দরের সামনে দাঁড়ায়-। তাঁর পিছন পিছনে সবাই বের হয়ে আসে। তখন বলে মহিন্দর- ভেবেছিলাম তোমাকে নিয়ে জেলেপাড়ায় যাবো। তা পাড়া খালি করে সবাই যখন এখানে এসেই বসে আছে- কষ্ট করে যাবার আর দরকার পড়বে না।তাড়াতাড়ি কাজটা সেরে ফেলে যাবে।

মহিন্দর মুখিয়ার দিকে তাকিয়ে বলে- তুমি ওদের তুমি সবাইকে বলে দাও আমি কী করতে এখানে এসেছি।

মুখিয়া একটু ভেবে বলে – দীনানাথ, আর যারা আছিস সবাই শোন। শুনে যা- আগে মাষ্টার কী বলিছে আর এখন বা কী বলে।

মহিন্দর চৌধুরি তাঁর ক্ষমতার বলে বলিয়ান গলার স্বরে বলে- মাষ্টার, তুমি একজন পড়াশুনো জানা লোক। তোমার মত শিক্ষিত এই অঞ্চলে আর কেউ নাই। শিক্ষিত লোক সামনে যা বলা হয় তাঁর মানে যেমন বোঝে যা বলা হয়না তাঁর মানেও বুঝে যায়।আমার বিশ্বাস এখন আমি যা বলবো তাঁর মানে তুমি ঠিকঠাক বুঝবে আর যা না বলবো তাও বুঝে নেবে। আমি বলতে চাচ্ছি যে এখানে একটা কারখানা হবে। কল কারখানা না হলে অঞ্চলের কোন উন্নতি হবে না। তা কোন ভালো কাজ করতে হলে কিছু খারাপ কাজ করতেই হয়। চাষীরা জমি চাষ করতে গেলে আগে আগাছা উপড়ে ফেলে দেয়। তাই যে সেই শুভ কাজে বাধা হবে তাকেও আগাছার মত উপরে ফেলে দেওয়া হবে। বুঝলে আমার কথা কিছু-?

মহিন্দরের কথার মাঝে মুখিয়া তাল দেয়- কারখানা না হলি সবার লোকসান!

মাথা নাড়ায় পল্টন- খুব লোকসান।

বলে মহিন্দর চৌধুরি- কারখানায় শুধু কুলি মজুররাই কাজ পায়না, তোমার মত শিক্ষিত বেকার লোকও কাজ পায়। তারা হিসেব পত্র রাখা, লোকজন খাটানো, এই সব কাজ করে। তা, তাদের মাইনে পত্র বেশ ভালই -। তোমার ওই কটা বাচ্চা পড়ানোর চাইতে তা অনেকগুন বেশি। বুঝতে পারলে? কারখানা হলে তুমিও ওখানে চাকরি পাবে।তাই কারখানাটা হওয়া দরকার। দীনানাথ আর যারা আছে – তারা অনেকটা পথ যাবে। আমি না এসে গেলে ওরা এতক্ষনে বাড়ির পথ ধরে নিত।ওদের দেরী হয়ে যাচ্ছে।সন্ধ্যা নামছে ওদের ফেরা দরকার।সারাদিন ওরা খাটে, এখন ওদের বিশ্রাম নেওয়া দরকার। মাষ্টার তুমি ওদের ঝটপট বলে দাও কল কারখানায় কত উপকার। তোমাকে সবাই মানে, তুমি বললে সবাই মেনে নেবে। বলে দাও- তাড়াতাড়ি সবাই জায়গা খালি করে দিক। -বলো।

কুশল মাষ্টার সেই ধরনের মানুষ যারা ভাঙ্গতে জানে মচকাতে জানে না। যুধিষ্ঠিরের কুকুরে কামড়ানো এইসব লোক বর্তমান পৃথিবীর হাল হকিকত জানে না। যেখানে সামান্য ঝুঁকে গেলে নাগালে এসে যেতে পারে রূপোর চাঁদ। সে এখন প্রবল প্রতাপী মহিন্দর চৌধুরিকে দেখে ভয়ে কাঁপে না। মাথা উঁচু করে রেখে বলে- চৌধুরি বাবু আপনি যা বলেছেন তার মানে যেমন বুঝেছি যা বলেননি তার

মানেও বুঝতে পেরেছি। আমি জেনে বুঝে ভুল বা মিথ্যা কথা বলতে পারবো না। কারখানা যদি মদের না হয়ে দুধের হোতো, প্রানদায়ী কোন অসুধের হোতো আমি আপনার পক্ষে বলতাম। আপনাকে সমর্থন জানাতাম। কিন্ত যা বিষ সেই বিষের ব্যবসার পক্ষে আমার মত আদায় করতে পারবে না। আমি আগেও না বলেছি এখনও না-ই বলছি।

পল্টন মাথা গরম রাগী মানুষ।তাঁর কাজ মালিকের স্বার্থ দেখা। সে গর্জে ওঠে- এই শালা মাষ্টার!

মহিন্দর চৌধুরি পল্টনকে ধমক দেয়- আহঃ পল্টন, বলি হচ্ছে কী! একদম মাথা গরম করিস না। মাষ্টার শিক্ষিত মানুষ, তাকে বুঝিয়ে বললে নিশ্চয় বুঝবে। গ্রামবাসীর দিকে তাকিয়ে আবার বলে মহিন্দর- যা দীনানাথ- তোরা যা। অন্ধকার নামছে পথে বাঘ ভালুক বের হয়ে পড়বে। অনেকটা পথ যেতে হবে তোদের। যেতে পারবিনা। আমি একটু মাষ্টারকে বুঝিয়ে বলি। কাল না হয় পরশু সে নিজে গিয়ে তোদের বলে দেবে কেন এখানে কারখানা দরকার। যা তোরা।

জেলে পাড়ার লোক তবু দাঁড়িয়ে থাকে, তাদের মনে একটা অশুভ ভাবনা ভর করে। তারা ঘন ঘন কুশল মাষ্টারের দিকে তাকায়, যেন নির্দেশ চায় কী করবে।

তখন তাদের বলে কুশল মাষ্টার- আমার জন্য চিন্তা করো না। তোমরা যাও।

অনিচ্ছা স্বত্বেও জেলেপাড়ার লোক ধীরে ধীরে সামনের দিকে পা বাড়ায়। মন যেতে চায় না তবু চলে যায়।

জায়গা ফাঁকা হয়ে গেলে আবার বলে মহিন্দর- মাষ্টার আমি বলি কারখানাটা হতে দাও। কোন বাধার সৃষ্টি করোনা। তাতে তোমার মঙ্গল হবে। আমার কাছে বলো এর জন্য তুমি কী দাম চাও। আমি তা দেব।

বলে মাষ্টার- চৌধুরিবাবু, আপনি আমাকে অনেকবছর ধরে দেখছেন। কিন্ত এখনও আমাকে চিনতে পারলেন না। আমি কোন অন্যায় অনৈতিক কাজে সমর্থন দেবো না।

রাগে ফুলে মহিন্দর পল্টনের দিকে তাকিয়ে বলে- আমার হিংসা সহ্য হয় না। মারামারি খুনোখুনি ভালো লাগে না। এবার যা করার তুই কর।

মুখিয়া হাসে আর বলে- সে সব ও খুব পারে।

একটু থেমে দম নিয়ে আবার বলে মহিন্দর- দেখো মাষ্টার আমি শেষ বারের মত বলছি রাজী হয়ে যাও। তোমার কাছে আমার স্বীকার করতে বাধা নেই আজকাল আর জমি জিরেতে আগের মত আয় হয়না। তাই একটা নতুন পথে

হাটার চেষ্টা করছি। খুব ঠান্ডা মাথায় বলছি তুমি সে পথে কাটা বিছিও না। ওদের ডেকে বলে দাও আগে যাযা বলেছো সব ভুল। বলে দাও কারখানা হওয়া খুব ভালো।

-আমি তা পারবোনা চৌধুরি বাবু। আমার শিক্ষা জ্ঞান বিবেক আপনার ইচ্ছার হাড়িকাঠে বলি দিতে পারবোনা। আমি জানি মদের কারখানা হলে তার পরিনাম কী ভয়াবহ হবে। কী করে আমি তার সমর্থন করবো। আমি পারবো না।

চোখ লাল করে বলে মহিন্দর- দেখো মাষ্টার, মাথা উঁচু করেও রাখা খুবই সাহসের কাজ তাতে কোন সন্দেহ নেই। কিন্ত সাহসী মাথা বয়ে বেড়াবার জন্য একটা মজবুত কাঁধ থাকা দরকার। তোমার তা নেই। মুখিয়ার দিকে তাকিয়ে বলে মহিন্দর- মুখিয়া সেই কথাটা বল মাষ্টারকে-।

-কোন কথাটা!

-বহি মরদবালা বাত!

মুচকে হেসে বলে মুখিয়া- কিতাবমে লিখ্যা হায় কী- চাহে মরদ বনো, ইয়া তো কীসি মরদকা বনকে রহো।

-কী বুঝলে? মাষ্টারের দিকে তাকিয়ে বলে মহিন্দর- হয় তুমি নিজে মরদ হও না হলে কোন মরদের আশ্রয় নাও।

বলে মুখিয়া- মাষ্টার তুমি মরদ হতি পারবানা। এক বনের এক রাজা – বাঘ। এখেনের বাঘ চৌধুরী বাবু। তুমি মরদ কি করে হবা!

সায় দেয় পল্টন- যার নয়ে হয় না তাঁর নব্বইতেই হবার নয়।

মহিন্দর চৌধুরি বলে- তাই তুমি আমার হয়ে যাও।অনুগত বাধ্য বিনীত আজ্ঞাবহ। মোড়ল ফোড়ন দেয়- দাসানুদাস।

চৌধুরি বলে- আমার পক্ষে এসে গেলে আর তোমার কোন অভাব থাকবে না। তোমাকে ঠিকাদার বানিয়ে দেব। কারখানায় যত মজুর কাজ করবে প্রত্যেকের মাথার উপর তোমার একটাকা করে কমিশন থাকবে। মাইনে আলাদা-।

বলে কুশল মাষ্টার- আমাকে লোভ দেখাবেন না। তাতে কোন লাভ হবে না। আমি সর্বদা সত্যের পক্ষে, ন্যায়ের পক্ষে। আমার এই উচু মাথা কোন প্রলোভনের কাছে বিকবে না, ভয়ের সামনে নত হবে না। কোন অন্যায়কে মেনে নেবে না।

হাসে আর বলে মহিন্দর- পড়াশুনা জানতে পারো কিন্ত তুমি মুর্খ। তোমার জানা নেই ক্ষমতাবান কোন লোক কখনও কোন অন্যায় করে না। সে যা করে সেটাই ন্যায় সেটাই আইন। ন্যায়ের কথা বলছো! আমি হচ্ছি মুর্তিমান ন্যায়ের

বিগ্রহ৷ থানা কোর্ট আইন আদলত সব আমার পক্ষে৷ তাই তোমাকে শেষবারের মত বোঝাচ্ছি – থেমে যাও, আর এগিও না, সামনে খাঁদ আছে৷ পড়ে যাবে৷

বলে মাষ্টার- আপনাকে তো বললাম, আমি ভাঙ্গতে জানি মচকাতে জানিনা৷

দাঁত কড়মড় করে বলে মহিন্দর- বেশ তাহলে দেখো আমি কেমন করে না-কে হ্যাঁ- বানাই৷ পরে কিন্ত আমাকে দোষারোপ করতে পারবে না৷ আমি নির্মম৷ যে কোন মুল্যে কারখানার পক্ষে তোমাকে হ্যাঁ বলাবো৷

দুর্বিনীত স্বরে বলে মাষ্টার- সে চেষ্টা করে দেখতে পারেন, আমার জবাব না-ই থাকবে৷

পল্টন মহিন্দর চৌধুরির দিকে তাকিয়ে বলে- হুকুম দেন মালিক বলেন কী করতে হবে৷

মহিন্দর চৌধুরি পল্টনের দিকে তাকিয়ে বলে- মহাভারত পড়া আছে?

মুখিয়া জবাব দেয়- যাত্রাপালায় দেখেছি৷

-বস্ত্রহরন জানা আছে?

-আছে মালিক৷

-মাষ্টারের বৌটাকে ঘর থেকে টেনে বার করে আন৷ আবার যাত্রাপালা দেখা হোক৷ দ্রৌপদীর বস্ত্র হরন৷

পল্টন আর তাঁর চার পাচ সঙ্গী সদর দরজা ঠেলে বাড়ির ভিতর দিকে ঢুকে পড়ে যায়৷ কুশল দরজা আটকে মাষ্টার হুঙ্কার দেয়- সাবধান পল্টন, দেশে মানুষ আছে, বিচার ব্যবস্থা আছে৷ দূর্গার গায়ে হাত দিলে তাঁর ফল ভালো হবেনা৷

পল্টন ঘুরে দাঁড়িয়ে কুশল মাষ্টারের নাকে ঘুসি মারে- আর বলে, শালা বিচার দেখাচ্ছে৷

মুখিয়া বলে- মাষ্টার তুমি মাষ্টার হয়ে হাতির পাচ পা দেখেছো! তুমি আমাদের জমিদার বাবুরে আইনের ভয় দেখাচ্ছো! এপারে অশ্রুনদী ওধারে দুধনদী এর মধ্যি যত গেরাম নগর বস্তি যত মানুষ, সব চৌধুরি বাড়ির আইনের অধীন৷ তা ভুলে গিলি চলবে ক্যান!

দুর্গা কুশল মাষ্টারের স্ত্রী৷ সে ঘরের মধ্যে নানা কাজে ব্যস্ত ছিল৷ তাই বাড়ির বাইরের কোন আওয়াজ এতক্ষন তাঁর কানে যায়নি৷ এবার সে কুশল মাষ্টারের গলার আওয়াজ টের পায় আর কী হচ্ছে দেখার জন্য বাড়ির বাইরের দিকে আসে৷ তখন সে বারান্দা থেকে নিচে নামতে পারেনি এর মধ্যে পল্টন ছুটে গিয়ে তাঁর শাড়ির আঁচল ধরে টান মারে৷ আচমকা টানে দূর্গা বারান্দা থেকে নিচে উঠোনে

পড়ে যায়, আঘাত লাগে তাঁর। সে যন্ত্রনায় উ উ করে কঁকিয়ে ওঠে।তারপর নিজের লজ্জা সরম রক্ষা করতে ছুটে ঘরের মধ্যে ঢুকে পড়ে। পল্টন তাকে ধরতে গেলে সে ধরাম করে দরজা বন্ধ করে খিল তুলে দেয়।

বলে মহিন্দর- এতো মাত্র ঝাঁকি হ্যাঁয় আখরি আভি বাকি হ্যাঁয়। মাষ্টার যা দেখলে এ হচ্ছে ভুমিকা। এখনও কিছু হয়নি। তবে হতে পারে, অনেক কিছুই হতে পারে।

কুশল মাষ্টার চিৎকার করে- তোমরা সব অমানুষ, শয়তান।

কঠোর গলায় বলে মহিন্দর- বাজে কথা না! এক কথার এক জবাব! জেলে গুলোকে জমিন ছেড়ে দেবার কথা বলবে?

-না না না আবার বলছি – না। কুশল মাষ্টারের গলা যেন আকাশ ফাটিয়ে গর্জায়।

মহিন্দর পল্টনের দিকে তাকিয়ে বলে- আমার আর কিছু বলার নেই, যেভাবে পারিস তুই ওকে বোঝা। বোঝালে নিশ্চয় বুঝবে। আমি গিয়ে জীপে বসছি। দেখিস বোঝানোর গুতোয় বৌটা যেন মরে মুরে না যায়। যতটূকু হলে মাষ্টার বুঝে যায় ঠিক ততোটুকু বোঝাবি-। একজন একজন করে গিয়ে বোঝা-।

এটা গ্রাম, এখানে এখনও ধানভানার মেশিন আসেনি, ঢেঁকিতে ধান ভেনে চাল বের করা হয়। দুজন সেই ঢেঁকি তুলে দরজায় আঘাত করে। দরজার খিল ভেঙ্গে দরজা হাট করে খুলে যায়। ঘরের কোনে ভীত লজ্জিত দুর্গা-। সে বুঝতে পারে ঘরের কোন আর নিরাপদ নয়, বিপদ ঘরের মধ্যে ঢুকে পড়েছে। সে একজনকে ধাক্কা মেরে ছুটে ঘর থেকে বেড়িয়ে বাঁচাও বাঁচাও চিৎকার করে আর নিরাপদ আশ্রয়ের সন্ধানে পাগলের মত ছুটতে থাকে। কিন্ত তাঁর চিৎকারে কেউ আসে না। জঙ্গলের রাজত্ব, এখানে সেই জঙ্গলের রাজার পেয়াদার বেপরোয়া কর্মে কে বাধা দেবে!এমন সাহস কার আছে?

দুর্গা ছুটছে আর চিৎকার করছে- বাঁচাও বাঁচাও। কুশল মাষ্টার বোঝে এখন আর যুক্তি তর্কের সময় নেই। প্রতিরোধ করতে হবে। তাই সে সামনে পড়ে থাকা একটা মুগুর নিয়ে পল্টনের সঙ্গীদের দিকে ধেয়ে যায় আর যাকে নাগালে পায় তাঁর পিঠে সেটা বসিয়ে দেয়।হুঙ্কার ছাড়ে – আজ তোদের একদিন কী আমার এক দিন। সব শয়তান গুলোকে আজ নিকেশ করে দেব। মা বোন বউয়ের মান সম্মানের দিকে যারা হাত বাড়ায় তাদের মেরে ফেলায় কোন দোষ পাপ নেই।

মাষ্টারের মুগুরের আঘাতে ছত্রভঙ্গ হয়ে যে যেদিকে পারে পালাতে থাকে। কোথায় পালাচ্ছিস সব, দাড়া। রাগে চিৎকার করে কুশল মাষ্টার।

পল্টনও মার খেয়ে পালিয়ে ছিল। তবে খুব বেশি দূরে সে যায়নি, অল্প কিছু দূরে গিয়ে ঘুরে দাঁড়িয়ে বন্দুক ঘুরিয়ে গুলি চালিয়ে দেয়। দোনালা বন্দুক থেকে পরপর দুবার।গুলি এসে সোজা মাষ্টারের বুক লাগে। সে ছিটকে মাটিতে পড়ে যায়। আর কিছু সময় ছট ফট করে নিথর হয়ে যায় তাঁর দেহ।তা দেখে পল্টন আর তাঁর সঙ্গীরা দুর্গার পিছনে ধাওয়া করা ছেড়ে দিয়ে কিছু দূরে দাঁড়িয়ে থাকা মহিন্দরের জীপের দিকে দৌড়ে চলে যায়।

দুর্গা পালাতে পালাতে গুলির শব্দ শুনে পিছনে তাকিয়ে পড়ে যাওয়া কুশল মাষ্টারকে দেখে সেদিকে ছুটে আসে। রক্তাক্ত নিথর মাষ্টারের দেহ দেখে সে উন্মাদের মত কেঁদে ওঠে- সর্বনাশ হয়ে গেল, ওগো কে কোথায় আছো শিগগির এসো। শয়তান মহিন্দর আমাদের খেয়ে ফেলেছে।তার কান্নায় আকাশ কাঁদে বাতাস কাঁদে হয়তো- কিন্ত কোন মানুষ আসেনা। মানুষ আজ বড় ভীত বড় অসহায়। শক্তিমানের দাপটে – অত্যাচারে তাদের মুখের ভাষা – সাহস সব হারিয়ে গেছে। তারা যে যার দরজায় খিল দিয়ে আটকে বসে থাকে।

জীপের দিকে দৌড়ে যাওয়া পল্টনকে জিজ্ঞাসা করে মহিন্দর- ক্যা হুয়া?

-পাতা নেহী। গোলি চালা দিয়া আব ক্যা হুয়া কোন জানে।

-পাতা নেহী! মহিন্দর পল্টনকে ভেংচে ওঠে।-দেখতে হবে তো মানুষটা মরে গেল না বেঁচে আছে।

সন্ধ্যা নামছে এখন, এক অরাজক অন্ধকার পরিব্যাপ্ত হয়ে যাচ্ছে জঙ্গলের রাজত্বে। সেই আবছা অন্ধকারে জীপ থেকে নেমে মাষ্টারকে দেখতে আসে মহিন্দর-। দেখে বলে- যাহঃ মরেই গেল!একটা মানুষ এতক্ষন কত তড়পাচ্ছিল এখন আর নেই, একটা গুলিতেই সব তড়পানি ঠান্ডা! এই জন্যই আমি হিংসায় বিশ্বাস রাখি না। হিংসা খুব খারাপ জিনিস, ওতে প্রান চলে যায়। কত বোঝালাম কিছুতে কী বুঝ মানে। মরন এলে সব মানুষ এমন নির্বোধ হয়ে যায়!আমি আর কী বলবো যার ভাগ্যে যা আছে তাই তো হবে।

মুখিয়া ক্রন্দনরত দুর্গাকে বলে- কেঁদো না, আর কেঁদোনা মাষ্টারের বউ। কেঁদে আর কী হবে বলো! যে গেছে কাঁদলে সে তো আর ফিরে আসবে না। কোন মানুষই চিরকাল বাঁচতে আসেনি। সবাই একদিন মরবে। কেউ আজ কেউ

দুদিন পড়ে এই তো-। চোখ মোছো, ঘরে যাও। আমরা মাষ্টারেরে গতি গঙ্গা যা করার তা করে দেব।

দুর্গা এখন যেন খড়গ ধারিনী দেবী দুর্গা – সে গর্জে ওঠে- চুপ কর বুড়ো শয়তান। আমার স্বামীকে তোরা মেরে ফেলেছিস। কিন্ত আমি এখনও বেঁচে আছি।আমার দুটো ছেলে আছে। তারা একদিন বড় হবে। তাদের বুকের মধ্যে আমি বাপের চিতার আগুন অনবরত জ্বালিয়ে রাখবো।তোরা সেই আগুনে পুড়ে মরার জন্য তৈরী থাকিস।

মহিন্দর চৌধুরি চিন্তিত গলায় বলে- কথাটা সত্যি। তোমার ছেলেরা একদিন বড় হবে। সে এখন অনেক দেরীর কথা। যা করবে তা মনে মনে রাখলে ভাল করতে। বলে ফেলাটা একদম উচিৎ হয়নি। এখন বাচ্চা দুটোকে দেখলেই আমার বুকে ভয় হবে। ভবিষ্যতের বিপদের ভয়! বলা যাচ্ছে না সেই ভয় থেকে আমি হয়তো এমন কিছু করে দেব যে ওরা আর বড়ই হতে পারবে না। না, না, মাষ্টারের বউ তুমি আমাকে দিয়ে আর শিশু হত্যার মত জঘন্য কাজ করিও না। শোক সামলে রাত পোহাবার আগেই নিরাপদ কোন জায়গায় চলে যাও। আমি তোমার সন্তানের ভালোর জন্যই বলছি।

যখন এই সব ঘটনা চলছে সেই সময় কুশলের বড় ছেলে যে কোথাও গিয়েছিল এখন বাড়িতে ফিরে আসে। এর বয়স খুব বেশি হলে বারো চৌদ্দ বছর হতে পারে। ছেলেটা খানিক দুরন্ত বলে কুশল মাষ্টার যার নাম রেখেছে অশান্ত। সে বাড়ি ফিরে রক্তাক্ত নিহত বাবার দেহ দেখে মায়ের কাছে কেঁদে পড়ে- মা বাবার কী হয়েছে? এইভাবে কেন পড়ে আছে?

দুর্গা এই সময় যা বলতে পারে তাই বলে সে- মেরে ফেলেছে রে!তোর বাবাকে শয়তান মহিন্দর চৌধুরি বিনা দোষে মেরে ফেলেছে। তোরা অনাথ হয়ে গিছিস রে বাপ, আমি বিধবা হয়ে গিছি।

পল্টনের সঙ্গী সাথীরা মহিন্দর চৌধুরি মাষ্টারের দেহ দেখতে আসার কারনে পিছন পিছনে আসতে বাধ্য হয়েছে। তাদের ইচ্ছা যত তাড়াতাড়ি পারে অকুস্থল থেকে সরে পড়ার। কিন্ত মালিক না গেলে তারা যাবে কী ভাবে! সঙ্গীদের প্রত্যেকের হাতে কিছু না কিছু হাতিয়ার। কুশল মাষ্টার যে মুগুরটা নিয়ে ওদের ধাওয়া করেছিল সেটা এখন তাঁর পাশে পড়ে আছে। অশান্ত হঠাৎ সেই মুগুরটা তুলে নিয়ে সামনে দাঁড়ানো মহিন্দরের মাথায় বসিয়ে দেয়। চৌধুরি – ওরে বাবা রে, মরে গেলাম রে – বলে মাথায় হাত চাপা দিয়ে বসে পড়ে। তাঁর হাতের ফাঁক

গলে গল গল করে নামে রক্তের ধারা৷ জামা ভিজে চপচপে হয়ে যায়৷ বসে বসে সে চেঁচায়- পল্টন-ধর৷ ধরে শুয়ারের বাচ্চাটাকে পাথরে আছাড় মার৷ ওরে বাবারে-! আমাকে শিগগির একজন ডাক্তারের কাছে নিয়ে চল৷

অশান্ত জানে সে কী অপরাধ করেছে৷ সে জানে এখন এদের হাতে ধরা পড়ে গেলে তার পরিনাম কী হতে পারে৷ তাই সে প্রানপনে পালাতে থাকে৷ পিছনে পল্টনের দলবল ধাওয়া করতে থাকে৷ তাকে যারা ধাওয়া করছে তাদের লম্বা আর বলিষ্ট পা৷ ক্রমে ক্রমে অশান্ত আর তাদের মাঝের দুরত্ব কমে আসতে থাকে৷ অশান্ত এবড়ো খেবড়ো জঙ্গল পথে বেশ কিছু সময় ছুটে বিশাল নদী- অশ্রুনদীর ব্রীজের উপর এসে পড়ে৷ আর তাঁর ছোট্ট পা চলে না৷ বাধ্য হয়ে দাঁড়িয়ে পড়ে ব্রীজের মাঝখানে৷ তখন দেখতে পায় মহিন্দর চৌধুরির লোক ধেয়ে আসছে তাঁর দিকে৷ দুরত্ব কমে গেছে- প্রায় নাগালের মধ্যে এসে গেছে সে৷ আর কোন পালাবার উপায় নেই৷ এবার সে ধরা পড়েই যাবে৷ ধরা পড়লে তাকেও তাঁর বাবার মত মেরে ফেলবে৷ মরতে সে চায় না, আর ওই শয়তানদের হাতে তো মোটেই নয়৷ কী হবে আর না হবে তা না ভেবে তাই নিরুপায় হয়ে ঝাঁপ দিয়ে পড়ে নদীর উত্তাল জলের মধ্যে৷ঝপাং করে একটা শব্দ হয়, উত্তাল জলরাশি তাকে মুহুর্তে গিলে নেয়৷

দৌড়ে এসে জলের দিকে তাকিয়ে আহত গলায় বলে পল্টন- যাহঃ শালা আমাদের হাত গলে পালিয়ে গেল!

এক সঙ্গী জবাব দেয়- পালাবে আর কোথায়! পড়বে তো জলে-। নদীতে যা স্রোত আর দেখতে হবেনা৷ ডুবে মরবে৷

বলে পল্টন- তবু একবার দেখা দরকার৷

-কী করে দেখবি? নিচে তো অন্ধকার৷ কাছে টর্চ ফর্চ কিছু নেই৷

-তাহলে উপায়?

-উপায় আর কী! সবাই গিয়ে চৌধুরি বাবুকে বলবো মেরে নদীতে ফেলে দিয়েছি৷

-ওটাই বলতে হবে৷ না হলে বাবু মনে খুব কষ্ট পাবে৷

-বাবু মনে কষ্ট পেলে আমাদেরও কষ্ট দেবে৷ চাবকে পিঠের ছাল ছাড়িয়ে নেবে৷

-ছাল ছাড়িয়ে নুন দেবে৷

ওরা এবার ফিরে চলে পিছন দিকে৷ জীপ মহিন্দর চৌধুরিকে নিয়ে ডাক্তারখানার দিকে গেছে৷ তাকে গিয়ে সুসংবাদ দিতে হবে৷ বিচ্ছুটাকে মেরে দেওয়া গেছে৷

কুশল মাষ্টারের দেহ তখনও পড়ে আছে তাঁর বাড়ির উঠোনে। তাকে জড়িয়ে ধরে তখন কেঁদে চলেছে দুর্গা – মাষ্টার তুমি কোনদিন কারও এতটুকু ক্ষতি করোনি। তবু তুমি এমন অসময়ে এই ভাবে মরে গেলে! মরে গেলে তুমি মাষ্টার! কেউ তোমাকে বাঁচাতে এলো না। দিনরাত যাদের মঙ্গল কামনা করতে তারা কেউ তোমাকে বাঁচাতে এলোনা। তোমার শবযাত্রায় কেউ আসবে না। ভয়ে সবাই দরজা বন্ধ করে নিয়েছে। ভীরু কাপুরুষের দল। ভয়ে সবাই আজ তোমার কাছ থেকে দূরে সরে থাকবে। কেউ আসবে না। এমন অসহায় এমন নিঃস্ব মৃত্যু তুমি কোনদিন কল্পনা করেছিলে!

কাঁদতে কাঁদতে দুর্গা উঠোনের মাঝখানে একটা কবর খোড়ে। তারপর একাই কুশল মাষ্টারের দেহ টেনে এনে সেই কবরে ফেলে মাটি চাপা দেয়।মনে মনে বলে সে- ঘুমাও তুমি মাষ্টার! তুমি এখন সব কাজ থেকে ছুটি পেয়ে গেছো। এবার নিশ্চিন্তে ঘুমিয়ে থাকো। এই ঘর উঠোন মাটি সব তোমার। তুমি একে বুক দিয়ে আগলে রেখো। আমার এখন অনেক কাজ। আমি আজ এখান থেকে চলে যাবো অনেক দূরের অজ্ঞাতবাসে।অনাত্মীয় এমন পরিবেশে আর থাকবো না। তবে বিশ্বাস রেখো আমি আবার এক দিন না একদিন ঠিক ফিরে আসবো। মা বাবা আমার নাম রেখেছিল দুর্গা, আবার যেদিন আমি ফিরবো সেদিন আর আজকের মত ভীতু লাজুক সরল গ্রাম্য বধূ নয়- ফিরে আসবো অসুর দলনী দেবী দুর্গার মত দশ হাতে চৌধুরির মৃত্যুবান নিয়ে। আবার আমি ফিরবো মাষ্টার, ফিরে আমি আসবোই-। কান পেতে রেখো মাটির বুকে তোমার হত্যাকারীর মরন আর্তনাদ শোনবার জন্য।

এখন দুর্গার মন কেমন কেমন করছে পুত্র অশান্তের জন্য।দুর্গা জানে না সে ওই নরপিশাচদের হাত থেকে নিজেকে বাঁচাতে পেরেছে কীনা। তাঁর ভয় হচ্ছে হয়তো অশান্ত মারাই গেছে ওদের হাতে। এবার তারা আর একটা ছেলে যে এখনও বেঁচে আছে তাকে আছড়ে মারতে আসবে। ওরা ফিরে আসার আগেই দুর্গাকে কোথাও গিয়ে লুকিয়ে পড়তে হবে। হাতে বেশি সময় নেই, যা করতে হবে তা এখনই।মনে মনে কুশল মাষ্টারের কাছে ক্ষমা চেয়ে নেয় দুর্গা- অশান্তকে ভগবানের ভরসায় ফেলে রেখে আমি চলে যাচ্ছি মাষ্টার। আমাকে ক্ষমা করে দিও- আমি চলে যাচ্ছি।

৬

দুর্গা তাঁর নিজের বিড়ম্বিত জীবনে গাথা শোনাতে শুরু করার পর তাঁর কথা শুনতে শুনতে ধীরে ধীরে ট্রাক চালাতে শুরু করেছিল ভীমা। তাঁর মনে হয়েছিল এই মহিলা যা বলছে তা বানিয়ে বলছে না। একে নিয়ে যাওয়া যায়।

এখন দুর্গা তাঁর জীবন কাহিনীর অন্তীম পর্বে এসে বলে- ভাইয়া এই আমার ছোট্ট জীবনের ছোট্ট কাহিনী। একটা ঝড় বয়ে গেছে আমার উপর দিয়ে।কাল পর্যন্ত আমার সব কিছু ছিল- আজ আর কিছু নেই। একেবারে নিঃস্ব – এই জন্যই আমি এই গহীনবনের পথে অন্ধকার রাতে একলা হেটে চলেছি। যে করে হোক আমাকে প্রশান্তকে তাঁর বাবার প্রতিশোধ নেবার উপযুক্ত করে গড়ে তুলতেই হবে। দেশের আইন কানুন আমাকে কোন সাহায্য দেবে না। কোন গরীব মানুষ এই দেশে ন্যায় বিচার কিনতে পারেনা। ধনের দাপটের কাছে তাকে হেরে যেতে হয় এ আমি খুব দেখেছি। তাই আমার বিচার আমাকেই করে অপরাধীর শাস্তি দিতে হবে।এখানে ওই শয়তান মহিন্দর চৌধুরির সামনে থেকে তা কিছুতে পারবো না। দিনরাত চৌধুরির শেন্য চোখ আমাকে পাহারা দেবে। তাই আমাকে তৈরি হতে হবে ওদের চোখের আড়ালে বসে। সেই জন্য ওদের নাগালের বাইরে – নিরাপদ দুরত্বে বসে শক্তির সাধনা করতে মহানগরের ভিড়ে হারিয়ে যেতে চাইছি। তাই চলেছি অজানা পথের দিকে-। জানিনা পথের শেষে আমার জন্য কী অপেক্ষা করে আছে।

দুর্গার বাক্যের অভিঘাতে ভীমার গাড়ি কখন যে থেমে গেছে তা সে টের পায়নি। তাঁর সম্বিৎ ফেরে কাল্টুর গলার আওয়াজে -কী হল ওস্তাদ,গাড়ি যে থেমে গেছে! চালাও।

বলে ভীমা- গাড়ি তো চালাবো-কিন্ত আমি ভাবছি থামাবো কোথায়! কোথায় নিয়ে গিয়ে দিদিকে গাড়ি থেকে নামিয়ে দেব,আমার মাথায় সেটাই তো আসছে না।

বলে কাল্টু- আমি বলবো?

-বল।

-উনি যখন ভাইয়া বলে ডাকছে তখন আমাদের দিদি হয়ে গেছে।আমাদের ঠিকানা তাঁর ঠিকানা। আমাদের ঘর তারই ঘর। নিয়ে চলো দিদিকে-। আর গাড়ি নিয়ে থামাও আমাদের ঘরের দরজায়। আমরা তো সারাদিন পথে পথে ঘুরে বেড়াই-বাসায় কতক্ষন বা থাকা হয়! দিদি ওখানে থাকলে ঘরদোর দেখে শুনে রাখবে সাফ সাফাই থাকবে। কী বলো ওস্তাদ!

কাল্টুর কথায় ভীমার মনে হয়- কাল্টু কথাটা একেবারে অনেয্য বলেনি। এটা করা যেতেই পারে। আগে এখানে ভীমার স্ত্রী থাকতো। সামান্য মাত্র কয়েকদিনের জ্বর, তাতেই কয়েক মাস আগে সে মারা গেছে।ভীমা তখন গাড়ি নিয়ে অনেক দূরের পথে। সে আসার আগে সব শেষ। রেখে গেছে একটা সন্তান। দেখা শোনার কেউ না থাকায় সে এখন মামার বাড়িতে মানুষ হচ্ছে।

বলে ভীমা- শহরের একেবারে কিনারে আধাগ্রাম আধাশহরে মত জায়গাতে আমার ছোট্ট একটা ঘর আছে দিদি। যদি তুমি চাও তো সেখানে থাকতে পারো। যদি সেখানে থাকতে চাও আমার তাতে কোন আপত্তি নেই।

বলে দুর্গা- ভাইয়া তোমরা আমাকে শহরে নিয়ে যাচ্ছো, আমার কাছে কোন ভাড়া নেই তবুও এত উপকার করছো। আমার কথা শুনে তোমাদের মনে দয়ার উদ্রেক হয়েছে। তাই আমার উপর দুর্বল হয়ে পড়েছো। কিন্তু আমি তোমাদের বোঝা হতে চাইনা। আমি নিজের পায়ে দাঁড়াতে চাই।

আবেগে থরোথরো গলায় বলে ভীমা- তুমি বোঝা হবে কেন! দিদি বলে ডেকেছি যখন তখন তো তুমি আমার আত্মীয় হয়ে গেছো।দিদি কী কারও বোঝা হয় নাকি! আমার তো কেউ নেই তুমি থাকলে আমার একজন আত্মীয় হবে। আর তা ছাড়া বোঝা তো আমি তোমার কাঁধে দিচ্ছি। ঘর দোর সামলে রাখা সেকী কম বোঝা!

আমতা আমতা করে বলে দুর্গা- তা নয়, তবে-।

-কী তবে?

দুর্গার সাথে সামান্য সময় মাত্র কথাবার্তা বলেছে ভীমা। কিন্ত তাঁর পথে পথে ঘোরা জীবন আর মানুষ দেখে বেড়ানো চোখ দুর্গাকে চিনতে ভুল করেনা। দুর্গা আত্মসম্মান সচেতন অসম্ভব মানসিক শক্তির অধিকারী শিক্ষিত এক মহিলা- তা সে বুঝে নিতে পারে। তাই একটু থেমে বলে ভীমা- বুঝেছি। না দিদি আমার ঘাড়ে বসে তোমার খেতে হবে না। আমার ঘরে একটা সেলাই মেশিন আছে। আমার প্রমিলা আগে চালাতো।তুমি ঘরে বসে সেটা চালিও। তাতে তোমার কিছু রোজগার

হয়ে যাবে।আমাদের এলাকাটা তো খুব গরীব, মানুষ তেমন নতুন জামা কাপড় কিনতে পারে না। ছেড়া জামা সেলাই করে পড়ে। ওরা আসবে ছেড়া কাপড় চোপড় সেলাই করতে আগে যেমন আসতো।

-প্রমিলা কে?

-আমার বউ।

-আমি তাঁর মেশিন নিয়ে নিলে সেকী করবে!-সে চালাবে না?

দুঃখ ঝরে পড়ে ভীমার গলা থেকে- নাহঃ সে আর চালাবে না।সে সব কিছুর বাইরে চলে গেছে। তাঁর গলার স্বরে দুর্গা কিছু আশঙ্কা করে অনুমানে বুঝে নেয় ওই শব্দের পিছনে কোন গোপন ব্যথা আছে। তাই সে আর ওই বিষয়ে কোন প্রশ্ন করা সমীচীন মনে করেনা।

কিছুক্ষন পরে বলে ভীমা- আমার একজন ব্যাপারীর সাথে চেনাজানা আছে- তাঁর রেডিমেড কাপড়ের ব্যবসা। তাঁর কাছে থেকে মাল নিয়ে ঘরে বসে সায়া ব্লাউজ সেলাই করলে যা রোজগার হবে তাতে তোমাদের মা ছেলে দুজনের পেট হেসে খেলে চলে যাবে। কারও উপর আর নির্ভর করতে হবে না।ঘর আর মেশিন মনে করো আমার কাছ থেকে ভাড়া নিলে-! গ্রামে নেই কিন্ত শহরে এমন হয়,সব কিছু এখানে ভাড়ায় পাওয়া যায়।বলো আর তো ওখানে থাকায় কোন অসুবিধা নেই?

দুর্গার মাথাটা নুয়ে আসে কৃতজ্ঞতায়।চারদিক অমানুষ আর শয়তানে পরিপুর্ন হয়ে গেছে তবু মানুষের মত মানুষ এখনও এক দুজন অবশিষ্ট আছে।এমন মানুষ পৃথিবীতে আছে বলেই পৃথিবীটা এখনও মানুষের বাসযোগ্য হয়ে আছে।নাহলে কবেই প্রানহীন উষর মরুভুমিতে পরিনত হয়ে যেতো। কোনদিন দেখা সাক্ষাৎ নেই চেনা জানা নেই মাত্র কয়েক মুহুর্ত আগে পরিচয়। এরাই তাঁর জীবনে এখন মঙ্গলময়ের আশীর্বাদের মত সাহায্যের হাত বাড়িয়ে দিয়েছে।

বলে দুর্গা- ভাই আমি যে কী বলে তোমাদের কৃতজ্ঞতা জানাবো আমার কাছে সে ভাষা নেই। মানুষ নও তোমরা আমার কাছে সাক্ষাৎ ভগবান। মন্দিরে ভগবানকে দেখিনি তোমাদের দেখছি।

বলে ভীমা- দিদি আমাদের এত বড় বলো না।আমরা অতি সাধারন মানুষ। কারও দুঃখ কষ্ট দূর করবো তেমন কোন ক্ষমতা নেই। চেষ্টা করি দুঃখী মানুষের দুঃখ সামান্য ভাগ করে নিতে।এছাড়া আর তো কিছু পারিনা।মানুষ আর কিছু চায় না শুধু একটু মানুষের সাহায্য চায়।ওইটুকু পেলেই সে বেঁচে যেতে পারে। আমিও

যে বেঁচে আছি সেও তো মানুষের দয়ায়।কেউ সাহায্যের হাত বাড়িয়ে না দিলে আমাকে কুকুর শেয়ালে খেয়ে নিতো। খুব ছোটবেলায় মা বাবাকে হারিয়েছি। কে আমার মা বাবা তা আমি জানিও না। শুনেছি আমাকে এক গাড়ির ড্রাইভার জঙ্গলের পাশে রাস্তার ধারে কুড়িয়ে পায়। সে নিয়ে এসে আমাকে মানুষ করে।বড় করে ড্রাইভারী শেখায়। মানুষের দয়ায় ফিরে পাওয়া প্রান, তাই সাধ্যমত যতটুকু পারি মানুষকে ফিরিয়ে দেবার চেষ্টা করি।

ভীমা একটু থামতেই বলে কাল্টু- আমারও বাপ মা নেই।রাস্তায় রাস্তায় ঘুরতাম। আজেবাজে সঙ্গে মিশতাম-নেশাভাঙ করতাম।ওস্তাদ নিজে ডেকে আমাকে গাড়িতে তুলেছে। বলেছে আমার সাথে থাক ড্রাইভারী শিখিয়ে দেব-মানুষ হয়ে যাবি।ছয়মাসে ড্রাইভারী শিখিয়ে লাইট মিডিয়াম লাইসেন্স বানিয়ে দিয়েছে। এখন ইচ্ছা করলে গিয়ে কোন প্রাইভেট কার চালাতে পারি,কিন্ত যেতে পারিনা ওস্তাদকে ছেড়ে।

রাত অন্ধকার ঘন গভীর হচ্ছে।রাজপথে এখন গাড়ির চলাচল কমে এসেছে।সবাই কোন না কোন ঢাবায় গাড়ি দাঁড় করিয়ে রাতের মত বিশ্রাম নিচ্ছে।বহুদূরে একটা আলো দেখা যাচ্ছে। ওটা পাঞ্জাবি ঢাবা, মনে মনে ভাবে ভীমা ওখানে পৌছে আজকের মত যাত্রার সমাপ্তি করবে।

৭

ঠিক জানা যায় না এই মানুষটা সভ্য জগতের যাবতীয় সুখ সুবিধা বর্জন করে এই অঞ্চলে কেন এসে স্থায়ী ভাবে বসবাস শুরু করেছিলেন। বলা যায় না- তাঁর পরিচয় জানলে কেউ কেউ হয়তো বলবে সেই যখন অন্ধ্র প্রদেশে ব্যাপক বিপ্লববাদীদের নিধন কর্মসুচি চলছিল একরাতে পুলিসের হামলা হয়। আর সেই হামলার অনেক যুবক মারা। ভাগ্য ক্রমে বেঁচে যান ইনি। যদি পুলিসের হাতে জীবিত ধরা পড়ে যেতেন সারা জীবন কারাগারের কঠিন দেওয়ালের মধ্যে কাটাতে হোতো। অথবা ঝুলিয়ে দিত ফাঁসির দড়িতে।

দলের আর কেউ অবশিষ্ট ছিলনা, ফলে কোন রকম যে প্রতিরোধ গড়ে তুলবেন যেমন সম্ভাবনা না থাকায় ইনি তখন এক নিরাপদ আশ্রয়ের সন্ধানে জঙ্গলের পথ ধরে হাঁটতে থাকেন। অনেকদিন ধরে ক্রমাগত হেটে এখানে এসে পৌছান। জঙ্গলের মধ্যে সভ্য জগতের আজানা এই ভুসীমায় শিশুর মত সরল একদল মানুষকে দেখে তাদের ভালোবেসে ফেলেন তিনি। এ এক অদ্ভুত জায়গা, যেখানে কোন চোর নেই, ভিখারি নেই, সভ্য সমাজের যে সব চেয়ে বড় কলঙ্ক সেই যৌনকর্মী নেই। মিথ্যা কথা কেমন করে বলতে হয় এখানকার মানুষ জানে না। রাতের বেলা জন্তু জানোয়ারের ভয়ে দরজা বন্ধ করতে হয় কিন্ত ঘরের বাইরে যত দামী মাল পড়ে থাকুক ভুলেও কেউ ছোঁবে না।

এই সব দেখে এখানেই রয়ে যান তাদের একজন হয়ে। তিনদিকে পাহাড় আর ঘন জঙ্গল অন্য দিকে উত্তাল নদী – আট মাইল মত চওড়া আর কুড়ি মাইল মত লম্বা এই ভুখন্ডের বর্তমানে সর্বমান্য অধিপতি তিনি। এখানে প্রায় পঁচিশ হাজার মত পরিবারের বাস। লাখখানেক মানুষ। তারা সবাই তাকে আদর করে – ভালোবেসে বাবাঠাকুর বলে ডাকে।

এই সময় বাবাঠাকুর তাঁর ঘরের উঠোনের একধারে মহুয়া গাছের ছায়ায় পাতানো দড়ির খাটিয়ায় বসে আছেন। রোজ এই সময় এমন বসে থাকেন। গ্রামীন মানুষ জন বিবিধ সমস্যা নিয়ে তাঁর কাছে আসে। উনি সাধ্যমত তাঁর সমাধান বলে দেন।

একজন মানুষ এসেছে দূর গ্রাম বরদেভাটা থেকে-। সে বাবা সাহেবের হাঁটুতে হাত ছুইয়ে মুখে বলে পরনাম বাবা ঠাকুর। বাবাঠাকুর এই ধরনের প্রনাম নিতে পছন্দ করেন না। তবু নিতে হয়- কারন এখানকার এটাই সংস্কৃতি। প্রনাম না নিলে ভাবতে পারে বাবাঠাকুর কোন কারনে আমার উপর সন্তুষ্ট নয়। তাই তাঁর মাথায় হাত রেখে বলেন তিনি- মঙ্গল হোক, সুখে থাকো।

বরদেভাটা থেকে আসা মানুষটা নরম গলায় বলে- বাবা ঠাকুর, আমাদের ওদিকি এদানিং বড় কালা জ্বর হচ্ছে। জ্বর এই আসে এই ছাড়ে-। জ্বরের ঘায়ে মানুষ কাহিল। আপনি বিধান দেন কী করবো!

প্রতিবছর এই সময় মশার বংশ বৃদ্ধি পায়। ম্যালেরিয়ায় অনেক মানুষ মারা যায়। আন্ত্রিক আর ম্যালেরিয়া বনরাজ্যের সব চাইতে বড় সমস্যা। একটা আসে পরিশুদ্ধ জলের অভাবে অন্যটা নিয়ে আসে জীবানুবাহী মশারা।

বলেন বাবা ঠাকুর- বাড়ি ঘরের আশেপাশে কোন নোংরা আবর্জনা জমতে দেবে না। সন্ধ্যেবেলায় ভালো করে চারদিকে ধুপের ধোয়া দেবে। যেন মশা না থাকে। হাটে গিয়ে যেন প্রত্যেকে একটা করে মশারি কিনে আনে। রাতে মশারির মধ্যে ঘুমাবে। দিনের বেলায় বনে জঙ্গলে যেতে হলে সারা গায়ে মহুয়ার তেলে রসুন মিশিয়ে পা থেকে মাথা মুখ সবখানে মেখে যাবে। আর যাদের জ্বর হয়েছে যেভাবে পারো এখানে নিয়ে আসবে। আমি দেখে অসুধ বানিয়ে দেব।

বরদেভাটার লোকটা আসবার সময় বাড়ি থেকে কয়েকটা সজনে ডাটা কয়েকটা মুরগির ডিম নিয়ে এসেছে। বাবা ঠাকুরকে ভালোবেসে যার যা দেবার সামর্থ দিয়ে যায়। সেগুলো সে বাবা ঠাকুরের সামনে নামিয়ে রেখে আবার প্রনাম করে বিদায় নেয়।

এরপর আসে আর একজন সে প্রনাম করলে জানতে চায় বাবাঠাকুর- বলো তোমার কী খবর?

তাঁর দুই হাতে দুটো বড় বড় ব্যাগ-। বলে সে- এবার আপনার কথামতো চাষ করে দুনো ফসল পেয়েছি। খোকার মা বললে – সব বাবা ঠাকুরের দয়া। যাও তারে পেরনাম করে সের দশেক ধান দিয়ে এসো। তাই আজ্ঞে...।

একজন বলে- বাবাঠাকুর আমার ধবলি গাইটা এড়ে বাছুর বিইয়েছে। তাই খানিকটে দুধ নে এয়েছি আপনার জন্যি-।

এই রকম প্রায় আট দশজনের নানাবিধ পন্যে বাবাঠাকুরে সামনে একটা ঢিপি হয়ে যায়। এত তাঁর একার দরকার পড়ে না। দিনে মাত্র একবার অন্ন মুখে তোলেন।

তবু তিনি এইসব গুছিয়ে রেখে দেন৷ কারন যার আছে সে যেমন দিয়েছে আবার কেউ এমন আসবে যার নেই৷ তাকে এখান থেকে কিছু দিয়ে তাঁর অসময় দূর করে দিতে হয়৷

কিছুক্ষন পরে বাবা ঠাকুর দেখতে পান এক বুড়ি লাঠিতে ভর দিয়ে অতি কষ্টে এসে দাড়িয়েছে তাঁর উঠোনে৷ জানতে চান বাবা ঠাকুর- কী হয়েছে তোমার বুড়ি মা?

কেঁদে কেঁদে বলে বুড়ি- বাবা তুমি তো জানো জগতে আমার আর কেউ নাই৷ থাকার মধ্যি ওই এক ছেলে-। ছোটবেলায় ওর বাপ মরে গেলি- জঙ্গল থিনে মহুয়া আমলকি হরিতকি বহেড়া কতিলা কুড়িয়ে নদী পার হয়ে প্রতাপগড় হাটে গিয়ে তারে বেচে সেই পয়সায় মকাই ভুট্টা কিনে ছেলেরে খাইয়ে বাঁচিয়েছি৷ সে সময় যা দিন গেছে অন্যকোন মা হলি ফেলে কোথায় না কোথায় হাটা দিতো৷ সেই ছেলে এখন পর হয়ে গিছে বাবা৷ বউয়ের কথায় কাল আমারে একদানা খেতি দেয়নে৷ ঘর থিনে বার করে দেছে৷ বলে এই বাস্তে আর আমার ঠাই নেই৷ এখন বলো বাবা আমি কার কাছে যাবো, আর কী করে বাঁচবো!

বুড়িকে বলে বাবাঠাকুর- এই অঞ্চলে তো কোনদিন এমন আজব ব্যাপার হয়নি৷ এই রোগ তো বনগ্রামের নতুন আমদানী৷ তুমি ওই গাছের ছায়ায় বসে বিশ্রাম নাও৷ আমার অঞ্চলে বুড়ি মায়েরে খেতে দেবেনা এমন কার ক্ষমতা! ওসব যেখানে চলে সেখানে চলে,আমার সীমায় এমন অনাসৃষ্টি চলবে না৷ দেখছি আমি, তুমি চিন্তা করোনা৷ সব ঠিক হয়ে যাবে৷ কোথায় থাকো তুমি বুড়ি মা?

-'দেওপঠারে' বাবা৷

-কি নাম তোমার ছেলের?

-সুষেন৷

বুড়ির দিক থেকে মুখ ঘুরিয়ে বাবা ঠাকুর অদূরে দাঁড়ানো একজন বিশালদেহী মানুষের দিকে তাকিয়ে হাঁক মারে – তাল! এদিকে আয়৷

সে বাবা ঠাকুরের আওয়াজ পাওয়া মাত্র দৌড়ে সামনে এসে দাঁড়ায়- এজ্ঞে ঠাকুর৷- বলে বাবাঠাকুর- এই বুড়ি মায়ের ছেলেকে চিনিস'?

তাল আর বেতাল দুই জমজ ভাই৷ বাবা ঠাকুর ওদের এই নাম দিয়েছে৷ কালো যমদূতের মত চেহারা৷ বড়বড় লাল চোখ মাথায় কালো কোঁকড়া চুল৷ যেমন তাদের দেহ তেমন তাদের শক্তি আর সাহস৷ বাবা ঠাকুরের হুকুমে খালি হাতে নর খাদক বাঘের সাথে লড়তে পারে৷

মাথা নেড়ে বলে তাল- চিনি বাবাঠাকুর। দেও পঠারে থাকে। সবার সাথে ঝগড়া লড়াই করে বেড়ায়।

-ধরে পিছ মোড়া করে বেঁধে এক্ষুনি আমার সামনে নিয়ে আয়।

তাল আর কোন কথা বলেনা, কোমরের গামছাখানা কষে বেঁধে সামনের দিকে হেটে চলে যায়। বুড়ি চিৎকার করে ওঠে- অরে যেন মেরোনি বাবা। ওর কোন দোষ নাই। বউটা ওর মাথা খেয়েছে। চলে যাওয়া তালের অস্পৃস্যমান দেহটার দিকে একবার তাকিয়ে চোখ ঘুরিয়ে দেখতে পান বাবাঠাকুর- দেবিকা এসে দাঁড়িয়েছে। এই অঞ্চলের খন্ডহর গ্রামের মেয়ে দেবিকা – বিয়েও হয়েছে তাঁর পাশের গ্রাম বিলাইঘাটিতে। আজ সে শ্বশুর বাড়ি থেকে বাপের বাড়িতে বেড়াতে এসেই ছুটে এসেছে বাবাঠাকুরের কাছে। তাকে জিজ্ঞাসা করেন তিনি – দেবিকা, কেমন আছিস?

-ভালো আছি বাবা, বলে দেবিকা – আপনার আশীর্বাদের হাত যার মাথার উপর সে খারাপ থাকতে পারে না।

-শ্বশুর বাড়ির লোক আর তো কোন অত্যাচার করেনা তোর উপর?

-আপনার কথা অমান্য করবে এমন সাহস কার! ওরা ভেবেছিল আমার কেউ নেই, এখন দেখছে আপনি আছেন, আর রা কাড়ে না।

-আমি তোর পিছনে নেই, তাদের পিছনে নেই। আমি থাকি ন্যায়ের পিছনে। যে অন্যায় করে তাকে সেটা করতে বারন করি। আমার সাহসে তুই যেন শ্বশুর শাশুড়ির অবহেলা অনাদর শুরু করে দিস না। তখন ওরা যদি আমার কাছে নালিশ করে আমার খুব খারাপ লাগবে।

দূর দুর্গম যোগাযোগ বিহীন বনাঞ্চল- এখানে যে একটা জনবসতি আছে সে নিয়ে বর্হিবিশ্বের তেমন কোন কৌতুহল নেই। এখানকার মানুষও বিশ্বজগতের খবরা খবর খুব বেশি জানে না। বলতে গেলে খানিক স্বনির্ভর অঞ্চল। সপন্ন না হোক যা আছে তাতেই তারা সুখি। আসলে দুঃখটা কী তা জানা না থাকায় এদের মনে তেমন কোন কষ্ট নেই। লোভ লালসাও কম। প্রত্যেকের প্রচুর জমি জিরেত আছে। যেখানে এক মুঠো দানা ফেললে শত মুঠো ফিরিয়ে দেয়। আছে জঙ্গল – যেখান থেকে মাংস মধু নানান বনোপজ সহজে মিলে যায়। নদীর ওপারে সপ্তাহে একদিন হাট বসে। যেখানে দূর দুরান্ত থেকে ব্যাপারীরা জীপে করে নানা বিক্রয় সামগ্রী নিয়ে আসে। এখানকার মানুষ সেখানে জমির ফসল- বনের সংগ্রহণ বহন করে নিয়ে যায়। সে গুলো বিক্রি করে কিনে আনে নিত্য প্রয়োজনীয় যা কিছু দ্রব্য।

সেই যে বলেনা লোহা চুম্বকের সংস্পর্শে এলে চুম্বক হয়ে যায়,এখানকার মানুষ তথাকথিত সভ্য জগতের সাথে যত বেশি মেলামেশা করছে এদের এক আধজনের মধ্যে ওই সমাজের খারাপ দিক গুলো প্রভাব ফেলতে শুরু করেছে। না হলে বধু নির্যাতন – এখানে কোনদিন হোতো না। কারন বধু এখানে অতি আদরনীয় আর মহার্ঘ সম্পদ বলে বিবেচ্য হয়। আর বৃদ্ধা মাকে খেতে না দিয়ে ঘর থেকে বের করে দেওয়া এটা তো জঘন্য পাপ।

বাবা ঠাকুরের তাল নামের অনুচরের ফিরে আসতে প্রায় ঘন্টা খানেক সময় লেগে যায়। সে বাবা ঠাকুরের আদেশ মত সুষেনের গামছা দিয়ে তাঁর হাত পিছমোড়া করে বেঁধে নিয়ে এসেছে। বলে সে- বাবা সুষেনকে এনেছি।

-নিয়ে আয় আমার সামনে।

সুষেন বছর পচিশের একটা ছেলে। কাঁচুমাঁচু মুখ করে সে বাবাঠাকুরের সামনে এসে দাঁড়ায়। চোখ লাল করে তাঁর দিকে তাকিয়ে বলেন বাবাঠাকুর- মাথাটা ধরবো আর একটানে গলাটা ছিঁড়ে ফেলে দেব! কী সাহস তোর! বুড়ি মাকে কাল খেতে দিসনি! আবার ঘর থেকে বার করে দিয়েছিস!

মিন মিন করে বলে সুষেন- কোন কাজকর্ম করে না। খালি বসে বসে খায়। ধান ভানা ঘরদোর লেপাপোছা বাড়ির সব কাজ আমার বউ একা একা করে। কাজ না করলে আমি ভাত দিতে পারবো না।

এ কোন ভাষা বলছে সুষেন! এতো বনরাজের ভাষা নয়! কোথায় শিখল সে এই বুলি! মাথাটা ঝাঁঝাঁ করে ওঠে বাবাঠাকুরের – সুষেনের ছোটবেলায় বাপ মরে গেছে। এই বুড়ি মানুষটা সারা জীবন ধরে কত খেটেখুটে তাকে খাইয়ে পড়িয়ে বাঁচিয়ে রেখেছে, বড় করেছে, বিয়ে দিয়েছে। বউ পেয়ে আজ সেই ছেলে মাকে ভুলে গেছে! অক্ষম অসহায় মাকে বলছে খেতে দেবেনা। ওই ঘর দুয়ার জমি জিরেত সব তো তাঁর। সে না খেয়ে থাকবে আর এরা খাবে! এ তার মনে কী বীজানু ঢুকে বসে আছে। ভাবেন বাবাঠাকুর – একে বার করতে হবে। বড় কঠিন রোগ – খুব সংক্রামক। না হলে ওর কাছ থেকে অন্যরা এই রোগে আক্রান্ত হবে। এখানকার সমাজ জীবনে একটা বিশৃংখলা দেখা দেবে। যে রোগে যে দাওয়াই- ওকে এখন তা দিতে হবে। কোন দয়া মায়া দেখানো চলবে না।

ডাকেন বাবা ঠাকুর- তাল।

বাবাঠাকুরের ডাক শুনে সাড়া দেয় তাল- বলেন বাবা।

বাবা ঠাকুর তাকে অদূরে পড়ে থাকা একটা পাথর খন্ড দেখিয়ে বলেন- ওই পাথরটা তুলে নিয়ে আয়। ওই গামছা দিয়ে পাথরটাকে সুষেনের পেটে বেঁধে দে'। তারপর ওকে নিয়ে গিয়ে সামনের মাঠটায় দশ পাঁক ঘুরিয়ে নিয়ে আয়। থামতে দিবি না। না থেমে দশবার ছোঁটার পর আমার কাছে নিয়ে আয়। বুঝুক ওকে পেটে করে বয়ে বেড়াতে মায়ের কত কষ্ট হয়েছে। যা নিয়ে যা-।

তাল বাবাঠাকুরের হুকুমের গোলাম। সে যে হুকুম দিয়েছে তা তাল অক্ষরে অক্ষরে পালন করবেই। সে হাত বাঁধা সুষেনকে টেনে নিয়ে যায় পাথরের সামনে। তারপর পাথর পেটে বেঁধে নিয়ে যায় মাঠে। এবার সে হুকুম দেয়- না থেমে ছুটতে আরম্ভ কর। থামবি তো বুঝবি কী হয়। তালের লাল চোখ দেখে ভয়ে সুষেন মাঠের কিনারা ধরে দৌড়ুতে শুরু করে। আর মাঠের ধারে দাঁড়িয়ে গুনতে থাকে তাল, এক, দুই, তিন, চার...।

ঠিক এই সময় একজন লোক যার নাম মংলা সে ঘামে নেয়ে উন্মাদের মত ছুটতে ছুটতে বাবা ঠাকুরের সামনে এসে দাঁড়িয়ে পড়ে। তাঁর ওই বিদ্ধস্ত চেহারা দেখে মনে হয় বাবাঠাকুরের – নিশ্চয় কোন বিপদ হয়েছে। কী হয়েছে জানবার জন্য বলেন তিনি- কী হয়েছে মংলা? ব্যাপার কী, যেন বাঘে তাড়া করেছে। ওরকম ছুটতে ছুটতে আসছিস কেন?

মংলা নামের যুবক একটু দম নিয়ে বলে- বাবাঠাকুর, আমরা গিছিলাম নদীতি মাছ ধরতি। তা মাছ আর কি ধরবো, যা দেখলেম দেখে তো আমাগার চোখ চড়ক গাছ। দেখি কি জলের ঢেউয়ে মস্ত একটা কাঠের খন্ড ভেসে ভেসে আসতিছে। আর সেই কাঠের খন্ডটা জড়িয়ে ধরে বাঁচার চেষ্টা করতিছে একটা বাচ্চা ছেলে।

জঙ্গলে আজকাল বহিরাগত কাঠ চোরের উপদ্রব খুব বেড়েছে। ঘন জঙ্গলের মধ্যে প্রবেশ করে রাতের অন্ধকারে করাত চালিয়ে তারা শাল সেগুন আরো বহু মুল্যবান গাছ কেটে টুকরো টুকরো করে নদীতে ফেলে দেয়। সেই কাঠের টুকরো ঢেউয়ের দোলায় ভাসতে ভাসতে চলে যায় এই প্রদেশ ছাড়িয়ে পাশের প্রদেশে। সেখানে কাঠ চোরেদের নিজের লোক নদী থেকে কাঠের টুকরোগুলো তুলে নেয়। বিনা পরিবহন খরচে কাঠ পৌছে যায় কয়েক শত মাইল দূরের কাঠগোলায়। ওখানে সে গুলো দিয়ে বানানো হয় দামী আসবাব।

মংলার বক্তব্যে এখন জানা যায় তেমনই কোন এক কাঠের টুকরো জড়িয়ে নদী পথে ভেসে এসেছে এক বালক। কি ভাবে সে নদীর মধ্যে পতিত হয়েছে

সেটা জানা গেল না বটে তবে তাঁর দেহে যে এখনও প্রান আছে সেটা মংলার কথায় বোঝা যাচ্ছে।

বলেন বাবাঠাকুর- সে কোথায়?

-আমার সাথে যারা ছেলো তারা তারে বয়ে আনতেছে। আমি আগে আগে আবনারে খবর দেবার জন্যি ছুটতি ছুটতি এয়েচি।

কয়েক মিনিট পরেই কয়েকজন মিলে অচেতন অশান্তর নিথর দেহ বহন করে বাবাঠাকুরে সামনে নিয়ে আসে। বসা বাবা ঠাকুর উঠে দাঁড়িয়ে খাটিয়ায় তাকে শুইয়ে দেবার জায়গা করে দেন। তারপর কাছে এগিয়ে দেখতে পান –খুবই বাচ্চা ছেলে। চৌদ্দ পনের বছর বয়স-। সে অজ্ঞান হয়ে গেছে বটে তবে শ্বাস প্রশ্বাস চলছে। – মনে আশা জাগে, বেঁচে যাবে। বড় ভাগ্যবান বাচ্চা। নদীতে এত স্রোত – তারপর হাঙ্গর কুমিরও আছে। এত কিছু বিপদ বিঘ্নের মধ্যেও যখন তাঁর কিছু হয়নি- আর মরবে না। পেট টিপে দেখে বোঝেন – পেটে জল ঢোকেনি।

বলেন বাবাঠাকুর- এই মংলা খানিকটা মহুয়া তেল গরম করে এনে ওর পায়ের পাতা হাতের তালুতে ভালো করে ঘস তো। আর একটু সেক দে। ঠিক হয়ে যাবে।

এর কিছুক্ষন পরে তাল ক্লান্ত ঘর্মাক্ত সুষেনকে নিয়ে বাবাঠাকুরের কাছে আসে- জানতে চান বাবাঠাকুর, দশ পাক দিয়েছে?

-আজ্ঞে, দশ।

-একটু জিড়োন দিয়ে আবার দশ পাক ছোটা।

এবার ভয়ে কেঁদে ফেলে সুষেন- আর ছোটালে আমি মরে যাবো বাবা ঠাকুর।

বুড়ি মাও ছেলের কষ্ট দেখে কেঁদে ফেলে- বাবা ওকে আর কষ্ট দিওনা।

বুড়ির কথায় কান না দিয়ে সুষেনকে বলেন বাবাঠাকুর- মায়ের উপর আর জুলুম করবি?

কেঁদে কেঁদে বলে সুষেন- আমি আর কোন জুলুম করবো না।

-তোরা যা খাবি মাকে খেতে দিবি?

-দেব বাবা দেব।

-মনে থাকে যেন! আবার যদি বুড়িমা কোনদিন আমার কাছে নালিশ নিয়ে আসে সেদিন কিন্তু তোর খুব বিপদ আছে।

-আর করবো না। এই কান নাক মুলছি।

বুড়ির দিকে তাকিয়ে বলেন বাবাঠাকুর- যাও বুড়িমা, এবার বাড়ি যাও। সুষেনের বুদ্ধি এসে গেছে। আর সে তোমার উপর কোন অন্যায় জুলুম করবেনা বলছে। যা সুষেন মাকে নিয়ে বাড়ি যা-।

কৃতজ্ঞ বুড়ি মা হাত জোড় করে কপালে ঠেকায়। আর লাঠি ভর দিয়ে সুষেনের পিছন পিছন ঘরের পথ ধরে।

এই সময় বাবাঠাকুরের পালিত কন্যা মহুয়া ছুটে ছুটে আসে। কেউ তাঁর কাছে খবর দিয়েছে কোন দূর দেশ থেকে একজন আগন্তক এসেছে। সে তাই খেলা ফেলে তাকে দেখতে আসে। মহুয়ার বয়স বছর দশেক হবে। গায়ের রঙ শ্যামলা, আর মাথার চুল কোঁকড়া। সে এসে শায়িত অশান্তকে দেখে বাবা ঠাকুরকে জিজ্ঞাসা করে- এ কে? এর কী হয়েছে?

জবাব দেয় মংলা- নদীর জলে ভেসে এসেছে। অজ্ঞান হয়ে আছে। তাই কোথায় বাড়ি, কী নাম – আমরা এর বিষয়ে কিছু এখনও জানতি পারিনি।

মহুয়ার অশান্তকে দেখে ভালো লেগে যায়। সে আবার জানতে চায়- একী আমাদের এখানে থাকবে? আমি তাহলে এর সাথে খেলবো।

বলেন বাবাঠাকুর- আরে আগে ওর জ্ঞানটা তো ফিরুক। যা তুই খানিক দুধ গরম করে নিয়ে আয়। পারবি? ওই দেখ একজন খানিক আগে দুধ দিয়ে গেছে।

মংলা অশান্তর হাতে পায়ের তালুতে গরম তেল ঘসে দেয়। ধীরে ধীরে চোখ মেলে অশান্ত। তাকে ঘিরে দাঁড়িয়ে আছে অনেক গুলো অচেনা কৌতুহলি মানুষ। এদের দেখে বুঝতে পারে সে এরা কেউ আক্রামক বা হিংস্র নয়। সে অতিকষ্টে উঠে বসে চারদিকে তাকায়। চারদিকে গাছপালা, অচেনা পরিবেশ, মানুষগুলোর মুখ সব অচেনা। একজন তাকে জিজ্ঞাসা করে তোর কোথায় বাড়ী? নদীতে কী ভাবে পড়ে গেলি? মানুষটার বলিষ্ট দেহ, মুখে কাচা পাকা দাড়িগোফ চোখে প্রশন্ন দৃষ্টি। তাঁর দিকে তাকিয়ে বিড়বিড় করে বলে প্রশান্ত- আমার কিছু মনে নেই।

৮

রায়পুর শহরের কিনারে ইট বেছানো সরু পথ। পথের দুধারে ছায়াদার অনেক বৃক্ষের সারি। এসব রোপিত বৃক্ষ। পরিবেশ বেশ মনোরম। নিরালা নির্জন-। কিছু দূরে রয়েছে একটা মাধ্যমিক বিদ্যালয়। এটা মিশনারিজ ইস্কুল। দূর দেশ থেকে একদল ধর্ম যাজক এসে এখানে এই ইস্কুল স্থাপনা করেছে। তারা বাচ্চাদের লেখা পড়া যেমন শেখায় আবার নীতি আদর্শের পাঠও দেয়। এটাও বোঝায় তারা যে যীশুর প্রতি আত্মসমর্পন দ্বারাই মানব জীবনের সব পাপ থেকে পরিত্রান মিলে যেতে পারে।

এই ইস্কুলে যারা পড়তে আসে তারা অঞ্চলের নিম্নবিত্ত পরিবারের সন্তান। ইস্কুলে যেমন হোক পাড়ার পরিবেশ মোটেই সুশিক্ষার উপযুক্ত নয়। সেখানে নিত্যদিন পারস্পারিক ঝগড়া মারামারি দেখতে দেখতে বড় হয় বাচ্চারা। তাই বাচ্চারা প্রভাবিত হয়ে যায় সেই পরিবেশ দ্বারা। যারা ইস্কুলে আসে তারা খানিক সংযত হয়ে থাকতে বাধ্য হলেও যারা আসেনা, তাদের কেউ শাসন করার মত নেই। এমন কয়েকটা ছেলে রাস্তার পাশে একটা আম গাছে ঢিল মেরে কাচা আম পাড়ছিল। তারা ঢিল মারা বন্ধ করে রাস্তার দিকে তাকায়। সেই পথে এখন হেটে যাচ্ছে প্রশান্ত। তাকে তাঁর ভীমা মামা আগের ইস্কুল থেকে ছাড়িয়ে এনে এই ইস্কুলে ভর্তি করে দিয়েছে। এখানকার পড়াশোনার মান খুব উন্নত। আর শিক্ষা মেলে সম্পুর্ন নিশুল্ক। তাঁর দিকে তাকিয়ে একজন আর একজনকে জিজ্ঞাসা করে -আগে কোনদিন দেখিনি ওই নতুন মুরগিটা কে রে?

বলে অন্যজন- কে জানে! আমিও আগে দেখিনি। হবে কোন ধুর-।

ধুর অর্থে বোকা হাবা নিরীহ ছেলে।

-চলো ওকে গোত্তা খাওয়াই! খাওয়াবি?

-বেশ মজা হবে তাহলে। – চল।

আগের ছেলেটা – যার চেহারা বেশ গাট্টা গোট্টা – সে প্রশান্তকে ডাকে- এই ধুর – দাঁড়া তো!

বুঝতে পারেনি প্রশান্ত যে তাকে ডাকা হচ্ছে। কারন তাঁর নাম ধুর নয়। তাই সে সামনে এগিয়ে যেতে থাকে। তখন সেই ছেলেটা দৌড়ে গিয়ে তাঁর পথ রোধ করে দাঁড়ায়- কী হল তোকে ডাকলাম না!

-আমাকে ডাকলে!

-তোকে না তো কী তোর বাবাকে ডাকলাম!

-আমার নাম ধুর না।

-তোর নাম ধুর তোর বাবার নাম ধুর-

প্রশান্ত খুব নিরীহ আর ভদ্র। কারও সাথে সে বাক বিতন্ডায় সহজে যেতে চায় না। তবু এখন বলে সে- খালি খালি আমার বাবা তুললে কেন! আমি তোমাদের কী করেছি!

বলে সেই হাট্টা কাট্টা ছেলেটা- বেশ করেছি। আমার ইচ্ছা তোর বাপ তুলবো। কিছু করতে পারবি? হাতের মাসল দেখায় সে – দেখছিস? আমার গায়ে খুব জোর।

বাজে বখাটে ছেলে। এদের সাথে মুখ লাগিয়ে কোন দরকার নেই এই ভেবে পাঁশ কাটিয়ে প্রশান্ত সামনে আগাতে চায়। তখন বখাটে ছেলের দল তাঁর পথ আটকায়- দাঁড়া যাবি না।

বলে প্রশান্ত- আমাকে যেতে দাও। আমি ইস্কুলে যাবো। ইস্কুলে দেরী হয়ে গেলে ফাদার বকবে।

বলে বখাটেদের একজন- না দাঁড়ালে আমরা মারবো। বল কী খাবি মার না বকা?

একজন হঠাৎ প্রশান্তর মাথার আঁচড়ানো চুল হাত দিয়ে এলোমেলো করে দেয় – খোকাবাবুর চুল ঠিক নেই, আমি আঁচড়ে দিচ্ছি। আর একজন রাস্তার পাঁশ থেকে খানিক ধুলো তুলে তাঁর গায়ে ছড়িয়ে দেয় – আমি মুখে পাউডার লাগিয়ে দিলাম।

এই সব অত্যাচারে কেঁদে ফেলে প্রশান্ত- তোমরা এরকম করছো কেন!

হাসে আর বলে একজন- আমাদের ইচ্ছা। আমরা এখানের দাদা বুয়লি। কেউ কিচ্ছু করতে পারবেনা আমাদের। একজন এসে পিছন থেকে প্রশান্তর ঘাড় মাটিতে চেপে ধরে – দাদাকে পরনাম কর।

কাঁদে আর বলে প্রশান্ত- আমাকে ছেড়ে দাও।

-ছেড়ে তো দেবই আগে পরনাম কর।

একা পারেনা ছেলেটা তাই দুই তিন জন মিলে প্রশান্তর মাথাটা সেই হাট্টা কাট্টা ছেলেটার পায়ের উপর চেপে ধরে। তাঁর মাথার উপর পা তুলে দিয়ে বলে হাট্টাকাট্টা – আশীর্বাদম শিরোচ্ছেদম বংশনাশম ধীরে ধীরে...। প্রশান্ত কাঁদে আর বলে- আমাকে ছেড়ে দাও। হাসে আর বলে একজন – কাঁদ জোড়ে জোড়ে কাঁদ। কাঁদলে ছেড়ে দেব। একজন সজোরে তাঁর মাথায় গাট্টা মারে- কাঁদ।

এই সময় পথে যাচ্ছিল ভীমা। তাঁর এই পথে এখন যাবার কোন কারন ছিলোনা। যেতে হচ্ছে কারন এই পথে গ্যারাজে যেতে হয়। ট্রাকটার গিয়ারে সামান্য গোলযোগ দেখা দিয়েছে। তাকে মেরামত না করে রাজমার্গে গাড়ি তোলা খুব ঝুঁকির কাজ হয়ে যাবে। তখন মাঝপথে গাড়ী বেগড়বাই করলে না পারবে ওদিকে যেতে না পাবরে এদিকে ফিরতে। পথেই পড়ে থাকতে হবে তখন।

মালিকের গাড়ি যখন চালাতো তখন এমন অনেকবার হয়েছে। কিন্ত এখন নিজের গাড়ি। তাই প্রতি ট্রিপের পর একবার যা কিছু টুকটাক মেরামতি তা সেরে নেয় ভীমা।

হঠাৎ যেতে যেতে তাঁর চোখে পড়ে রাস্তার পাশে কয়েকটা বদমাশ ছেলে প্রশান্তর উপর অত্যাচার করছে। তা দেখে সে সাথে সাথে গাড়ির ব্রেকের উপর পা তুলে দেয়। শব্দ করে ট্রাক থেমে যায় আর সে জানালা দিয়ে মুখ বাড়িয়ে গর্জন করে ওঠে- এই রোক। কাল্টুকে হুকুম দেয় – পাকাড়তো শালে লোগ কো। কিন্ত কাল্টু নামবার আগেই বমমাশ ছেলেগুলো প্রশান্তকে ছেড়ে দিয়ে উর্ধশ্বাসে যে যেদিকে পারে ছুট মেরে পালিয়ে যায়।

জানতে চায় ভীমা- কী হয়েছে রে প্রশান্ত?

কাঁদতে কাঁদতে বলে প্রশান্ত- দেখো না মামা খালি খালি সবাই আমাকে ধরে মারলে-।

-ইস্কুলে এই অবস্থায় কি করে যাবি! আমার সাথে ঘরে চল। উঠে আয় গাড়িতে-। বদমাশ গুলোর পিছনে ধাওয়া করে যাওয়া কাল্টু তাদের ধরতে না পেরে ফিরে এসে প্রশান্তকে উঁচু করে তুলে ড্রাইভার সিটের পাশে বসিয়ে দেয়। রাগে ফুলতে ফুলতে ভীমা গাড়ি চালিয়ে বাড়ির দিকের পথ ধরে-।

এখান থেকে ভীমার বাড়ি পায়ে হেটে যেতে মিনিট পনের সময় লাগে। আবার গাড়িতেও সেই পনের মিনিট। কারন গাড়ি সোজা পথে আসতে পারেনা। তাকে আসতে হয় অনেকটা ঘুরে। আজ ভীমা বাড়ি আছে, আজ সে দিদির হাতের রান্না খাবে তাই নিজে বাজারে গিয়ে মাংস কিনে এনেছে। আজ ভীমার

বাড়িতে উৎসবের মেজাজ। ভাইদের খাওয়াবার জন্য আজ দুর্গা নানান পদ রান্না করছে। ওরা সব দিন পথে পথে থাকে, হোটেলে মোটেলে খায়। আজ তাদের খানিক ভালো মন্দ দিয়ে মুখ বদল হবে।

প্রায় ছয় বছর হয়ে গেছে দুর্গার রায়পুর শহরে আসার। আগের ইস্কুল থেকে ছাড়িয়ে এনে প্রশান্তকে মিশনারি ইস্কুলে ভর্তি করে দেওয়া গেছে। রেডিমেড সায়া ব্লাউজ সেলাই করার অর্ডারও নিয়ে এসেছে ভীমা। ওরা কাপড় কেটে দেয়, খালি সেলাই করার কাজ দুর্গার। এতে মাসে খুব বেশি না হলেও মোটামুটি কম হয়না। আর এখন সে অন্য কোন দিকে মন দিতে চায়না। নিজের বঞ্চিত ব্যথিত জীবনের কথা সরিয়ে রেখে এখন কী ভাবে প্রশান্তকে মানুষ করে তুলবে সেই চিন্তায় মগ্ন হয়ে আছে দুর্গা।

সে এখন রান্না ঘর থেকে ট্রাকের আওয়াজ পেয়ে মুখ বের করে দেখতে পেল ভীমার গাড়ি। আর দেখতে পেল কাল্টু ট্রাক থেকে প্রশান্তকে ধরে ধরে নামাচ্ছে। মায়ের প্রান পুত্রের বিপদাশঙ্কায় অস্থির হয়ে উঠলো-। দুর্গার গলা থেকে যেন কান্না বের হয়ে এল- ওর কী হয়েছে? এমন অবস্থা কেন প্রশান্তর?

বলে ভীমা- আমি যেতে যেতে দেখি পথের পাশে কটা বদমাশ ছেলে বিনা কারনে ওকে ধরে মারছে। ভাগ্য ভালো যে সেই সময় আমি হঠাৎ গিয়ে পড়েছিলাম। নাহলে আরো মারতো।

একটু আগে যে দুর্গার গলা থেকে কান্না নামছিল এখন আগুন নামে- যখন ওকে ওরা মারছিল, প্রশান্ত কী করছিল? কাঁদছিলো?

বলে কাল্টু- ওরা অনেকজন-। এতজনের সাথে একা কী করবে- না কেঁদে!

আগুন চোখে প্রশান্তর দিকে তাকিয়ে বলে দুর্গা- এই প্রথম আর এই শেষ। আর কোনদিন যেন মার খেয়ে আমার সামনে আসবিনা। কোনদিন না। পারলে মেরে আসবি। না পারলে যেদিকে মন চায় চলে যাবি। মনে থাকে যেন।

দুর্গার কথায় মনে আঘাত পায় ভীমা। বলে- এ তুমি কেমন কথা বলছো দিদি! আমি তো দেখেছি ওরা কতজন ছিলো। একা এইটুকু বাচ্চা কী করবে।

বাঘিনীর মত তেজে বলে দুর্গা- ভাইয়া আমি সংখ্যা জানিনা। প্রতিরোধ আর প্রতিশোধ জানি! একপাল ভেড়ার সামনে একটাই বাঘ যথেষ্ট। ওকে যদি বেঁচে থাকতে হয় বাঘের মত শক্তি আর সাহস নিয়ে বেঁচে থাকতে হবে। মারের বদলে মার ফিরিয়ে দিতে শিখতে হবে। মরে গেলেও যেন বাঘের মত মরে-। আমি ওর

মৃতদেহ সহ্য করতে পারব কিন্ত মার খেয়ে আমার সামনে এলে আমি কিছুতে সহ্য করতে পারবোনা।

বলে ভীমা- দিদি আমি তোমার মনের জ্বালাটা বুঝি। প্রশান্তও বুঝবে। সেই সময়টা আসতে দাও। ওকে আগে একটু বড় হয়ে উঠতে দাও। এখনই এত বড় চাপ...।

বলে দুর্গা- ভিত মজবুত করে না গড়লে বাড়ি যত মজবুত হোক পড়ে যাবার ভয় থাকে। আমি চাই ও এখন থেকেই সবল আর সাহসী হয়ে গড়ে উঠুক। যেন যেকোন অন্যায় অত্যাচারের সামনে বুক টান করে পাহাড়ের মত দাঁড়াতে পারে। শত্রু যতই শক্তিমান হোক যেন তাদের সামনে ভয়ে বেঁকে নুয়ে না যায়। তবেই আগামী দিনে অনেক বড় লড়াইয়ের জন্য প্রস্তত হতে পারবে। যাদের বিরুদ্ধে ওকে লড়তে হবে তারা নির্দয় পাষন্ড- দয়া ক্ষমা জানে না। যদি আমার সন্তান ভিতু কাপুরুষ হয় – আমি ভগবানের কাছে তাঁর জীবন নয়, মৃত্যু কামনা করবো।

কথা বলার সময় কী দুর্গার চোখে জল চিকচিক করে উঠেছে? না হলে প্রশান্ত মাকে জড়িয়ে ধরে বলবে কেন- মা তুনি আর কেঁদোনা। আমি আর ভয় পাবো না। আমি আর কোনদিন মার খেয়ে তোমার সামনে আসবোনা।

দুর্গা প্রশান্তকে কাছে টেনে বলে- আমাকে ছুয়ে প্রতিজ্ঞা কর কোনদিন কোন অত্যাচারীকে ক্ষমা করবি না। সবল শক্তিমানের সামনে নুয়ে পড়বিনা। -প্রতিজ্ঞা কর।

বলে প্রশান্ত- তোমার পা ছুয়ে বলছি, আমি ভয় পাবো না। যে আমার উপর অত্যাচার করতে আসবে তাকে ছাড়বো না।

প্রশান্তর মাথায় হাত বুলিয়ে বলে দুর্গা- যা পুকুর থেকে গায়ের ধুলো ধুয়ে আয়। সে চলে গেলে দুর্গাকে বলে ভীমা- দিদি আমি যেন প্রশান্তর চোখের তারায় এখন আগুন জ্বলে উঠতে দেখলাম। যে আগুন তুমি জ্বালিয়ে দিয়েছো আমার দৃঢ় বিশ্বাস আগামী দিনে তা দাবানল হয়ে জ্বলে উঠবে। সব শয়তান গুলোর জীবন জ্বালিয়ে পুড়িয়ে ছারখাড় করে দেবে।

-আমি তো তাই চাই – বলে দুর্গা। সেই আশা স্বপ্ন প্রতিজ্ঞা নিয়েই আমি বেঁচে আছি।

৯

মেয়েটাকে নিয়ে বাবা ঠাকুরের হয়ে গেছে মুশকিল। অশান্ত এখানে আসার পর থেকে তাঁর সর্বক্ষনের ছায়া সঙ্গী হয়ে উঠেছে মহুয়া।

এখানে তেমন কোন শিক্ষালয় নেই। বাবা ঠাকুর নিজে যতটুকু জানেন বাচ্চাদের সেইটুকু শিক্ষা দেবার জন্য তিনি রোজ বিকালে দু ঘন্টা ধরে পড়ান। আদিবাসী অঞ্চল, এখানে সভ্য জগতের কোন নিয়ম চলবে না। এখানকার ছেলে মেয়ে দিনভর ক্ষেত খামারে কাজ করে। যে ছোট তাঁর জন্য বরাদ্দ হালকা কাজ, যে বড় শারীরিক দিক থেকে সক্ষম তাঁর জন্য সেই রকম কাজ। বাপ মা জমিতে হাল চালায়, আর বাচ্চারা তাঁর চেয়ে যে ছোট সেই বাচ্চা সামলায়, পানীয় জল এগিয়ে দেয়, গরু ছাগল রাখে। শ্রম জীবনের পাঠ এখানে সবার ছোটবেলা থেকেই মিলে যায়। তাই কেউ এখানে শ্রমবিমুখ – অলস নয়। সভ্য জগতের মত এখানে শ্রমের কাজকে ঘৃনার চোখে দেখা হয়না। উল্টে যে অধিক পরিশ্রমী সে সর্ব সাধারনের চোখে শ্রদ্ধার পাত্র।

সারাদিন বাচ্চারা ব্যস্ত থাকে তাই তখন তাদের পড়াশোনায় আটকে রাখা যায় না। দিন শেষে চানটান করে তারপর আসে ইস্কুলে। এখানে খেলার – খেলা হয়, খেলার ছলে শেখানো হয় অক্ষর, নামতা, শব্দ আর বাক্য গঠন। এখানে এর চেয়ে বেশি শেখার খুব একটা দরকারও নেই। কী করবে এরচেয়ে বেশি শিখে! এখানকার কেউ তো বড় বড় ডিগ্রি হাসিল করে কারও চাকরবৃত্তি করতে যাবে না। এখানকার মানুষ স্বাধীনচেতা স্বাভিমানী আর মুক্তমনা।যা আছে যতটূকু আছে তাতেই সুখি।

বাবা ঠাকুর বাচ্চাদের আসবার জন্য পাঠশালার বারান্দায় অপেক্ষা করছিলেন। তখন মহুয়া এসে বলে- বাবা বাবা অশান্তকে পাওয়া যাচ্ছেনা।

এমন মাঝে মাঝে হয়। কয়েক ঘন্টা কোথায় যেন নিখোঁজ হয়ে যায় অশান্ত। আবার নিজে থেকে ফিরে আসে। ওই টুকু বাচ্চা কিন্তু সর্বক্ষন কী যেন ভাবে। প্রশ্ন করলে তাঁর উত্তর দেয় না। খানিকটা স্মৃতি বিভ্রম যে হয়ে গেছে ওর- সেটা বোঝা যায়। এখন তার নিজের নাম বাবার নাম ছাড়া আর কিছু মনে পড়ছেন। বলেছে সে রাত নাম অশান্ত, বাবার নাম কুশল মাষ্টার। তবে এটাও জানেন বাবা ঠাকুর, কোন

কারনে যেমন মানসিক আঘাতে স্মৃতি চলে যায়, আবার তা হঠাৎ কোন কোন সময় ফিরেও আসে। ওইটুকু বয়সে বড় মানসিক আঘাত পেয়েছে ছেলেটা। কত ঘন্টা জলের মধ্যে মৃত্যু ভয় নিয়ে ভেসেছিল তা কে জানে!

এখন মহুয়াকে বলেন তিনি- আছে কোথাও। এসে যাবে-।

কাঁদো কাঁদো গলায় বলে মহুয়া- তান্ডবেশ্বরের মন্দির, ঝর্নার ধার, নেড়া পাহাড়, যেখানে যেখানে যায় ও সবখানে খুঁজে দেখেছি। কোথাও নেই।

সন্ধ্যা হয়ে আসছে। আর কিছু সময় পরে নামবে নিছিদ্র অন্ধকার। গুহা ছেড়ে বের হয়ে আসবে শিকার সন্ধানী বন্য প্রানীরা। যারা বনে জঙ্গলে নানা কাজে যায় অন্ধকার নামার আগে সবাই ঘরে ফিরে আসে। এই সময়ে কোথায় গেল ছেলেটা!

মহুয়া কাঁদে আর বলে- ওকে এনে দাও বাবা। তাল, বেতাল দাদাদের বলো অশান্তকে খুঁজে নিয়ে আসুক।

মহুয়ার কান্না থামার আগেই তাল – বেতাল দুই ভাই হন্তদন্ত হয়ে এসে পড়ে। দু ভাই শক্ত করে ধরে রেখেছে অশান্তর দুটো হাত।

বলে মহুয়া- এই তো অশান্ত! কোথায় ছিলি তুই?

বাবা ঠাকুরও মহুয়ার কথার পুনরাবৃত্তি করে- কোথায় ছিলি তুই? তোর জন্য মহুয়া কেঁদে কেঁদে অস্থির।

বাবাঠাকুরের কথার জবাবে বলে তাল- বাবা, আমরা গিয়েছিলাম বাঘমুন্ডির জঙ্গলে বরা ধরা ফাঁদ পেতে রেখে আসতে। আমরা যখন ফিরছি দেখি কী নদীর পাড় ধরে অশান্ত উর্দ্ধশ্বাসে পাগলের মত সামনের দিকে ছুটছে। বুঝুন বাবাঠাকুর, ওই জঙ্গলে কত জন্ত জানোয়ার। আমরাই খালি হাতে যাবার হিম্মত করিনা। আর ও-! ভাগ্য ভালো যে কারও সামনে পড়েনি। একবার ভাবুন যদি কারও সামনে পড়ে যেত আর রক্ষা ছিলো!

বেতাল বলে- আমি দৌড়ে গিয়ে যেই ওকে ধরেছি-বলে, আমাকে ছেড়ে দাও। আমি বাড়ি ফিরে যাবো। আমার মায়ের কাছে যাবো, আমার ভাইয়ের কাছে যাবো। যারা আমার বাবাকে মেরে ফেলেছে তাদের মেরে বদলা নেব।

অশান্তকে পাওয়া গেছে, তাঁর চেয়ে বড় ব্যাপার তাঁর স্মৃতি ফিরে এসেছে। বিগত কথা সব মনে পড়েছে। এটা খুব ভালো লক্ষন। বাবা ঠাকুর অশান্তর কাছে গিয়ে তাঁর মাথার চুলে স্নেহের হাত বোলান – বলেন- আমাকে বল কে তোর বাবাকে মেরেছে? কেন মেরেছে? কোথায় তোর বাড়ি? সব বল আমাকে!

গভীর মানসিক যন্ত্রনায় অশান্ত ফোঁপাচ্ছে, ফোঁস ফোঁস করছে অবরুদ্ধ আক্রোশে। তবে সে ওই অবস্থায় টুকরো টুকরো কথায় যা বলে তাতে বাবাঠাকুর বুঝে নিতে পারেন তাঁর সাথে কী ভয়াবহ ঘটনা ঘটে গেছে।নিজের কথা বলা শেষ করে – তালের ধরে রাখা হাত ছাড়িয়ে আবার সে সামনের দিকে চলে যেতে উদ্যত হয়। আবার তাকে খপ করে ধরে ফেলে বেতাল। তাকে স্বান্তনা দেবার জন্য বলেন বাবাঠাকুর- শান্ত হ'।

ক্ষিপ্ত গলায় বলে অশান্ত- না, আমি যাবো। আমাকে যেতে দাও, আমার বাবার বদলা নিতে যেতে হবে।

এবার আর বাবা ঠাকুরের ধৈর্য থাকে না। তিনি রাগত গলায় গর্জন করে ওঠেন – বদলা-! তিন অক্ষরের ওই কথাটার মানে জানিস! মুখে এলো আর বলে দিলি? কতটুকু শক্তি তোর ওই ছোট্ট দুটো হাতে? কে তোর শত্রু, কতখানি তাঁর ক্ষমতা আন্দাজ আছে কিছু? শত শত লোকের চোখের সামনে- প্রকাশ্য দিনের আলোয় যে এত বড় একটা অপরাধ করে বুক ফুলিয়ে ঘুরে বেড়াচ্ছে – আইন, বিচার, ওখানকার মানুষ – কেউ তাঁর একটা চুল বাঁকা করতে পারেনি। সে যদি পারতো তাহলে এমন জঘন্য কাজ করবার আগে দশবার ভাবতো। কেউ যার কিছু করতে পারল না তুই কালকের বাচ্চা চলেছিস তাঁর মুখোমুখি হতে! পিঁপড়ের মত তোকে টিপে মেরে শেষ করে দেবে তা জানিস!

কাঁদে আর বলে অশান্ত- তাহলে আমি এখন কী করবো! আমার বুকের মধ্যে যে আগুন জ্বলছে। কী ভাবে তাকে নেভাবো!

একটু নরম গলায় বলেন বাবাঠাকুর- আমি তোকে তোর বুকের আগুন নেভাতে বলছি না। বলছি সঠিক সময়ের জন্য অপেক্ষা করতে। পান্ডবেরা পাচভাই বারো বৎসর ধরে বনে জঙ্গলে পাহাড়ে তীর্থে ঘুরে ঘুরে কত ক্লেশ সহ্য করে কুরুক্ষেত্র মহা সমরের জন্য শক্তি সামর্থ সংগ্রহ আর সঞ্চয় করেছিল তা জানিস? তার ফলেই বিজয়লক্ষ্মী তাদের ললাটে জয় তিলক একে দেয়। ধৈর্য রাখ আর অপেক্ষা কর। আমি তোর বাহুতে এত শক্তি ভরে দেব- বুকে ভরে দেব এত সাহস যে মানুষ তো ছাড় তোর সামনে পাহাড় পর্যন্ত নত হয়ে যাবে। তোর পায়ের চাপে বসুমতি টলে উঠবে। কিন্ত তার জন্য তোকে কঠিন সাধনা করতে হবে। আমার প্রতিটা আদেশ অক্ষরে অক্ষরে পালন করতে হবে। বল তা করতে পারবি?

মহুয়া অশান্তের হাত চেপে ধরে- বল পারবো।

বাবাঠাকুরের দিকে তাকায় অশান্ত, মানুষটা যা বলছে তাঁর কথার অন্তর্নিহিত অর্থ হৃদয়াঙ্গম করতে কিছু সময় নেয়। তারপর মাথা ঝাঁকিয়ে বলে- পারবো।

মহুয়া অশান্তর হাতের চাপ আরো দৃঢ় করে-। যেন সেই বার্তা সঞ্চারিত করতে চায় স্পর্শের মাধ্যমে- তুই পারবি।

বলেন বাবা ঠাকুর- আর না বলে পালাবার চেষ্টা করবিনা? শান্ত হয়ে থাকবি?

-থাকবো।

অশান্তর দিক থেকে চোখ ফিরিয়ে বাবা ঠাকুর একটা গভীর নিঃশ্বাস ফেলেন। যেন তাঁর বুক থেকে একটা পাষান ভার নেমে যায়। বলেন তিনি- এবার যা-। মন ভালো নেই, আজ ইস্কুল হবে না।

মহুয়া অশান্তর ধরে রাখা হাতে টান দেয়- চল আমরা বাইরের অশ্বত্থ গাছের গোড়ায় গিয়ে বসি।

আজ পূর্নিমা। কিছুক্ষন পরে আকাশে রূপোর থালার মত গোলাকার চাঁদ উঠবে। মাঠ পাথার সব ভেসে যাবে রূপো গলা ধবল জোছনায়। মহুয়ার মন বলে সেই জোছনায় পাহাড় থেকে দল বেঁধে নীল লাল পরীরা নীচে নেমে আসবে। তারা নাচবে গান গাইবে- মিষ্টি ঝঙ্কার তুলে হাসবে।

অশান্তকে অশ্বত্থতলার দিকে নিয়ে যেতে যেতে সেই কথাই তাকে বলে মহুয়া- আমি শুনেছি পুর্নিমার রাতে পাহাড় থেকে পরীরা নামে।

-কে বলেছে এই সব! অবিশ্বাসী তাচ্ছিল্য ছলকায় অশান্তের চোখে মুখে – যত্তসব বাজে কথা। পরী না হাতি!

-না না বাজে নয়, সত্যি। অনেকে দেখেছে। সবাই দেখতে পায়না, যাদের ভাগ্য ভালো থাকে তারাই দেখতে পায়।

মনে মনে বলে অশান্ত- আমার ভাগ্য খুব খারাপ। পরী দেখা আমার ভাগ্যে নেই। আর আমার সঙ্গে থাকলে তুইও কোনদিন দেখতে পাবিনা। কিন্ত মহুয়ার মন অন্য কথা বলে-তাঁর মনে হয় আজ সে লাল নীল পরীর নৃত্য নিশ্চয় দেখতে পাবে। আকাশ যেখানে মাটির সাথে মিশেছে, ঘন বন বনানীর নিবিড় ছায়া, সেখান থেকে হালকা আলোর আভাস দেখা যাচ্ছে। ওখানেই এখন চাঁদ লুকিয়ে আছে। লুকালেও তাঁর অস্তিত্ব গোপন থাকছে না। আর কিছু সময় পরে সে আত্মপ্রকাশ করবে।

বাবা ঠাকুর চলে যাওয়া দুই কিশোর কিশোরীর অপস্রিয়মাণ অবয়ব দেখে হেসে ওঠেন আর বলেন- আমাদের মৌ মনের মত একজন খেলার সাথী পেয়ে একেবারে মেতে আছে। সারাক্ষন খালি অশান্ত অশান্ত-।

পাশে দাঁড়ানো বেতাল বলে- যখন অশান্ত চলে যাবে আমাদের মৌয়ের কী হবে বাবা! ও মনে খুব দুঃখ পাবে।

বাবাঠাকুর মাথা নেড়ে বলেন- আর সহজে যেতে পারবে না। ওর পালাই পালাই মনের সামনে একটা অবরোধক দাড় করিয়ে দিতে হবে। আমাকে একটা ন্যায় আর সত্যের সপক্ষে কল্পনার মায়াজাল বুনতে হবে। সেই জালে অশান্ত আটক হয়ে যাবে।

সেই লাল মাটির ধুলো ওড়া পথ। সেই পথের পাশে অগনন ছায়াদার বৃক্ষের সারি। এই পথে পথিকও সেই প্রশান্ত। তবে সেই প্রশান্ত এই প্রশান্ত এক নয় – আজ যে এই পথে হেটে চলেছে তাঁর মধ্যে মাত্র কয়েক দিনে বিরাট পরিবর্তন হয়ে গেছে। যা বহির্জগতের কারও পক্ষে এখনও অজানা।

যখন হয় তখন এমন করেই হয়! জঙ্গলের মাঝখানে দাঁড়িয়ে আছে প্রানহীন শুষ্ক দুটো গাছ। কবে কোনকালে যেন বজ্রপাত ঘটেছিল তাদের উপর। তাতেই মৃত্যু ঘটেছিল তাদের। নিজেদের মৃতদেহ আগলে নিজেরাই দাঁড়িয়ে ছিল দুজনে পাশাপাশি- কবে বিলুপ্ত হবে সেই প্রতিক্ষায়। রোদ তাদের দেহের সব রস শুষে নিয়েছে আবার বাদল এসে ভিজিয়ে দিয়েছে, শীত এসে কামড়ে ধরেছে শুকনো শরীর। তারা সব কিছুতে ছিল নির্বিকার। কারন দেহে প্রান ছিলোনা তাদের। একদিন প্রবল বাতাস এসে ধাক্কা দিতে লাগলো তাদের মৃত শরীরে। নিরীহ নিস্প্রান দুটো পাশাপাশি দাঁড়ানো গাছকে একের সঙ্গে অন্যকে ঘসতে লাগলো সজোরে -। মারা গেছে তবু তাদের নিস্তার দিলোনা বাতাস, বিরক্ত করতে লাগলো আপন খেয়ালে। তখন সেই শুষ্ক নিরস প্রানহীন বৃক্ষ রাগে ক্ষোভে জ্বলে উঠলো। নিজেদের ঘর্ষন স্থান থেকে ছিটকে বের করে দিল একটা আগুনের ফুলকি। আর সেই ফুলকিতে জঙ্গলে আগুন ধরে গেল। হয়ে গেল বিশাল দাবানল। ভস্মীভূত হয়ে গেল গোটা জঙ্গলটাই। শুষ্ক মৃত শরীরের মধ্যে যে এত দহন ক্ষমতা ছিল সে তারা কোনদিন জানতো না।

সেদিন যেখানে বিনা কারনে তাকে মারা হয়েছিল সেখানে পৌছে আজ দেখতে পেল প্রশান্ত সেই বদমাশ ছেলেগুলো পথের পাশে বসে তাসের জুয়া খেলছে। সে তাদের দিকে একবার তাকিয়ে আপন মনে ইস্কুলের দিকে হাঁটতে লাগলো। যা হয়ে গেছে তা হয়ে গেছে। ওরা আজ যখন তাকে কোন বিরক্ত করছে না তাস খেলুক আর যা পারে তা করুক আমার কি, ভেবে দ্রুত পা চালালো।

তাসের পাত্তি বাটতে বাটতে চোখ তুলে একজন চলে যাওয়া প্রশান্তকে দেখতে পেয়ে পাশের জনকে কনুই দিয়ে গুতো মেরে বলে- সেই মোরগাটা যাচ্ছে রে-।

বলে পাশের জন- ক'দিন দেখিনি৷ কোথায় ছিলো বলতো!

হিহি করে হেসে আগের জন বলে- কোথায় থাকবে আবার৷ ছিলো মায়ের আঁচলের তলায়৷ ওর মা ওকে গরম দুধে হলুদ গুলে খাওয়াচ্ছিল৷ যা ঝাড় খেয়েছে সেদিন গায়ের ব্যথা যাবে কোথায়! হলুদে ব্যথা কমায় যে-৷

সেই হাট্টা কাট্টা ছেলেটা দুজনের কথা শুনে চোখ তুলে চেয়ে প্রশান্তকে দেখে ওদের বলে- ডাক তো ওকে!

-আজ ছেড়ে দে, বলে একজন – ওদিন খুব ঝাড় খেয়েছে, ক'দিন রেষ্ট দে!

-তুই থাম৷ ধমক দিয়ে বলে হাট্টাকাট্টা – আজ ওর বাঁদর নাচ দেখবো৷ এরপর সে নিজেই প্রশান্তকে ডাকে – এই মোরগা এদিকে আয়৷

শিশু সিংহের মত ঘাড় বেঁকিয়ে প্রশান্ত ওদের দিকে তাকায়৷ আজ তাঁর চোখে মুখে ভীতির কোন চিহ্ন নেই-৷ সাহসী গলায় জানতে চায়- আমাকে বলছো?

হাট্টা কাট্টা মুখ বেঁকিয়ে বলে- বেশি ন্যাকামি করবি না৷ তুই ছাড়া আর কে আছে! এদিকে আয়৷

প্রশান্ত ওদের সামনে এগিয়ে বুক টান করে দাঁড়ায়- বলো৷

একজন বলে- বাপরে! এযে বুক টান করে দাঁড়াচ্ছে৷ সেদিনের ঝাড় মনে হয় ভুলে গেছে রে৷

প্রশান্তের মনে কী হচ্ছে তা ওই বদমাশরা জানেনা৷হাট্টা কাট্টা বলে- বাঁদর নাচ দেখেছিস কখনো?

প্রশান্ত জবাব দেয়- বাঁদর কটাকে দেখতে পাচ্ছি৷ নাচ এখনও দেখিনি৷

একজন হাট্টা কাট্টাকে কানে কানে বলে- তোকে বাঁদর বললে রে-৷ সে তেড়ে মেড়ে প্রশান্তর দিকে ধেয়ে যায় – এই কাকে বাঁদর বললি রে!

-তোকে! পাথর গলায় প্রশান্ত জবাব দেয়৷

-তবে রে-! পালোয়ান গোছের ছেলেটা এগিয়ে দিয়ে প্রশান্তের জামার কলার খামচে ধরে৷ প্রশান্ত মনে মনে স্থির করেই রেখেছিল এমনটা ঘটবে – আর তখন সে কী করবে৷ সে আর এক মুহুর্ত দেরী করেনা সঙ্গে সঙ্গে সমস্ত শরীরের শক্তি ডান হাতের মুষ্টিতে কেন্দ্রিভুত করে আঘাত হানে পালোয়ান ছেলেটার নাকে৷ এক আঘাতে সে বাপরে বলে নাক ধরে বসে পড়ে৷ গলগল করে রক্তের ধারা নামে নাক থেকে৷ গায়ের গেঞ্জি ভিজে ওঠে৷ ওই দেখে অন্য একজন এগিয়ে যায় তাঁর দিকে- তুই ওকে মারলি! আজ তোর হালত খারাপ করে দেবো৷ কিন্তু সে

হালত খারাপ করার আগেই প্রশান্ত একটু এগিয়ে এসে তাঁর নাকে মুখে পরপর কয়েকটা ঘুসি মেরে দেয়। সেও মাটিতে বসে পড়ে কাতরায়।

এমন সময় দেখা যায় অদূরে প্রশান্তের ভীমা মামা। সেদিন মার খেয়ে বাসায় যাবার পর বেশ কয়েকদিন প্রশান্ত ইস্কুলে যেতে পারেনি। আজ যখন সে যাবার জন্য প্রস্তত হয়েছিল তখন কেন কে জানে মনে হয়েছিল ভীমার- আজও সেই বদমাশ ছেলেগুলো ওকে একা পেয়ে ওর উপর অত্যাচার করতে পারে। তাই প্রশান্তকে একা যেতে দিয়ে সামান্য দুরত্ব রেখে পিছন পিছনে হেটে আসছিল আর লক্ষ্য রাখছিল কেউ তাঁর উপর কোন হামলা করে কীনা। আশংকা ভীমার সত্যি হয়েছে। তবে আজ পাশার দান কিছু উল্টে পড়েছে। আজ প্রশান্ত মার খাচ্ছে না, মারছে।

অবাক হয়ে দেখতে থাকে ভীমা যেন প্রশান্ত সেই বুহ্যচক্রে প্রবেশ করা বীর অভিমুন্যের মত একা ধেয়ে ধেয়ে গিয়ে তার চেয়ে বয়সে শক্তি সামর্থে এগিয়ে থাকা ছেলেদের সাথে অসীম সাহসে লড়ছে। মারতে গেলে কিছু মার খেতেও হয়। খাচ্ছে সে কিন্ত নিরুদ্যম বা ভীত হচ্ছে না। প্রশান্তের হাতে স্লেট সেটা সে খাড়ার মত বাগিয়ে ধরে এগিয়ে গিয়ে আঘাত করছে কারও কাধে আরো হাতে ঘাড়ে। তাকে সাহস জোগাতে দূর থেকে হুঙ্কার ছাড়ে ভীমা- এই-। আমি এসে গেছি।

ভীমাকে আসতে দেখে বদমাশ ছেলেদের দল ছুট মেরে পালায়। যে একটু বেশি আঘাত পেয়েছে সে পালাতে না পেরে দাঁড়িয়ে পড়ে বলে- আমি মারিনি। আমাকে মেরেছে-। ভীমা এগিয়ে গিয়ে প্রশান্তকে থামায় -। তখন বলে প্রশান্ত- আমি মারামারি করতে চাইনি, ওরাই আগে আগে...। তার কথা শেষ করার আগেই বলে ভীমা- আমি জানি। তোর কোন দোষ নেই। দাঁড়িয়ে থাকা ছেলেটাকে বলে ভীমা- ও তো তোদের কোন ক্ষতি করেনা, ইস্কুলে যায়। কেন ওকে অকারনে রাস্তায় আটকে অত্যাচার করিস! কী লাভ পাস? যা হয়েছে তা হয়েছে, এরপর যদি ওকে কিছু বলিস আমি কিন্ত তোদের ছাড়বো না।

প্রশান্তকে বলে- যথেষ্ট শিক্ষা হয়েছে এদের। আমার মনেহয় আর কোনদিন তোর পিছনে লাগতে আসবেনা। চল- এখন বাড়ি চল। আজ ইস্কুলে যেতে হবে না। আমি কাল ফাদারকে যা বলার বলে আসবো।

দূর থেকেই দুর্গা দেখতে পায় প্রশান্ত ফিরে আসছে। তাঁর হাত ধরে রেখেছে ভীমা। দেখেই তাঁর মনে হয় আজ আবার বোধহয় কারো হাতে মার খেয়ে ফিরে

এসেছে সে। তাই কিছু জিজ্ঞাসা না করেই ভীমাকে বলে- কী ভীমা ভাইয়া, আজ আবার মার খেয়ে এসেছো! আমি বলেছিনা মার খেয়ে যেন আমার সামনে না আসে!

বলে ভীমা- না দিদি আজ মার খেয়ে আসেনি। মেরে এসেছে-। উচিৎ শিক্ষা দিয়ে এসেছে বদমাশ গুলোকে। আর কোনদিন ওর পিছনে লাগতে সাহস করবে না। প্রশান্ত তো আজ ইস্কুলে গেল, আমার মন তখনই কেন কে জানে ভেবে বসেছিল আজ আবার শয়তান ছেলেগুলো কি না কী করে ওর সাথে। সেই ভয়ে আমি লুকিয়ে পিছু নিয়ে ছিলাম। যা ভেবেছি তাই, দেখি কী আজ আবার তারা গায়ে পড়ে ঝগড়া করতে এসেছে। তারপর তোমাকে কি বলবো দিদি- দেখে নিজের চোখকে বিশ্বাস করতে পারছিলাম না। ওই টুকু বাচ্চা একা তিন চারটে বড় বড় ছেলেকে যা ধোলাই দিল সে যদি তুমি দেখতে-!

বলে দুর্গা- এসব আমি দেখবো না। আমি দেখতে চাই সেই শেষ লড়াইটা-। আমি সেদিনের জন্য আমার শেষ নিঃশ্বাসটা আটকে রেখে দেব। যেদিন আমার প্রশান্ত একা একশত শয়তানের চেয়েও বড় শয়তানের বুকের উপর পা তুলে দাঁড়াবে- লড়াই করে জয়ী হবে আমি দেখবো প্রান ভরে সেই লড়াইটা।

যখন কুশল মাষ্টারকে মহিন্দর চৌধুরি হত্যা করে তখন প্রশান্ত নিতান্ত শিশু। মায়ের বুকের দুধ খায়। তাঁর তখন কিছুই বুঝে ওঠার মত বুদ্ধিবৃত্তি হয়নি। তারপর কেটে গেছে অনেক গুলো বছর। দুর্গা গ্রাম থেকে এসে রায়পুর শহরে আশ্রয় নিয়েছে। ইস্কুলে যাবার মত বড় হয়ে উঠেছে প্রশান্ত। ক্রমে ক্রমে ক্লাশ ওয়ান থেকে ক্লাশ ফাইভে উঠেছে। কিন্ত নিজের ভাগ্য বিপর্যয়ের কোন কথা তাকে বলেনি দুর্গা-। তবে মায়ের মুখ দেখে তাঁর কথা শুনে মাঝে মাঝে মনে হয়েছে প্রশান্তর আর পাচজনের মা যেমন হয় তাঁর মা তাদের থেকে আলাদা।

এখন মনে হয় প্রশান্তর – মা তাকে নরম কোমল কোন লালু ভুলু মার্কা মানুষ বানাতে চায়না। চায় কঠোর কঠিন দৃড় প্রতিজ্ঞ সাহসী বানাতে। কারন তাকে কোন এক শয়তানকে সমুচিত শিক্ষা দিতে হবে। যে মায়ের মনে কোন আঘাত দিয়েছে। সে এমন আঘাত যা মা সারা জীবনে ভুলতে পারবে না। যেন তাঁর বেচে থাকার প্রধান উদ্দেশ্য সেই শয়তানের বিনাশ দেখা। মায়ের প্রতিদিন কার প্রতিটা পদক্ষেপ যেন সেই উদ্দেশ্যকে সফল করার আকাঙ্ক্ষা থেকেই-।

এখন সে মায়ের কাছে জানতে চায়- মা কে সেই শয়তান? কী নাম তাঁর? কোথায় থাকে?

বলে দুর্গা- সময় হলে সব বলবো বাপ তোকে। তুই এখন খুব ছোট। আগে তো তুই বড় হয়ে ওঠ।

ভীমা বলে- দিদি তুমি ওকে একটু শুইয়ে দাও। আমি গিয়ে বরফকল থেকে খানিক বরফ নিয়ে আসি। বলছিল ডান হাতের কব্জি নাকি মচকে গেছে। ব্যথা হচ্ছে। বরফ সেক দিলে ব্যথা কমে যাবে।

মাটির দেওয়াল দেওয়া বিশাল বড় ঘর ভীমার। তবে সে দেওয়াল ইটের দেওয়ালের চেয়েও মজবুত। সযতনে যে দেওয়ালের উপর চুনকাম করা। এখন একে দেখে কেউ মাটির ঘর বলে ভাবতেই পারবে না। উপরে টালির ছাউনি। চারটে কামরার একটায় ভীমা থাকে।

আজকাল সে একটু বেশিই বাড়িতে থাকে। ছেলেকে ভাবছে মামার বাড়ি থেকে এখানে – নিজের কাছে এনে রাখবে।

সাগরেদ কাল্টু এখন পুরমাত্রায় ড্রাইভার। তাঁর লাইসেন্স ‘লাইট মিডিয়াম’ থেকে ‘হেভি’ হয়ে গেছে। এখন সে ভারী গাড়ি চালাবার আইনতঃ অনুমোদন পেয়ে গেছে। তাই ভীমার ‘মাতা দন্তেশ্বরী’কে ভীমা ভরসা করে তাঁর হাতে ছেড়ে দিতে পারে। অকেকবার দুর্গা বলেছে তাকে- ভাইয়া তুমি আবার বিয়ে করে নাও। জবাবে বলেছে ভীমা- দিদি আমি যে কিছুতে প্রমিলাকে ভুলতে পারিনা। তাঁর জায়গায় অন্য কাউকে বসাবার কথা ভাবতে পারিনা।

এখন প্রশান্তকে নিয়ে গিয়ে দুর্গা একটা ঘরে খাটিয়ায় শুইয়ে দেয়। মমতাময়ী নরম হাত তাঁর কপালে বুজিয়ে দেয়। মায়ের হাতের ছোয়ায় চোখে ঘুম ঘুম এসে যায় প্রশান্তের। তাঁর দিকে তাকিয়ে মনে মনে বলে দুর্গা- বাপ আমার, একজন শয়তান, যে মানুষ নামের অযোগ্য – নরপশু। সে তোর বাবাকে মেরে ফেলেছে রে বাপ! তোর মাকে চরম অপমান করেছে। তোর দাদা অশান্তকে কী করেছে তা আমি জানতে পারিনি বাপ। তোকে এই সব কিছুর হিসাব নেবার জন্য তৈরি হতে হবে বাপ। সেই দিনের আশায় সব দুঃখ কষ্ট সহ্য করে আমি বেঁচে আছি। তুই তাড়াতাড়ি বড় হয়ে ওঠ বাপ। মায়ের চোখের জল মুছিয়ে দেবার জন্য তাড়াতাড়ি বড় হয়ে ওঠ।

১১

-তারপর কি হল? গল্পটা বলোনা বাবা! ও বাবা- থেমে গেলে কেন?

একটা বেশ বড় মজবুত তক্তাপোষ৷ যেটার উপর শুয়ে আছেন বাবাঠাকুর৷ আর তাঁর দুপাশে অশান্ত আর মহুয়া৷ বাবাঠাকুর তাদের কাছে গল্প বলছেন৷ বলতে বলতে কখন যেন চোখে ঘুম এসে গিয়েছিল৷ গল্পটা শেষ হয়নি, আর শেষটা না শুনলে মহুয়ার মন কিছুতে শান্ত হবেনা, তাই সে বাবা ঠাকুরকে ডেকে ওঠে – ও বাবা বলোনা- তারপর কী হল?

বাবা ঠাকুর যেখানে এসে গল্প থামিয়ে ছিলেন আবার সেখান থেকে বলতে শুরু করেন, তারপর সেই রাজ্যহারা রাজা দেবদত্ত- বহু দিন ধরে বনের পথে- মনের দুঃখে হাঁটতে হাঁটতে একদিন এসে পৌছালেন বাবা তান্ডবেশ্বরের মন্দিরের সামনে৷ পথ শ্রমে, ক্ষুধায়, ক্লান্তিতে, কাতর রাজা শুয়ে পড়লেন সেই মন্দিরের চাতালে৷ সাথে সাথে ঘুমিয়ে পড়লেন তিনি৷ রাত যখন গভীর নিঃস্তব্দ তখন রাজা হঠাৎ এক দৈববানী শুনে চমকে জেগে উঠলেন । রাজা ঘুমিয়ে থেকোনা, এবার জেগে ওঠ – চোখ মেলে দেখলেন জঙ্গল যেন আলোয় আলোয় ভরে গেছে৷ আর সেই আলোক বৃত্তের মাঝখানে দাঁড়িয়ে আছে জটাজুটধারী এক দীর্ঘকায় পুরুষ৷ বলছে সে – ওঠো রাজা, উঠে পড়ো৷ যে ঘুমিয়ে থাকে তাঁর ভাগ্যও ঘুমিয়ে থাকে৷ যে সজাগ হয় তাঁর ভাগ্যও জাগ্রত হয়৷ ভাগ্য তাকে সফল হতে সব রকম সহায়তা করে৷ অলস পরশ্রম বিমুখ কোন মানুষ জীবনে সাফল্য পায়না৷ হেরে যাওয়া মানুষের তালিকায় স্থান পায়৷ তুমি ওঠো, জাগো যত্নবান হও৷ যে কাজের জন্য আমার মন্দিরেই এসেছো সেই কাজে আত্মনিয়োগ করো৷ যদি সঠিক ভাবে আত্মনিয়োগ করতে পারো তাহলে আগামী সুর্যোদয়ের সাথে সাথে তোমার সৌভাগ্যের সূর্যও হয়তো উদিত হতে পারে৷

বাবা ঠাকুর থেমে গেলেন গল্প বলা থেকে৷ এই ভাবে থামতে হয়৷ গল্প বলার এটাই নিয়ম৷ যখন শ্রোতার কৌতুহল চরম সীমায় পৌছে যায়- শেষটা শোনবার জন্য অধীর হয়ে ওঠে- তাকে আরো উদগ্রীব অধীর করে তোলার জন্য এই ভাবে বিরতী দিতে হয়৷ কথিত গল্পের সাথে শ্রোতার কতখানি মানসিক সংযোগ স্থাপিত হয়েছে তাঁর খানিক আন্দাজ পাওয়া যায়৷ বাবা ঠাকুর আশা করছিলেন অশান্ত

গল্পের অন্তীম স্থিতি জানবার জন্য ব্যাগ্র হয়ে উঠবে কিন্ত তাঁর দিক থেকে কোন সাড়া না পেয়ে বাবঠাকুর খানিক ম্রিয়মাণ হয়ে যান।

তাকে প্রশ্ন করে মহুয়া – তারপর?

বাবা ঠাকুর নিজে ওইসব ঠাকুর দেবতা ভাগ্য ভগবানের প্রতি ততোটা আস্থাবান ননা।এমন কি তিনি নিজের নামের সাথে ঠাকুর এই উপনামটি রাখারও পক্ষে নন। তিনি বিশ্বাস রাখেন নিজের পুরুষকারের উপর। তিনি মনে করেন মানুষের মধ্যেই সেই বিশাল শক্তিপুঞ্জ স্তপাকার হয়ে আছে যাকে জানতে আর চিনতে পারলে মানুষ সব কিছু করতে পারে। তাঁর কাছে অসাধ্য বলে আর কিছুই থাকেনা।

তবে আমাদের এই মানব সমাজ এখনও যুক্তিবুদ্ধির দিক থেকে ততো পরিনত হয়ে উঠতে পারেনি। আজও সে অলৌকিক আবিশ্বাস্যের প্রতি- মোহযুক্ত হয়ে রয়েছে। তাই তাকে যুক্তিবাদ দ্বারা যতখানি প্রভাবিত করা না যায় ভক্তিবাদ দ্বারা তা সম্ভব হতে পারে। লোকশিক্ষার জন্য তাই বাধ্য হয়ে বাবাঠাকুরকেও কখনও সখনও ওই ভাগ্য ভগবান দেব দেবতার আশ্রয় নিতে হয়। যেটা তাঁর কৌশলগত অবস্থান। এখন মহুয়ার প্রশ্নের জবাবে আবার গল্প বলতে থাকেন তিনি- তখন রাজা আর বিলম্ব না করে সেই রাত আঁধারেই খুঁজতে বের হল সেই পাথরখানা।

-কোন পাথর?

-সেই পাথর, যার উপর পদ্মাসনে বসে তান্ডবেশ্বরের কাছে যা বর চাওয়া যায় তাই পাওয়া যায়। এই পাথরের কথা শুনেই তো রাজ্যহারা রাজা বহু পথ পার হয়ে এখানে – বাবা তান্ডবেশ্বরের মন্দিরে এসেছিল। সে শুনেছে – এখানে আছে সেই পাথর যার উপর বসে প্রার্থনা করে ত্রেতাযুগে রামচন্দ্র রাবন বধের বর পেয়েছিল। তাই অতবড় বীরকে নিধন করতে পেরেছিল। দ্বাপর যুগে বীর অর্জুন পেয়েছিল শত্রু বিনাশকারী অজেয় অস্ত্র –গান্ডিব। আসলে কী জানিস, ওটা তো সাধারন কোন পাথর নয় – ওটা হচ্ছে অসুরদের অত্যাচারে সেই সত্যযুগে স্বর্গ থেকে পলাতক – নিরাশ্রয় মানহারা দেব দেবতাদের কঠিন প্রতিজ্ঞার প্রস্তরিভুত মুর্তি। যার মধ্যে লুকানো আছে মহাশক্তি।

মহুয়া বাবাঠাকুরের কাছে বিস্মিত গলায় জানতে চায়- ওই পাথরের উপর বসে যে যা চাইবে তা পাবে?

-হ্যাঁ পাবে। তবে একাগ্রচিত্তে ঐকান্তিক মনে চাইতে হবে। যেন সে চাওয়াটা হয় একেবারে নিখাদ।

-তাহলে আমি সেই পাথরের উপর বসে তান্ডবেশ্বরের কাছে চাইবো যেন অশান্ত তাঁর মনে শান্তি পায়, যেন আবার তাঁর মায়ের কাছে ফিরে যেতে পারে। আর কোনদিন আমাদের কথা ভুলে না যায়।

বাবা ঠাকুরের গলা থেকে হতাশা ঝরে পড়ে- কী করে তা চাইবি আর কী করে বা বর পাবি! তান্ডবেশ্বরের মন্দির রয়েছে পাহাড়ের চূড়ায়, আর পাথরখানা রয়েছে পাহাড়ের নিচে যেখানে বুড়ো বটগাছ- তাঁর গোড়ায়। ওই পাথর তুলে মন্দিরের দরজার সামনে নিয়ে গিয়ে তাঁর উপর পদ্মাসনে বসে তপঃ করে তবে তো বর চাইতে হবে। কার গায়ে অত জোর আছে? পাথর উপরে তুলে আনা সহজ সাধ্য কাজ তো নয়।

একটু থেমে আবার বলেন বাবাঠাকুর- তবে হ্যাঁ কেউ যদি তেমন দৃঢ় প্রতিজ্ঞ হয়, নিয়মিত পুষ্টিকর খাবার খায়, ব্যায়াম করে, তাহলে তাঁর শরীরে শক্তি আসতে পারে। তখন সে হয়ত পাথরখানা তুলে আনলেও আনতে পারে। ওটা তো করতে হবে তার একার। কাউকে সহযোগী হিসাবে নিলে হবেনা। বলেনা ফাঁকি দিয়ে কোন মহৎকার্য হয় না। কেউ তাঁর হয়ে পাথর তুলে নিয়ে গিয়ে রেখে এলে তাতে তো তাঁর নিজের উদ্যোগে ফাঁকি থেকে যাবে। তাহলে বর পাবে না। যা করতে হবে তা করতে হবে নিজেই। কারও সাহায্য নিয়ে করা গেলে কত রাজা মহারাজা ছিল যারা মাইনে করা দশ বিশ জন লোক এনে তাদের দিয়ে পাথর তুলে মন্দিরের সামনে নিয়ে যেত। সারা পৃথিবীর রাজা হতে পারতো। বল পারতো না?

-পারতো। সায় দেয় মহুয়া আর বোঝে এটা অনেক কঠিন কাজ। তার দ্বারা হবার নয়। তাই বলে সে- থাক আমি কিছু চাইবো না। তুমি গল্পটা বলো।

বাবা ঠাকুর এই গল্প দ্বারা যাকে প্রভাবিত করতে চাইছেন তার কোন প্রতিক্রিয়া না পেয়ে খানিক নিরুদ্যম হন বটে তবে প্রয়াস জারি রাখেন। অন্ধকারে ছোড়া ঢিলও অনেক সময় যথাস্থানে আঘাত করতে পারে। বলে চলেন তিনি-তো রাজা দেবদত্ত খুঁজে খুঁজে গেল সেই পাথরখানার কাছে। অনেক দিনের অনাহারে দুর্বল দেহ, অনেক চেষ্টা করেও সে পাথর নাড়াতে পারলো না। তবু রাজা হাল ছাড়লো না। দিনের পর দিন মাসের পর মাস চেষ্টা চালিয়ে গেল। শেষে একদিন সফল হোল সামান্য নাড়াতে পারলো। পরের দিন পারলো কিছুটা গড়িয়ে নিতে। অথক পরিশ্রমে কিছুটা উপরে তুললো বটে কিন্ত সামান্য অমনোযোগে সামান্য শিথিলতা আসায় আবার পাথর গড়িয়ে ফিরে গেল পুর্বের জায়গায়। আবার কয়দিনের চেষ্টায় কিছুটা পাথর উপরে তোলে- যেদিন শরীর শিথিল হয় আবার

পাথর গড়িয়ে নিচে নেমে যায়। কিন্তু রাজা হতাশ নিরাশ হয়না। নবদ্যোমে আবার পাথর ঠেলতে শুরু করে।

-বুঝেছি -বলে মহুয়া, এই ভাবে চেষ্টা করতে করতে রাজা পাথরটা একদিন তান্ডবেশ্বরের মন্দিরের সামনে নিয়ে যেতে পারলো। তাই তো?

-হ্যাঁ তাই, বলেন বাবাঠাকুর- তখন সে সেই পাথরের উপর পদ্মাসনে বসে বাবা তান্ডবেশ্বরের কাছে বর চাইলো – হে শক্তিমান আমাকে শক্তি দাও, সামর্থ দাও আমি যেন দানবের কবল থেকে আমার রাজ্য পুনুরুদ্ধার করতে পারি। আমি যেন বন্দী দশা থেকে আমার পুত্র কন্যা আর স্ত্রীকে উদ্ধার করতে পারি। দেবতা সন্তুষ্ট হয়ে তাকে মনস্কামনা সিদ্ধির আশীর্বাদ দিল আর রাজা অপরাজেয় শক্তি নিয়ে প্রবল পরাক্রমে ঝাঁপিয়ে পড়লো শত্রু বাহিনীর উপর। সহজেই বিজয় পেল আর ফিরে পেল রাজপাট পুত্র কন্যা স্ত্রীকে-।

মহুয়া জানতে চায় – রাজা যদি পাথরটা উপরে তুলে নিয়ে এসে থাকবে তাহলে আজ সেটা পাহাড়ের নিচে কেন?

বলেন বাবা ঠাকুর- এটাই তান্ডবেশ্বরের ইচ্ছা। যাকে বর চাইতে হবে তাকে কঠিন পরিশ্রমের পরীক্ষা দিতে হবে। সেই জন্য প্রতিবার তিনি পাথর গড়িয়ে নিচে ফেলে দেন। যদি কাউকে বর চাইতে হয় কঠিন শ্রম করতে হবে। না হলে অলস, অকর্মন্য যে কেউ পাথরে বসে দেবতার কাছে বর চাইবে আর সে তা অনায়াসে পেয়ে যাবে। অনায়াসে পেতে থাকলে মানুষ অলস শ্রমবিমুখ হয়ে যাবে। সেটা দেবতার ইচ্ছা নয়, তিনি চান যে পাবার যোগ্য সেই তা পাক।

একটু সময় বিরতী দিয়ে পুর্বের কথার সাথে যোগ করেন – মানুষ এই সব কথা বিশ্বাস করে না। তাই পাথর তোলাকে ব্যর্থ শ্রম বলে মনে করে। সেই জন্যই ওটা ওখানে ওভাবে অনড় বসে থাকতে পেরেছে। আমি তো বলি সত্য হোক কী মিথ্যা কেউ একবার পরখ তো করুক। যদি মিথ্যা হয় – হাজার বছর ধরে চলে আসা দেব দেবতার নামে হাজারটা মিথ্যা গল্পের মধ্যে আর একটা যুক্ত হয়ে যাবে। কিন্তু যদি সত্যি হয় তাহলে সেই পরিশ্রমী মানুষের জীবনে অভাবনিয় ব্যাপার ঘটে যেতে পারে। বল পারে না?

মহুয়া ঘুমিয়ে পড়েছে। বাবা ঠাকুর তার কোন সাড়া না পেয়ে ডাকেন- অশান্ত!

অশান্ত সাড়া দেয়- বলুন, আমি জেগে আছি।

-তুই একবার চেষ্টা করে দেখতে পারিস। আমার দৃঢ় বিশ্বাস চেষ্টা করলে তুই অসাধ্য সাধন করতে পারবি।

যেন অন্ধকার ঘরে কোন বঞ্চিত বুকের গভীর থেকে উদাত্ত স্তবের মত ধ্বনিত হয় এক ক্ষুব্ধ কিশোরের স্বর- আমি পারবো। পাথর যত বড় হোক- যত ভারী হোক পাহাড়ের চূড়ায় আমি তুলবই। ওটা আমাকে তুলতেই হবে।

মনে মনে তৃপ্ত হন বাবাঠাকুর – উদ্দেশ্য সার্থক হয়েছে তাঁর। গল্পের মর্মবস্তু সঠিক জায়গায় আলোড়ন তুলতে সক্ষম হয়েছে। বলেন তিনি – অসাধ্যকে সাধ্য করার নাম – সাধনা। অবাধ্য ইন্দ্রিয়কে শাসন করার নাম সংযম, অসম্ভবকে সম্ভব করার চেষ্টাই সাহস আর অজেয়কে জয় করার দুর্মর ইচ্ছার নাম অভিযান। যে বীর সে কোন বাঁধার সামনে নত হয়না, কোন পরাভবকে স্বীকার করে না। হেরে গেলে আবার লড়ে। বারবার হারে বারবার লড়ে। এভাবেই যতক্ষন না জয়ী হয় লড়াই করতেই থাকে। জগত বীরের জয়গাথা গায়,তাঁর পায়ের কাছে প্রনত হয় – পরাজিতের কথা কেউ মনেও রাখে না। আমি কামনা করি তুই সফল হ'। জগত তোর নামে জয়ধ্বনি করুক।

১২

আজ আবার এসেছে আর একটা রাত। গোটা বনগ্রামের সমস্ত মানুষ ঘুমিয়ে পড়েছে। প্রত্যেকের দেহ শ্রম ক্লান্ত। কোনদিকেই তাদের আর জাগ্রত থাকার মত কোন চিহ্ন খুঁজে পাওয়া যাচ্ছেনা। বাবা ঠাকুরেরও ঘুমিয়ে পড়ার কথা। কিন্ত তাঁর চোখে আজ কেন কে জানে ঘুম আসছে না। রাত এখন খুব বেশি নয়, প্রথম প্রহর। বনরাজ্যে রাত শুরু হয়ে যায় সুর্য ডোবার পর থেকেই। দিন শুরু হয় সুর্যদয়ের সাথে সাথে। সব মানুষ তখনই শয্যা ত্যাগ করে বেড়িয়ে পড়ে খেত খামার জমি জিরেতের কাজে। অধিকাংশ মানুষই এখানে মেহনতি-। মেহনতের কারনেই মানুষের তেমন দৈন্য নেই। এখানে বিশাল বিত্তের পাহাড় যেমন কারও কাছে নেই তাই নির্ধন ভিক্ষার অন্নে জীবন ধারনকারী কাউকে পাওয়া যাবে না। দশতলা ভবন যেমন কারও নেই কাউকে নিরাশ্রয় হয়ে গাছতলায় পড়ে থাকতে হয়না। বলতে গেলে কারও তেমন উচ্চাশা না থাকায় মনে তেমন কোন অপ্রাপ্তির অশান্তি নেই। যা আছে যতটুকু আছে তাতেই মানুষ তৃপ্ত – সন্তুষ্ট।

বাবা ঠাকুর এখন চিন্তিত অশান্ত নামের ছেলেটাকে নিয়ে। ওর ভবিষ্যৎ কোন খাতে বইবে কী ভাবে সে আবার ফিরে যেতে পারবে নিজের ঠিকানায় – কীভাবে তাকে ফিরিয়ে দিতে পারবেন বাবাঠাকুর তা নিয়েই উনি এখন উদ্বিগ্ন।

ঘর থেকে বাইরে এসে দাঁড়ালেন তিনি-। একটা ঠান্ডা বাতাস এসে বাবাঠাকুরে এলোচুল নাড়িয়ে দিয়ে দূরে উড়ে গেল। সামান্য কিছু দূরে বহমান দুধ নদী। সেই বিন্দাচল থেকে শুরু হয়ে অনেক পথ পাড়ি দিয়ে দুধ নদী চলে গেছে সাগরের দিকে। এই নদী এখানকার প্রান প্রবাহের সঙ্গে – শ্বাস প্রশ্বাসের মত, সমাজ দেহের সাথে অঙ্গাঙ্গীভাবে যুক্ত হয়ে আছে।

কিছুক্ষন সেখানে দাঁড়াবার পর দেখতে পেলেন অন্ধকারে একা একা তাল আর বেতাল দুইভাই হেঁটে আসছে। কোথা থেকে আসছে ওরা! বাবা ঠাকুর কিছু জিজ্ঞাসা করার আগে বলে তাল- আমাদের কাছে খবর ছিল বাইরে থেকে আসা কাঠ চোরের একটা দল নৌকা নিয়ে আমাদের অভয়ারন্যে চন্দন গাছ কাটতে আসতে পারে। তাই নদীতে গিয়ে পাহারা দিচ্ছিলাম, দেখছিলাম কোন নৌকা আসে কীনা।

-কেউ আসেনি?

-এলে ধরে – বেঁধে আপনার কাছে নিয়ে আসতাম।

বাবাঠাকুর সজাগ চোখে বন সম্পদ রক্ষা করে থাকেন। বনবাসী মানুষের কাছে জঙ্গল জননীর মত। ওরা বন বিনাশ করে না। যদি অতি প্রয়োজনে একটা গাছ কাটে তাঁর পরিবর্তে এক ডজন বৃক্ষ রোপন করে। কাঠ চোরদের সে দায় নেই। তারা কাঠ কেটে নিয়ে পালায়। বাবা ঠাকুরের শেন্য দৃষ্টির জন্য এখানকার জঙ্গলে এখনও কাঠচোরেরা থাবা বসতে পারেনি। বহুমুল্য চন্দন গাছ আজও অক্ষত রয়ে গেছে।

একটু পরে আমতা আমতা করে বলে তাল- বাবা ঠাকুর যদি কিছু মনে না করেন, আপনাকে একটা কথা জিজ্ঞাসা করবো?

অবাক হয়ে বাবাঠাকুর তালের মুখের দিকে তাকান। এত বিনীত হবার মত মানুষ তো তাল- বেতাল দুজনের কেউ নয়! তবে আজ কেন! বলেন তিনি- বল কী বলবি।

-জীবনে আমি আপনাকে কোনদিন মিথ্যা কথা বলতে শুনিনি। আপনি আমাদের কুসংস্কার মুক্ত করার জন্য কত কী না করছেন। তাহলে আজকে সেই কুসংস্কারের সমর্থনে – আপনার মুখে এমন অসত্য কথা কেন?

-কোনটা অসত্য বলেছি আমি!

-ওই যে পাথরের গল্পটা-! সেদিন দেখলাম তান্ডবেশ্বর মন্দিরের কাছে পাহাড়ের নিচ থেকে অশান্ত একটা পাথর ঠেলে ঠেলে উপরে তোলার চেষ্টা করছে। অতটুকু বাচ্চা – পারবে কেন! শ্রমে ঘামে একেবারে নাজেহাল। আমি ওকে জিজ্ঞাসা করলাম বেকার এত কষ্ট কেন করছে! তখন ও যা বলল শুনে আমি তাজ্জব। বলল আপনি নাকি বলেছেন...।

ভুরু কুঁচকে সামান্য হেসে বলেন বাবাঠাকুর- কে তোমাকে বলেছে যে আমার বলা গল্প মিথ্যা?

-অনেক কালের পুরানো কথা। আমরা ছোট বেলায় শুনেছি এটা। কিন্ত নিজেদের জীবনের অভিজ্ঞতায় আমরা জানি যে ওই...।

বাবা ঠাকুর একটু এগিয়ে এসে তালের পিঠে হাত রেখে বলেন- তোমরা তোমাদের জানা নিয়ে থাকো। যা তোমরা জানো সেটা তোমাদের জন্য সত্যি। কিন্ত তা যেন কোনদিন অশান্তকে জানাতে যাবার মত ভুল করোনা। যে সত্য বলে বিশ্বাস করেছে তাকে সেই বিশ্বাস নিয়ে থাকতে দাও। ও যদি এই বিশ্বাসের উপর

অবিচল থাকে যে ওই পাথরের উপর বসে দেবতার কাছে যে বর চাওয়া যাবে তাই পাওয়া যাবে তবে সেটা ওর জন্য সত্যির চেয়ে অনেক বড় সত্যি হয়ে যাবে। যুক্তির চেয়ে ভক্তি- বিশ্বাসী মানুষের কাছে বড় হয়ে যায়- ভীষন মানসিক শক্তি যোগায়। তার সেই অন্ধ বিশ্বাসে এমন অনেক কাজ করে ফেলতে সক্ষম হয় যা যুক্তিবাদ দিয়ে করানো যায় না। আমাদের দেশটা ধর্ম বিশ্বাসীদের দেশ।যা অসম্ভব অবাস্তব তা মানুষের মন মননে পেরেকের মত এমন ভাবে গেথে আছে যে তাকে সহজে বের করে ফেলা যাবে না। আমি মনে করি যে ধর্ম অন্য কারও কোন ক্ষতি করে না, মানুষকে মানসিক শক্তি সাহস জোগায় তা খুব একটা খারাপ নয়। আজ অশান্তর যে অবস্থা, তাতে তাঁর এমন একটা অলৈকিক ক্ষমতার উপর নির্ভর দরকার। তাই আমি ওকে আমি নিজে যা বিশ্বাস করিনা তেমন গল্প বলতে বাধ্য হয়েছি। এখন ওটাই ওর কাছে সত্যি – বাদবাকি সব মিথ্যা। ওকে ওর মত থাকতে দাও আর যা করছে তা করে যেতে দাও।

বাবাঠাকুরের গলার স্বরে খানিক যেন পিছিয়ে আসা – খানিক যেন পরম্পরার সাথে সমঝোতা করে নেবার ইঙ্গিত। যা তাঁর এত কালের ছবির সাথে মেলানো যায় না। তাই তালের চোখে মুখে একটা বিব্রত ভাব ফুটে ওঠে। যা দেখে তালের গলায় ঝোলানো তাবিজ দেখিয়ে জিজ্ঞাসা করেন তিনি- তোমার গলায় এটা কী?

বিনীত ভাবে বলে তাল – আজ্ঞে এতে আপনার পায়ের ধুলো ভরা আছে।

-আমার পায়ের ধুলো! কবে ভরলে? কেন ভরে গলায় ঝুলিয়েছো?

-আমার মনে এই বিশ্বাস- বনে জঙ্গলে যাই, সেখানে কত আপদ বিপদ। আপনার আশীর্বাদ সঙ্গে থাকলে কোন বিপদে পড়বো না।

-অন্যের পায়ের ধুলোর সাথে আমার পায়ের ধুলোর কী পার্থক্য? ধুলো তো ধুলোই হয়।

-মন চাইলো তাই-।

থেমে থেমে বলেন বাবাঠাকুর- তুমি বিশ্বাস করেছো আমার এই 'আশীর্বাদ'সাথে থাকলে কোন আপদ বিপদ তোমার কাছে ঘেসতে পারবে না। আমার এত বলার পরেও তুমি কুসংস্কার মুক্ত হতে পারলে না। সেই সাহসে গভীর বনে নির্ভয়ে চলে যাচ্ছো। তাহলে হোলও টা কী! – বিশ্বাস! আর কিছু নয়, ওটাই সবচেয়ে বড় কথা।অশান্তের বুকে আমি সেই বিশ্বাসের বীজ বুনে দিয়েছি। সেই কারনে অশান্ত পাহাড়ের চূড়ায় পাথর তোলার চেষ্টা করছে।আমি জানি কিছুটা তোলার পর আবার গড়িয়ে সেটা নিচে চলে আসবে। দ্বিগুন উৎসাহে ও আবার

ঠেলবে৷ এই ভাবে দিনের পর দিন পাথরের সঙ্গে লড়াই করতে করতে ওর প্রতিজ্ঞাটা পাথরের মত কঠিন কঠোর হয়ে উঠবে৷ আর শরীরের মাংসপেশী গুলো হয়ে উঠবে দৃঢ় সবল শক্তিময়৷ যেটা পরবর্তী সময়ে ওকে খুব সাহায্য করবে৷

এতক্ষনে তাল বাবাঠাকুরের বানিয়ে বলা গল্পের উদ্দেশ্যটা বুঝতে পারে৷বলে সে- আমি এতদূর তলিয়ে ভাবিনি৷ তাই আপনাকে ভুল বুঝে ছিলাম৷

বলেন বাবঠাকুর- যেদিন ও পাথরটা পাহাড় চূড়ায় তুলে ফেলতে পারবে সেদিন ওর শক্তি সামর্থের সামনে পাগলা হাতির শক্তিও তুচ্ছ আর শিশু বলে মনে হবে৷ আর সেদিন যখন ও পাথরের উপর বসে দেবতার কাছে বর চাইবে দেবতা কিছু না দিতে পারুক ওর সঙ্কল্প ওকে অনেক কিছু দেবে৷ ও তখন আর রক্ত মাংসের কোন সাধারন মানুষ থাকবেনা হয়ে যাবে চলমান এক অপরাজেয় শক্তির আধার৷ সেদিন মনে হবে যেন শত বছরের ঘুম ভেঙ্গে জেগে ওঠা জ্বলন্ত আগ্নেয়গিরি- যেন পাহাড় চূড়া থেকে গড়িয়ে নেমে আসা বিশাল পাথর খন্ড৷ তখন ওর সামনে দাঁড়াবার – গতিরোধ করার মত আর কেউ থাকবে না৷ যে সেই দুঃসাহস করবে পিষে যাবে৷ আমি ওকে সেই কঠিন প্রক্রিয়ার মধ্যে ঠেলে দিয়েছি৷এটা করতে আমি আমার ইচ্ছার বিরুদ্ধে গিয়ে একটা মিথ্যার আশ্রয় নিয়েছি৷ আমি মনে করি – এক হাজার সত্যের চেয়ে আজকের বলা আমার এই মিথ্যার শক্তি অনেক গুন বেশি৷

তাল আর বেতাল দুজনে নিচু হয়ে বাবাঠাকুরের পায়ে প্রনাম করে আর বলে- আমরা আপনাকে ভুল ভেবেছিলাম৷ ক্ষমা করে দিন৷

তাল আর বেতালকে কাছে বসিয়ে বলেন বাবাঠাকুর- মানুষের দেহাভ্যন্তরে একটা বিশেষ সংবেদনশীল কেন্দ্র আছে৷ যেখানে শব্দ দ্বারা আঘাৎ করলে সেই স্থানটা প্রভাবিত হয়ে পড়ে৷ বলেনা মন্ত্রশক্তি! মন্ত্র আসলে কী? কতগুলো শব্দের সমষ্টি৷ ওতে পাথরের দেবতা কতোটা প্রভাবিত হয় সেটা না হয় নাই বললাম কিন্ত যে মানুষের কর্নে ওই শব্দ প্রবেশ করে সে প্রভাবিত হয়ে যায়৷ মনে এমন একটা অনুভুতি আসে – কিছু একটা হচ্ছে যা অন্য সময় হয় না৷ এই শক্তি সঙ্গীতে আছে, কাব্যে আছে৷ সঙ্গীত কাব্য দ্বারা মানুষকে আপ্লুত করে ফেলা যায়৷ যিনি পারেন তিনি বাক্য দ্বারাও মানুষকে মোহাচ্ছন্ন করে ফেলতে সক্ষম হন৷ দেখবে এক একজন মানুষ সে কোন ধর্ম গুরু গোঁসাই হতে পারে, কোন রাজনেতা – মহল্লার কোন মাতুব্বর হতে পারে৷ সে কী করে? খালি কথাই তো বলে! কথার মধ্য দিয়ে মানুষকে এমন সম্মোহিত করে ফেলতে পারে যে বহু

মানুষ তাঁর কথা বিশ্বাস করে বিপদের ঝুঁকি নিয়ে তাঁর নির্দেশ মত পথ চলে৷ সঠিক না বেঠিক চিন্তা করবার মত বোধ বুদ্ধি হারিয়ে ফেলে৷ যদি সেই মানুষটা সমাজ বন্ধু মানসিকতার হয় দেশ সমাজ মানুষের মঙ্গল হয়, আর সে যদি তা না হয় – সমাজের সামনে বিঘ্ন বিপদ ডেকে আনে৷ যে সংবেদনশীল কেন্দ্রটার কথা বললাম, ওটা কারও খুব অল্প আয়াসে প্রভাবিত হয়ে পড়ে, আবেগাক্রান্ত হওয়া সেই মানুষটা খানিক অস্বাভাবিক ধরনের হয়৷ সাধারন বিচার বিবেচনায় তাকে বোঝা যায় না৷ সে এমন সব ক্রিয়া কর্ম করে থাকে যা অন্যদের থেকে সম্পুর্ন আলাদা৷ আজকে অনেকের অশান্তকে দেখে কিছু অস্বাভাবিক মনে হবে৷ কিন্ত তাঁর মনের মধ্যে ডুবুরির মত নেমে খুঁজে দেখলে দেখা যাবে – সে এক ভয়াবহ অগ্নি পরীক্ষার সামনে যাবার জন্য প্রস্তত হচ্ছে৷ যাকে ভয় বলে- সেই ভয়কে নির্ভয় বানাবার তপস্যা করছে৷ যার সুস্থ সবল শরীর থাকে তাঁর শারীরিক শক্তি মানসিক শক্তিকে বাড়িয়ে দিতে বিরাট ভুমিকা পালন করে৷ তুমি আমি – আমাদের এখন একটাই কাজ অশান্তকে উৎসাহ জুগিয়ে যাওয়া৷ নিরুদ্যম হতে না দেওয়া৷ তাহলেই একদিন অভীষ্ট লক্ষ্যে পৌছাতে সক্ষম হবে৷

১৩

সময় বেগবান নদীর মত বহে চলছে। দিন মাস বছর কথা থেকে গড়িয়ে যাচ্ছে টের পাওয়া যাচ্ছে না। দুর্গা আর কোনদিকে তাকিয়ে নেই সে তাকিয়ে আছে কবে প্রশান্ত বড় হয়ে উঠবে সেই দিকে। সকাল বেলায় সে উঠে ঘর দুয়ারের কাজ সামলে সামান্য কিছু রান্না করে ছেলেকে খাইয়ে কলেজে পাঠিয়ে দেয়। এখন প্রশান্ত শহরের এক নামকরা কলেজে ভর্তি হয়েছে। পড়াশোনায় মেধাবী প্রশান্তর ওখানে প্রবেশ পেতে অসুবিধা হয়নি। ওই কলেজে শহরের সম্পন্ন বিত্তবান মানুষের সন্তানরা পড়ে। প্রশান্ত কলেজে চলে গেলে দুর্গা তাঁর সেলাই মেশিন নিয়ে বসে। এক রেডিমেড কাপড়ের ব্যবসায়ী সায়া ব্লাউজ পেটিকোট এই সব ডজন হিসাবে সেলাই করতে দেয়। আগে ওখান থেকে মাল এনে দিত ভীমা, এখন দুর্গা নিজেই গিয়ে তৈরী হওয়া মাল দিয়ে নতুন অর্ডার নিয়ে আসে। মালিক সজ্জন মানুষ, হিসেব করে যথার্থ মজুরি দিতে কার্পন্য করেনা। দুর্গা যা রোজগার করে তাতে সংসার তো তেমন সচ্ছল ভাবে চলে না, মাঝে মাঝে যাতে দুর্গার আত্মসম্মানে আঘাত না লাগে এমন ভাবে ভীমা কিছু কিছু সহায়তা দিয়ে থাকে। বলে সে – এমনি দিচ্ছি না, ধার দিচ্ছি। প্রশান্ত যেদিন চাকরি পাবে সব দেনা সুদে আসলে শোধ করে নেব।

মাঝে মাঝে কোন এক দূর গ্রাম থেকে এক গায়ক আসে। মাথায় গেরুয়া পাগড়ি গেরুয়া ফতুয়া আর লুঙ্গির মত করে পরা- ওই গায়ক ভিক্ষা চায়না। পথে পথে গান গেয়ে হেঁটে চলে যায়। কেন সে এই গান গায়, কাকে শোনাতে চায় তা সে ছাড়া আর কেউ জানে না। দুর্গা তাকে খুব ভালোবাসে। সে এলেই তাকে ডেকে ঘরে বারান্দায় বসায়। জল বাতাসা দেয়। একদিন সে এসেছে। সেদিন রোববার – প্রশান্ত বাসায় ছিল। গায়ককে বলে দুর্গা- ওই গানখানা শোনাও না দাদাজী আজ।

গায়কের বহু পুরাতন একটা হারমোনিয়ম আছে।হারমোনিয়ম বাজিয়ে গান গায়। সে জানতে চায়- কোন গান বহিনজি?

-ওই যে একলা পথিক...।

আনমনে বলে গায়ক- এই গানখানা আমি শিখেছিলাম সেই জয়প্রকাশ নারায়নের ভুদান আন্দোলন চলার কালে৷ সেটা বড় কঠিন সময় – সারাদেশে ভয়ংকর অস্থিরতা৷ তখন সামন্ত প্রভুদের শোষণ অত্যাচারে কৃষক সাধারনের অবস্থা ছিল অতি করুন৷ ক্ষিপ্ত ক্ষুব্ধ মানুষদের যে কোন সময়ে দেশ জোড়া গন অভ্যুত্থানে ঝাঁপিয়ে পড়বার মত পরিস্থিতি তৈরী হয়ে গিয়েছিল৷ তখন সেই অবস্থা সামাল দিতে – ভুমিহীন ক্ষেত মজুর আর কৃষক অভ্যুত্থান রুখে দিতে জয়প্রকাশ নারায়ন জমিদার শ্রেনীকে কিছু নমনীয় হবার পরামর্শ দিয়েছিলেন৷ তিনি চেয়েছিলেন সামন্তরা তাদের কিছু কিছু জমি মানুষদের মধ্যে স্বেচ্ছায় দান করে দিক৷ যাতে মানুষের ক্ষোভ প্রশমিত হয়৷ তখন তিনি পদযাত্রা করে ছিলেন৷ সেই সময় তাকে উদ্দেশ্য করে একজন গানটা লিখেছিল৷ আমি সেই গান আজও গাই৷কেন গাই তা আমি জানিনা৷ মন বলে গাইতে তাই গাই৷ গাই বটে পথে পথে কিন্ত কে শোনে আর কে এর অর্থ বোঝে আমি জানতে পারিনি৷ আজ তোমার আগ্রহ দেখে মনে হচ্ছে তুমি শুনেছো আর মানেও বুঝেছো৷

বলে দুর্গা- আজ আমার ছেলে প্রশান্ত বাসায় আছে৷ সে গানখানা শুনুক৷- বুঝুক...৷

-সে আজ কলেজে যায়নি!

-আজ তো ছুটি৷

-সে কোথায় তাহলে! ডাকো তাকে৷

মায়ের ডাকে ঘরের ভিতর থেকে প্রশান্ত বাইরে এসে গায়ক বাবাজীকে দেখতে পেয়ে মাকে বলে- তুমি এনার কথা আমাকে বলতে?

-হ্যাঁ, ইনিই সেই গায়ক৷ খুব ভালো গান গায়৷ গাও দাদাজী-৷ প্রশান্ত শুনুক-৷

গায়ক হারমোনিয়ম বাজিয়ে গান ধরে-

ওরে ও একলা পথিক-
আঁধার রাতে কেউ সাথে নেই/ তাবলে কী কাঁদবি মিছে!
মনেতে তোর মশাল জ্বেলে / ভয়টাকে ফ্যাল পায়ের নিচে৷
রাত ফুরালে দিনের আলো / ভালো করে রাখিস মনে
দুঃখের পরেই সুখের সুদিন / ফুটবে যে ফুল কাটার বনে৷
ওরে ও একলা পথিক...৷
রইলো যারা পিছে- নিচে / অন্ধকারের বন্ধ খাঁচায়
তুই যে তাদের কাছে ডেকে / সাহস দিবি মরা বাঁচায়৷

বিশ্বমাঝে নিঃস্ব জনার / দুঃখের বোঝা বইতে হবে
তবেই জানিস জগত মাঝে- / তোর- অবিনশ্বর কীর্তি রবে।
ওরে ও একলা পথিক...।

গায়কের এটা কোন সাধারন গান মাত্র নয়, যেন সে ঘুম ভাঙ্গানিয়া পাখির মত দুয়ারে দুয়ারে বার্তা দিয়ে বেড়াচ্ছে মানুষের কাছে ওঠো, জাগো আর এগিয়ে চলো। তুমি একলা – কিন্ত তবু থেমে থেকোনা। আগামীর আগমন ঘটবে তোমার হাত ধরে। তুমি অন্ধকারের মধ্যে একাই চলতে থাকো। দুসহঃ সময়ের মধ্যে একা চলতে থাকো।

গান শেষ হলে জল বাতাসা খেয়ে গায়ক তাঁর হারমোনিয়ম কাঁধে সামনের দিকে হেঁটে চলে যায়। তাঁর এক জায়গা থেকে থাকলে চলবে না। আরো অনেক দুয়ারে বার্তা পৌছে দিতে যেতে হবে। সে চলে যায় কিন্ত রয়ে যায় তাঁর গানের রেশ – ওরে ও একলা পথিক...।

বহুক্ষন ধরে বসে ভাবে প্রশান্ত এত ভাবে মা কেন গায়কে এই গান শোনাবার জন্য অনুরোধ করলো আর বিশেষ করে তাকেই শোনাতে চাইলো! কিছুক্ষন ভাববার পর তাঁর মনে হল ওটা গান নয়- জ্ঞান। ওটা প্রশান্তকে বলিয়ান আর উজ্জিবিত রাখার মাতৃ প্রয়াস। মা তাঁর মমতাময়ী রূপকে আড়াল করে যে পাথর মুর্তি প্রতিষ্ঠা করেছে, সেটার পিছনে একটা গভীর নিবিড় উদ্দেশ্য লুকানো আছে। নিশ্চয় আগামী দিনের কোন রূপরেখা আকা আছে তাঁর মনে-প্রিয় পুত্রকে ঘিরে। প্রতিদিন প্রতিরাত সে সেই ভাবে তাকে গড়ে তোলার আপ্রান প্রয়াস করে চলেছে।

সময় এগিয়ে চলেছে, প্রশান্ত এখন পুর্ন যুবক। মুখময় দাড়ি গোঁফের আবির্ভাব। গ্রাজুয়েশান কমপ্লিট হতে আর মাত্র এক বছর। শিক্ষা সমাপ্ত হয়ে যাবে তাঁর। এরপর শুরু হবে আর এক নতুন যুদ্ধ। বাসস্থান থেকে কলেজ অনেকটা দূর। রোজ প্রশান্ত সাইকেলে আসা যাওয়া করে। বাসা থেকে ঘন্টা দেড়েক সময় লাগে কলেজে পৌছাতে। যাদের দূর দুরান্ত থেকে আসতে হয় – তাঁর মত অনেক ছাত্র ছাত্রী এখানে সাইকেল চালায়।

সাইকেলটা সে টিউশানির পয়সা জমিয়ে কিনতে পেরেছে। বাসের চাইতে আবাগমন খানিক সহজ হয়েছে। পড়ার খরচ সে আজকাল টিউশানির মাধ্যমে সংগ্রহ করতে পারছে। মা আর কত করবে! দেখতে দেখতে বহু বছর পার হয়ে গেছে। সময় কামড় বসিয়েছে দুর্গার শরীরে। শুধু মনে সেই ছাপ পড়েনি। মন এখনও আগের মতই দৃঢ় – বলিষ্ট। তাঁর পা প্রতিদিন একটা প্রতিজ্ঞা পূরণের দিকে একটু একটু করে আগাচ্ছে। যেটা পূরন না করতে পারলে যেন তাঁর মরেও শান্তি হবে না। মাত্র সেই প্রতিজ্ঞাকে সম্বল করে জীবনের সকল দুঃখ কষ্ট বঞ্চনা অপ্রাপ্তিকে এক পাশে সরিয়ে রেখেছে।

সেদিন প্রশান্ত যেমন যায় – সাইকেল বাহনে চলেছে পথে। প্রায় আধ ঘন্টা চলবার পর এবড়ো খেবড়ো গ্রামীন পথ ফেলে উঠতে পারলো মসৃন রাজ্য সড়কে। এটা সম্পন্ন মানুষের এলাকা। বিশাল চওড়া 'রাজপথ' চলে যাওয়া পথের দুধারে আগে ছিল ছত্তিশগড়ি সরল সোজা মানুষের চাষবাসের জমি- ভুমি। কী কৌশলে যেন সেই সব জমি দখল হয়ে যায় বহিরাগত ঠিকেদার প্রমোটার দ্বারা। যে সব প্রমোটার ঠিকেদার কোন না কোন রাজনেতার আত্মীয়- দলের লোক। দেখতে দেখতে সেখানে গড়ে ওঠে সুদৃশ্য ইমারত। এরপর মূল শহর থেকে সামান্য দূরে নিরিবিলি অঞ্চলে বাস করতে আসে সেই সব মানুষ যারা ঘর থেকে বের হয়ে গাড়িতে চাপে – গাড়ি থেকে নেমে বাড়িতে ঢোকে। রাস্তার পাশে বাসের অপেক্ষায় দাঁড়িয়ে থাকতে হয় না। এখানকার প্রত্যেকটা বাড়ি যেন দর্প দম্ভের এক একটা মিনার – এ বলে আমাকে দেখ, তো ও বলে আমাকে-। বিশাল

ক্ষমতাবান এক একটি পরিবার বাস করে এক একটা প্রসাদ তুল্য ভবনে। দেশের জ্ঞান বিজ্ঞান শিল্প সাহিত্য – রাজনীতি, অর্থনীতি আবর্তন হয় যাদেরকে কেন্দ্র করে।

সেদিন সেই পথে যেতে যেতে হঠাৎ – বাঁচাও বাঁচাও আর্ত চিৎকার শুনে সাইকেল থামিয়ে দাঁড়িয়ে পড়তে হয় প্রশান্তকে। সামনে একটা তিনতলা বাড়ি- যার দোতলায় গ্যাস সিলিন্ডার ফেটে আগুন লেগে গেছে। আগুনের লেলিহান শিখা মুহুর্তে গ্রাস করে নিয়েছে গোটা দোতলাটা। যার ফলে তিনতলায় আটকে পড়া একটা নিতান্ত বাচ্চার আপন মানুষজন ভয়ে চিৎকার করছে। আগুনের প্রথম অবস্থায় যখন তাঁর তেজ ছিল কিছু কম আতঙ্কিত গৃহবাসী প্রান বাঁচাতে যে যেভাবে পারে ছিটকে ঘরের বাইরে চলে আসতে পেরেছে। শুধু আসতে পারেনি ওই গৃহের সবচেয়ে ছোট এক সদস্য। গৃহবাসীর আতংকিত চিৎকার তার জন্য-। ঘরে তাদের যে একটা বালক আছে, প্রান নিয়ে পালাবার সময় তার কথা কারও মনে আসেনি।এখন মায়ের মনে পড়েছে আমার খোকা তো আসতে পারেনি। আর্ত চিৎকার, কান্না সেই বালকটির জন্য- কে আছো, আমার ছেলেকে বাঁচাও।

সাইকেল ফেলে প্রশান্ত সেই বাড়ির দিকে ছুটে যায়। এতক্ষনে পথচারি কিছু মানুষও এখানে দৌড়ে এসেছে। কিন্ত কী ভাবে আগুনের কবল থেকে বাচ্চাটাকে বাচানো যাবে বুঝে উঠতে পারছে না। পাশে কয়েকটা অসম্পুর্ন বাড়ির নির্মানকার্য চলছিল সেখান থেকেও মজুরশ্রেনীর কিছুজন এসে গেছে। তারা কী করবে বুঝতে না পেরে কিংকর্তব্য বিমূঢ় হয়ে দূরে দাঁড়িয়ে আগুনের তান্ডব দেখছে। দোতলার জানালা থেকে কালো ধোয়া আর আগুনের শিখাঁ সাপের ফনার মত বাইরে বের হয়ে আসছে। সারা এলাকাটা কালো ধোয়ায় ঢেকে যাচ্ছে। শোনা যাচ্ছে একটি বালকের করুন কান্না। বারান্দায় দাঁড়িয়ে সে কাঁদছে আর সহায়তা চাইছে -মা আমাকে নিয়ে যাও।

প্রশান্ত পাগলের মত ছুটে সেই বাড়ির মেন গেটের দিকে যেতে চাইলে তার হাত চেপে ধরে একজন- খেপেছো নাকি! ওখানে ঢুকলে আর জ্যান্ত বের হতে পারবেনা। আগুনে বেগুন পোড়া হয়ে মরবে। আর একজন বলে- দমকলে খবর দেওয়া হয়েছে, তারা এসে যা করার তা করবে।

প্রশান্ত ঝটকা মেরে হাত ছাড়িয়ে নিতে নিতে বলে- পথ ছাড়ো! বাধা দিওনা। একটা বাচ্চা আমাদের চোখের সামনে পুড়ে মরবে আর আমরা তাই দাঁড়িয়ে দাঁড়িয়ে দেখবো!

লোকটা উন্মাদপ্রায় প্রশান্তের হাত আরো জোরে চেপে ধরে বলে- কী করবে! আগুনের সাথে কে কবে পেরেছে! মাথা গরম কোরো না!

তবু প্রশান্ত হাত ছাড়াবার জন্য জোরাজুরি করছে দেখে বিরক্ত একজন বলে- এই, ছেড়ে দে ওর হাত৷ মরার শখ থাকলে মরতে যাক, আমাদের কী!

সে হাত ছেড়ে দিলে প্রশান্ত বাড়ির সদর দরজার দিকে ধেয়ে যায়৷ তাঁর বুকে ধাক্কা মারতে থাকে একটা ভীত বালকের কাতর গলার আর্তকান্না৷ যার কোন অর্থ হয়না যা মাত্র মৃত্যুভয়ে ভীতের গোঙানি৷ তাকে চিৎকার করে সাহস জোগায় প্রশান্ত- ভয় নেই, আসছি৷

আগুন বাড়িটাকে প্রায় গিলে নিয়েছে৷ উপরে ওঠবার সিড়িতে আসছে বাতাস বাহিত গ্যাসের সাথে আগুনের হলকা৷ হলকা যেন সিড়ির উপর ভীষন রাগে ছোবল মারছে৷ গ্যাসের গন্ধে নিঃশ্বাস নিতে কষ্ট হয় প্রশান্তের৷ তবু সে ছুটে গিয়ে আগুনের মধ্যে ঝাঁপিয়ে পড়ে৷ জামায় আগুন ধরে যায় তাঁর৷ টান মেরে সে গায়ের জামা খুলে ফেলে দেয়৷ আগুনের ছোবলে ঝলসে গেছে তাঁর পিঠের এক পরত চামড়া৷ সে দিকে ভ্রুক্ষেপ না করে সে পৌছে যায় সেই বারান্দায় যেখানে বন্দী প্রায় হয়ে আছে আট নয় বছরের একটি বালক৷ শরীর দগ্ধ, অসম্ভব যন্ত্রনা হচ্ছে তবু সেদিকে তাকাবার আর অবসর নেই৷ এক ঝটকায় তাকে সবল হাতে কোলে তুলে নেয় প্রশান্ত আর যেভাবে লাফিয়ে আগুন সিড়ি পার হয়েছিল সেই ভাবে আবার ঝাঁপিয়ে পড়ে সিড়ির দিকে৷ দু পায়ের উপর নয়, গড়িয়ে নামে সিড়ি দিয়ে তাঁর দেহ৷ এক পাক দু পাক তিন পাকে প্রশান্ত এসে পড়ে আগুনের এলাকার বাইরে৷ মাটিতে লোটানো দেহ অসহ্য দাহ যন্ত্রনায় অজ্ঞান হয়ে যায়৷ তবে সে পুড়ে গেলেও বালকের দেহ আগুন কিছু ক্ষতি করতে পারেনি৷ বালক মাটি থেকে উঠে ছুটে মায়ের দিকে চলে যায়৷ মা তাকে বুকে জড়িয়ে নিয়ে স্বস্তির নিঃশ্বাস ফেলে৷ ভগবানকে ধন্যবাদ জানায়৷

যারা এতক্ষন ভ্যাবাচ্যাকা খেয়ে নিরাপদ দুরত্বে দাঁড়িয়ে ছিল যেন তাদের সম্বিৎ ফেরে – একটা মানুষ পোড়া সাপের মত মাটিতে গড়াচ্ছে আর উঃ আহঃ করছে৷ তারা দৌড়ে এসে প্রশান্তকে তুলে কিছু দূরে সরিয়ে নিয়ে যায়৷ সেই সময় মহিলা ভ্যাবাচেকা ভাব কাটিয়ে পাশের বাড়ির ফোন মারফত তাঁর স্বামীকে ফোন করে এখানকার বর্তমান পরিস্থিতি সম্বন্ধে সুচনা দিতে পারে৷ জানাতে পারে বাড়িটার ব্যাপক ক্ষতি হলেও আমরা সবাই অক্ষত আছি৷ তবে আগুনে আটকে পড়া আমাদের শান্তনুকে উদ্ধার করতে গিয়ে একটা কলেজের ছাত্র ভীষন ভাবে

পুড়ে গেছে। স্বামী তড়িৎ নির্দেশ দেয়- ওকে আরোগ্য নিকেতনে নিয়ে যাও-। আমি এক্ষুনি আসছি। নার্সিংহোমে ভর্তি করেই আমাকে জানাও।

জনতা এম্বুলেন্সের জন্য আর অপেক্ষা করে না, চিৎকার চেঁচামিচি করে পাশের এক বাড়ি থেকে ড্রাইভার সহ গাড়ি বের করে আনে, সেই গাড়িতে করে দ্রুত প্রশান্তকে নিয়ে যাওয়া হয় শহরের সবচেয়ে ব্যয় বহুল নার্সিংহোমে। এই নার্সিংহোমে সাধারন মানুষের চিকিৎসা পরিষেবা গ্রহন করার মত ক্ষমতা নেই। এখানে আসে শহরের ধনাঢ্য পরিবারের যারা সদস্য। নামি দামী চিকিৎসকের তত্বাবধানে এখানে সর্বাধুনিক চিকিৎসা প্রদান করা হয়ে থাকে। আয়তনে খুব বড় তো নয় তবে খ্যাতি আরোগ্য নিকেতনের আকাশ ছোয়া।

যে অঞ্চলে দুর্গা বাস করে সেটা অত্যন্ত পিছিয়ে পড়া এলাকা। প্রশান্তের খবর সেখানে পৌঁছাতে অনেকটা বিলম্ব হয়। এখানে যারা মজুরের কাজ করছিল তাদের কয়েকজন ওই এলাকায় থাকে। তাদের একজন প্রশান্তের ফেলে যাওয়া সাইকেল চালিয়ে দ্রুত গিয়ে দুর্গাকে প্রশান্তের খবর জানায়- শিগগির চলো। তোমার ছেলেকে আরোগ্যকেতন নার্সিংহোমে ভর্তি করতে নিয়ে গেছে। আগুনে পুড়ে গেছে তাঁর শরীর।

ওই নার্সিংহোম সবাই চেনে। ভীমাও চেনে। খবর পাওয়া মাত্র তারা যে অবস্থায় ছিল সেই অবস্থায় একটা ভাড়া গাড়ি করে ছুটে আসে নার্সিংহোমে। না, প্রশান্তের খবর পেয়ে দুর্গা একফোটা চোখের জল ফেলেনি। সে দাঁতে দাঁত চেপে নিজের মনোকষ্ট সহ্য করেছে। প্রশান্ত এখনও অজ্ঞান, তাকে রাখা হয়েছে আই, সি, ইউ, তে। যেখানে এখন ডাক্তার নার্স ছাড়া অন্য কারও প্রবেশের অনুমতি নেই। সবাই ত্রস্ত ব্যাস্ত হয়ে ছোটাছুটি করছে। এক ডাক্তারকে সামনে পেয়ে জানতে চায় দুর্গা- ডাক্তার বাবু, কেমন আছে আমার ছেলে? ওর কী জ্ঞান ফিরেছে?

-আপনি কে?

-আমি প্রশান্তের মা।

-বীর ছেলে আপনার। আপনি রত্নগর্ভা। বড় কঠিন সময়! মানুষ মানুষের জন্য নিজের এক ফোটা রক্ত দিতে রাজী হয়না, আর আপনার ছেলে প্রান হাতে করে দাউ দাউ আগুনের মধ্যে ঝাঁপিয়েছে। ওর জন্য একটা বাচ্চা ছেলে বেঁচে গেছে। পাশ থেকে বলে একজন।

ডাক্তারের চোখে মুখে পেশাদারি কাঠিন্য। যেখানে কর্তব্যের দায়বধ্যতা থাকলেও অহেতুক সমবেদনার দেখা মেলা মুশকিল। তিনি দুর্গার দিকে তাকিয়ে

বলেন- আমরা আমাদের সাধ্যমত চেষ্টা করছি। আর কিছু সময় পরে আপনাকে সঠিক অবস্থাটা জানাতে পারবো। এখনও জ্ঞান ফেরেনি। পিঠের দিক মারাত্মক ভাবে পুড়েছে। অপেক্ষা করুন – কিছু সময় পরে সঠিক সংবাদ পেয়ে যাবেন।

এই সংবাদে দুর্গার শরীর থর থর করে কেঁপে ওঠে।- বাঁচবে তো আমার প্রশান্ত! দুর্গার এই অবস্থা ভীমার নজর এড়ায় না সে দুর্গার হাত চেপে ধরে- দিদি উতলা হয়োনা, ধৈর্য ধরো। ভগবানের দয়ায় সব ঠিক হয়ে যাবে।

নিজেকে এতক্ষন সামলে রাখতে পেরেছিল দুর্গা, কিন্ত এখন যেন তেড়ে কান্না আসছে। সাহসের ভিত চুরচুর হয়ে ভেঙ্গে যাচ্ছে। ডাক্তারের গুরুগম্ভীর মুখ দেখে ভয়ে তাঁর বুক কাঁপছে। বলে ওঠে দুর্গা- ভীমা ভাই আর যে আমি নিজেকে স্থির রাখতে পারছিনা।

দুর্গার কাছে এগিয়ে আবেগঘন গলায় বলে ভীমা- দিদি তোমার মত সাহসী মায়ের মুখে এ কথা মানায় না। চিকিৎসা চলছে, দেখবে তোমার আশীর্বাদে ও ঠিক সেরে উঠবে। যে মানুষের জন্য জীবন বাজী রাখে ভগবান তাকে রক্ষা করে।

যে কামরায় প্রশান্তকে রাখা হয়েছে সেখান থেকে প্রায় ঘন্টাখানেক পরে অন্য এক ডাক্তার বের হয়ে আসেন- তিনি জানতে চান- পেসেন্ডের আত্মীয় কে আছে? কী হন আপনি?- মা? আপনার কথাই বলছে। জ্ঞান ফিরেছে। এবার দেখতে যেতে পারেন। তবে ওর সাথে বেশি কথা বলবেন না। কান্নাকাটি একদম নয়।

দুর্গার প্রশান্তকে দেখতে যাবার জন্য মানসিক ভাবে প্রস্তত হতে বেশ কিছু সময় লাগে। কী দেখতে হবে ভেবে ভয়ে বুক কাপে তাঁর। জ্ঞান হয়ত ফিরেছে কিন্ত সামনে গিয়ে যদি দেখতে হয় সারা মুখে ব্যান্ডেজ, তাহলে সে আঘাত সহ্য করবে কী করে মায়ের প্রান!

তবে এখন যেতে তো হবেই। ভীমা দুর্গার হাত শক্ত করে ধরে রেখে যে কামরায় প্রশান্ত আছে দুরুদুরু বুকে সেদিকে পা বাড়ায়। তারা সামনের দিকে এগিয়ে যাবার সামান্য কিছু সময় পরেই একটা পুলিসের গাড়ি এসে নার্সিং হোমের সামনে থামে আর তা থেকে নেমে একজন পুলিসের উচ্চ পদস্থ অফিসার গট গট করে হেঁটে এসে রিসেপশান কাউন্টারের সামনে দাঁড়িয়ে পড়ে। ইনি পদমর্যাদায় আই, জি। তবে তাঁর চেয়েও বড় পরিচয় প্রদেশের মুখ্যমন্ত্রীর ইনি একজন বিশ্বাস ভাজন।

সেখানে তখন সেই ডাক্তার ছিলেন। ইনি সেই অফিসারকে চেনেন। অফিসার চেনে তাকে। বলেন তিনি- আমি ওই বার্ন পেসেন্ড ছেলেটাকে একবার দেখতে চাই। ডাক্তার বিগলিত হেসে ঘাড় কাত করে- নিশ্চয় নিশ্চয়।

আবার বলেন অফিসার- একটা জরুরি কাজের চাপে ছিলাম। বাড়িটার কী অবস্থা কে জানে। বাড়িতে যাবার আগে ছাত্রটিকে দেখতে এসেছি। যে নিজের জীবন বিপন্ন করে আমার ছেলের প্রান বাঁচিয়েছে তাকে আগে কৃতজ্ঞতা প্রকাশ করা দরকার। বাড়ির মেরামত হয়ে যাবে, কিন্ত...!

এবারও ডাক্তার বাধ্য ছেলের মত ঘাড় কাত করে। আর বলে- নিশ্চয়, নিশ্চয়। আসুন আমার সঙ্গে আমি ওর কামরায় নিয়ে যাচ্ছি।

ডাক্তারের পিছনে চলতে চলতে জানতে চান অফিসার- ছাত্রটি এখন কেমন আছে?

-কিছুক্ষন আগে জ্ঞান ফিরেছে, বলে ডাক্তার।

-আমি খবর জেনেছি ছেলেটা বিধবা মায়ের এক মাত্র সন্তান এবং খুব গরীব। চিকিৎসার যেন কোন ক্রুটি না হয়। সবচেয়ে উন্নত মানের আধুনিক চিকিৎসা ওকে দেবেন। দেখবেন শরীরের কোথাও যেন কোন পোড়ার দাগ না থাকে। দরকার হলে প্লাস্টিক সার্জারি করবেন।

-হ্যাঁ স্যার – বলে ডাক্তার, আমরা ওকে পুর্বের অবস্থায় নিয়ে যেতে সর্বশক্তি দিয়ে চেষ্টা করবো।

-দুর্ঘটনার সংবাদ পাওয়া মাত্র ফোনে বলে দিয়েছিলাম,এই নার্সিং হোমের নাম। সরকারী হাসপাতালের উপর আমার আস্থা কিছু কম আছে।আমি চাই দ্রুত ছেলেটা আরোগ্য লাভ করুক।

-হ্যাঁ স্যার।

যে কক্ষে প্রশান্তকে রাখা হয়েছে সেখানে ঢুকে দেখতে পায় দুর্গা প্রশান্ত চোখ বন্ধ করে আছে। তাঁর সামনে গিয়ে ধীর গলায় ডাকে সে- প্রশান্ত বাপ আমার চোখ খোল। দেখ বাবা-মা এসেছে।

মায়ের গলার আওয়াজ পেয়ে চোখ মেলে তাকায় প্রশান্ত- বলে কেঁদোনা মা। আমি ঠিক আছি। তেমন কিছু হয়নি আমার। পিঠের দিকে সামান্য পুড়ে গেছে, কয়েক দিনের মধ্যে ঠিক হয়ে যাবে।

দুর্গা তাঁর চোখ থেকে গড়িয়ে আসা জল অতি কষ্টে সম্বরন করে নেয়। মনে মনে ছেলের জন্য খানিক গর্ব হয়। সবাই যখন নিরাপদ দুরত্বে দাঁড়িয়ে থেকেছে প্রশান্ত ঝাঁপিয়ে পড়েছে বিপন্নকে উদ্ধার করতে। আজ সাহসের একটা পরীক্ষায় পাঁশ করতে পেরেছে সে।

একটু পরে আবার বলে প্রশান্ত- সেই বাচ্চাটা কেমন আছে? ওর কোন ক্ষতি হয়নি তো?

দুর্গা সেই বাচ্চাটার বিষয়ে কিছু জেনে নেবার মত সময় পাননি। নিজের ছেলের প্রান বিপন্ন- অন্যের খবর কখন নেবেন! সে কিছু জবাব দেবে তার আগেই পাঁশ থেকে আওয়াজ পান – শান্তনু সম্পুর্ন সুস্থ আছে। তাঁর তেমন কিছু হয়নি। সামান্য একটু ভয় পেয়েছে, এক দু দিনে ঠিক হয়ে যাবে।

তাকিয়ে দেখতে পান দুর্গা সেই পুলিস অফিসারকে-। তিনি দাঁড়িয়ে আছেন আর প্রশান্তকে দেখছেন। দুর্গার দিকে তাকিয়ে আবার বলেন অফিসার- আমার ছেলেকে বাঁচাতে গিয়েই আজ আপনার ছেলে হাসপাতালের বেডে পড়ে আছে। এ না থাকলে আমি হয়তো আমার ছেলেকে ফিরে পেতাম না। আমি আমার ছেলেকে পেয়েছি। আপনার ছেলেকে সুস্থ করে তুলতে যা করতে হয় আমি করবো। আপনি ভাববেন না। ওর সব দায়িত্ব আমার।

এতক্ষনে বুঝতে পারে দুর্গা- যে নার্সিংহোমে কমপক্ষে এক লাখ টাকা হাতে না নিয়ে কোন মানুষ ভর্তি হবার কথা ভাবতে পারেনা, সেখানে কারা ওকে এনে তুলেছে আর এত যত্ন সহকারে তার চিকিৎসা চলছে। মনে মনে সে অফিসারের প্রতি কৃতজ্ঞতা জানায়।

প্রশান্তের দিকে তাকিয়ে বলেন অফিসার- তুমি এখন ঘুমাও আর দ্রুত সেরে ওঠো। আমি তোমাকে দেখতে এসেছিলাম। আমাকে এখনই চলে যেতে হবে। পরে আবার আমি আসবো।

অফিসার প্রশান্তের সঙ্গে কথা সমাপ্ত করে ফিরে যাবার জন্য ঘুরে দাঁড়িয়ে ছিলেন – দেখতে পেলেন শহরের এক নামী পত্রিকার একজন সাংবাদিক আর একজন ফোটোগ্রাফার কামরার মধ্যে প্রবেশ করেছে। বিরক্তিতে অফিসার ভুরু কোঁচকান। এদের কী কোন কান্ডজ্ঞান নেই! গুরুতর অসুস্থ একজন মানুষ- তাকে সুস্থ হবার সময় পর্যন্ত দিচ্ছে না! যেই খবরের সন্ধান পেয়েছে- ঝাঁপিয়ে পড়েছে।

সাংবাদিক অফিসারের সমর্থন চাইতে তাকেই বলে- স্যার আমি একে সামান্য এক দুটো কথা জিজ্ঞসা করতে চাই। – যোগ করে সে- আজকাল মানুষ বড় আত্মকেন্দ্রিক হয়ে গেছে স্যার। কেউ কারও বিপদে পাশে দাঁড়ায় না। এই সময় এরকম পরোপকারী মানুষদের কথা যত বেশি সামনে নিয়ে আসা যায় সমাজের মঙ্গল। যদি একে দেখে কেউ অনুপ্রানিত হয়...।

তাঁর লম্বা বক্তব্য থামিয়ে দিতে বলেন অফিসার- বাইট নিন। তবে মনে রাখবেন একজন গুরুতর অসুস্থ মানুষের সাথে কথা বলছেন। বাইট যেন দীর্ঘ না হয়। যত সংক্ষেপে সারতে পারেন-।

উৎফুল্ল সাংবাদিক প্রশান্তের দিকে সামান্য এগিয়ে যায়, ক্যামেরাম্যান ক্যামেরা তাক করে- দুজনের ভঙ্গি সেই পুকুরে ছিপ ফেলা মৎস শিকারির মত। দারুন একটা শিকার পেয়েছে এরা। কালকের পত্রিকার পাতায় হেড লাইন হবে – তাদের পাঠানো সংবাদ।

প্রশান্তের কাছে জানতে চায় সাংবাদিক- আচ্ছা প্রশান্ত, আমার কথা শুনতে পাচ্ছেন? আমি জানতে চাইছি যখন আপনি ওই জ্বলন্ত বাড়িটার কাছে গেলেন, দাউ দাউ আগুন দেখলেন- ঢুকে পড়লেন ওই আগুনের মধ্যে, তখন আপনার কী মনে হয়েছিল? একটু মনে করে বলুন – সেই সময়কার অনুভুতিটা ঠিক কী রকম ছিল? মুখটা একটু ক্যামেরার দিকে ঘুরিয়ে নিন, হ্যাঁ এবার বলুন।

বলে প্রশান্ত- বাচ্চাটা বাঁচাও বাঁচাও চিৎকার করছে, দেখে আর আমি কিছু ভাববার সময় পাইনি। খালি একটাই কথা মাথায় এসেছিল- যে করে হোক ওকে বাঁচাতে হবে।

সাংবাদিক লেখে- আমার তখন মনে হল যেন ওই বাচ্চাটা আর কেউ নয় – আমি। আমারই দেহের চারপাশে জ্বলছে আকাশ ছোয়া লকলকে চিতার আগুন।মনে হল যেন মৃত্যু ভয়ে নীল হয়ে আমি কাতর স্বরে মাকে ডাকছি – মা আমাকে বাঁচাও। পুড়ে মরতে দিও না। -মা নেই, আমার পাশে কেউ নেই। আছে শুধু আগুনের যন্ত্রনাদায়ক বিষ ছোবল। আমার নিঃশ্বাস বন্ধ হয়ে আসছে উৎকট ধোয়ায়। চোখের সামনে ভেসে উঠলো প্রিয় পরিচিত অসংখ্য মুখ। কিন্ত হায় ভগবান- এই সময় কারও কোন সহায়তা পাবার আশা নেই। দাউ দাউ আগুন সহায়তার সব পথ বন্ধ করে দাঁড়িয়ে আছে। তখন যে চিৎকার করে কাঁদবো আমার সেই শক্তিও ক্রমে ক্ষীন হয়ে আসছে। ধোয়া গলা চেপে ধরেছে আমার। চোখের সামনে তখন আর কিছুই অবশিষ্ট নেই আছে শুধু বীভৎস মৃত্যুর তাথই নৃত্য। আমি আর কোন দিকে না তাকিয়ে ঝাঁপ দিয়ে পড়লাম সেই অগ্নিকুন্ডের মধ্যে-।

লেখা থামিয়ে আবার বলে সাংবাদিক- বলুন বলুন তারপর?

-আমি দিক বিদ্বিক জ্ঞান হারিয়ে ছুটে গেলাম তাঁর দিকে।

সাংবাদিক লিখে নেয়- পরক্ষনে কে যেন চিৎকার করে উঠলো বাঁচাও, আমাকে বাঁচাও। বড় মর্মভেদী সে আওয়াজ। বিহ্বলতা কেটে গেল আমার।

দেখলাম আমি আগুনের মাঝে নই, দাঁড়িয়ে আছি রাজ পথে – নিরাপদে। আর যে ওই বন্ধ ঘরে জীবন্ত দগ্ধ হতে যাচ্ছে সে এক অবোধ বালক। তারপর আর কিছু মনে নেই। কি ভাবে ওই বাড়ির মধ্যে গেলাম আর কি ভাবে বের হয়ে এলাম আমার মনে পড়ছে না।

সাংবাদিক যা করতে এসেছিল তা করা হয়ে গেছে। বাকি আছে কিছু সৌজন্য। সে দুর্গার দিকে তাকিয়ে বলে- ধন্য মা আপনি যে এমন পরোপকারী সন্তান জন্ম দিয়েছেন। এই সব সাহসী যুবক সমাজের কাছে অনুপ্রেরনার উৎস- উদাহরন হিসাবে প্রতিভাত হবে।

সাংবাদিক তাঁর কাজ শেষ করে পত্রিকা অফিসের দিকে রওনা দেয়। যাবার আগে দুর্গাকে বলে যায়- আপনাকে প্রনাম।

দিন আটেক লেগে যায় প্রশান্তের নার্সিং হোম থেকে ছাড়া পেতে। তবে বাড়ি এসে তাকে বেশ কয়েকদিন বিছানায় থাকতে হয়। এর মধ্যে আর অফিসার প্রশান্তের খোঁজ খবর নিতে পারেননি। প্রদেশের অনেক বড় দায়িত্ব বহন করতে হয় তাকে। তা ছাড়া বাড়িটা প্রায় ভষ্মিভূত হয়ে গেছে তাকে পুনর্নির্মানের জন্য ব্যাবস্থাপনা করতে গিয়ে এদিকে সময় দিতে পারেননি।

যেদিন প্রশান্ত প্রায় সুস্থ সেদিন আগাম কোন খবর না দিয়ে আচমকাই অফিসার এসে উপস্থিত হলেন প্রশান্তদের বাসায়। কত বড় অফিসার! কিন্ত তিনি প্রশান্তের উপকারের কথা ভোলেননি বলেই নিজে চলে এসেছেন। অন্য কেউ হলে হয়তো প্রশান্তকে ডাকিয়ে নিজের বাড়ি বা অফিসে আনাতেন।

গাড়ির শব্দ পেয়ে প্রশান্ত ঘরের বাইরে এসে অফিসারকে দেখে বিহ্বল হয়ে পড়ে। অফিসার তাকে জিজ্ঞাসা করেন- শরীর এখন কেমন?

বলে প্রশান্ত- ধীরে ধীরে ঠিক হচ্ছে।

-শরীরের যত্ন নেবে, ঠিকমত খাওয়া দাওয়া করবে। তোমার মাকে তো দেখছি না তিনি কোথায়?

-সামনের মুদি দোকানে গেছে।

-আমি তোমাকে দেখতে যেমন এসেছি, তোমার মায়ের সাথেও কিছু কথা বলতে চাই।

-আপনি ঘরে এসে বসুন। মা এক্ষুনি এসে পড়বে।

তেমন কোন সুসজ্জিত ঘর নয়, শ্রমজীবী মানুষের বাসভবন যেমন হয়ে থাকে তেমনই। মাটির মোটা দেওয়াল। মাত্র চুনকাম ছাড়া যাতে বহুকাল আর

কোন পরিচর্যা করা হয়নি। টাঙ্গানো দড়িতে ঝুলছে ময়লা জামা কাপড়। ঘরের মধ্যে মাত্র একটা পাতানো খাট বিবর্ন মলিন। সেই খাটেই বসে পড়েন অফিসার। একটা আওয়াজ করা পাখা আছে সেটা চালিয়ে দেয় প্রশান্ত।

মুদি দোকানে তেমন কিছু নয় সামান্য মাত্র মাল কিনতে গিয়ে ছিল দুর্গা। সেই দোকান থেকে নিজেদের ঘরের সামনেটা পরিস্কার দেখতে পাওয়া যায়। সে তাদের ঘরের সামনে পুলিসের গাড়ি দাঁড়াতে দেখেই বুঝে যায় – নিশ্চয় সেই অফিসার এসেছে। তাই দ্রুত বাসায় ফিরে আসে।অফিসারকে দেখে বুক দুরু দুরু করে তাঁর। এতবড় মাপের মানুষ স্বয়ং তাঁর বাসায় আসবে ভাবতে পারেনি।

পুলিসের বড় অফিসার যাকে নানা ধরনের মানুষ নিয়ে কারবার করতে হয়। তিনি দুর্গাকে দেখে তাঁর মনের দোলাচল বুঝতে পেরে যান। অবস্থা খানিক স্বাভাবিক করে নেবার তাড়নায় বলে ওঠেন তিনি- ইচ্ছা ছিল আজকে দুপুরে এখানেই খাওয়া দাওয়া করবার, সে ইচ্ছা আপাততঃ দমন করতে হচ্ছে, জরুরি কাজ আছে। তবে চা নিশ্চয় খেতে পারি। চিনি কম দিয়ে এক কাপ লিকার।

দুর্গা কিছু বিস্মিত হলেও দ্রুত চা বানিয়ে এনে অফিসারের হাতে কাপ তুলে দেয়। চায়ে চুমুক দিয়ে বলে অফিসার- আপনাকে বহিন বলেই ডাকছি, দুর্গা বহিন। আর একটা চুমুক দিয়ে আবার বলেন- দেখুন, আপনি কোন অবস্থায় কত কষ্ট করে প্রশান্তকে লেখাপড়া শিখিয়ে মানুষ করেছেন এই কয়দিনে আমি সে সব তথ্য কিছু কিছু জানতে পেরেছি। আপনি কোন এক গ্রামের বাসিন্দা। কোন এক ভাগ্য বিপর্যয়ে শহরে চলে আসতে বাধ্য হয়েছেন। অসাধারণ আপনার জীবন সংগ্রাম। কারও কাছে মাথা নত না করে নিজের উপর আস্থা রেখে সন্তানকে শিক্ষিত করে তুলতে কঠোর পরিশ্রম করছেন। প্রশান্ত আমার যে উপকার করেছে তা আমি প্রান থাকতে কোনদিন ভুলে যেতে পারবো না। ওর প্রান পর্যন্ত চলে যেতে পারতো। ঘরে আরো একটা গ্যাস সিলিন্ডার রাখা ছিল। সেটা ফেটে গেলে অনেক বড় বিপদ হয়ে যেতো। ও আমার এক মাত্র ছেলের প্রান রক্ষা করেছে সেই জন্য প্রশান্তের কাছে আমি আজীবন ঋনী হয়ে থাকবো। কোন কিছু দিয়ে এই ঋন শোধ করা যাবে না। তবু আপনার আত্মমর্যাদায় কোন আঘাত না দিয়ে – আপনার একক লড়াইকে স্যেলুট জানিয়ে একান্ত আত্মীয়ের মত বলছি – যদি কখনও কোন সাহায্যের দরকার হয় অসংকোচে আমার কাছে বলবেন। আপনাদের জন্য যদি কিছু করতে পারি আমার তাতে ভালোই লাগবে। খুবই খুশি হবো।

হৃত সাহস ফিরে পেয়েছে দুর্গা। বলে সে- যদি চাই শূন্য হাতে ফিরিয়ে দেবেন না তো?

-কি বলছেন আপনি! দেবার মত কিছু হলে দিয়ে নিজেকে ধন্য মনে করবো।

-আমরা গরীব মানুষ, বড় কোন চাহিদা নেই। আমি যেটা চাইবো আপনার কাছে তা অতি তুচ্ছ। ইচ্ছা করলেই দিতে পারবেন।

-বেশ তাহলে চেয়ে নিন।

-এখন নয়! আর এক বছর পড়ে চাইবো-। একটু দম নিয়ে বলে দুর্গা- প্রশান্ত আগে পরিক্ষায় পাঁশ করুক। গ্রাজুয়েট হোক-। তখন চাইবো।

চায়ের কাপ খালি করে নামিয়ে রাখতে রাখতে বলে অফিসার- সে প্রশান্ত পড়ছে পড়ুক। তার জন্য আপনার চাওয়া এক বছর থমকে থাকবে কেন? আপনি আজই যা চান নিয়ে নিন।

বলে দুর্গা- কিছু চাইবার ধৃষ্টতা দেখাবার আগে পাবার যোগ্যতা অর্জন করতে হয় যে-। না হলে প্রাপ্তিটা ধরে রাখা যায় না। প্রশান্ত যোগ্য হয়ে উঠুক তখনও যদি আপনার দেবার মত মন মানসিকতা থাকে- নিশ্চয় চেয়ে নেব।

অফিসার ভেবেছিলেন আজই তার কৃতজ্ঞতার বোঝা হালকা করে নেবেন কিন্ত তা না হওয়ায় তিনি কিছুটা ম্রিয়মাণ হয়ে পড়েন। তবে এই ভেবেও খুশি হন যে দুর্গা লোভী নন, সেই জাতের মহিলা নন যারা পাওয়ার আশা দেখলেই পাগলের মত ঝাঁপিয়ে পড়ে। বলেন তিনি- বেশ আমি অপেক্ষায় থাকবো। কবে আপনি কিছু চাইবেন সেই জন্য।

সামান্য হেসে বলে ওঠে দুর্গা- বলা যায় না, হয়তো চাইবার কোন দরকারই পড়বে না। আপনি সেদিন আমার চাইবার আগেই দিয়ে দেবেন আমার যা চাইবার ছিল।

দুর্গার কথা বলার ভঙ্গিতে আত্মবিশ্বাসের ঝলক দেখে অফিসারের মুখে বিস্মিত শব্দ-এমনটা হতে পারে!

-হতে পারে – হওয়া অসম্ভব নয়।

-তা যদি হয় সে তো আরো ভালো।

অফিসার উঠে দাড়ান- এবার তাহলে আমি আসি দুর্গা বহিন। প্রশান্তের দিকে তাকিয়ে বলেন- আমি হয়তো তেমন আসবার সময় সুযোগ পাবো না। মাঝে মাঝে তুমি আমার বাড়ি বা অফিসে গিয়ে আমার সাথে দেখা সাক্ষাৎ করতে থেকো।

মাথা নাড়ায় প্রশান্ত- যাবো স্যার।

১৫

চারদিকে ঘন গভীর বন বনানী পাহাড় ঝর্না পাখ পাখালি। অরন্যের পরিবেশ যেমন হয়ে থাকে ঠিক তেমনই। তবে এখানে কোন হিংস্র জন্তু জানোয়ার নেই। তারা রাত আঁধারে বহু দূর থেকে বহু পথ পার হয়ে আসে আবার দিনের আলো ফুটে ওঠার আগে চলে যায়।,মানুষকে ভয় না পায় এমন জন্তু নেই। তা ছাড়া এখানে বাঘ তেমন একটা নরমাংস ভোজী নয়ও।কোন মানুষ তাদের আক্রমন না করলে তারা এগিয়ে এসে আক্রমন করে না। যদি প্রানহানীর আশংকা দেখা দেয়, যদি সে তেমনটা মনে করে তাহলে অবশ্য আলাদা ব্যাপার।

এখন কিছু দূরে এক পাল হরিন চড়ে বেড়াচ্ছে, গাছে গাছে লম্ফঝম্ফ করছে এক দল হনুমান, কয়েকটা ময়ূরও দেখতে পাওয়া যাচ্ছে। অশান্তের প্রকৃতিক সৌন্ধর্য দেখার মত মন মানসিকতা এখন নেই – সে সেই নিয়ে ভাবিত পাথরটা কি ভাবে অত উঁচু পাহাড়ের চূড়ায় তুলতে সক্ষম হবে। গত প্রায় এক মাস ধরে সব শ্রমটাই পন্ড শ্রমে পরিনত হয়ে গেছে। বেশ অনেকটাই উপরে তুলতে পেরেছিল সে। কিন্ত যেই সামান্য ঢিলা দিয়েছে হুড়মুড় করে গড়িয়ে পাথর পুর্বের জায়গায় ফিরে গেছে। তাই এবার সে এক নতুন বুদ্ধি বের করেছে, বড় পাথরের সাথে একটা ছোট পাথর বহে নিয়ে চলেছে। বড় পাথর হাত দিয়ে ঠেলে আর ছোট পাথরটা পা দিয়ে। যেই বড় পাথরটা একপাক সামনে গড়ায় অমনি পা দিয়ে ছোট পাথরটা ঠেলে দেয় তাঁর নিচে। আর বড় পাথর গড়িয়ে আসতে পারেনা, ছোট পাথরের বাধা পেয়ে থমকে যায়।

জীবন আসলে তো এক অভিজ্ঞতার নাম। আগে জানা ছিলনা কি ভাবে পাথরের গড়ানো বন্ধ করতে পারে। এখন সেটা পেরেছে। জীবনের অভিজ্ঞতাই শিখিয়ে দিয়েছে – করনীয় কাজ।

নতুন ভাবে পাথর ঠেলতে শুরু করে এখন শ্রম আর ঘর্মক্লান্ত দেহ নিয়ে অশান্ত একটু বসে জিড়িয়ে নেবার জন্য সেই বড় পাথরটার উপরে উঠে বসে। খানিক পরে শুকনো পাতার উপর মচ মচ আওয়াজ শুনে সেদিকে ঘাড় ঘুরিয়ে জিজ্ঞাসা করে- কে ওখানে?

জবাব আসে- আমি মৌ। এই টুকু বলে তাঁর বলার ইচ্ছা দমিত হয়না। তাই আবার বলে- তোমার মৌ! বলে আর খিল খিল করে বহতা পাহাড়ি ঝর্নার মত হেসে ওঠে।

মহুয়া এলে আর কাজের কাজ কিছু হয়না। খালি গল্প খালি বিরক্তির উৎপাদন-। বলে অশান্ত- তুই এখানে কেন এলি! আমাকে একা থাকতে দে, আমার কাজ করতে দে-। যা এখান থেকে-।

-চলে যাবো!

-বলছি তো যেতে।

-গেলে কিন্তু আর ফিরবো না!

-ফিরতে হবে না তুই যা তো।

-ডাকলেও আসবো না।

-বিরক্ত না করে তুই যা তো।

কপট রাগে বলে মহুয়া- চলে যেতে বলছো, চলে যাচ্ছি। কিন্তু তুই তোকারি আর করবে না। আমি এখন বড় হয়ে গেছি। বুড়ি মা হিসেব কষে বলে দিয়েছে আর এক চাঁদ গেলেই আমি সতেরোয় পড়বো।

বলে বটে যাবে কিন্তু যায় না, এগিয়ে এসে একটা পাথরের উপর বসে পড়ে। দেখতে পায় অশান্ত মহুয়া আজ সেই বেইগা – মেয়েদের মত চূড়া করে খোঁপা বেঁধেছে। চোখে কাজল আর দুহাতে রঙ বেরঙ্গের কাচের চুড়ি। পায়ের গোড়ালি থেকে অনেক উঁচু করে পড়েছে সুতির শাড়ি। সারা গায়ে চপচপে সরষে তেল মেখে স্নান করে এসেছে। এখানে সব মানুষ সকাল সন্ধ্যা দুবার স্নান করে। শ্যামলা বরন দেহের উপর গোধুলি রোদ এখন যেন ঝিলিক মারছে। দেখে অশান্তের ভালোই লাগে। কিন্তু কঠোর প্রতিজ্ঞার বাঁধনে মনের সব কোমল কিশলয় অনুভূতি গুলোকে বেঁধে রেখে পরষ গলায় বলে- সে ঠিক আছে, মেনে নিলাম যে তুই এখন – না না আপনি এখন বড় হয়ে গিছিস। তা আপনি এখন যা। আমাকে আমার কাজ করতে দে-। একা থাকতে দে-।

খিল খিল করে বন পাহাড় কাঁপিয়ে আবার হেসে ওঠে মহুয়া আর বলে- একা না, বোকা। যে মানুষ একা থাকতে চায় সে হদ্দবোকা।একার দ্বারা কোন কাজ হয় নাকি!

-হয়-।

-হয়না।এই যে তুমি তির চালানো শেখো, দু হাত লাগে। বলো লাগে কি না? লাগে! এই যে তলোয়ার চালানো শেখো তার এক হাতে তলোয়ার, আর এক

হাতে ঢাল ধরা থাকে কি না? – থাকে! এই যে পাথর ঠেলছো, দু হাত লাগছে। পারবে এক হাতে? পারবে না! সেই রকম কিছু ভাবতে গেলে কিছু করতে গেলে – পরামর্শ আর কি! দুজন দরকার। ঠিক কি না? আমাকে বলো তুমি একা একা জঙ্গলে বসে এখন কি ভাবছো?

অশান্ত জবাব দেয়- সে তুই,ইয়ে তুমি বুঝবে না।

-বুঝবো। তুমি বলে তো দেখো। বললাম না আমি বড় হয়ে গেছি। এখন আমি ঝর্না থেকে এক ঘড়া জল একটুও না জিরিয়ে- না হাঁপিয়ে নিয়ে আসতে পারি। কালকে এনেছি।- বলো!

-কি বলবো?

-কী ভাবছিলে?

মাথা ঝুঁকিয়ে বিমর্ষ গলায় বলে অশান্ত- তুমি তো বড় হয়ে গেছো, ভাবছি আমি কবে বড় হয়ে উঠতে পারবো। এই দেখো আমার হাত, এই দেখো আমার বুকের ছাতি। তবু বাবাঠাকুর বলে- আরো বড় হও। আমার মাথা যে মাটি ছেড়ে অনেক উপরে উঠে গেছে। নিচে দাঁড়িয়ে জামরুল গাছ থেকে জামরুল ছিড়ে আনতে পারি আমি আর কত বড় হলে বাবা ঠাকুর বলবেন – বড় হয়ে গেছো। এবার তোর স্বদেশে ফিরে যাবার সময় হয়ে গেছে।

মহুয়া অশান্তের কাছে এসে ঘনিষ্ট হয়ে বলে- অশান্ত, ধৈর্য ধরো। বাবা যখন বলেছে বড় হও জানবে বড় হয়ে উঠতে তোমার দেরী আছে। বড় মানে খালি গায়ে গতরে বেড়ে ওঠা তো নয় বড় মানে পরিনত হয়ে ওঠা। যে কাজের জন্য তুমি তৈরি হচ্ছো তা হয়ে যাওয়া। দেখতে পাচ্ছো আমি কেমন সুন্দর সুন্দর কথা বলতে শিখে গেছি। এর মানে আমি যে জন্য বড় হতে চাই তা হয়ে গেছি। দু চোখে মদির কটাক্ষ হেনে হাসে আর বলে মহুয়া।

অশান্ত যেন গভীর শোকে দুঃখে ভাঙ্গা ভাঙ্গা গলায় বলে- বছরের পর বছর তো ধৈর্য ধরে বসে আছি। কিন্ত আর যে পারছিনা। কোথায় কেমন করে বেঁচে আছে আমার মা, ছোট ভাইটা বা কেমন আছে! আছে কি নেই তা বা কে জানে! তাদের কথা মনে পড়লে আর যে কিছুই ভাল লাগে না। মাথার মধ্যে ঝাঁ ঝাঁ করে ওঠে। পাগল পাগল লাগে।

অশান্তের কাতর মুখ দেখে মহুয়ার বুকে ভেঙ্গে যায়, সে তাঁর কাছে গিয়ে মাথায় আদর করে হাত বুলায় আর বলে- সব ঠিক হয়ে যাবে। আবার তুমি তোমার আপন জনদের কাছে ফিরে যেতে পারবে।

বাবা ঠাকুর অনেক্ষন ধরে মহুয়া আর অশান্তকে দেখতে না পেয়ে বিচলিত। আজকাল এরা যত বড় হচ্ছে ঘরের চেয়ে বাইরে বেশিক্ষন থাকতে পছন্দ করছে। যেন সদ্য উড়তে শেখা পাখির মত খালি উড়ছে।

এ পর্যন্ত ঠিক আছে। বাবাঠাকুর জানেন মহুয়া আর অশান্ত দুজন দুজনকে পছন্দ করে – আগামী দিনে হয়তো একে অপরকে জীবন সঙ্গী হিসাবে বরন করে নেবে। তাতে বাবা ঠাকুরের অমত নেই। কিন্তু অন্য ভয়, যেটা সবচেয়ে বড় ভয় – অশান্তের মনের মধ্যে একটা পালাই পালাই ভাব সর্বদা সক্রিয় হয়ে আছে। সে তাঁর পুরাতন জায়গায় ফিরে যেতে চায়। এই কারনে অনেকক্ষন তাকে দেখতে না পেলে তিনি চিন্তিত হয়ে ওঠেন।

ওদের খুঁজতে খুঁজতে তিনি তান্ডবেশ্বরের মন্দিরের কাছে চলে এলেন। আর দেখতে পেলেন দুজন এখানে বসে আছে। বলেন তিনি- মৌ, অশান্ত, তোরা এখানে বসে আছিস! অন্ধকার নামছে, জন্ত জানোয়ারের শিকারের সময় আসছে। যা, এখন ঘরে যা-।

বাবা ঠাকুরকে যেন অভিযোগ জানায় এমন ভাবে বলে মহুয়া- বাবা অশান্ত বলছে সে তাঁর মা ভাইয়ের কাছে ফিরে যেতে চায়। আর এখানে থাকবে না।

কাঁকের বাসায় কোকিলের ছা-! একদিন তো তাকে নিজের ঠিকানায় ফিরে যেতেই হবে। বাবা ঠাকুর সে জন্য চিন্তিত নন। চিন্তিত অশান্তের ভবিষ্যৎ নিয়ে। বলেন তিনি- সে তো যাবেই। যেতে তো ওকে হবেই। কিন্ত তাঁর কি নিজেকে খোঁজা সম্পন্ন হয়েছে! কি অশান্ত, পেয়েছো কি নিজেকে খুঁজে? যদি তা না পেয়ে থাকো তাহলে সব খোঁজাই বৃথা প্রতিপন্ন হয়ে যাবে।

বাবা ঠাকুরের কথা হেঁয়ালি যুক্ত। কথার মর্মার্থ উদ্ধার না করতে পেরে অশান্ত অবাক চোখে তার দিকে তাকায় – নিজেকে খোঁজা!

-হ্যাঁ নিজেকে খোঁজা! সেটাই সব চেয়ে বড় খোঁজ।- বুঝলে না তো? মানুষের মধ্যে লুক্কায়িত আছে অপার শক্তির ভান্ডার। মানুষকে সেই শক্তি ভান্ডারের অন্বেশন করতে হয়! তা যে পেয়ে যায় সে পঙ্গু হলেও অবলীলায় গিরিশৃঙ্গ জয় করে আসতে পারে। সাঁতরে পার হয়ে যেতে পারে মহাসাগর। তুমি এখনও সেই মহাশক্তির সন্ধান পাওনি। কারন ওই পাথরটা যেখানে ছিল সেখানেই পড়ে আছে।

বলে মহুয়া- ওটা খুব ভারী যে-। কিছুতে তুলতে পারছে না-!

-জানি ওটা ভারী। বলেন বাবাঠাকুর- কিন্তু এর চেয়েও শতগুন ভারী শতগুন কঠিন- জমিদার মহিন্দর চৌধুরি। যে মানুষটা জগদ্দল পাহাড়ের মত ভরতপুরের মানুষের জীবন জীবিকার উপর চেপে বসে আছে। সেই পাথরের চাপে পিষ্ট অসংখ্য মানুষ মরন যন্ত্রনায় ককিয়ে কাঁদছে। তাকে এত সহজে উপড়ে ফেলা যাবে না। তাঁর জন্য কঠিন শক্তি সাধনা চাই।

অশান্ত বাবাঠাকুরের দিকে আশ্চর্য চোখে তাকিয়ে থাকে। ইনি কি করে জানলেন মহিন্দর চৌধুরির নাম আর তাঁর ক্ষমতার বিবরন!

বলেন বাবা ঠাকুর- আমি একজন বিশ্বস্ত লোক পাঠিয়ে ভরতপুরের সমস্ত তথ্য সংগ্রহ করে এনেছি। বন্ধুর বিষয়ে কিছু জানো বা না জানো তেমন একটা ক্ষতি নেই, কিন্তু শত্রুর বিষয়ে সব কিছু জেনে নেওয়া অত্যন্ত জরুরি। কে তোমার শত্রু, কার সাথে তোমার বিবাদ খোঁজ নিয়ে যা আমি জেনেছি তাতে তুমি তাঁর কাছে নিতান্ত এক শিশু। এক মিনিটে তোমার নাম নিশান জগত থেকে মুছে দেবে। আমি তোমার মনের অবস্থা জানি। যে কোন সময় তুমি এখান থেকে চলে গিয়ে ওখানে তাঁর সামনে পড়ে যেতে পারো। তাই আমি এই সব তথ্য সংগ্রহ করেছি। বুঝতে চেয়েছি তাঁর তুলনায় তুমি কতখানি সবল। আমার সন্ধান বলছে- আরো বেশ কিছু সময় লাগবে তোমার প্রস্তত হতে। তাই বারবার আমি তোমাকে বাঁধা দিয়েছি। আটকে রাখতে চেয়েছি। এবার যা তোমার ইচ্ছা।এখন বড় হয়ে গেছো নিজের ভালো মন্দ বুঝতে শিখেছো। আর তো তোমাকে আটকে রাখতে পারা যাবে না। কবে কখন না বলেই উড়াল দাও-। তবে আমার কথা যদি মানো তো অপেক্ষা করো। সময় হলে আমিই বলে দেব।

কাঁদো কাঁদো গলায় বলে অশান্ত- কিন্তু আমাকে তো যেতেই হবে।

-যাবে, নিশ্চয় যাবে। কিন্তু যাবে তো মহিন্দর চৌধুরীর সঙ্গে মুকাবিলা করতে! আত্মহত্যা করতে তো নয়। সেই মুকাবিলার জন্য চাই দেবতার আশীর্বাদ। আর তাঁর জন্য দরকার পাথরকে চূড়ায় তোলা। আজ সন্ধ্যা হয়ে গেছে, ঘরে যাও, বিশ্রাম নাও, আর মনস্থির করো। পাথর তুলে আনবে না মাঝপথে চেষ্টার বিরাম দেবে।

কথা শেষ করে পিছন ফিরে বাবাঠাকুর হাটা দেন। ডাকেন- চলে এসো। মহুয়া আলতো করে অশান্তের হাত ধরে বলে- চলো। অশান্ত যেন আত্ম সমর্পন করে দেয় সে ধীর পায়ে বাড়ির দিকে ফিরে চলে।

আবছা মেদুর অন্ধকার নামছে এই সময়ে। বন রাজ্যের সবুজ অন্ধকার জড়িয়ে ধরে ওদের। গাছে গাছে পাখিদের কলতান শুরু হয়েছে। দিবসের অক্লান্ত

পরিভ্রমনের পর এখন নীড়ে ফিরে মেতে উঠেছে খোশ গল্পে। কিচিরমিচির শব্দে কান ঝালা পালা। হুপ হুপ করে হনুমান লাফাচ্ছে এক ডাল থেকে আর এক ডালে। নিজস্ব রাত্রি নামছে অরন্যে...।

আজ সারা বাড়ীটাকে আলোক মালায় সজ্জিত করে তোলা হয়েছে৷ পুড়ে যাবার পর আবার নতুন ভাবে গৃহটার নির্মান যেমন করা হয়েছে, আজ আবার সেই মৃত্যুর মুখ থেকে ফিরে আসা শান্তনুর জন্ম দিন৷ সারা বাড়ীটায় গম গম করে বাজছে শান্তনুর বাবা পুলিসের বড় অফিসার মিষ্টার এ, কে, শ্রীবাস্তবের গলা- উপস্থিত সম্মানীয় অভ্যাগত বন্ধুগণ, আপনারা জানেন আজ আমার এক মাত্র পুত্র শ্রীমান শান্তনুর জন্ম দিন৷ কিন্ত যা জানেন না তা হচ্ছে- এই আনন্দের দিন উদযাপনের আর কোন সুযোগই হয়ত আসতো না যদি সেদিন এক যুবক নিজের প্রান বিপন্ন করে আগুনের মধ্যে ঝাঁপিয়ে তাকে রক্ষা না করতো৷ সেই অসম সাহসী যুবক আজ আমাদের মধ্যে উপস্থিত হয়েছেন৷ – কথা থামিয়ে অফিসার প্রশান্তকে ডাকেন- প্রশান্ত এখানে এসো৷ লজ্জিত প্রশান্ত সেখানে এগিয়ে গেলে আবার বলেন অফিসার- এই সেই যুবক৷ এর নাম প্রশান্ত৷ আজকের দিনে আমাদের কামনা হোক যেন প্রতি ঘরে প্রশান্তের মত নির্ভিক্ষ পরপোকারী ছেলে জন্ম নেয়৷

উপস্থিত অভ্যাগতরা করতালি দিয়ে প্রশান্তকে অভিন্দিত করে৷ এত সম্মান আর এত আলো- ক্যামেরার ফ্লাসের সামনে আগে কখনও যায়নি, তাই সে বিব্রত বোধ করে৷ একজন প্রশান্তকে অনুরোধ জানায়- আপনি কিছু বলুন৷

প্রশান্ত মুখ উচু করতে পারেনা যেন লজ্জায় মাটির মধ্যে ঢুকে যাচ্ছে৷ তেমনভাবে বলে- আমি আর কি বলবো!

-কিছু একটু বলুন৷

-আমার কিছু বলার মত নেই৷ শান্তনুর জন্মদিনে কামনা করি তাঁর দীর্ঘ জীবন৷

যে প্রশান্তকে অনুরোধ জানাচ্ছে সে ওর ছবি পত্রিকার পাতায় দেখেছে৷ শহরের নামী পত্রিকা যুগধ্বনি পরিবেশন করেছিল- সেদিনের সংবাদ৷ গোটা শহরের হিরো হয়ে গিয়েছিল প্রশান্ত৷ হয়তো পত্রিকার সম্পাদক আই, জি, অনিল কুমার শ্রীবাস্তবের বাড়ির খবর বলেই বিশেষ গুরুত্ব দিয়ে প্রথম পাতায় অনেক বড় করে খবরটা ছেপেছিল৷ তবে সেই খবরের পরে প্রশান্ত শহরের যেমন পরিচিত

মুখ কলেজেও সবার প্রিয় পাত্র। শান্ত ভদ্র বিনয়ী মৃদুভাষী প্রশান্তকে কলেজের অনেক মেয়েও খুব পছন্দ করে। তবে প্রশান্ত সেদিকে খুব একটা মনোযোগ দেয়না। তাঁর একমাত্র লক্ষ্য – উদ্দেশ্য গ্রাজুয়েট হওয়া। তারপর মায়ের মুখের মিলিয়ে যাওয়া হাসি ফিরিয়ে আনা।

প্রশান্তের কলেজের এক ছাত্রীর নাম অরুন্ধুতি। অনেকে জানে যে তাঁর বাবার নাম জমিদার মহিন্দর চৌধুরি। তাঁর এক বন্ধুর নাম মহিমা-। মহিমা প্রশান্তের কলেজে পড়ে। সে প্রশান্তকে চেনে -। কথা বলেনি কোনদিন কিন্তু ওকে দেখলে তাঁর ভালো লাগে।

এরা আমন্ত্রিত দুই বন্ধু দাঁড়িয়ে ছিল,এমন সময় অলকা পাঁশ থেকে তাঁর বন্ধু অরুন্ধুতির গলার আওয়াজ পেল- আহা কি বিনয়! যেন গলে যাচ্ছে -।

অলকা তাকে জিজ্ঞাসা করে- এই রে – তোর আবার কি হল?

প্রশান্তের দিকে ইশারা করে বলে অরুন্ধুতি- দেখ না কি রকম বিনয়াবতার সাজছে। মানলাম যে ঘটনাচক্রে বিখ্যাত হয়ে গেছে। তা বলে এত ঘ্যাম মারার কি আছে! একটা দুটো কথা বলতে পারতো। এত করে যখন অনুরোধ করলো-।

-বলেনি, বলেনি। তাতে তোর কি হয়েছে!

তাচ্ছিল্য সহকারে বলে অরুন্ধুতি- এইসব নাটুকে ছেলেদের দেখলে আমার শরীর জ্বলে।

বিস্মিত চোখে অরুন্ধুতির দিকে তাকিয়ে বলে অলকা- অরু তোকে একটা কথা জিজ্ঞাসা করবো?

-কি কথা!

-তুই প্রশান্তের প্রেমে পড়ে যাসনি তো?

-তাঁর মানে-?

-অকারনে যে রকম রাগ দেখাচ্ছিস তাতে মনে হচ্ছে কিছু অনুরাগ মনের মধ্যে হয়তো জমে উঠেছে। হাসে আর বলে অলকা।

ঝাঁঝালো গলায় বলে অরুন্ধুতি- পাগলের মত কি যাতা বকছিস! ওর মত পাচটা আগে – পাচটা আমার পিছনে ঘুরে মরছে। কাউকে পাত্তা দিইনা বুঝলি।

বলে অলকা- তা হতে পারে। দেখতে সুন্দরী, তার উপর জমিদারের মেয়ে-। তবে জেনে রাখ তারা কেউ প্রশান্তের মত নয়। প্রশান্ত কারও পিছনে ঘোরার ছেলে নয়। ওর পিছনেই কতজন ঘুরছে!

ঠোট ওল্টায় অরুন্ধুতি- কতজন!

-আমাদের কলেজে পড়ে, দেখি তো-!

-তুই চান্স নিয়ে ফেল!

-কেয়া, বাসবী, মহিমা, সুনন্দাদের মত শিকারি মেয়ে যেখানে ডাহা ফেল আমি কোন ক্ষেতের মুলো! প্রশান্ত কারও দিকে চোখ তুলে পর্যন্ত তাকায় না।

-তাকায় রে! বলে অরুন্ধুতি- এমন কোন মহাপুরুষ যে তাকায় না! আমি হলপ করে বলতে পারি- সোজা না তাকালে আঁড় চোখে তাকায়। তাকানো তো অনেক দূর- আমি ইচ্ছা করলে ওকে নাকে দড়ি দিয়ে ঘোরাতে পারি।

-সে দড়ি এখনও তৈরি হয়নি রে অরু-।

-চ্যালেঞ্জ!

-হ্যাঁ, চ্যালেঞ্জ। বল হেরে গেলে কি হবে?

-তুই আগে বল আমি জিতে গেলে কি হবে?

দুই বন্ধুর বিতর্ক কোন মীমাংসায় পৌছাবার আগেই একজন ঘোষনা করে- সবাই এগিয়ে আসুন, এবার কেক কাটা হবে। সেই ছোট্ট শান্তনু যে প্রশান্তের প্রতি দারুন কৃতজ্ঞ সে গিয়ে প্রশান্তের হাত ধরে- তুমি আমার হাতে হাত রাখো। একসাথে দুজনে কাটবো।

প্রশান্তের আড়ষ্ট ভাব এখনও কাটেনি। উচ্চবিত্ত সমাজে আগে যাবার সুযোগ পায়নি। তাই স্বচ্ছন্দ হতে পারছেনা। অলকা এগিয়ে প্রশান্তকে সাহস জোগায়- শান্তনুর সাথে তুমিও কাটো প্রশান্ত।

চাপা গলায় বলে অরুন্ধুতি- তুই দেখছি ওর দারুন ভক্ত।

-কাছাকাছি থাকলে তুইও হয়ে যাবি! পড়া শোনায়, খেলাধুলায় সব কিছুতে সবার আগে। দেখতেও হ্যাঁন্ডসাম-। আর সাহস! সে তো শহরের মুখে মুখে – স্বীকার করছি আমি ওর ফ্যান। প্রেম করতে পারলে ভাগ্য-।

-বিয়ে?

-সে তো তার পরের ধাপ। আগের ধাপ পার হই তবে তো-।

মুখে বিতৃষ্ণা ফুটিয়ে বলে অরুন্ধুতি- আধুনিক মেয়েদের ওই যা যা বললি ওই টুকুতে ভোলা উচিৎ নয়।

-আর কি চাই?

-বাড়ি গাড়ি ব্যাংক ব্যাল্যান্স- প্রতিষ্টা বংশ পরিচয়। এর কোনটা আছে ওর?

-এইসব তোর সামন্ত মানসিকতার প্রতিচ্ছবি। আজকাল কেউ ওই সব নিয়ে ভাবে না। যার সঙ্গে জীবন কাটাবো সেই মানুষটা কেমন ব্যাস এটাই দেখে। জাতপাত ধর্ম অর্থ কি হবে এসব?

-সে তুই যা ভাবিস ভাবতে পারিস। আমার অত অল্পে চলবে না। পুর্ন মানুষ চাই। যার কোনদিকে কোন খামতি কমতি থাকবে না।

পুলিস অফিসার এ, কে, শ্রীবাস্তব এই সময় উল্লাসিত গলায় বলেন- আজকে বড় খুশির দিন। সবাই নাচো, গাও, আনন্দ করো।

অরুন্ধুতির মনের মধ্যে এই সময় কেন কে জানে অর্থহীন অন্ধ একটা বিজাতিয় বিরূপতা অনুপ্রবেশ করে। কেন করে তা সে নিজেও জানে না। আকার আকৃতি অবয়বহীন সেই বিরূপতা ওকে ঠেলতে থাকে বন্ধুর ভালোলাগার উপর আঘাত হানার উদ্দেশ্য নিয়ে। প্রশান্তের উপর তার তেমন বিরাগ বিদ্বেষ নেই আছে অলকার পছন্দের উপর। তাই সে হঠাৎ দু পা এগিয়ে প্রশান্তের মুখোমুখি দাঁড়িয়ে বলে ওঠে- প্রশান্ত বাবু – আমার এই বন্ধু আপনার সঙ্গে এক কলেজে পড়ে। আলাপ আছে নিশ্চয়! ওর মুখে আপনার অনেক গুনের কথা শুনলাম। সব কিছুতে আপনি নাকি সবার আগে! একটা মানুষের মধ্যে এত গুনের সমাহার ভাবাই যায় না। তাই এখন আপনার মুখে একটা গান শুনতে চাইছি আমরা। গান জানেন তো?

এইসব ‘পার্টি’তে এমনটা চলে -। নিছক আমোদ আহ্লাদ-। কিন্ত এখন অলকা অরুন্ধুতির ব্যাবহারে বিব্রত হয়ে পড়ে বলে -এ কি করলি তুই!

-থাম না! সবাই কেমন ওর দিকে হিরোর মত তাকাচ্ছে। একটু জিরো বানিয়ে দিই, মজা হবে।

অফিসার প্রশান্তের কাছে জানতে চান – তুমি কি গান জানো? সবাই যখন বলছে – জানলে গাইতে পারো।

বিনীত গলায় জানায় প্রশান্ত- আমি তেমন একটা গাইতে পারিনা।

-যেমন হোক গাইতে পারেন। কোন অসুবিধা নেই। বলে অরুন্ধুতি-আর কিছু না জানুন একটা গান নিশ্চয় জানেন। সেটাও চলবে!

-কোনটা?

-ওই যে জনগণ মন অধিনায়ক...।

অলকা মৃদু ধমকের সুরে বলে- কি হচ্ছে অরু-! অলকার দিকে না তাকিয়ে আবার বলে অরুন্ধুতি- পারবেন,আপনি জিনিয়াস। চেষ্টা করুন দেখবেন ঠিক হয়ে

যাবে। প্রশান্ত বুঝতে পারে কোন এক অজানা কারনে- এই মেয়েটি তাকে সবার সামনে লজ্জিত করতে চাইছে। এখন যদি সে গান না গাইতে পারে তাকে একটা বিশ্রি উপহাসের সামনে দাঁড়াতে হবে।

কে যেন বলে গেছেন জীবনের ধন কিছুই যাবে না ফেলা। তারা যখন প্রথম এই শহরে আসে আর প্রায় গ্রাম্য এলাকা ভীমা মামার বাসায় আশ্রয় নেয় সেখানকার জন জীবনের সঙ্গে মিলতে মিশতে হয়েছে। গ্রামীন মানুষ সারাদিন শ্রমের কাজ করে সন্ধ্যায় একত্র হলে তাদের সাধারন আনন্দের উপকরন নাগালে থাকে ঢোল বাজিয়ে গান বাজনা। পুজা পার্বন তেওহার সব কিছুতে তারা গান গায়। ভীমা মামার সাথে কয়েকবার এমন আসরে গেছে প্রশান্ত। একটা গান অনেক বার শুনে মুখস্থ হয়ে গিয়েছিল। যেটা মাঝে মধ্যে ফাঁকা মাঠ ময়দানে একা একা গলা ছেড়ে অনেকবার গেয়েছে। এখন বিপদ তাড়ন হয়ে সেই গান খানা মনের দরজার কড়া নাড়ে। স্থির করে প্রশান্ত সে গাইবে-। হোক গ্রাম্য গান তবু সেটাই গাইবে। চোখ দুটো বন্ধ করে নিতে হবে, ভাবতে হবে মাঠ, এখানে কোন জন মনিষ্যি নেই।

সাহস করে বলে সে- বেশ আপনার কথামত আমি গাইবো। যেমন পারি তেমন গাইবো। তবে আপনাকে আমার গানের সাথে নাচতে হবে। যেমন পারেন তেমন নাচলেই চলবে।

প্রশান্তের কথায় মুখে হাসি ফুটে ওঠে অলকার মুখে – একেই বলে নহলা পে- দহলা। সে অরুন্ধুতিকে ঠেলে দেয়- যাও নেমে পড়ো। তোমার ছোড়া ঢিল বুমেরাং হয়ে গেছে। পা চালাও এখন-।

প্রশান্ত গান ধরে-। গ্রাম্য সুরের গ্রামীন গান। যাতে বানীর ভার নেই প্রানের উত্তাপ আছে।

হাত দিওনা, ভুলেও হাত দিওনা / দড়ি ভেবে সাপের গায়ে হাত দিওনা।
মরবে ছোবল খেয়ে, বিষের জ্বালায়- তখন আর অষুধ পাবে না।
হাত দিওনা, ভুলে হাত দিওনা...।
সাহস তোমার কোন কম্মে লাগবেনা / কষ্ট তোমার কারও মনে লাগবে না।
আগুনকে আঁচল দিয়ে বাঁধতে যেওনা / মরবে নিজে পুড়ে কেউ কাঁদবে না।
হাত দিওনা, ভুলে হাত দিওনা...।
চাঁদকে সিড়ি বেয়ে ধরতে পারবে না / হাসবে সবাই দেখে চাঁদ তো পাবে না।
সাপকে হাত দিওনা, চাঁদকে হাত দিও না, আগুনে হাত দিও না

সবাই বোকা বলবে, ভুলে হাত দিওনা...।

গান থামে, নাচ থামে এরপর শুরু হয় খাওয়া দাওয়ার পর্ব। অনেকরাত পর্যন্ত চলে সেই পর্ব। তারপর অভ্যাগত অতিথিরা যে যার গাড়িতে চেপে রওনা হয়ে যায়। প্রশান্তের যাবার মত কিছু নেই। বলেন অফিসার- রাত আর খুব বেশি বাকি নেই। চাইলে তুমি রাতটুকু আমাদের সঙ্গে কাটিয়ে দিতে পারো। আর না হয় ড্রাইভার গাড়ি করে তোমাকে ছেড়ে দিয়ে আসবে।

-মা একা রয়েছে না ফিরলে চিন্তা করবে। বলে প্রশান্ত।

-তাহলে আর তোমাকে আটকাবো না। পরে একদিন আবার এসো।

অফিসার অনিল কুমার শ্রীবাস্তব গাড়ির ড্রাইভারকে বলেন- যাকে সাহাবকো ছোড়কে আও।

১৭

আজ সারা দিন অসহ্য রোদের তাপ ছিল। মনে হচ্ছিল সুর্য যেন মাটির কাছাকাছি নেমে এসেছে আর নিদারুন আক্রশে আগুন ঢালছে। গাছপালা পাথর মাটি পাহাড় সব পুড়িয়ে দিতে চায়। সকাল থেকে পাথর ঠেলছে অশান্ত। দুপুর গড়িয়ে বিকাল – তারপর সন্ধ্যা হতে চলেছে – তবু আপ্রান চেষ্টায় হাত দশেকের বেশি আগাতে পারেনি। আর সামান্য কিছুটা এগিয়ে নিতে পারলে বেশ খানিকটা সমতল পাওয়া যাবে। তখন অনেকটা কম কষ্টে পাথর গড়িয়ে নেওয়া যাবে। পাথরটা যেন 'দয়া মায়াহীন' একটা দৈত্য। যে নিজের অবস্থান থেকে কিছুতে নড়তে চায়না। কিন্ত অশান্তকে যে পাথর নড়াতেই হবে, যেভাবেই হোক ঠেলে মন্দিরের সামনে নিয়ে যেতে হবে। দেবতা যখন ওই পাথরের উপর বসেই বর চাইলে দেবে, সেই যখন তার শর্ত- পাথরের উপর বসেই বর চাইবে অশান্ত।

এখন তাঁর ডান হাতের কব্জিতে সামান্য ব্যথা হচ্ছে। কি ভাবে যেন মচকে গেছে। আজ ইচ্ছা ছিল বিশ্রাম নেবার, হাতকে জিড়ুতে দেবার। কিন্ত তা পারেনি, পাথর যেন চুম্বুক টানে নিয়ে এসেছে এখানে। দীর্ঘ সময়ে পাথরের সাথে বাস করতে করতে করতে কালো বিশাল পাথরটাকে যেন নিজের দেহের একটা অংশ বানিয়ে ফেলেছে অশান্ত। এক এক সময় সে পাথরের সাথে কথা বলে -। মনে হয় পাথর যেন তার কথার জবাবও দেয় -। আজকেই সে যেন বলছিল- আজ থাক, আজ আমাকে রেহাই দাও। আমি আজ বিশ্রাম নিতে চাই । আর তা শুনে পাহাড় বন কাঁপিয়ে হেসে উঠে ছিল অশান্ত।বলে উঠেছিল – তুই নিজেকে খুব চালাক ভাবছিস নাকি! আর সামান্য মাত্র পথ বাকি তারপর পেয়ে যাবো সমতল। যেখানে তোকে সামান্য চাপে সরিয়ে গড়িয়ে নিয়ে যেতে পারবো মন্দিরের দরজায়। এখন যেখানে তুই আছিস যদি জোর হাওয়া আসে আর তুই আবার গড়িয়ে- আগে যেমন দুশোবার গেছিস – নিচে নেমে যাস, আবার আমাকে অনেক দিন মাস ধরে অনেক সাধ্য সাধনা করে তোকে উপরে নিয়ে আসতে হবে। সেই সুযোগ আর তোকে দেওয়া হবে না। বারবার আমাকে ব্যর্থ করেছিস, আর তা করতে দেওয়া যাবে না। হোক আমার হাতে ব্যথা, ফেটে ভেঙ্গে যাক আমার হাত -। তবু আজ

তোকে যথাস্থানে নিয়েই দম ফেলবো। এখন অশান্তের খুব জল পিপাসা পেয়েছে। মহুয়া তাঁর জন্য জল আর খাবার নিয়ে এসেছিল, তা ফুরিয়ে গেছে। কিন্ত এখন জল কোথায় পাবে! জল না হলে তো চলছে না। বুক শুকিয়ে – মরুভুমি। বুকের ভিতর বসে ছোট্ট প্রান জল জল হাহাকার করছে।

মহুয়া এই কিছুক্ষন আগে এখানেই ছিল, এখন তাঁর কোন আতাপাতা নেই। চিৎকার করে বার কয়েক ডাকে অশান্ত- মহুয়া, এই মৌ-। কোথায় তুমি? আমাকে একটু জল এনে দাও। তেষ্টায় ছাতি ফেটে যাচ্ছে। মৌউউউউউউউউ।দুবার ডাকবার পড়ে তৃতীয় বার সাড়া আসে- এই যে আমি।

-কোথায় গিছিলে?

-এই তো কাছেই -। তোমার জন্য মৌচাক ভেঙ্গে তাজা মধু নিয়ে এসেছি।

-মধুতে তেষ্টা মিটবে না, জল চাই। আমার জন্য ঝর্না থেকে জল নিয়ে এসো।

মহুয়া এক ছুটে ঝর্নার কাছে চলে যায়। শীতল জল লাউয়ের বানানো পাত্র- যার নাম তুম্বা তাতে ভরে জল নিয়ে আসে। অশান্ত ঢক ঢক করে জল খায়, তারপর হাঁপায়।

বলে মহুয়া- আজ আর থাক। সারাদিন অনেক পরিশ্রম করেছো। এবার ঘরে গিয়ে বিশ্রাম নাও। কাল এসে আবার চেষ্টা করবে। সামান্য মাত্র তো বাকি,ওইটুকু পরে তোলা যাবে।

বলে অশান্ত- না মৌ, লক্ষ্যস্থলের এত কাছে এসে খালি হাতে আজ ফিরে যাওয়া চলবে না। আর মাত্র কয়েক হাত নিয়ে গিয়ে পাথর গড়িয়ে দিতে পারলে মন্দিরের দরজায় চলে যাবে। যা করার তা এখনই করতে হবে,কালকের ভরসায় থাকা চলবে না।

আজ অশান্তের যেন দেহে কোন মত্ত অসুর অনুপ্রবেশ করেছে। যে হার মানবে না। দুপুরে সে বাসায় খেতেও যায়নি। মহুয়া তাঁর জন্য ভাত জল নিয়ে এসে খাইয়েছে। না হলে আজ হয়তো অভুক্ত থেকে যেত।এখন মহুয়া লক্ষ্য করে অশান্তের হাত ফেটে রক্ত গড়াচ্ছে। যেটা মানসিক উৎকণ্ঠায় অশান্ত নিজেও খেয়াল করতে পারেনি। ব্যথা আগেই ছিল, তাই ভেবেছে সেটা একটু বেড়ে গেছে-।

বলে মহুয়া- তোমার হাত থেকে রক্ত চুইয়ে নামছে।

হাতের দিকে তাকিয়ে এক পলক দেখে বলে অশান্ত- গড়াক রক্ত, শরীরের শেষ ফোটা নিংড়ে না দিয়ে আমি আজ কিছুতে থামতে পারবো না।

-তুমি পরিশ্রান্ত, তোমার এখন বিশ্রাম দরকার। যেন হাহাকার ঝরে মহুয়ার গলা থেকে।

দৃঢ় গলায় বলে অশান্ত- দম ফেলার মত অবকাশ আমার নেই, বিশ্রাম দুরস্ত-।

-তোমার কষ্ট হচ্ছে!

-আমি যখন স্বেচ্ছায় সেই কষ্ট স্বীকার করে নিচ্ছি তোমার অকারনে উতলা হবার দরকার নেই। স্থির হয়ে কিছুক্ষন বসে থাকো। আর দেখো আমি কী করি।

অকারন! আমি অকারনে উতলা হচ্ছি! প্রাপ্ত বয়স্ক অভিমান ঝরে পড়ে মহুয়ার গলা থেকে। এতদিনকার কিশোরী চাপল্য ঝেড়ে ফেলে আত্মপ্রকাশ করে এক পরিনত মনস্ক নারী- এই বুঝি তুমি আমাকে এই চিনলে এত দিনে! পাথর! মন নেই তোমার। হৃদয় নেই তোমার। পাথরের সাথে লড়াই করে করে তুমি পাথরে পরিনত হয়ে গেছো। যাও আজ থেকে আমি তোমার জন্য আর উতলা হবো না। কথা শেষ করে দু হাতে মুখ ঢেকে কাঁদতে শুরু করে সে।

অশান্ত তাঁর কাছে গিয়ে মাথার উপর মমতার হাত রাখে। গভীর নিবিড় স্পর্শে বলে দিতে চায় নিজের গোপন বেদনা। – তুমি তো জানো মৌ আমি এখানে কেন এসেছি। কি ভাবে এসেছি। আর এই বনবাস পর্ব শেষ হবার পর কোথায় যাবো। কোথায় থাকবো – আর কি করবো।

ফুঁপিয়ে ফুঁপিয়ে কাঁদতে কাঁদতে বলে মহুয়া- জানি। সব আমি জানি। আর এও জানি তোমার কোন শেকড় নেই। মাটির সাথে কোন সংযোগ, কোন টান আর নেই। তবে আমিও কোন খাঁচার পাখী নই। শেকড় বিহীন গাছ আকাশে উড়তে চাইলে উড়তে হয় ঝড়ের সাহায্য নিয়ে, আর খাঁচা ভাঙ্গা পাখী ওড়ে নিজের প্রানের টানে নিজের ভালোলাগার জন্য।

আক্ষেপ মাখা গলায় বলে অশান্ত- তুমিও জানো আর আমিও জানি যে ঝড় একটা আসছে। এত দিন ধরে আমি সেই ঝড়ের মুখোমুখি দাঁড়াবার প্রস্তুতি নিচ্ছি। জানিনা সেই ঝড় আমাকে কোথায় নিয়ে ফেলবে!

অশান্তের হাত চেপে ধরে বলে মহুয়া- যেখানে নিয়ে ফেলুক, তুমি যেখানে যত দূরেই যাও- পিছনে আমাকে পাবে অশান্ত।

কাতর গলায় বলে অশান্ত- আমার স্বপ্ন দেখতে ভয় করে মৌ। আমাকে স্বপ্ন দেখিও না। আমি প্রতিজ্ঞা ভুলে যাবো। কাতর হয়ে পড়বো।

-যে জীবনে স্বপ্ন নেই সে জীবন কিসের জীবন! সে তো ওই কাঠ পাথরের মত নীরস, নিস্প্রান। তার কি মুল্য! সে জীবন বয়ে বেড়াবার সার্থকতা কোথায়?

-আমি আমার সব আবেগ- ইচ্ছা ওই প্রতিজ্ঞার পাথরে ঠুকে মেরে ফেলে প্রতিদিন পাথর হবার তপস্যা করে চলেছি৷ সে জীবনে ফুল নেই গান নেই হাসি নেই, জোছনা চাঁদ তারা কিচ্ছু নেই৷ মেঘ রোদের আলো ছায়া নেই৷ শ্রবন ধারার মিষ্টি বাজনা নেই৷ আছে শুধু নির্মম নিষ্ঠুর ক্রোধের অনির্বান আগুন৷

জল ভরা মায়া মাখা চোখ তুলে প্রশ্ন করে মহুয়া- তারপর?

-কি তারপর!

-জানতে চাইছি তারপর কী হবে?

দূর বন বনানীর দিকে আকুল চোখে তাকিয়ে বলে মহুয়া- যে উদ্দেশ্য পূরণের জন্য এত ত্যাগ তা যখন পুরন হয়ে যাবে,সব লড়াই থেমে যাবে৷ তখন দেহ মন জুড়ে নেমে আসবে চরম অবসাদ৷ তখন শ্রান্ত ক্লান্ত মন কোথাও কোন শান্তির আশ্রয়, কোন সুখের নীড় খুঁজবে! নিবিড় ভাবে কামনা করবে প্রিয় কোন সঙ্গ৷ কোন আপন জন৷ যার সাথে সে নিজের ভালো লাগা মন্দ লাগা ভাগ করতে পারবে৷ বলো তেমন কাউকে কাছে চাইবে না?

বিমর্ষ গলায় বলে অশান্ত- মৌ, তুমি অনেক দূরের ভাবনা ভেবে বসে আছো৷ আমি অত দূরে দৃষ্টি ফেলতে পারছি কই! আমার সামনে এখন সেই মহাযুদ্ধের প্রান্তর৷ তার ওপাশে সব কালো৷ কিছু দেখা যায় না৷

মুখ ঘুরিয়ে অশান্তের চোখে চোখ রাখে মহুয়া- আমি তোমাকে শেখাবো কেমন করে দূরকে সন্নিকটে এনে ছুয়ে দেখতে হয়৷ কেমন করে সাময়িক অমরত্বের আস্বাদন করতে হয়৷ কঠিন কষ্টের মধ্যে কেমন করে হাসতে হয়৷ এসো, কিছুক্ষন বসো আমার কাছে-৷

অশান্ত মহুয়ার নির্দেশ মেনে অনুগত অনুচরের মত মত সেই বড় পাথরটার উপর বসে পড়ে- নাও, তুমি বসতে বললে আর আমি বসে পড়লাম৷

মহুয়া এসে বসে তার একেবারে গা ঘেঁসে গভীর নিবিড় ঘনিষ্ট ভাবে-৷ প্রশ্রয় মাখা আদুর গলায় বলে- এবার আমার মাথাটা তোমার বুকে চেপে রাখো৷ -কিছু হবে না রাখো!

তাই করে অশান্ত, আলতো করে মহুয়ার মাথাটা নিজের বুকের মাঝে রাখে৷ তাঁর বুক যেন কেঁপে ওঠে কি এক অনাস্বাদিত পুলকে৷ নিভৃতে নারী অঙ্গের এত নিবিড় স্পর্শ আগে কখনও পায়নি৷ তাঁর শরীরের শিরা শিরায়- শ্বেত কনিকায় বিদ্যুৎ দৌড়ায়৷ মহুয়ার মাথার কুসুম তেলের মাদক গন্ধ অবদমিত আকাংখার দরজায় প্রবল আঘাত হানে৷ঘামতে থাকে অশান্ত৷ তাঁর দেহ জল টপ টপ করে

গড়িয়ে নামে রুক্ষ মাটির উপর। ঘামের উগ্র পুরুষালি গন্ধে মহুয়াও মাতাল হতে থাকে। চারপাশে কোথাও কোন জন মানবের সাড়া নেই। দুজনকে ঘিরে আছে অনাবিল নৈঃসর্গ। সবুজ পাতার ফাঁক থেকে চুইয়ে নামছে জাফরি রোদ। যেন দুই মানব মানবীর দেহে চুম্বন চিহ্ন একে দিচ্ছে। গাছে গাছে নাচছে রঙ বেরঙ্গের পাখী, দোল খাচ্ছে ডালে ডালে মুক্ত শাখামৃগ।

সব কিছু ভুলে যাওয়া, একে পরের মধ্য বিলিন হতে থাকা – আদরে সোহাগে একে অপরকে তৃপ্ত করতে থাকা দুই নবীন প্রান টের পায়না কখন সময় গড়িয়ে গেছে। কখন সন্ধ্যা ফুরিয়ে রাত নেমে এসেছে। এক সময় দেখা যায় গাছ গাছালির ফাঁক থেকে এক ফালি চাঁদ। তখন মৃদু গলায় বলে মহুয়া- দেখো অশান্ত,পাতার ফাঁক থেকে বাঁকা চাঁদ আমাদের দেখে হাসছে। বলো তো চাঁদটা এখন কেমন দেখাচ্ছে?

-কেমন? ভালো করে দেখে বলে অশান্ত- ঠিক যেন একটা ধারালো হাঁসুয়া।

-হায়রে আমার ভাগ্য! এখনো তুমি চাঁদকে হাঁসুয়া দেখছো? আরো কাছে সরে এসো, আমাকে আরো জোরে বুকে বেঁধে নাও। আমার বুকের যেখানে হৃদয় আছে সেখানে তোমার হৃদয় রাখো। আবার চাঁদটাকে দেখে বলো- কেমন দেখাচ্ছে?

পাহাড় অরন্য ঘেরা সমাজ। এখানকার মেয়েরা বন্ধনহারা পাহাড়ি ঝর্নার মত উদ্দাম, উচ্ছল। হরিনীর মত চঞ্চল- স্বাধীন। তবে তা কিশোরী কাল ফেলে যুবতী হয়ে যাবার পরের ব্যাপার। ‘কাল’ পর্যন্ত মহুয়াও নবল কিশোরী ছিল। মাত্র কয়েক দিনের মধ্যে সে যে এত বড় হয়ে গেছে অশান্ত তা জানতো না। যাকে সদ্য ফোটা কুঁড়ি বলে জেনে এসেছে আজ যেন সে বাগিচা আমোদিত করা পাঁপড়ি মেলা পুষ্প। যার প্রতি পাঁপড়িতে জড়িয়ে আছে মুক্ত উদ্দাম আনন্দের বাঁধভাঙ্গা রঙের প্রলেপ। আসলে এই হয়-! মেয়েরা পনের ষোল বছর পর্যন্ত দাঁড়িয়ে থাকে জীবন সীমান্তে – অবরুদ্ধ স্রোতের মত। সেই বর্ডারটা পার হয়ে যাওয়া মাত্র এক উলম্ফনে যৌবনের সিংহ দরজা দিয়ে প্রবেশ করে পেয়ে যায় সেই প্রজ্ঞা, যা তাকে মুহুর্তে নিজেকে চিনতে আর জানতে শেখায়- সম্রাজ্ঞী বানিয়ে দেয়। আর সে জেনে যায় এমন অনেক কিছু যা কাল জানতো না। বুকে এসে যায় সেই ভাবনা যা কাল ছিলোনা। তাঁর ঠোটে এসে যায় সেই শব্দ যা কাল আনতে সংকোচ হয়েছে।

সেই যে পাখির ডিম, উপর থেকে দেখে বোঝা যায় না, ভিতরে ভিতরে তার যে আমূল- ক্রান্তিকারি পরিবর্তন ঘটে গেছে। যে মুহুর্তে খোলসটা ভেঙ্গে গেল-

পৃথিবীর আলো বাতাস আকাশ দেখে মুক্ত বিস্মিত প্রান সুনীল আকাশে উড়াল দিল ছোট্ট ডানায় ভর করে৷ তাঁর তখন আর কোন পিছুটান নেই, খালি আছে উড়বার অনন্ত ইচ্ছা৷

এখন মহুয়ার নিজস্ব ভালোলাগার সমুদ্রে হাবু ডুবু খেতে খেতে বলে অশান্ত- এখন চাঁদটাকে দেখাচ্ছে যেন তোমার গোলাকার – হাসি হাসি মুখ৷

-আমার শরীর থেকে কোন গন্ধ পাচ্ছো?

মদ আর মধুর মিশ্রনের মাতাল গন্ধ ছড়াচ্ছে মহুয়ার সারা অঙ্গ থেকে৷ মহুয়া এক ফুলের নাম৷ যে ফুলে মদ তৈরি হয়৷ বনের মধ্যে গাছে গাছে মহুয়া ফুল ফোটে৷ সাদা জুঁই ফুলের মত রসে টইটুম্বুর সে ফুল গাছ থেকে আপনি খসে মাটিতে পড়ে৷ উগ্র গন্ধে বাতাস আমোদিত হয়ে ওঠে । চারদিক থেকে এখন অশান্ত সেই গন্ধ পাচ্ছে৷

বলে অশান্ত- পাচ্ছি৷ মহুয়া ফুলের গন্ধ পাচ্ছি নাকে-।

-আমার নামের ফুল! বুক ভরে বাতাস টানো৷ দেখো তো কোন অনুভুতি আসে কিনা!

-আসে৷

-আসে!

-হ্যাঁ, আসছে৷

নিজের ঠোঁট দুটো মহুয়া এগিয়ে দেয় অশান্তের মুখের কাছে- আমার ঠোঁটে ঠোঁট রাখো৷ দেখো তো বুকের মরা নদীতে মাতাল জোয়ার আসে কিনা৷ তুফান ওঠে কিনা!

কান্না এসে অশান্তের বুক মোচড়ায়- মৌ!

-বলো৷ তোমার সব কথা আজ আমি শুনবো৷ যা তুমি কোনদিন কাউকে বলনি, আমাকে বলো৷ আমি শুনবো৷

-আমাকে তুমি কোথায় নিয়ে যাচ্ছো মৌ! আমি যে ডুবে যাচ্ছি, হারিয়ে যাচ্ছি৷ পথ ভুলে যাচ্ছি৷ এবার তুমি এখান থেকে যাও। না হলে আমি পাগল হয়ে যাবো৷ আমাকে আর দুর্বল করে দিও না৷ মুক্তি দাও আমাকে৷ পিছুটান থাকলে আমি সামনে আগাতে পারবো না৷ গতি মন্থর হয়ে যাবে৷ যে কঠিন ব্রত বুকে আমার পথ চলা- চোখের জলে সে পথ পিছল হয়ে যাবে৷

অশান্তের বাহু বন্ধন থেকে নিজেকে মুক্ত করে উঠে দাড়ায় মহুয়া – যেন ফনা তোলা নাগিনী-। বলে- অশান্ত আমাকে ভুল বুঝোনা৷ আমি বনবাসী বালা৷

আমার বাবা যখন শিকারে যেত মা তখন তাকে নিজের হাতে যুদ্ধ সাজে সাজিয়ে দিত। আমরা চোখের জল ফেলিনা, স্বজনকে পিছন থেকে টেনে ধরি না। তাকে সাহসের সাথে সামনে কী করে এগিয়ে দিতে হয় তা জানি। শিকার থেকে আহত হয়ে ফিরে এলে ক্ষতস্থানে পট্টি বেধে দিই। সেবা শুশ্রষা করি। আমি তোমার এগিয়ে চলার পথের উপর বাধা হয়ে দাঁড়াবো না। মনে প্রানে আমি চাই তুমি সফল হও, জয়ী হও। তবে সেই সাথে চাই একটু আশ্বাস- বিশ্বাস।

-কী বিশ্বাস চাও তুমি?

-তুমি আমার। আহত নিহত জীবিত যে কোন অবস্থায় তুমি আমার। আর কারও নয়। – আমার, আমার, আমার।

-কথা দিলাম আমি তোমার -! এই দেহ এই মন এই জনম সব তোমার নামে সমর্পন করলাম আজ থেকে-।

মহুয়ার বুক কাঁপিয়ে একটা স্বস্তির নিঃশ্বাস পড়ে – আহঃ বাঁচালে -। উদ্যত সাপের মাথায় মনিরাজ শেকড় ছোঁয়ালে যেমন নত হয়ে পড়ে, মহুয়ার মনের সব দোলাচল- শংকা প্রনত হয়ে পড়ে। আবেশে থরো থরো দেহ যেন ভুমি শয্যায় লুটিয়ে পড়তে চায়। সে কাঁপা কাঁপা পায়ে হেঁটে এসে গোড়াকাটা গাছের মত আছড়ে পড়ে অশান্তের বুকে। উত্তপ্ত চুম্বনে ভরিয়ে দেয় তাঁর দুই গাল। তারপর একটু শান্ত হয়ে বলে- চলো, দুজনে মিলে পাথর ঠেলবো।

-দুজনে-! কিন্ত...।

মহুয়া সজোরে বলে ওঠে- আর আমরা দুজন কোথায়? এক দেহ এক প্রান এক মন এক প্রতিজ্ঞা। দুজন মিলেই আমরা একজন। চলো-।

নব উদ্যমে আবার পাথর সরাতে শুরু করে অশান্ত, আসুরিক শক্তিতে ধাক্কা মারে নিরেট অনড় ওজনদার খন্ড পাহাড়ে। সে ধাক্কার সামনে পরাভুত হতে হয়- একটু একটু করে সামনে আগাতে হয় তাকে। প্রায় ঘন্টা খানেকের চেষ্টায় পাথর পৌছায় সেই ঢালু জায়গার কাছে। দুজনের মুখে ফুটে ওঠে চরম পরিতৃপ্তির হাসি। দুজনে মিলে এক ধাক্কায় ঢালুর দিকে গড়িয়ে দেয় পাথর। গড়িয়ে পাথর পৌছে যায় মন্দিরের দরজায়। উত্তেজনায় আবেগে এবার মহুয়াকে অশান্ত জাপটে ধরে বুকের কাছে নিয়ে আসে আর বলে- হায় ঈশ্বর, তোমার করুনায় এতদিনে আমার শ্রম সার্থক হয়েছে।

খুশির সাথে বেদনার হাসি মাখিয়ে মনে মনে বলে মহুয়া- হ্যাঁ এতদিনে তুমি পেরেছো।এরপর তোমার আর এক যাত্রা শুরু হবে। আর আমার সব চলাচল

সমাপ্ত। সারাদিন তোমার পিছনে ছোটা হাটা খেলা আর কিছু থাকবে না। শুরু হবে অলস অনর্থক যাপন। ঘন ঘন দীর্ঘশ্বাস পতন।

-যাও অশান্ত, পাথরের উপর বসে এবার দেবতার কাছে বর চেয়ে নাও।

মন্দিরের দিকে তাকিয়ে বিড় বিড় করে বলে অশান্ত- আর নতুন করে কী চাইবো তোমার কাছে দেবতা! প্রতিটা দিন প্রতিটা মুহুর্ত তোমার কাছে যে প্রার্থনা জানিয়েছি সে তো তোমার জানা। আমি যেন আমার মা ভাইকে সুস্থ সবল দেখতে পাই, যেন আমার বাবার হত্যার বদলা নিতে পারি- এর বেশি আমার আর কিছু চাইবার নেই। ও টুকু পেলেই আমার এত দিনের সব চাওয়ার নিবৃত্তি ঘটবে সব শ্রম সফল হবে।

-কী হল চাও!

বাবা ঠাকুর কাছে আসেননি, কিন্ত দিনের প্রতিটা মুহুর্ত দূর থেকে অশান্তের যাপন নজরে রেখেছেন।পাথর কতদূরে পৌছেছে, আর কত পথ বাকি সব খবর রাখছিলেন তিনি। আজও তাঁর ব্যতিক্রম হয়নি। দুপুরে অশান্ত খেয়ে যায়নি, মৌ তাঁর জন্য খাবার নিয়ে গেছে, তখন থেকেই বাবা ঠাকুর মনে ধারনা করে নিয়েছিলেন আজ লক্ষ্য হাসিল করেই অশান্ত দম ফেলবে। মাঝে মাঝে তালকে পাঠাচ্ছিলেন – বেতালকে পাঠাচ্ছিলেন – কোন অসুবিধা করবি না, ওরা দুটোতে মিলে কী করছে! খালি দূর থেকে দেখে চলে আসবি।

ক্ষয়িষ্ণু চাঁদ উঠেছিল আকাশে, সে চাঁদ এখন ডুবে যাবে। আঁধার ঘনাবে বনরাজ্য জুড়ে। এবার ওদের ঘরে ফেরা দরকার। বাবা ঠাকুর নিজেই ডাকতে চলে এলেন। এসে দেখলেন কিংবদন্তী যুক্ত কালো পাথরখানা মন্দিরের দরজায় পৌছে গেছে। কাছে গিয়ে অশান্তের মাথায় হাত রেখে বলেন তিনি- ধন্য তুমি-! যা আমি কোনদিন ভাবতে পারিনি সেই অসাধ্যকে তুমি সাধন করেছো। শত শত বছর ওই পাথর পাহাড়ের নিচে পড়েছিল। পাথরকে ঘিরে যে কাহিনীর বিস্তার, কেউ কেউ তা বিশ্বাস করেছে। আর সেই বিশ্বাসীদের মধ্যে এমন নয় যে কেউ পাথর তোলার চেষ্টা করেনি। করেছে অনেকজন। কিন্ত সে চেষ্টায় তোমার মত এমন অটল দাঁড়িয়ে থাকতে পারেনি। দু চার দিনের পর সবাই রনেভঙ্গ দিয়েছে।বিশ্বাস করে লেগে পড়ে থাকতে পেরেছো তুমি। তাই আজ সফল-। আর কিছু নয় – এই বিশ্বাসটাই হচ্ছে আসল। আজ কোন দেবতার ক্ষমতা নেই তোমাকে বর না দেওয়ার। এত শ্রম বিফলে যাবে না। কাল পুন্য প্রভাতে স্নান করে পাথরের উপর উপবিষ্ট হয়ে চেয়ে নিও তোমার যা কামনা। নিশ্চয় দেবতা তা পুর্ন করবেন।

মহুয়া বলে- অশান্ত আমাদের এখান থেকে চলে যেতে চায়!

তার কথায় সায় দিয়ে বলে অশান্ত- হ্যাঁ বাবা এবার আমি ফিরে যেতে চাই।আপনি অনুমতি দিলে গিয়ে মা ভাই কেমন আছে তাঁর খোঁজ করতে চাই।

বাবা ঠাকুর মোচড়ানো বুকের কষ্ট চেপে রেখে বলেন- না, আর তোমাকে ধরে রাখতে চাইনা। এবার তুমি স্বচ্ছন্দে যেতে পারো। আমি আমার শিক্ষাগুরুর কাছ থেকে যতটুকু শিখতে পেরেছিলাম সব তোমাকে দিয়েছি। আর আমার দেবার মত কিছু নেই। শিক্ষায়- শক্তিতে তোমার ভাণ্ডার এখন পরিপুর্ন। আশীর্বাদ করি- যাও আর বিজয়ী হও।

বাবা ঠাকুর এক হাত দিয়ে অশান্তের কাঁধ ধরেন, অন্য হাত দিয়ে মহুয়ার হাত। দুজনকে নিয়ে অন্ধকার- লতা ঝোপ ঝাড় ঠেলে হাঁটতে থাকেন সামনের দিকে। দুজনের গতি মন্থর। কী যেন এক পাষাণ ভার চেপে বসে আছে ওদের বুকের উপর।

দূরে একটা পাহাড়। পাহাড়ের গায়ে নানা রকম গাছ গাছালি তাঁর নিচে বিশাল জলাধার। যার চারদিক ঘিরে শহরের মানুষ জনদের বেড়াবার জন্য সরকারী ব্যায়ে সাজিয়ে গুছিয়ে রাখা। জলাধারের পাশে ভ্রমনার্থীদের হাটা বেড়াবার জন্য কংক্রিটের প্রসস্ত পথ। সন্ধ্যে নামার সাথে সাথে জ্বালিয়ে দেওয়া হয় হাজার হাজার আলো। দিনের কত হেসে ওঠে চারদিক। সন্ধ্যা বেলায় অগণন মানুষ শহরের কোলাহল ধুলো বালি শব্দ দূষন থেকে পালিয়ে নিরিবিলি নিঃশ্বাস নেবার জন্য এখানে এসে জমা হয়। যাদের জন্য পথের পাশে বসে যায় বিবিধ পন্য সম্ভার। খাবারের দোকান-।

এখানেই রোজ বসে বাবুলালের গোলগাপ্পা- চাটের ঠেক। বাংলায় যাকে ফুচকা বলে এখানে তা গোলগাপ্পা। কেউ কেউ বলে গুপচুপ। কী মশলা দেয়, আর কেমন ভাবে বানায় তা কে জানে, তবে বাবুলালের গোলগাপ্পার খ্যাতি সারা শহরময় ছড়ানো। এমন যুবক যুবতী এই শহরে খুব কমই আছে যে বাবুলালের ফুচকা খায়নি, আর সেই ফুচকার প্রেমে পড়েনি। বস্তত এমন অনেকজন আছে যে স্রেফ বাবুলালের ফুচকা খাবার টানেই গাড়ি চালিয়ে শহরের উপান্তে এই 'নন্দন কানন' পার্কে চলে আসে। প্রায় পঁচিশ বছর হয়ে গেল বাবুলালের এই শহরে বাস।

আজ অরুন্ধুতি আর অলকা বের হয়েছিল শহর ভ্রমনে। ওরা দুই বন্ধু – একে অপরের বেষ্টফ্রেন্ড। যখন দুজন এক ইস্কুলে পড়তো বন্ধুত্ব তখন থেকে। পরে দুজনের দুই কলেজ হয়ে গেলেও বন্ধুত্ব আগেরই মত অটুট রয়ে গেছে। মাঝে মাঝেই দুজনে এসে দুজনের সাথে মেলে – হাসে গল্প করে।

আজকে কলেজ ছুটি তাই দুজনে ঘুরতে ঘুরতে চলে এসেছে নন্দন কানন পার্কে। আর সেখানে দাঁড়িয়ে বাবুলালের ফুচকা খাচ্ছে। এমন সময় অলকার চোখ গেল পার্কের বাইরে – বাহন চলাচলের পথের দিকে। আর তারপরই কনুই দিয়ে পাশে দাঁড়ানো ফুচকায় মত্ত অরুন্ধুতির পিঠে একটা খোঁচা দেয় – দেখ দেখ ওই যে সে যাচ্ছে!

অরুন্ধুতি- পাছে ফুচকার জল জামায় পড়ে এমন ভাবে মুখ নিচু করে একটা ফুচকা মুখে চালান করে অলকার দিকে তাকায়- কে রে! কার কথা বলছিস?

-তোর স্বপ্নের রাজকুমার।

অরুন্ধুতি চোখ তুলে দেখতে পায় প্রশান্তকে। তখন ঠোট বেঁকিয়ে বলে- আমার নয়- রাজকুমার হবে তোর স্বপ্নের। আমি তো আগেই তোকে বলে দিয়েছি, ওইসব ছেলেকে লাইক করিনা।

মুচকি হেসে বলে অলকা- লাইক করিসনা তো রাতদিন ওর নামের মালা কেন জপিস!

-কি বলছিস! আমি দিনরাত ওর নামের মালা জপি?

-রাত হয়তো নয়, তখন তো ঘুমিয়ে থাকিস। সে সময় কী করিস সে আমি কি করে জানবো! হেসে হেসে বলে অলকা- তবে বলতে পারিনা হয়তো ঘুমের মধ্যেও স্বপ্নে প্রশান্ত আসে।

-বাজে কথা বলিস না।

-দিনের যতক্ষন তোর সাথে থাকি কারনে অকারনে বার বার ওর নাম বলিস না, বলসি না?

-আমার মুখে কোনদিন ওর কোন সুখ্যাতি করতে শুনেছিস?

-তা শুনিনি। রাগ প্রকাশ করতে দেখেছি। আর এটা কে না জানে যে রাগের আর এক নাম অনুরাগ-। মুদ্রার এপিঠ ওপিঠ রাগ আর অনুরাগ। বল তো ওকে ডাকি। ডাকবো?

অরুন্ধুতির অনুমতির তোয়াক্কা না করেই সজোরে অলকা ডেকে ওঠে- প্রশান্ত!এই প্রশান্ত!

প্রশান্ত আজ অনেকদিন পড়ে এখানে এসেছিল একটা দরকারি কাজে। সে ডাক শুনে চোখ ঘুরিয়ে অলকা আর অরুন্ধুতিকে দেখতে পেয়ে তাদের কাছে এগিয়ে এসে বলে প্রশান্ত- তোমরা এখানে!

আজকাল প্রশান্তের সেই আগের অ স্বাচ্ছন্দ ভাব অনেকটাই কেটে গেছে। বিত্তবান পরিবারের সন্তানদের মধ্যে যে দর্প দম্ভ অহংকার ভাব প্রকাশ পায়- তার সামনে দাঁড়িয়ে প্রশান্তের ভীষন মানসিক অবসাদ দেখা দেয়। নিজেকে স্বাভাবিক রাখতে পারেনা। তবে অলকার মধ্যে সেই উৎকট বৈভবের অহমিকা কোন সময় দেখা যায় না। তাই তাকে ভাল লাগে প্রশান্তের-। ওদের আর একটু কাছে এসে আবার জিজ্ঞাসা করে প্রশান্ত – বেড়াতে এসেছো?

-হ্যাঁ,বলে অলকা- একটু সামান্য কেনাকাটা আছে, আর অনেক ঘোরাঘুরি – এই আর কি!

-শান্তনু এখন কেমন আছে?

-ও তোমার উপর খুব রাগ করেছে। গেলে দেখবে তোমাকে কী বলে!

-কেন! আমি আবার কি অপরাধ করলাম?

-কতদিন তুমি আমাদের বাড়ি যাওনি বলো তো! সেই জন্যই রেগে আছে শান্তনু।

মনে হয় প্রশান্তের শান্তনুর নয় আসল রাগ তাঁর দিদি অলকার। যেটা সে ভাইয়ের নামে চাপিয়ে দিচ্ছে। অলকা যে প্রশান্তকে পছন্দ করে সেটা প্রশান্ত বোঝে। বলে সে- জানোই তো সামনে পরীক্ষা, তাই নিজেকে তৈরি করছি। ঘোরা বেড়াবার মত সময় বের করতে পারছিনা।

অভিযোগ মাখা গলায় বলে অলকা- মানছি যে তুমি পড়াশোনায় মনোযোগী ছাত্র। প্রতি পরীক্ষায় কলেজের প্রথম দশ জনের মধ্যে থাকো। তবে আমরাও একেবারে খারাপ বোধহয় নই। তা বলে কি আমরা সব সময় বইয়ের পাতায় মুখ গুঁজে উটের মত পড়ে থাকি! ঘোরাফেরা বেড়ানো সব করি-।

প্রশান্ত দেখে অলকার পাশে দাঁড়ানো অরুন্ধুতি কিছু বলছে না। তাকেও কথাবার্তায় যুক্ত করার জন্য খোঁচা দেয় সে- আমরা! বহুবচন? তুমি যে পড়াশোনায় দারুন তা জানি। কিন্ত অন্যজন কে?

-অরুন্ধুতি, আর আমি। দুজন মিলে আমরা। অরু উচ্চমাধ্যমিকে ষ্টার পাওয়া ছাত্রী বুঝলে বাবু প্রশান্ত।

কেন কে জানে হঠাৎ মুখ ঘুরিয়ে বলে অরুন্ধুতি- আমি চলিরে অলকা। তুই থাকতে চাইলে থাক। আমার একটা দরকারি কাজের কথা মনে পড়ে গেল।

-চলি মানে! অবাক গলায় বলে অলকা-আমাদের বাড়ি যাবি বললি যে! যাবি না?

-আজ থাক, পড়ে আর একদিন যাবো।

বুঝতে অসুবিধা হয় না, অরুন্ধুতি প্রশান্তের সামনে থেকে সরে পড়বার বাহানা করছে। সেদিন শান্তনুর জন্ম দিনে প্রশান্তকে বিড়ম্বনায় ফেলতে গিয়ে নিজেই বিড়ম্বনায় পড়ে গিয়েছিল। সেই লজ্জা তাকে আজও পীড়া দেয়। এমনিতে তেমন নাচা ফাচার অভ্যাস নেই, নেহাত বাধ্য হয়ে খানিক কোমর নাড়াতে হয়েছে। হাই হিল জুতো, তা করতে গিয়ে পিছলে সটান মাটিতে-।

অলকা তাকে ধমক দিয়ে বলে- বেশি ইয়ে করিস না তো! চল-। প্রশান্ত তুমিও চলো আমাদের সাথে। শান্তনুকে দেখে আর এক কাপ চা খেয়েই চলে আসবে।

-যেতেই হবে?

-গেলে আমাদের ভাল লাগবে।

-আমাদের মানে?

-আমার, শান্তনুর, বাবার, আর-! কথা অসমাপ্ত রেখে চোখে কুটিল হাসি এনে থেমে যায় অলকা। কিন্ত প্রশান্তের মাথায় দুষ্ট বুদ্ধি চাপে -। সে জানতে চায় – আর কে?

ঝাঁঝিয়ে উঠে বলে অলকা- শুনতে চাইছো তো! শুনে নাও- আর আমাদের অরু-। ও খুশি হবে সব চেয়ে বেশি।

প্রশান্ত হাসি মুখে বলে- উনি যেরকম তখন থেকে গম্ভীর মুখ করে অন্যদিকে তাকিয়ে আছেন তাতে আমার উপস্থিতি যে খুশি মনে মেনে নিয়েছেন তা বোঝাই যাচ্ছে না।

-ও একটু ওই রকমই। মনের ভাবনা মুখের মাংসপেশিতে কোন ছাপ চিহ্ন ফেলেনা। বরং বিপরীত ভাবটাই ফুটে বের হয়।

-সেদিন প্রথম ওনাকে দেখি। কিন্ত ভাল করে পরিচয়টাই নেওয়া হয়ে ওঠেনি। -বলে অলকা- ইনি হচ্ছেন এই শহরের স্বনাম ধন্য বিশিষ্ট শিল্পপতি মুলুকচাঁদ কেডিয়ার পুত্র বধু মহেশ্বরী কেডিয়ার আদরের ছোট বোন এবং বিখ্যাত ভুস্বামী – ভুস্বামী না বলে রাজা বলাই ঠিক হবে – সেই মহিন্দর চৌধুরির কন্যা। নাম তো তোমার জানাই-। ইনি পড়াশোনার প্রয়োজনে বর্তমানে দিদি জামাইবাবুর গৃহে – এই শহরে বসবাস করছেন। পড়া শোনা শেষ করে...।

অরুন্ধুতি অলকাকে থামায়- ব্যাস ব্যাস, যথেষ্ট হয়েছে। আর নয়-।

নরম কোমল হাতে অলকা প্রশান্তের হাত ধরে- চলো প্রশান্ত। চলতে চলতে কথা বলা যাবে।

অলকার উষ্ণ সান্নিধ্য আর আন্তরিক আমন্ত্রন প্রশান্তকে আপ্লুত করে। সে ওদের পাশাপাশি হাঁটতে থাকে। হাঁটতে হাঁটতে যেন চেনা ভুবন ছাড়িয়ে অদেখা এক অচেনা ভুবনের মধ্যে অনুপ্রবেশ করতে থাকে। যে জগত আলোকিত উজ্বল আর সুগন্ধময়। যেন চারপাশে ফুটে আছে অসংখ্য বাহারী ফুল। যার মাঝখান থেকে হারিয়ে যাবার পথ। যে পথের শেষ কোথায় কেউ জানে না।

১৯

এই এলাকাটার নাম ভরতপুর৷ অনুন্নত- প্রায় যোগাযোগবিহীন দেশের অসংখ্য গ্রামীন অঞ্চলের আর একটা৷ পথের দুধারে দাঁড়িয়ে আছে ভেঙ্গে বেঁকে নুয়ে যাওয়া গরিব মানুষের ঘর বাড়ি৷ যে সব ঘরের উঠোনে আদুল গায়ে দাঁড়িয়ে আছে ছোট ছোট বাচ্চা৷ চারপাশে ঘুরতে দেখা যাচ্ছে শীর্ন –বিবর্ন মুখ – হাড় গিলগিলে মানুষের সারি৷ যাদের চোখে কোন আশা স্বপ্ন আহ্লাদ নেই, সারা অঙ্গ থেকে যেন ঝরে ঝরে পড়ছে জীবন ধারনের গ্লানি৷ বেঁচে থাকাটাই যেন তাদের কাছে একটা চরম অভিশাপ৷ সর্বত্র ধুলো আর ধুলো৷

এই পথ দিয়ে হেঁটে চলেছে দৃড় বলিষ্ট চেহারার একজন মানুষ৷ মুখে দাড়ি গোঁফের ঘন জঙ্গল৷ মাথায় লম্বা লম্বা চুল- যার উপর বাঁধা একটা গেরুয়া কাপড়ের ফেট্টি৷ হাঁটু পর্যন্ত উঁচু করে পড়া মোটা তাতের কাপড়ের ধুতি৷ খালি পা- যে পায়ের উপর জমে আছে অনেক পথ চলার চিহ্ন সরূপ ধুলোর মোটা আস্তরন৷ হাঁটু মাথায় মুখে সর্বত্র ধুলো আর ধুলো৷ হেটে চলেছে সবল আর দৃড় পায়ে, প্রতিটা পদক্ষেপ যেন আগাচ্ছে বিশেষ কোন এক উদ্দেশ্যের দিকে৷ প্রথম দর্শনেই বোঝা যায় মানুষটা এখানকার নয়৷ এখানকার জন জীবনের সাথে তাকে কোন মতে খাপ খাওয়ানো যাচ্ছে না৷ যার দৃষ্টিতে ছেয়ে আছে তীব্র অনুসন্ধিৎসা- বিরাগ আর আগুন৷

আমরা এই মানুষটাকে চিনি৷ এর নাম অশান্ত৷ যে এখানে তাঁর মা – ভাইকে খুঁজে বের করতে এসেছে৷ আর খুঁজে মুখোমুখি হতে চাইছে তাঁর বাবার হত্যাকারী মহিন্দর চৌধুরির৷ আত্মপরিচয় গোপন রেখে সে হেঁটে চলেছে সমুখপানে৷ চারদিকে চোখ ফেলে দেখে নিতে চাইছে তাঁর আগামীর কর্মভূমি-৷ যা রণভূমিও বটে৷ দেখতে পাচ্ছে- পথের পাশে পড়ে আছে আগামীর চিন্তা ভাবনা রহিত -মদ খেয়ে মাতাল মানুষ৷ মদ এমন একটা পানীয় যা পেটে যাওয়া মাত্র মানুষ বাস্তবতার কঠিন সত্য থেকে অন্য জগতে বিচরন করা শুরু করে দেয়৷ কাল কী হবে আর মনে থাকেনা৷ সেই মারক মাদকে ডুবে আছে সবাই৷ যেন পরিকল্পিত ভাবে নেশার সমুদ্রে ডুবিয়ে দেওয়া হয়েছে গোটা

অঞ্চল। মুল্যবোধ হীন নির্বোধ মানুষের পরিনত করার অপচেষ্টা চালাচ্ছে কোন অশুভ শক্তি।

দেখতে পাচ্ছে,এক গাছতলায় চলছে তাসের জুয়া।

চলতে চলতে তাঁর দৃষ্টি গিয়ে পড়ে পথের অদূরের এক জীর্ন কুটীরের দিকে। যেখানে এক রগচটা স্বামী তার স্ত্রীকে মারছে আর বলছে- দে বলছি, টাকা দে-। আর স্ত্রীর হাতের মুঠোয় চেপে ধরে রাখা মুঠি খুলে টাকা ছাড়িয়ে নেবার প্রানপন চেষ্টা করছে।

স্বামী লোকটার মুখ চোখ সারা অঙ্গে একটা রুঢ় কাঠিন্য। সেখানে দয়া মায়া স্নেহ প্রেম এমন নরম কোমল বস্ত কোন কালে হয়ত ছিল, এখন তাঁর চিহ্ন মাত্র নেই। নেশার অভ্যাস তাঁর সব হৃদয়বত্তা মানবিক সত্তা গিলে নিয়েছে। প্রথম অবস্থায় মানুষ মদ খায়, কিছুকাল পড়ে মদ তাকে খেতে শুরু করে। এখন লোকটাকে মদের নেশা গিলে ফেলেছে। তাঁর এখন মদ খাবার টাকা চাই।

স্ত্রী মার খাচ্ছে কিন্ত হাতের মুঠো আলগা করছে না। কাঁদছে, কোকাচ্ছে আর বলছে- আমি মরে গিলিও এই টাকা কটা কিছুতে দেবোনা। কাল থিনে ছেলেমেয়ের মুখি ভাত ওঠেনি। সারাদিন জনখেটে কটা টাকা পেয়েছি – এ দিয়ে চাল কিনবো-। ভাত রেধে বাছাদের মুখে দেব।

বলে স্বামী- আমি কী সব চাচ্ছি নাকি! এট্টা পাইটের দাম দে -। বাকী টাকা দে চাল নুন যা কিনবি কেন, আমি মানা করবো না।

-তোরে পাইটের দাম দিলি আর কি থাকবে!তালি আর চাল কেনা হবেনে।

মদাসক্ত স্বামীর ভাতের চিন্তার চাইতে বড় চিন্তা মদের। বলে সে- দেখি কত আছে। হাত খোল। আমারে বিশ্বেস কর। সব নেবোনা-।

-কালকে ওই বলেছিলি। আজ দেবনা।

স্ত্রী না বলার সাথে সাথে তাকে আবার মারে স্বামী- দেখ আমার মাথা গরম করিস না। দে বলছি! নেশার সময় পার হয়ে যাচ্ছে – মাত্তর একটা পাইটের দাম দিয়ে যা থাকে তুই নিয়ে যা।

মার খেয়েও নত হয়না স্ত্রী- মদের পেছনে আর আমি এক পয়সাও খরচ করতি পারবো না। তুই সারাটা দিন মদ খেয়ে মাতলামি করে বেড়াবি, কাজকর্ম কিছু করবি না, যা আমি খেটে খুটে আনবো তাও কেড়ে নিবি। রোজ রোজ এক উৎপাত -। আজ আর তোরে এক টাকাও দেবোনা।

-দিবি না! এত করে বললাম তবু দিবিনা! রাগত স্বামী বৌটার পেটে সজোরে এক লাথি মারে। লাথি খেয়ে ছিটকে মাটিতে পড়ে যায় বৌটা। হাতের মুঠি আলগা হয়ে যায় তাঁর। স্বামী সেই খোলা মুঠিতে যক্ষের ধনের মত আগলে রাখা গুটি কয়েক টাকা কেড়ে নিয়ে উন্মাদের মত সামনের দিকে দ্রুত পালায়।

বৌটা পড়ে কাতরাচ্ছে। অনেকে দেখছে কিন্ত কেউ তাকে সাহায্য করতে এগিয়ে আসছে না। স্বামী স্ত্রীর ব্যাপার, বাইরের লোক কে কী বলবে!

একজন পথে যেতে যেতে দাঁড়িয়ে থাকা অশান্তের দিকে তাকিয়ে বলে – কী দেখছো? এখেনে নতুন আসা হয়েছে নাকি? এইটে এখেনের- ঘর ঘর কি কহানি। সব ঘরে বউগুলোর উপর এই জুলুম চলতিছে। মদ্দগুলো মদে ডুবে আছে, আর বাচ্চা কাচ্চার মুখি অন্ন নাই বস্ত্র নাই। নিত্য দিন ঝগড়া মারামারি। সব সংসারে এই চলতিছে। দেখলে তো কি ঘটনা ঘটলো। যাও ভাই নিজির পথে যাও, এসব দেখে আর কী করবে?

আর একটু সামনে এগিয়ে দেখতে পায় অশান্ত, একটা মোড়। এখানে ছোট ছোট কিছু দোকান পাট রয়েছে। ফলে সামান্য কিছু ভিড়। লোকজন দোকানে চা পান বিড়ি কিনছে, খাচ্ছে। মোড়ের অদূরে জুয়ার বোর্ড বসেছে – সেখানে অনেক জন বসে- দাঁড়িয়ে জুয়া খেলছে। যে বোর্ডের চালক সে চিৎকার করছে – লাগাও ভাই, মুট্টি ভরকে লাগাও, আউর ঝোলা ভরকে লে যাও। লাগালেই পাবে -দশকা পঁচাশ, বিশকা শ’-। লাগাও লাগাও – জলদি লাগাও।

একজন বসা খেলুড়ে উঠে দাঁড়ালে তাকে বলে একজন- কিরে ধনাই, এখনই উঠে যাচ্ছিস যে-!

মুখ কালো করে বলে ধনাই- আর রোঁকড়া নাই।

-এরই মধ্যে খালি! কালকে তো হপ্তা পেলি!

-সব শেষ হয়ে গেছে।

-তোর হাতে তো ঘড়ি আছে। ওটা আমার কাছে বন্ধক রাখ। আর দুদান খেলে দ্যাখ-।

-ঘড়ি বন্ধক রেখে জুয়া খেলবো?

-আরে পাগল দেখিস না -লোকে বউ পর্যন্ত বন্ধক রেখে দেয় আর তো ঘড়ি! বলে না সাহসের নাম সাঙাত। সাহস করে খেলে দেখ, বলা তো যায় না এতক্ষন হেরেছিস এবার হয়তো জিতে যাবি। জিতলেই ছাড়িয়ে নিবি।

-কত দিবি ঘড়ির জন্য?

-পুরানো ঘড়ি -অন্য কেউ হলে পঁচিশ দিতাম, তোকে পঞ্চাশ দেব। কালকের মধ্যে ছাড়িয়ে নিলে পঞ্চাশ টাকায় মাত্র পাঁচ টাকা সুদ নেব।

-দে টাকা দে।

হাতের ঘড়ি খুলে বন্ধক কারবারির হাতে দিয়ে পঞ্চাশ টাকা নিয়ে লোকটা আবার জুয়ায় দান ধরে – চল এক্কায় দশ। জুয়ার বোর্ড সঞ্চালক বলে- চাকা ঘোরাই?

-ঘোরা –আয় এক্কা- আয় রে এক্কা। এক্কা আয় – যাহঃ শালা এলো না!

-ফক্কা চলে গেল।

অশান্ত ওখান থেকে আবার সামনের দিকে হাঁটতে থাকে। কোথায় যাবে তার কিছু জানা নেই। সামনে আদিগন্ত পথ-। হাঁটতে হাঁটতে যেখানে এসে দাঁড়ায়- দেখে নেশায় বেহুঁশ হয়ে পথের পাশে পড়ে আছে এক মাতাল। আর তাঁর কাছে বসে অঝোরে কেঁদে চলছে একটা সাত আট বছরের বাচ্চা- ও বাবা ওঠো। বাড়ি চলো বাবা। ও বাবা – আমার খিদে পেয়েছে।

বাচ্চার ডাকে মাতাল নড়ে চড়ে ওঠে- বাচ্চাকে ধমক দেয়- এই শুয়ারের বাচ্চা চেঁচাচ্ছিস কেন! চুপ, চুপ করে বসে থাক। একদম চুপ-। আমাকে ঘুমাতে দে-।

-বাড়ি গিয়ে ঘুমাবে। চলো বাবা-। আমার খুব খিদে...।

-তুই চলে যা। চলে...ওয়াক...।

মাতাল শুয়ে শুয়ে বমি করতে থাকে। বাচ্চা কাঁদতে থাকে -। পথচারীরা দেখতে থাকে। এসব এখানকার নিত্যদিনকার স্বাভাবিক ব্যাপার।

অল্পক্ষণ পরেই মাতাল নেশার খেয়ালে উঠে বসে- আমি বাড়ি যাবো। কিন্ত উঠতে পারেনা। দাঁড়াতে গিয়ে টলে পড়ে যায়। পড়ে থাকা পাথরে মাথা ঠুকে যায় তাঁর। কেটে গল গল করে রক্ত বের হতে থাকে। এবার বাচ্চা ভয় পেয়ে আরো জোরে কেঁদে ওঠে- ও বাবা -বাবা! কথা বলছোনা কেন! বাবা...।

এই সব অপদৃশ্যের মাঝখান থেকে পথ করে অশান্ত হাঁটতে থাকে। অনেক্ষন ধরে সে অনেক পথ হেটেছে। চারপাশে যত লোক দেখেছে তার মধ্যে 'মানুষ' কম মাতাল অনেক বেশি। এই শান্ত সুন্দর- প্রকৃতির অনবদ্য শোভার মাঝে- ভরতপুর নামক অঞ্চলের অবস্থা গত বছর পনের বিশ আগে এত খারাপ ছিলোনা। যেন কোন এক অপ দেবতার অভিশাপে রাতারাতি বদলে গেছে এখানকার গোটা পরিবেশ পরিস্থিতি।

অশান্ত হাঁটতে হাঁটতে এসে পৌছায় তাঁর পুর্ব পরিচিত- একান্ত প্রিয় সেই জায়গায় যেখানে একদা একটা ঘর ছিল। যে ঘরে বাস করতো তাঁর বাবা মা ভাই। ঘরটা এখনও আছে, তবে জীর্ন ভগ্ন আর অনাদৃত অবস্থায়। চারদিকে ছেয়ে গেছে ঘন জঙ্গল আগাছায়। বহুকাল এখানে যে কোন লোকের পদার্পন ঘটেনি, কোন দরদী হাতের ঝাট পোছ পড়েনি- সেটা দেখেই অনুমানে বুঝে নেওয়া যায়।

বাড়ির সদর দরজাটা হাট করে খোলা। অশান্ত সেই দরজা দিয়ে প্রবেশ করে উঠোনে এসে দাঁড়ায়। উঠোনের এক ধারে দাঁড়িয়ে আছে নিঃসঙ্গ সেই বুড়ো নিমগাছটা। পাতায় পাতায় যার জড়িয়ে আছে থমথমে শোকের বিবর্নতা।

দেখতে পায় সেই জায়গাটা যেখানে পড়েছিল তাঁর বাবা নিহত কুশল মাষ্টারের দেহ। আর সেই দেহ আঁকড়ে ধরে উন্মাদের মত আছাড়ি পিছাড়ি খেয়ে কাঁদছিল তাঁর মা। পুরাতন কথা মনে পড়ায় অশান্তের বুকটা যেন ভেঙ্গে মুচড়ে যেতে থাকে।

মনকে শক্ত করে অশান্ত এগিয়ে গিয়ে ঘরের দরজার সামনে দাঁড়ায়। সদর দরজার মত ঘরের দরজাও খোলা। কোন তালা চাবি বন্ধ নেই। সেই খোলা দরজা দিয়ে উঁকি মেরে দেখে অশান্ত ঘরে কোন আসবাব পত্রও নেই। আগে তো এই ঘরে মুল্যবান না হোক জীবন ধারনের পক্ষে যা প্রয়োজনীয় তেমন অনেক কিছু ছিল। এই বড় ঘরটায় পাতানো ছিল একটা সেগুন কাঠের বড় খাট। আলমারি বসার চেয়ার অনেক কিছু ছিল। সে সব কিছু আর নেই।

অশান্ত ঘরের ভিতর প্রবেশ করে শূন্য চোখে চারদিকে তাকায়। চারদিক তাঁর কাছে শূন্য শূন্য ঠেকে। যেন নিঃসীম একটা হাহাকার ছড়িয়ে আছে সবদিক।

দেওয়ালের পেরেকে ঝোলানো একটা ফোটো। যেটায় সে, প্রশান্ত, কুশল মাষ্টার, আর দূর্গা – চারজন আছে। সেটা কি ভাবে যেন ওখানে রয়ে গেছে। অশান্ত সেই ফোটোটা নামিয়ে পরম মমতায় তার উপর জমে থাকা ধুলো মুছে আবার যথাস্থানে ঝুলিয়ে দেয়।

কিছু সময় সেই ঘরে অবস্থান করে কিছু পুরাতন স্মৃতির অবলোকন করে এক সময় সে ঘর থেকে বের হয়ে আবার উঠোনের উপর নেমে আসে। মাথার উপর নিঃসীম আকাশ সেই আকাশের মত বুকটা তাঁর খালি খালি মনে হয়। মা ভাই এখানে নেই তারা কোথায় গেছে, কাকে জিজ্ঞাসা করলে হদিশ মিলতে পারে অশান্তের মাথায় আসে না। এখানে এখন দাঁড়িয়ে থেকে কোন লাভ নেই তাই আবার হাঁটতে থাকে সামনে। কোথায় যাবে তা জানা নেই তবু চলতে থাকে-।

২০

ওর নাম পল্টন মাল্লার। লোকে ওকে আড়ালে আবডালে বলে থাকে কোহলিয়া-। আঞ্চলিক ভাষায় যার অর্থ শেয়াল। শেয়ালের মতই সে বনের মধ্যে ঘাপটি মেরে বসে থাকে। হয়তো কোন মেয়ে নদীতে জল ভরতে এসেছে, কেউ গেছে জঙ্গলে কাঠ কুটো, মহুয়া কুড়িয়ে আনতে। কেউ বা খাটতে গেছে ঠিকাদারের অধীনে কোন খনি খাদানে। হয়তো শ্রম ক্লান্ত দেহ নিয়ে চলতে চলতে সঙ্গী সাথীদের চেয়ে পিছিয়ে পড়েছে খানিক। অমনি জঙ্গল থেকে আচমকা বের হয়ে তাঁর উপর ঝাঁপিয়ে পড়ে পল্টন আর শেয়াল যে রকম হাস মুর্গীর গলা কামড়ে ধরে তুলে নিয়ে যায়, সেভাবে তাকে তুলে নিয়ে চলে যায় গভীর জঙ্গলের মধ্যে। তারপর ইচ্ছা মত ভোগ করে এঠো শাল পাতার মত ছুড়ে ফেলে দেয়।

পল্টনকে সবাই শেয়াল বললেও সে নিজেকে বাঘ মনে করে। বাঘ যেমন দলে ঘোরেনা- একা একাই শিকার করে বেড়ায়- পল্টন নারী শিকার একাই করতে ভালোবাসে। দলে লোক বেশি হলে তাতে কোন মজা নেই। ইচ্ছা মত মনের সুখে হাড় মাংস চেবানো যায় না। তাড়াহুড়ো করতে হয় – অন্যের চেবানোর জন্য দেহটিকে ছেড়ে দিতে হয়।

আজ চোখে শেয়ালের মতই তীক্ষ্ণ দৃষ্টি নিয়ে বিকেল বেলায় সে শিকার সন্ধানে বের হয়েছে। এখন এসে দাড়িয়েছে বনের ধারে লিঙ্গেশ্বর মন্দিরের কাছে।আসবার আসবার সময়- পথে ঘাটে, বনে জঙ্গলে, খনি খাদানে কোথাও কোন একলা মেয়ের চোখে পড়েনি। তেমন কোন সহজ শিকার নাগালে পেয়ে এত এত পথ ঠেঙ্গিয়ে আজ হয়তো এখানে আসত না। তাকেই চেনাত। কিন্ত আজকাল তার ভয়ে একা একা আর কেউ বনে বাদাড়ে থাকেনা। সন্ধ্যা নামার আগে যে যার ঘরে ঢুকে দরজায় খিল দেয়। তবে আজ তাঁর অন্য কোন মেয়ের ভাবনা মাথায় নেই। সে ভাবছে মুন্নি নামের মেয়েটার কথা। তাকেই আজ শিকার করার সাধ।

মন্দিরের কিছু দূরে একটা পাথরের চাট্টান। ধুর্ত শেয়ালের মত চুপি চুপি গিয়ে তাঁর আড়ালে বসে পড়ে। আশা করছে মুন্নিকে পেয়ে যাবে। খবর আছে- সে পুজা

দিতে আসবে৷ গ্রামের এক সাধারন ক্ষেত মজুর দীনানাথের মেয়ে মুন্নি- সে ষোল সোমবারের ব্রত রেখেছে৷

এখানকার মেয়েদের বহুকালের প্রচলিত বিশ্বাস মেয়ে ষোল বছরে পা দিলেই ষোল সোমবার ঠিক সুর্য ডোবার পর মুহুর্তে বাবা লিঙ্গেশ্বরের মাথায় জল ঢাললে মনের মত পতি মিলে যায়৷ আর সে জল ঢালতে হয় নদীতে স্নান করে, সিক্ত বসনে, নগ্ন পায়ে, নত দৃষ্টি নিয়ে সম্পুর্ন একা এসে-। তখন সে কারও দিকে চোখ তুলে তাকাবে না, কোন পুরুষের দিকে তো মোটেই নয়৷ এসে প্রথম দেখবে বাবা লিঙ্গেশ্বরের মুখ৷ তবেই তার মনোস্কামনা সিদ্ধ হবে৷

সে যে মন্দিরে আসে সেই খবর পল্টনের কাছে ছিল৷ আজ সোমবার- তাই আজ মন্দিরের কাছে এসে ওঁত পেতে বসে থাকে৷ আশা জাগে তার- আজ মুন্নি এলে খুব মজা হবে। প্রান ভরে তার নরম নধর দেহ রগড়ানো যাবে৷

যেমন ভাবে একটু একটু করে নদীর বুকে কানায় কানায় বর্ষার জল ভরে ওঠে জোয়ার আসে, ষোড়শী মুন্নির দেহের আনাচ কানাচ অথৈ আর উত্তাল হয়ে উঠেছে৷ দেহের প্রতিটা কোন বাঁক নারীত্বের সম্পদ দ্বারা পরিপুর্ন হয়ে গেছে প্রকৃতির অকৃপন উদার দানে৷ যে তাকে দেখে মুগ্ধ হয়৷ দেখে রূপ সৌন্ধর্য উপভোগ করে৷

কিন্ত পল্টনের ব্যাপার আলাদা৷ দূর থেকে তাকে দেখে কতবার পল্টনের কামুক প্রান উথাল পাথাল হয়ে উঠেছে৷ ধর্ষনের ইচ্ছা জেগেছে৷ আশা করেছে একবার নাগালে পাবার৷

আগেকার দিন হলে এতদিন অপেক্ষা করার কোন দরকার হতো না৷ সোজা ঘর থেকেই তুলে নিয়ে জঙ্গলে চলে যেত৷ আজকাল আর সেটা করা যাচ্ছে না৷ মহিন্দর বলে রেখেছে, যা করবি খুব সাবধানে -যেন কোন বাওয়াল না হয়৷

আগেরবার একটা বাওয়াল হয়ে গেছে৷ যাকে বলে সেম সাইড! হাটবারে হাটে কিছু বেচে কিছু কিনে বাড়ির পথে যাচ্ছিল কয়েকজন মেয়ে মহিলা৷ সন্ধ্যার আবছা আলোয় ঠিক মত চিনে উঠতে পারেনি পল্টন৷ সব থেকে ছোট আর নধর- মন পসন্দ মেয়েটাকে বাজপাখির মত ছোঁ মেরে তুলে নিয়েছিল৷ হাট থেকে পল্টন খানিক মদও খেয়েছিল তাই চোখের দৃষ্টি ছিল ঘোলা ঘোলা৷ তাই 'মিস্টেক' হয়ে গেছে৷ তাকে ধরে বুকের উপর চেপে বসার পর- আর মেয়েটা তার পরিচয় দেবার পর বুঝতে পেরেছিল পল্টন -এ হচ্ছে মুখিয়ার মেয়ে বুধিয়া৷ তবে বুঝতে পারলেও তখন আর ছেড়ে দেবার মত মনের অবস্থা ছিল না৷ বলে না

বাঘের মুখে রক্ত লেগে যাওয়া- তাই লেগে যাওয়ায় শেষ পর্যন্ত যা করার তা করেই রেহাই দিয়েছিল বুধিয়াকে-। বিনীত গলায় বলেছিল- কিসিকো কুছ মাত বাতানা, এ তেরা ইজ্জতকা সওয়াল হ্যাঁয়। কই আগার জান না পায়ে তো তেরা ইজ্জত বাঁচ যায়েগা।

জানে পল্টন এটা নারী জীবনে একটা চরম অপমান আর লজ্জার বিষয়। তাই খুব একটা কেউ মুখ খোলেনা- নিজের অপমান নিজে বুকে চেপে রেখে অদৃষ্টকে অভিশাপ দেয়। কিন্ত বুধিয়া পল্টনের কথা মানেনি।মেনেও কোন লাভ হতোনা। অনেকেই দেখেছে তাকে তুলে নিয়ে যেতে। তাই সে বিধ্বস্ত দেহ নিয়ে বাড়ি ফিরে কেঁদে কেঁদে সব বলে দেয় মুখিয়াকে। আর মুখিয়া জানায় মহিন্দরকে। তার ফলে খুব বাওয়াল হয়। তবে মুখিয়া একটু লোভী ধরনের মানুষ তাই কিছু টাকা আর খানিকটা জমি দিয়ে মুখিয়াকে শান্ত করতে হয়।

মহিন্দর জানে বাঘ পুষতে হলে তাকে মাংসের জোগান দিতে হয়। পল্টন তাঁর পোষা বাঘ। তাই বলে দিয়েছে- কোন বাওয়াল যেন না হয়। ফের যদি কোন বাওয়াল করিস পিঠের চামড়া তুলে নেব।

এখন মনে মনে সে লিঙ্গেশ্বরকে ডাকে- মুন্নিকে এনে দাও বাবা। বলা তো যায় না শরীর ফরীর খারাপ হলে আজ সে নাও আসতে পারে। তাহলে আমার সব আশায় জল পড়ে যাবে। হে বাবা তোমার নামে জোড়া নারকেল ফাটাবো। আজ যেন মুন্নি আসে।

মুন্নির কালো বরন। কালো দুটো চোখ। স্বাস্থ্য ভালো। যেন কোন শিল্পীর কালো পাথর কেটে সযতনে বানানো অনুপম নারী মুর্তী। এই সবে কৈশোর পার হয়ে ডাগর যুবতী হয়ে উঠেছে। এমন মেয়ে ভালো পতি তো পাবেই-। বিয়ে হলে কোথায় না কোথায় চলে যাবে। আর নাগালে পাবার উপায় নাও থাকতে পারে। তার আগে হে বাবা লিঙ্গেশ্বর একবার আমার সেবায় লাগিয়ে দাও বাবা। একজোড়ায় না নিলে দুজোড়া নারকেল দেব, বড় দরকার- দয়া করো প্রভু!

মন থেকে ডাকতে পারলে ভক্তের ডাক ভগবান শোনেন- এমনটা প্রবাদে বলে। তাই হয়তো মুন্নিকে দেখা যায় নদীতে স্নান করে পুজা দিতে লিঙ্গেশ্বরের মন্দিরের দিকে ধীর পায়ে হেঁটে আসছে। ভেজা কাপড় ভেদ করে প্রস্ফুটিত হয়ে উঠেছে তাঁর নরম নধর তনু। উরুতে সন্ধ্যার আবছা মেদুর আলোয় যেন বিদ্যুৎ ছড়াচ্ছে। পল্টনের কামকেন্দ্র সাপের মত ফনা তোল – লালসার লালা বের হয়।

লিঙ্গেশ্বরের মন্দির একটা ছোট্ট পাহাড়ের উপর। গোটা চল্লিশ সিড়ি ভেঙ্গে মন্দিরের মধ্যে যেতে হয়। নদীতে স্নান সেরে নত মুখে মুন্নি সিড়ি চড়তে থাকে। তাঁর মাংসল পশ্চাৎদেশ দেখে নিজেকে স্থির রাখতে পারেনা পল্টন। ছুটে এসে পিছন থেকে জড়িয়ে ধরে আর গদ গদ স্বরে বলে- আহঃ, কতদিন তোকে কত আশা করেছি। আজ বাবা লিঙ্গেশ্বর মুখ তুলে চেয়েছে, তাই তোকে বাগে পেয়ে গিছি।

মুন্নি নিজেকে সেই পাশব বাঁধন থেকে ছাড়িয়ে নেবার আপ্রান চেষ্টায় মুনিয়া পাখীর মত ছটফট করে। চেঁচিয়ে ওঠে- ছাড়, ছাড় আমাকে।

-চেঁচাস না – নরম গলায় বলে পল্টন, ছেড়ে তো দেবই, মাত্র আধ ঘন্টা পরেই ছেড়ে দেব, চল আমার সাথে।

-আমি পুজা দেব, আমাকে ছাড়।

-পুজা একটু পরে দিবি, আগে আমার পুজা হতে দে!

মুন্নি নিজেকে পল্টনের হাতের বাঁধন থেকে মুক্ত করার জন্য চেষ্টা করতেই আরো জোরে তাকে চেপে ধরে পল্টন- জোরাজুরি করে আজ আর পার পাবিনা। তার চেয়ে চুপ করে থাক, ছেড়ে দেব বলে কী তোকে ধরেছি!

পল্টন মুন্নিকে টেনে মন্দিরের বাইরে ঘন জঙ্গলের দিকে নিয়ে যাবার চেষ্টা করে। দেবতার চোখের সামনে কোন খারাপ কাজ করা উচিৎ নয়। আর তখন নিরুপায় মুন্নি কামড়ে দেয় পল্টনের হাতে। যন্ত্রনায় মুন্নিকে ছেড়ে দিয়ে গজড়ায় পল্টন- কামড়ে দিলি শালী – দাঁড়া দেখাচ্ছি মজা! সারারাত তোকে রগড়াবো - দেখি কে বাঁচায়!

মুন্নি ভয় পেয়ে আরো জোরে চিৎকার করতে থাকে- বাঁচাও, কে আছো বাঁচাও।

পল্টন জানে এই সময় এখানে কেউ থাকে না, কেউ বাঁচাতে আসবে না তাই সে হাসে আর বলে- চেল্লা, আরও জোরে চেল্লা। দেখ যদি কেউ বাঁচাতে আসে!

পল্টন জানে না, মুন্নিও জানে না যে এই সময় এখানে একজন পথশ্রমে ক্লান্ত অনিকেত মানুষ রাত কাটাবার জন্য এসে কালো কম্বল মুড়ি দিয়ে চাতালের এক কোনে শুয়ে আছে। যেখানে এখন খানিক অন্ধকার এসে তাঁর অস্তিত্বকে আড়াল করে রেখেছে। সে মুন্নির চিৎকারে গায়ের কম্বল সরিয়ে রেখে উঠে বসে আর কর্কশ গলায় বলে- এই জানোয়ার- কী করছিস! ছাড়, মেয়েটাকে ছেড়ে দে!

পল্টন অবাক! এখানে এটা আবার কে! ভবঘুরে ভিখারী হবে হয়তো। একে ভয় পাবার কিছু নেই। বলে সে- তুই কে বে! যাহঃ এখান থেকে ভেগে পড়।

-আমি কে সে পরিচয় পরে দিচ্ছি। আগে তুই মেয়েটার সামনে থেকে সরে দাঁড়া।

কাম জ্বালায় জর্জর পল্টন এমন অহেতুক উৎপাতের সামনে পড়ে যাওয়ায় রাগে ক্ষিপ্ত হয়ে ওঠে। বলে- তুই এখন এখান থেকে পালা। না হলে তোর বিপদ হবে। কথা শেষ করে সে কোমর থেকে একটা ধারালো চাকু টেনে বার করে।

যে লোকটা এতক্ষন শোয়া ছিল সে শোয়া থেকে উঠে বসেছিল। তারপর উঠে দাঁড়িয়ে ছিল আর দৃড় পায়ে পল্টনের দিকে এগিয়ে যাচ্ছিল। সেই এগিয়ে আসা লোকটা দীর্ঘকায় – বলবান।

ভাবে পল্টন- একে এখনই আঘাত করে পেড়ে না ফেললে আর নাও পারা যেতে পারে। যুদ্ধ দাঙ্গা মারামারির এটাই নিয়ম। যে আগে আঘাত করতে পারে তার জেতার চান্স সবচেয়ে বেশি।

তাই দেরী না করে সাথে সাথে পল্টন তাঁর পেট লক্ষ্য করে হাতের চাকুটা চালিয়ে দেয়। কিন্ত লোকটা অসম্ভব ক্ষিপ্রগতিতে এক পাশে সরে গিয়ে চাকুর আঘাত থেকে নিজেকে রক্ষা করে আর খপ করে পল্টনের চাকু শুদ্ধ হাতটা ধরে ফেলে আর ভীম মোচড়ে দেয়। চাকু পল্টনের হাত থেকে খসে নিচে পড়ে যায়। এরপর লোকটা মাত্র একটাই কাজ করে, অন্য হাত দিয়ে সে পল্টনের মাথায় একটা ছোট্ট ঘুসি মারে।

সেটা তাঁর কাছে একটা ছোট্ট ঘুসি কিন্ত সে জানতো না, আগে কখনও নিজের কব্জিতে কত শক্তি ধরা আছে তার কোন পরখ করা হয়নি – তাই সেটা পল্টনের কাছে অনেক বড় আঘাত হয়ে যায়। মনে হয় তার যেন বিশাল কোন পাঁথরের চাঙর ভেঙ্গে মাথার উপর পড়লো। ফলে মাথার খুলি থেকে নারকেল ফাটার মত একটা আওয়াজ বের হয় আর সে গোড়া কাটা কলাগাছের মত লুটিয়ে মাটিতে পড়ে যায়। তাঁর নাক থেকে রক্তের সাথে সাদা সাদা ঘিলু বের হয়ে আসে। বার কয়েক আঘাত প্রাপ্ত শরীরটা কেঁপে কেঁপে উঠে একেবারে নিথর হয়ে যায়।

এই গোটা দৃশ্যটা গ্রামের অনেক মানুষ দেখতে পায়। পল্টন যখন মন্দিরের পাশে পাথরের আড়ালে লুকিয়ে বসেছিল তখন সেখানে আরও একজন লুকিয়ে বসেছিল যার কথা পল্টন জানতো না। সে ধর্ষক নয় মাত্র দর্শক। মুন্নির অপরূপ অনিন্দ্য রূপে মুগ্ধ এক প্রেম প্রত্যাশী কিন্ত খানিক ভীত যুবক রামাধীন। সে চায়

একা আর ফাঁকা পেলে মুন্নির কাছে গিয়ে প্রেম নিবেদন করবে৷ কিন্তু সেই সাহস সঞ্চয় করে উঠতে পারেনি৷

মুন্নির বাপ দীনানাথ – 'গাঁওকে সেয়ান'। সবাই তাকে সম্মান করে৷ তার মেয়েকে প্রেম নিবেদন করলে আর তা অপরাধ হিসাবে বিবেচিত হলে বিড়ম্বনায় পড়তে হবে৷ তাই সে দূর থেকে অনেকদিন ধরে লুকিয়ে লুকিয়ে মুন্নির সিক্ত দেহের সৌন্দর্য দেখে৷ তা দেখার জন্যই মন্দিরের পাঁথরের আড়ালে প্রতি সোমবার লুকিয়ে বসে থাকে৷ এটা হয়তো নিন্দার- হয়তো কেউ তাকে দেখে ফেললে ধরে মার দেবার মত অপরাধ কিন্তু এই সময় তার অন্যায় অপরাধ আর অপরাধ থাকে না৷ তা মুন্নির জন্য বরদান সাবিত হয়৷

সে যখন পল্টনকে এখানে ঘাপটি মেরে বসে থাকতে দেখে তখনই বুঝে যায়- পল্টন তার মত রূপের একজন মুগ্ধ দর্শক নয়৷ সে এখানে মুন্নিকে ধরবে বলেই বসে আছে৷ মুন্নি নদীতে স্নান করতে গেছে রামাধীন দেখেছে৷ এবার যে পুজা দিতে আসবে সে জানে৷ প্রতি সোমবার আসে-। কোনভাবে পল্টন হয়ত সেই খবর জেনে গিয়ে থাকবে৷ তাই তাঁর লুকিয়ে বসে থাকা-।

রামাধীন বুঝেছে মুন্নিকে রক্ষা করা তার একার কম্ম নয়৷ তাই আর দেরী করেনি, এক ছুটে চলে এসেছে মহল্লায় আর মুন্নির বাবা-দীনানাথ ও পাড়ার অন্য কয়েকজনকে বলেছে- শীগগির চলো, না হলে মুন্নির খুব বিপদ হবে৷

-তুই জানলি কি করে?

আমতা আমতা করে বলে রামাধীন – আমি মানে... আমি তো আসছিলাম৷ মানে নদীতে ইয়ে করতে গিয়েছিলাম৷ মানে...।

এক গ্রামে এক ছিচকে চোর ছিল৷ রাত হলে সে কারও বাগানের কলা কারও ক্ষেতের মুলো – কন্দ কচু যা পেত চুরি করে নিয়ে যেত৷ তো একদিন সে রাত গভীরে পাশের গ্রামে তাই করতে যাচ্ছে৷ 'চোরের চলন নিঃশব্দ' তাই সে পা টিপে টিপে এগিয়ে চলে৷ তার নিজের গ্রাম থেকে পাশের গ্রামে যেতে হলে একটা বড় ফাঁকা মাঠ পড়ে৷ মাঠের মাঝে একটা ডোবা ডোবার চার পাশে বাবলা গাছের কিছু ঝোঁপ৷ ডোবাটা বর্ষায় তো জল থাকে কিন্তু এখন শুকনো খটখটে৷ চোরটা সেখানে পৌছে কিছু অস্বাভাবিক শব্দ শুনতে পায়৷ আর সে ঝোপ ঝাড়ের আড়াল থেকে তাকিয়ে দেখে ডোবার মাঝ খানে বসে আছে আট দশজন লোক৷ তাদের কাঁধে বন্দুক আর নানা রকম অস্ত্র৷ তখনই বুঝে যায় চোরটা এরা ডাকাত৷ কারও বাড়ি ডাকাতি করবার মতলবে এখানে এসে জড়ো হয়েছে৷ চোর আর দেরী

করে না, সে ছুটে চলে আসে নিজের গ্রামে। আর লোকজন জড়ো করে নিয়ে গিয়ে চারদিক থেকে ডোবাটা ঘিরে ফেলে ধরা পড়ে যায় গোটা ডাকাত দলটা। আর সেই চোর- সে হিরো হয়ে যায়। গ্রামের লোক তাকে মাথায় তুলে নাচে। গ্রামের শেঠ তাকে নগদ একশো টাকা বকশিস দেয়।

রামাধীন কেন মন্দিরের কাছে ঘুর ঘুর করছিল সেটা কেউ বোঝে কেউ বুঝেও বোঝে না – বয়সের ধর্ম বুঝে বা কি হচ্ছে! বয়েস কালে আমরা কি সাধু ছিলাম!

তবে তারা রামাধীনের বিচার করার চাইতে যেটা জরুরি- খবর পেয়ে সবাই হাতের কাছে যে যা পায় নিয়ে বিপন্ন মুন্নিকে বাঁচাতে ছুটে মন্দিরের দরজায় এসে পড়ে।

তারা পা টিপে টিপে সিড়ি দিয়ে উঠতে উঠতে শুনতে পায় মন্দিরের মধ্যে কিছু গোলযোগ। আর মন্দিরের দরজায় এসে দেখতে পায় একজন দীর্ঘ দেহী মানুষকে। দেখতে পায় সে পল্টনের দিকে একটা ঘুসি ছুড়ে দিল। আর দেখে পল্টন যেন গোড়া কাটাগাছের মত মেঝেয় লুটিয়ে পড়ছে । তারা এখন এও দেখতে পাচ্ছে শায়িত – পল্টন নীরব নিথর হয়ে গেল তার কোন সাড়া শব্দ আর নেই।

ভীত মুন্নি কাঁপতে কাঁপতে মন্দিরের দরজার দিকে এগিয়ে আসে। আর সে তাঁর বাবাকে সামনে পেয়ে জড়িয়ে ধরে ফুঁপিয়ে কেঁদে ওঠে। মুন্নিকে বাপ দীনানাথ জিজ্ঞাসা করে- শুয়োরটা তোর কোন ক্ষতি করেনি তো মুন্নি? মুন্নি হাত দিয়ে সেই দীর্ঘ দেহী লোকটাকে দেখায়- উনি বাঁচিয়েছে। উনি না থাকলে...। বাকি কথা তার কান্নায় ডুবে যায়।

গ্রামের একজন বলে- পল্টন আর বেঁচে নেই – মরে গেছে।

আর একজন বলে- মাত্তর তো এট্টা ঘুসি মেরেছে।এক ঘুসিতেই মরে গেল!

অন্য একজন বলে- ঘুসি তো এট্টাই-। কিন্ত পড়লো যেন একমোন ওজনের পাথরের মত। মাথার খুলিটা ফটাস করে ফেটে গেল।

এবার আর একজনের কাঁপা কাঁপা গলা শোনা যায় – এইবার আমাদিগের মাথা ফাটবে। পেত্যেকের পেরান যাবে। পল্টন মহিন্দর চৌধুরির ডান হাত। সে কি আমাদিগের ছাড়বে!

-আমরা কী করিছি যে আমাদের মারবে? মারামারি যা করার তা করিছে এরা দুজনায়। দোষ ঘাট যা হয়েছে তা হয়েছে এর। আমরা তার কি জানি?

বলে আগের জন- এরে কেউ চেনো? দেখিছো কেউ কোনদিন দেখেছো এর আগে ভরতপুরে? বাইরের লোক। তা এতো এখন পেলিয়ে যাবে। তখন কে মহিন্দর চৌধুরিকে বোঝাবে যে পল্টনকে আমরা মারিনি, অন্য লোক মেরে চলে গিছে। সে কি তা মানবে?

-না, মোট্টেই মানবে না।

-তালি এখন উপায়?

-উপায় এট্টাই, এরে ধরে সোজা মহিন্দর চৌধুরির কাছে নিয়ে যাওয়া। আর বলা যা করার তা এ করিছে, তোমার যা ইচ্ছা তা এরে করো।

-এরে ধরা! কে ধরতি যাবে? তুই? পল্টনের মত পালোয়ান এক ঘুসিতে পটল তুলিছে। তুই তো এক টোকায় মরে যাবি।

মিন মিন করে বলে আগের জন- আমি একা কেন! আমরা সবাই। লাঠি সোটা নিয়ে সবাই ভিড়লি একা ও কি করতি পারবে?

এতক্ষন সবার কথা শুনে চুপ করেছিল মুন্নির বুড়ো বাপ দীনানাথ। এবার আর চুপ করে থাকতে না পেরে সে বলে- বাহঃ! ধন্যি তোমাগার বিচার! গ্রামের কত মেয়েরে এই শয়তানটা সব্বোনাশ করিছে তারা যখন বাঁচাও বাঁচাও বলে চিৎকার করতো কেউ তাদের বাঁচাতি যাসনি। কারও হাতে এট্টা লাঠি দেখা যায়নি। আর একটু হলে মুন্নির সেই দশা হোতো। মুন্নির মান বেঁচেছে ওই ভিন দেশি লোকটার জন্যি। আরে মুন্নি যদি আমার মেয়ে না হয়ে তোগার কারও বোন মেয়ে হোতো পারতি এই বিচার করতি?

-সে তো বুঝলাম – তা'লে এখন আমরা কি করি! ভয়ে ভয়ে বলে একজন।

-কিছু করতি হবেনে। যা করতি চাচ্ছিলি তা করার চেয়ে না করা অনেক ভালো। কথা হচ্ছে একজন উপকারী মানুষের। তার উপর তোমাগাদের মনে এমন বিরূপ ভাবনা আসে কেন? এই পল্টন সারা ভরতপুরে কী কম অত্যাচার করিছে? কত মেয়ের মান ইজ্জত গেছে তার কী কোন গোনা গাথা আছে? এই যে মেঘা – তোর বোনটা নদীতি জল আনতি গে আর ফিরলনা- লাশ ফিরেছিল। মনে আছে? কেন সে নিজির হাতে নিজির জীবন শেষ করে দিল? পেয়েছিস তার বিচার?

-মনে আছে কাকা সে কথা। কিছুই ভুলি নাই। কান্না জড়ানো গলায় মাথা নত করে বলে মেঘা।

-এতদিন চুপ করেছিলি। কারন কিছু করার শক্তি নাই। আজ এত বছর পড়ে এই পেরথম কেউ একজন অত্যাচারীর মাথায় মোক্ষম আঘাত করার মত সাহস

দেখিয়েছে আমরা যা করতি পারিনি সে করিছে। তারে কোথায় আমরা সবাই মিলে রক্ষা করবো। তা না করে তারেই আমরা...ছিঃছিঃ।

এবার মেধা যেন নিজের চির ভীত সত্তার কন্দর থেকে বাইরে আসে। সাহসী গলায় বলে- এখন কি করতি হবে তাই বলো।

-নদীতি ভরা কোটাল আছে।পল্টনেরে পাথর বেঁধে জলে ডুবিয়ে দাও। আমরা এই কয়জন ছাড়া লাশের খবর আর কেউ জানে না। আর কেউ যেন না জানে। সবাই মুখ বন্ধ করে রাখবে।

-আর এরে কী করার?

-এ যিখেনে যেতি চায় রাত থাকতি থাকতি নিরাপদ সেই জায়গা পর্যন্ত পৌঁছে দিয়ে আসা আমাদের দায়িত্ব আর কর্তব্য।

সেই দীর্ঘকায় যুবা- যার নাম অশান্ত – এতক্ষন পরে কথা বলে সে- আমি এখান থেকে চলে যাবার জন্য আসিনি ভাইসব। অশান্তের কথা শুনে অবাক হয়ে তাঁর মুখের দিকে তাকিয়ে থাকে সবাই-।

মুন্নির বাপ বিস্মিত-! তোমার কথার মানে তো কিছু তো বুঝতি পারলেম না!

-অনেক দূর থেকে অনেক পথ পার হয়ে আমি এখানে সবার সাথে মিলে থেকে যেতে এসেছি। আমি আর কোথাও যাবো না এখানেই থাকবো। যদি মরে যাই আমার শেষ নিঃশ্বাস যেন এই বাতাসে মেশে- এই মাটিতে যেন আমার কবর হয় এটাই আমার একমাত্র কামনা আর আশা।

-কিন্ত কেন! এখানকার মাটি জল বাসাতের উপর কিসের জন্যি তোমার এত টান?

-সেটা আজ আমি বলতে চাইছি না।- বলব তবে আজ নয়।

-এই স্থান তো তোমার পক্ষে এখন বিষম বিপদ সঙ্কুল। কোন ভাবে আজকের কথা ফাঁস হয়ে গেলি তুমি মহিন্দর চৌধুরির রোষ থেকে বাঁচতি পারবে না।

-আমি যে চৌধুরীর গুন্ডাদের হাত থেকে নিজেকে রক্ষা করতে সক্ষম সেই প্রমান তো ইতিমধ্যে দিয়ে দিয়েছি। -এই মাটিতে আমার জন্মগত অধিকার। আমি এই মাটি মায়ের সন্তান। এর বেশি কোন কথা বলা, কোন পরিচয় দেওয়া এই মুহুর্তে আমার পক্ষে সম্ভব হবেনা। তাহলে আমি যে উদ্দেশ্য নিয়ে এখানে এসেছি তা সফল হবেনা। তার সামনে বাঁধার দেওয়াল উঠে যেতে পারে। শুধু এই টুকু বলে রাখি- আমি মহিন্দর চৌধুরির জোর জুলুম

অন্যায় অত্যাচারের অবসান করতে এসেছি। তাঁর প্রত্যেকটা জনবিরোধী কাজের সামনে প্রতিরোধের পাহাড় খাড়া করবো। সেই জন্যই আমি মরনের মুখ থেকে ফিরে এসেছি।

দুঃখিত গলায় বলে দীনানাথ- তোমার কথা শুনে আর কাজ দেখে তোমারে ভরতপুরের আপনজন আর হিতকারী বলেই মনে হচ্ছে। কিন্ত তুমি যতই বলবান হও তোমার একার পক্ষে কাজটা করা খুব কঠিন।

-আমি একা তো নই!আপনি আছেন, আপনার মত যাদের মনুষ্যত্ব এখনও মরে যায়নি, নেশার গোলাম হয়ে যায়নি, আশা করি, দাবী রাখি তারা আমার সাথে নিশ্চয় থাকবেন। কোন রাজা বাদশা জমিদার নয় – সবচেয়ে শক্তিশালী হয় মানুষ।

একটু থেমে আবার বলে অশান্ত- সংঘবদ্ধ সচেতন মানুষ কত রাজপ্রসাদ চুরমার করে দিয়েছে কত অত্যাচারী রাজা বাদশাকে রাজপ্রসাদ থেকে টেনে হিচঁড়ে এনে ফেলে দিয়েছে পথের ধুলায়। ফরাসি দেশের মানুষ সোভিয়েত রাশিয়ার সাধারন মানুষ সেই অসাধ্য সাধন করেছে। সেই তুলনায় মহিন্দর চৌধুরী তো পিঁপড়ের চেয়ে ছোট জীব। মানুষের একটা ফু সহ্য করার ক্ষমতা নেই। আমি সেই মানুষকে জাগাতে চাই। তার নিজের শক্তি কত বোঝাতে চাই। তাদের সংগঠিত করতে চাই। তারপর মহিন্দরকে উৎখাত করতে চাই। সেই কাজে আপনাদের সাথে চাই।

বলে মেঘা- কে থাকবে আর না থাকবে তা জানি না, তবে আমি ভাই তোমার সাথে থাকবো। কথা দিলাম।

মেঘার কথা শেষ হওয়া মাত্র একটা শোরগোল ওঠে- আমি থাকবো, আমিও থাকবো, আমরা সবাই থাকবো।

বলে দীনানাথ- এক দুজন বাদে অঞ্চলের সব মানুষরে সাথে পাবে। গোটা ভরত পুরের মানুষ মহিন্দরের বিনাশ দেখতি চায়। মানুষির বুকে রাগ ক্ষোভ বারুদ হয়ে জমে আছে। কিন্ত তাদের আগিয়ে নেবার,পথ দেখাবার মত কোন নেতা ছিলো না। মানুষ আর কি চায়! চায় দুঃখীর ভাত ঘরে বসে খাতি আর শান্তিতি বাঁচতি। মহিন্দরের মত মানুষ তা থাকতি দেবে না। আগে কত সুখি ছেলাম আমরা! গরিবি ছেলো অভাব ছেল না খাওয়া ছেলো না, অশান্তি ছেলো না। এক মহিন্দর আর তার মদের কারখেনা গোটা এলাকাটারে একেবারে ছিবড়ে বেনিয়ে দেলে। আর কারও মনে সুখ শান্তি নাই। ঘরে ঘরে না খাওয়া – চুরি ছেনতাই মেয়েদের উপর জুলুম সব এত বেড়ে গেছে যে মানুষের বাঁচা দুস্কর হয়ে গিছে।

বলে অশান্ত- এই অবস্থার অবসান চাই। আবার ভরতপুরকে সুন্দর শান্ত অঞ্চলে পরিনত করতে হবে। তাই আগামী অমাবস্যার রাতে উত্তর পাহাড়ের নিচে আমরা সবাই এক সাথে মিলিত হবো। মহল্লার যত যুবক আসতে ইচ্ছুক তাদের একত্র করে তারপর স্থির করবো পরবর্তী কর্ম আর কর্তব্য। যেন মহিন্দর কিছু টের না পায় সবাই খুব গোপনে-সতর্ক ভাবে গ্রামের মানুষকে সচেতন আর সংগঠিত করতে উদ্যোগ নাও। এই সময় এটাই প্রধান কাজ – যতটা পারা যায় নিজেদের শক্তি বৃদ্ধি করা।

বলে দীনানাথ- তা সে যেথায় থাকো যেথায় যাও পেটে দুবেলা দুটো দানা তো দেওয়া লাগবে। তার কি বেবস্তা?

মাথা নাড়ে অশান্ত- তার কোন ব্যবস্থা এখনও হয়নি।

-যখন যা জোগাড় হবে-ভাত জল আমরা যা খাই–এই মন্দিরি আমার মেয়ে মুন্নি এসে তোমারে দুবেলা দিয়ে যাবে। দিন কয়েক এরাম চলুক। তারপর দেখা যাবে-।

২১

অশান্ত চলে গেছে এখান থেকে প্রায় একমাস হয়ে গেছে। কোথায় গেছে কেমন আছে তাঁর কোন খবর পাওয়া যাচ্ছেনা। সেই কারনে বাবা ঠাকুরের মন আজকাল খুব খারাপ। মহুয়াকে ডেকে বলেন তিনি- মনটা ভাল নেই রে! অশান্ত ছেলেটা এতদিন এখানে ছিল হেসে খেলে দিনটা কোথা থেকে কী ভাবে যে কেটে যেত কিছু টেরই পেতাম না। এখন কোথায় আছে আর কী করছে সেই ভেবে আর ভাল লাগছে না।

বাবা ঠাকুর যেন মহুয়ার মনের কথাই বলে ফেলেছেন। তারও কিছু যেন আর ভাল লাগে না। দশদিক শূন্য শূন্য-। মনের মধ্যে যে রামধনুর সাতরঙ পাখা মেলে উড়াল দিয়েছিল তা যেন অকাল বৈশাখীর কালো মেঘে ঢাকা পড়ে গেছে।

বলে সে- এভাবে ওকে একেবারে একা একা চলে যেতে দেওয়া আমাদের ঠিক হয়নি। যদি ওখানে গিয়ে কোন বিপদে পড়ে...! কেউ তো দেখার মত নেই। মা ভাইকে খুঁজে পেয়েছে কি পায়নি তাও বা কে জানে!

চিন্তিত গলায় বলেন বাবা ঠাকুর- মাথাটা কাজ করেনি তাই তখন তো সেটা বুঝে উঠতে পারিনি। মনে হয়েছিল ওর লড়াই ওকেই লড়তে দেওয়া উচিৎ। এখন মনে হচ্ছে একটু ভুল হয়ে গেছে। ওর পাশে পাশে আমাদেরও থাকা উচিৎ ছিল।

আশান্বিত গলায় বলে মহুয়া- তবে চলো না বাবা আমরাও ভরতপুরে যাই!

-যাবি?

-হ্যাঁ বাবা আমাদের যাওয়া উচিৎ। যদি ওর কোন আপদ বিপদ হয় আমরা সাহায্য করতে পারবো।

-সে না হয় গেলাম, কিন্ত ওকে কোথায় খুঁজবো? আর কী ভাবেই বা তাকে অতবড় অঞ্চল থেকে খুঁজে বার করবো? সেটা যেমন আবার সে যদি ওখানে দেখে অসন্তুষ্ট হয়! ওর যে লড়াই তাঁর জয় পরাজয়ের সব কৃতিত্ব ওরই থাকা দরকার। যদি মনে করে আমরা তাঁর অংশভাগী হতে গিয়েছি সেটা ওকে কষ্ট দেবে।

একটু ভেবে বলে মহুয়া- বাবা, আমরা যাবো ছদ্মবেশে। থাকবো লোকালয় থেকে দূরে কোন নদীর কিনারে। আর দূর থেকেই ওর উপর নজর রাখবো। যদি

বুঝি সহায়তার প্রয়োজন আছে তবেই এগিয়ে যাবো। না হলে আর সামনে যাবার দরকার নেই।

-বেশ বলেছিস। কিন্ত কোন ছদ্মবেশে আমরা যাবো?

বলে মহুয়া- যেটা আমাদের মানাবে। আমরা সাপুড়ে সাজবো। গাছ গাছড়া অসুধ নিয়ে গ্রামে গ্রামে ঘুরবো। এই ভাবে চারদিক ঘুরে ঘুরে খোঁজ নেব অশান্তের।

-তা,তাহলে কবে যেতে চাস?

-আমি তো বলি আর দেরী করে কাজ নেই। এমনিতে অনেক দেরী হয়ে গেছে। কালকেই রওনা দেওয়া হোক।

বাবা ঠাকুর তার দুই ভক্ত তাল আর বেতালকে ডেকে বলেন- আমি কিছুদিন এখানে থাকবো না। একটু ভ্রমনে যাবো। আমি যতদিন ফিরে না আসি তোমরা দুইজনে সব দেখে শুনে রাখবে। কোন মানুষের যেন কোন অসুবিধা না হয়।

তাল আর বেতাল এক সাথে বলে- আপনি কোন চিন্তা করবে না। আমরা সব সামলিয়ে নেব। আপনি যান। অনেক বছর কোথাও যান না, একটু সবদিক দেখে আসুন।

২২

থানা থেকে ভরতপুর গ্রামের দুরত্ব প্রায় চল্লিশ পঞ্চাশ মাইল। মুরোম বেছানো সে পথ বড় উবড় খাবড়। জিপে চড়লে লাল ধুলোয় সারাদেহ ঢাকা পড়ে যায়। ঝাঁকুনিতে সারা অঙ্গের হাড় যেন খুলে খুলে যেতে চায়। পারত পক্ষে কোন সরকারী কর্মী এই পথে আসতে চায় না। আজ একান্ত বাধ্য হয়ে দশ বারোজন সেপাই আর একজন অফিসারকে যেতে হচ্ছে এই পথ ধরে ঝাঁকুনি খেতে খেতে। এরা এখানকার ভরতপুর থানায় পোষ্টিং। যাদের সরকারের চেয়ে এখানকার সামন্ত-মহিন্দর চৌধুরির কৃপা করুনা সবচেয়ে বেশি দরকার পড়ে। সরকার বিরূপ হলে মহিন্দর বাঁচিয়ে নেবার ক্ষমতা রাখে। কিন্ত মহিন্দর বিরূপ হলে সরকারও কিছু করতে পারবে না। থানা, বন বিভাগ, ইরিগেশান, যে কোন বিভাগের যে কোন অফিসার এখানে পোষ্টিং হলে আগে চৌধুরি ভিলায় এসে সেলাম ঠুকে যায়।

এখন থানা থেকে একটা জিপ সেই পথে ধুলোর ঝড় তুলে সামনের দিকে এগিয়ে চলেছে। দুটো নালা আর অনেক কটা কাঠের পোল পেরিয়ে- বলা চলে প্রান হাতে করে জিপটা চারজন সেপাই একজন অফিসার নিয়ে এসে পৌছায় মহিন্দর চৌধুরির ভিলার সামনে। ভিলার সদর দরজায় বিশাল লোহার দরজা, যার দু পাশে দুটো সিংহ মুর্তী যা এই ভিলার বাসিন্দাদের প্রভাব প্রতিপত্তি বিত্তের প্রতিক। ভিলার সামনে জিপ থামলে একজন দারোয়ান লোহার বড় দরজা খুলে পথ দেখিয়ে মহিন্দরের বসার ঘরের ভিতর নিয়ে যায় পুলিস অফিসারকে। অফিসারের মাথায় কাচা পাকা চুল, কানে বড় বড় লোম, মোটা ভুরু, মোটা গোঁফ। চোখে রোদ চশমা। বসার ঘরে আগে ভাগে গিয়ে বসে রয়েছে সামন্ত মহিন্দর চৌধুরি।

সে একটা জমি জমা সংক্রান্ত কাগজ দেখছিল। চোখ তুলে অফিসারের দিকে তাকিয়ে রাগত গলায় ঝাঁঝিয়ে ওঠে- আর কতদিন লাগবে আপনাদের পল্টনকে খুঁজে বের করতে? এতদিন হয়ে গেল আজও আপনি তাঁর কোন সন্ধান করে উঠতে পারলেন না! আপনার মত অপদার্থ অফিসারের উপর আর তো আস্থা রাখা যাচ্ছে না। কী করেন সারাদিন? মাইনে নেন আর পড়ে পড়ে ঘুমান?

অফিসার একটা ফাঁকা চেয়ারে বসতে বসতে বলে- দেখুন চৌধুরি বাবু, অযথা আপনি আমার উপর রাগ করছেন। আমরা আমাদের সাধ্য মত সব রকম চেষ্টা করছি। চারদিকে সোর্স লাগিয়ে রেখেছি। তবু যদি তাঁর কোন খোঁজ না পাই কী করতে পারি বলুন! আমার তো মনে হয় পল্টন কোথায় নিজে থেকে চলে গেছে।

আরো ক্ষেপে উঠে বলে মহিন্দর- চলে গেছে! কোথাও নিজে থেকে চলে গেছে? এই বুদ্ধি নিয়ে আপনি থানার ইনচার্য হয়ে বসে আছেন? ওকি কোন সাধু সন্যাসী হয়ে যাবার মত মানুষ নাকি, যে তীর্থ দর্শন করতে যাবে?

-না তা নয় – আমতা আমতা করে অফিসার। কি বলবে কথা খুঁজে পায়না। সত্যি তো একটা জল জ্যান্ত মানুষ একেবারে উধাও হয়ে গেল, যার কোন আতা পাতা নেই। এটা তো একটা চরম ব্যর্থতা।

-কোন তবে কিন্ত নেই। আমার ধারনা নিশ্চয় ওকে কেউ খুন করে দিয়েছে।বলে মহিন্দর।

-তেমন হলে কেউ না কেউ নিশ্চয় দেখতো। অন্ততঃ লাশটা পাওয়া যেত।

অফিসারের দিকে আগুন চোখে তাকিয়ে বলে মহিন্দর- সব লাশ সব সময় পাওয়া যায় না। সব খুনের সব সময় সাক্ষী থাকে না। সব সাক্ষী সব সময় মুখ খোলে না। এটা আপনিও জানেন, আর আমিও জানি। গোটা ভরতপুর জুড়ে দেখতে পাচ্ছেন না কেমন যেন একটা চাপা গুঞ্জন! প্রত্যেকটা মানুষের চোখে মুখে উদ্বেগের ছাপ। এই সব চিহ্ন বলে দিচ্ছে – যেন সবার অলক্ষ্যে কী একটা ষড়যন্ত্র চলছে। আর পথে ঘাটে মাতাল গুলোর কোন হাঁক ডাক চিৎকার চেঁচামিচি নেই। জুয়ার আড্ডায় আগের চেয়ে ভিড় অনেক কমে গেছে। তাস পাশা প্রায় বন্ধ। এসব কিসের লক্ষন? ভালো করে সন্ধান করুন, কোথাও কোন গোলমাল নিশ্চয় আছে। আর এক সপ্তাহ সময় দেব। এর মধ্যে যদি পল্টনের কোন খবর বের করতে না পারেন তার ফল ভোগ করার জন্য প্রস্তত হয়ে থাকুন। ভোপাল পর্যন্ত আমার হাত আছে! আপনাকে সোজা বিহোড়ে বদলি করিয়ে দেব। জানেন তো সেখানে কী হয়? যাবেন হেঁটে ফিরবেন খাটে-।

অফিসারের এখন মরমে মরে যেতে ইচ্ছা করে। একজন পদস্থ সরকারী কর্মী তাকে ধমকে কথা বলছে বলতে গেলে একটা গুন্ডার সর্দার। নেহাত বড় বড় নেতার সাথে হাত আছে, সরকারী দলকে অনেক টাকা চাঁদা দেয় তাই এত রোয়াব ঝাড়তে পারে। না হলে যতগুলো কেস এর নামে চাপানো যায় জীবনে কোনদিন জেলের বাইরে আসতে পারবে না।

অফিসারের সামনে ভদ্রতা করে একজন এক কাপ চা রেখে গেছে- প্লেটে দামী বিস্কুট। কিন্ত তা সে মুখে তুলতে পারছে না। চা যেন বিষের মত ঠেকছে। মাথা নত করে বসে নিজের বুটের সৌন্ধর্য দেখতে থাকে।

সামান্য সময় অতিবাহিত হবার পর বাতাসে ভর করে একটা বিকট শব্দ ভেসে আসে- বাবুউউউউউ...সাহাব। মহিন্দর চৌধুরি সেই শব্দে বিরক্তি প্রকাশ করে ওঠে- কৌন বে -! কে এ রকম গাধার মত চেঁচাচ্ছে!

পল্টনের এক সাগরেদ মালখান- হাঁপাতে হাঁপাতে ছুটে এসে বাহির ঘরের দরজায় দাঁড়িয়ে তোতলায় – সাহাব, পল- টনকে পা- পা- পা-ওয়া গেছে।

-পাওয়া গেছে! মহিন্দর উৎফুল্ল হয়ে ওঠে -ডাক তো জানোয়ারটাকে- কোথায় সে?

-আজ্ঞে নদীতে...। কথা শেষ করতে পারেনা সাগরেদ। খালি হাঁপায়।

-নদীতে সে কী করছে!

-নদীতে ঠিক নয়, নদীর ধারে যে জঙ্গল সে... সেখানে...।

-জঙ্গলে কী করছে পল্টন? উৎকণ্ঠায় মহিন্দরও হাঁপাতে শুরু করে -।

-আজ্ঞে ঠিক জঙ্গলেও নয়, জঙ্গলের পাশে যে বাঁক, সেই বাঁকের কাছে নদীতে...।

-ঠিক করে বল পল্টন কোথায় আর কী করছে?

-ভা-ভাসছে আজ্ঞে। ফু-ফুলে একেবারে ঢোল-। মা-মানে কেউ মেরে নদীতে ফেলে দিয়েছে। শরীরের সাথে দড়ি দিয়ে পাথর বাঁধা ছিল। দড়ি পচে ছিড়ে গিয়ে লাশ ভেসে উঠেছে।কিছুটা মাছে-পোকা মাকড়ে খেয়ে নিলেও এখনও চেনা যাচ্ছে।

-ঠিক দেখেছিস? পল্টন তো?

-সেই খাকি প্যান্ট আর নীল গেঞ্জি গায়ে আছে। গলায় সেই রূপোর তাবিজ...।

চা ঠান্ডা হয়ে গেছে দু চুমুকে তাকে শেষ করে বলে থানাদার- মহিন্দর বাবু আপনি শান্ত হয়ে বসুন। আমি দেখে আসছি গোটা ব্যাপারটা।

মহিন্দর চৌধুরির গলায় একরাশ বেদনা এসে জমা হয়- আর কী দেখবেন!- ঘন্টা? আমার ডান হাত ভেঙ্গে গেছে। পল্টনের মত কাজের লোক হাজার খুঁজেও পাওয়া যাবে না। -যান, গিয়ে খুঁজে দেখুন এটা কার কাজ। তাকে আমি আমার সামনে চাই। জ্যান্ত গায়ের চামড়া ছুলে নিয়ে আগুনে পোড়াবো-। নাহলে পল্টনের আত্মা শান্তি পাবে না।

অফিসার এসে আবার জিপে বসে পড়ে। যে খবর নিয়ে এসেছিল সে পথ দেখিয়ে তাকে নদীর কিনারে যেখানে পল্টনের লাশ পড়ে আছে সেখানে নিয়ে চলে।

২৩

উত্তর পাহাড় ভরতপুর অঞ্চলের উত্তর সীমান্তে অবস্থিত ঘন জঙ্গলের মধ্যে একটা মাঝারি মাপের পাহাড়। এখানেই পুর্বের কথামত এসে জমা হয়েছে অনেক গ্রামবাসী। নবল, রামাধীন, রাজ কিশোর, আরও অনেকজন। যারা কোন না কোন ভাবে সামন্ত মহিন্দর চৌধুরির লোকজন দ্বারা অপমানিত অত্যাচারিত হয়েছে। যারা সামন্তের বাড় বাড়ন্তের অবসান চায়। আর চায় অঞ্চলকে বিষাক্ত করে তোলা মদের কারখানার দরজায় তালা। আগে অঞ্চলটায় খুবই শান্তি সম্প্রীতি বিরাজ করতো। মদের কারনে সে শান্তি আর নেই। মদ্যপ যুবকরা যেমন নেশা করে মারপিট করে – আজকাল আবার মেয়েদের উপর নানা রকম অশালীন আচরন করা শুরু করেছে। অনেক বাড়িতে নেশার টাকা না দেবার জন্য মহিলাদের উপর অত্যাচার চালাচ্ছে মদের গোলাম হয়ে যাওয়া স্বামী। বলতে গেলে মদের কারনে সামাজিক নানাবিধ সমস্যা দেখা দিচ্ছে কিছু বছর ধরে, যা আগে ছিলোনা। নেশার কারনে কেউ কেউ দেনা করেছে আবার সেই দেনা সুদ সহ শোধ করতে না পারায় ঘরের আসবাব পত্র বেচে দিতে বাধ্য হয়েছে। মদের কারখানায় কিছু লোক কাজ পেয়েছে বটে তাদের তেমন উপযুক্ত পারিশ্রমিক মেলেনা কিন্ত তাদের তৈরি বিষাক্ত পানীয় অনেক সংসারে এনে দিচ্ছে অভাব অনটন। নেশাগ্রস্ত মানুষ আর তেমন শ্রমের কাজ করতে পারছে না।

মুলুকচাঁদ কেডিয়া মহাধুর্ত সে অন্য জায়গার তুলনায় গোটা ভরতপুরে সস্তায় মদ বিক্রি করে। কয়েকটা ঠেক বানিয়ে রেখেছে এখানকার মানুষকে মদ্যপ বানাবার জন্য।

অঞ্চলের বিবিধ খবর নিয়ে আজকের সভায় উপস্থিত মেঘার কাছে জানতে চায় অশান্ত- বলো দেখি মেঘা আজকের নতুন খবর কী?

বলে মেঘা- আজকের খবর এই পল্টনের লাশ পাবার পর পুলিস আর মহিন্দরের লোকজন মিলে গ্রাম তছনছ করছে। যাকে তাদের সন্দেহ হচ্ছে ধরে নিয়ে গিয়ে বেধরক মারছে। মেরে- কে পল্টনকে মেরেছে তার নাম জানতে চাইছে।

তারা কেউ কিছু করেনি আমার জন্য নিরীহ নির্দোষ গরীব গ্রামবাসী সামন্তের অমানবিক অত্যাচারের শিকার হচ্ছে এটা জেনে অশান্তের অন্তরমন পোড়ে৷ বুকের মধ্যে একটা ভয়ংকর প্রতিশোধী আগুন দাউ দাউ করে ওঠে৷ রাগে সে হাওয়ার গলা মুচড়ে দিয়ে বলে – এই অত্যাচার চলতে দেওয়া যাবে না৷ একটা কিছু শীঘ্রই করতে হবে৷

বলে মেঘা- ওরা অনেকজন- তা ছাড়া সবাই সশস্ত্র৷ আমরা কী করে ওদের সাথে এটে উঠতে পারবো!

বলে অশান্ত- হ্যাঁ অস্ত্রের মুকাবিলা করতে হলে আমাদেরও হাতে অস্ত্র চাই৷ অস্ত্র ছাড়া অস্ত্রের মুকাবিলা করা অসম্ভব৷

-আমরা অস্ত্র কোথায় পাবো? গোপনে অবশ্য কেনা যায়৷ কিন্ত তাঁর এক একটার অনেক দাম৷ আমাদের পেটে ভাত নেই গায়ে জামা নেই৷ অত টাকা আমরা কোথা থেকে যোগাড় করবো?

একটু থেমে বলে অশান্ত- আমাদের টাকা নেই তাই কিনে নেবার কোন কথা নেই৷ আমরা কেড়ে নেব৷ চোরাই পথে কেনা প্রচুর অস্ত্র আছে মহিন্দর চৌধুরির গোপন অস্ত্র ভাণ্ডারে৷ লুঠ করতে হবে সেই অস্ত্রাগার৷ এরজন্য একদল সাহসী ছেলে চাই৷

-আমি অঞ্চলে অঞ্চলে ঘুরে কথা বলে প্রচুর ছেলে যোগাড় করেছি৷ ছেলের কোন কম নেই৷ তারা তোমার ডাক পাবার জন্য সবাই তৈরি হয়ে বসে আছে৷ কবে তাদের নিয়ে আসবো বল?

-বেশ তেমন যদি হয় তবে দিন কয়েকের মধ্যেই তাদের ডেকে নেব৷ আর কীভাবে কী করতে হবে তা বুঝিয়ে বলবো৷ তবে তার আগে আর একটা কাজ করতে হবে – সঠিক অনুসন্ধানই হচ্ছে একটা সফল আক্রমনের প্রান৷ আমি তাই সঠিক খবরা খবর চাইছি৷ অস্ত্রাগার পাহারায় কতজন থাকে৷ কখন আক্রমন করা উচিত হবে৷ এই সব খুঁটিনাটি সব-৷ আমাদের মধ্যে কেউ কী আছে যে সব খবর সংগ্রহ করে আনতে পারবে?

দীনানাথ বুড়ো বলে- আমি তোমারে এখনি কিছু খবর দিয়ে দিতি পারি৷ অনেকদিন ধরে দেখিছি রাতভর সারা ভিলা পাহারায় জন দশেক থাকে৷ তবে আমি যতদূর বুঝি-ভিলায় রক্ষাকালী পুজার সময় আসতেছে-৷ মহিন্দর এই সময় খুব ধুমধামে কালী পুজা দেবে৷ সেই পুজার রাত আমাগার পক্ষে মোক্ষম সময় হতি পারে৷ সেদিন সব থাকবে এলোমেলো – অসাবধান৷ সব পাহারাদার মদের

নেশায় মত্ত হয়ে যাবে। সবাই মন্ডপে মোষ বলি দেখার জন্যি গে ভিড় জমাবে। অস্ত্র ভান্ডারের দিকে কারও তেমন নজর থাকবে না। সেই ফাঁকে আমরা হানা দিতি পারলিই সহজে কাজ হাসিল হয়ে যাতি পারে।

অশান্ত দীনানাথের দিকে তাকিয়ে জিজ্ঞাসা করে- আচ্ছা কাকা একটা কথা বলতে পারো, ওখানে কতগুলো বন্দুক রাখা আছে?

-তা একনলা দোনলা মিলিয়ে খান আট দশ তো হবেই।

আশান্বিত গলায় বলে অশান্ত- যে করে হোক ওই অস্ত্র আমাদের চাই। দশখানা অস্ত্র হাতে পেলে আমাদের শক্তি দশগুন বেড়ে যাবে। আর দশগুন দুর্বল হয়ে যাবে মহিন্দর চৌধুরি। কটা পোষা লেঠেল আর খান কয়েক বন্দুক এই তো তাঁর শক্তির উৎস। সাপের শক্তি বিষে- সেই বিষ যদি কমিয়ে দেওয়া যায় আর তাঁর ফোঁস ফোঁস করা ছাড়া কিছু করার ক্ষমতা থাকবে না। -তাহলে এই স্থির করা রইল আগামী কালী পুজার রাত হবে আমাদের আক্রমন। তবে তার আগে বাছাই করা জনাকুড়ি ছেলে আমার চাই। তাদের কিছু- ওকে কি বলে-! প্রশিক্ষন দেওয়া দরকার। কার কী কাজ তা খুব ভালোভাবে বুঝিয়ে দিতে হবে। সুষ্ঠ পরিকল্পনা না করে নিলে তীরে গিয়ে তরী ডুবে যায়। মেঘা তুমি কবে ওদের এখানে নিয়ে আসতে পারবে?

-তুমি বললি কালই আনতি পারি।

-কাল তো পুর্নিমা -। আসতে কোন অসুবিধা হবে না। কাল তবে নিয়ে এসো। আর যেন এক সাথে সবাই না আসে। দুজন দুজন করে ঘর থেকে বের হয়ে নানা পথ ঘুরে সন্ধ্যা ঘনালে সবাই এখানে এসে জমা হোক। তারপর বাকি যা সে সব পরে আলোচনা হবে-।

২৪

ঘরের মধ্যে বসে দুর্গা রোজ যেমন সায়া ব্লাউজ সেলাই করে সেদিনও তাই করছিল।তখন সামনে ছিল গনপতি পুজা – যা হিন্দু ধর্মের মানুষের কাছে সবচেয়ে বড় বাৎসরিক উৎসব। এই সময় যে যত গরীব হোক মানুষ একটা নতুন জামা কাপড় পড়তে চায় তাই খুব কেনে। দুর্গা যে সব সায়া ব্লাউজ সেলাই করে তা গরীব মানুষেরই বস্ত্র। ধনী বিত্তবানরা এসব ছুয়েও দেখবেনা। দুর্গার মহাজনের কাছ থেকে এইসব মাল নিয়ে গিয়ে হকার ফেরিওয়ালারা সাইকেলের পিছনে পোটলা বেঁধে পাড়ায় পাড়ায় ঘুরে ঘুরে বিক্রি করে। মহাজন তাই কদিন আগে বেশ বড় রকম একটা অর্ডার দিয়েছে। দিনরাত এক করে দুর্গা মেসিন চালাচ্ছে। এই মাসে অনেকগুলো টাকা পাওয়ার সম্ভাবনা দেখা যাচ্ছে। ঠিক এই সময় দরজার বাইরে শোনা গেল প্রশান্তের উৎফুল্ল গলার আওয়াজ- ও মা, মাগো – কোথায় তুমি? গলায় যেন তার থৈ থৈ করছে আনন্দের মহাসাগর। ঘরে ঢুকেই সে দুর্গাকে আবেগে জড়িয়ে ধরে বলে- এতদিনে তোমার আশা পুর্ন হয়েছে মা। তোমার এতদিনের এত কষ্ট সফল-। আমি ফাষ্ট ডিভিশনে পাশ করেছি।

প্রশান্ত ভেবেছিল তার এই সাফল্যের সংবাদে মা খুব উৎফুল্ল হয়ে উঠবে কিন্ত তার মুখের আঁকিবুঁকিতে তেমন কোন চিহ্ন ফুটে উঠলনা। বলে সে- পড়াশোনার পরীক্ষায় পাশ- কিন্ত তার চেয়ে বড় যে পরীক্ষা, সেই জীবনের পরীক্ষা তুমি এখনও দাওনি। এই পরীক্ষায় পাশ এটা আমার কাছে তেমন বড় কিছু নয়। যে পরীক্ষায় উত্তীর্ন হবার জন্য তিলে তিলে আমি তোমাকে তৈরী করেছি – যে পরীক্ষায় জয়যুক্ত দেখবার জন্য আমি আমার মায়ের মমতাকে কাঠিন্যের আবরন দিয়ে ঢেকে রেখেছি আমি তোমাকে সেই পরীক্ষায় যেদিন জয়যুক্ত হতে দেখবো সেদিন জগতে আমার চেয়ে আর কেউ সুখি থাকবেনা।

-সে কোন পরীক্ষা!

-তা আমি তোমাকে এখন বলতে পারবো না। বলাটা সঠিক হবে না। তবে আজ না হয় কাল সেটা তুমি জানতে পারবে। আমিই তোমাকে বলবো।

মায়ের মুখের দিকে বিস্মিত চোখে তাকিয়ে থাকে প্রশান্ত। চিরচেনা স্নেহশীলা মাকে তার মাঝে মাঝে ভীষন অচেনা আর রহস্যময় দ্বীপের মত মনে হয়। তাই এখন বলে সে- কী যে তুমি বলতে চাইছো, তোমার কথা আমি সব সময় বুঝতে পারিনা মা।

প্রশান্তের দিকে না তাকিয়ে যেন অন্য কোন এক জগতে পদচারনা করতে করতে বলে দুর্গা- সব কিছু সব সময় জানা বোঝা যায়না বাপ। কী বলছি আর কেন বলছি সময় তোমাকে সব কিছু বুঝিয়ে দেবে। তোমার দুর্বোধ্য মাকে তখন তোমার জানতে বুঝতে আর কোন অসুবিধা হবে না। আর তার মনে হয় খুব বেশি বাকিও নেই। আজকের পরীক্ষা দিয়ে তুমি সেদিকেই এক পা এগিয়ে গেছো।

দুর্গা মেশিন চালনা বন্ধ করে রেখে উঠে গিয়ে প্রশান্তের জন্য গাঁজরের হালুয়া নিয়ে আসে। যা সে বানিয়ে রেখেছিল প্রশান্ত রেজাল্ট জানতে যাবার পরেই। আর কেউ না জানুক দুর্গার মন জানতো- তার প্রশান্ত পাশ তো করবেই। তবে একেবারে ফাষ্ট ডিভিশনে এতটা তার আশা ছিলোনা। তেমন কোন ভালো টিউশানি মাষ্টার দেওয়া যায়নি – বই পত্র যোগাড় করেছে – বলা চলে চেয়ে চিন্তে। সবদিন তেমন ভালো ভাবে খেতেও দিতে পারেনি। কোনদিন সামান্য ডাল রুটি তো কোনদিন সেদ্ধ ভাত। গাড়ি ভাড়ার অভাবে অনেকদিন হেটেই যেতে হয়েছে কলেজে। পরে অবশ্য সে টিউশানি করে একটা সাইকেল কিনতে পেরেছে। তবু যে আজ এত ভালো রেজাল্ট করতে পেরেছে- তা পেরেছে প্রশান্তের নিজস্ব অক্লান্ত চেষ্টায়। আজ এখানে প্রশান্তের ভীমা মামা থাকলে খুব খুশি হোতো। কিন্ত সে একটা লম্বা ট্রিপ নিয়ে মাদুরাই গেছে। যেদিন ফিরবে প্রশান্তের পাশ করার খবরে সে আনন্দিত হবে দুর্গার চাইতেও বেশি।

প্রশান্ত যে খুব ভালো রেজাল্ট করতে পেরেছে সে কথা কয়েকদিন পরে পুলিস অফিসার অনিল কুমার শ্রীবাস্তব জানতে পেরে যান। শহরের এক নামী পত্রিকা এই সংবাদ বেশ বড় করেই এই প্রকাশ করে। সেই অগ্নিকান্ড ঘটে যাবার সময়ে প্রশান্তের যে পরোপকারী আর দুঃসাহসিক ভুমিকা ছিল তা ওই পত্রিকার মাধ্যমেই শহরবাসী জানতে পেরেছিল। এবার তারাই প্রশান্তের ছবি ও পুর্ব ঘটনার উল্লেখ সহ পরিবেশন করেছে- এক দরিদ্র মায়ের সন্তান কী ভাবে কত অসম লড়াইয়ের মধ্য দিয়ে আজ সাফল্যের চুড়ায় আরোহন করতে সক্ষম হয়েছে। পত্রিকা পাঠের পরই অনিল কুমার স্থির করে ফেলেন তাকে এখন কী করতে

হবে৷ তাই তিনি সোজা জিপে সওয়ার হয়ে পৌছে যান সেই বস্তিতে যেখানে প্রশান্ত থাকে৷

আজ শনিবার সন্ধ্যা তাই প্রশান্ত কোথাও যায়নি৷ ঘরেই ছিল – সে জিপের আওয়াজ শুনে ঘরের বাইরে বের হয়ে এসে পুলিস অনিল কুমারকে দেখে দারুন উৎসাহে বলে- আসুন, আসুন কাকা বাবু৷ আমার মন বলছিল আপনি আসবেন৷ তবে আজই আসবেন তা ভাবিনি৷

জিপ থেকে নামতে নামতে বলেন অফিসার- পেপারে তোমার নাম ছবি দেখলাম, আর অলকার মুখেও তোমার সব খবর জানলাম৷ তাই অভিন্দন জানাতে চলে এলাম৷ তোমার মা কই? তাকে ডাকো৷ তোমার সাফল্যের জন্য আসল অভিন্দনের হকদার তো দুর্গা বহিন৷

প্রশান্ত অনিল কুমারকে বসার জন্য জায়গা এগিয়ে দেয়- বসুন কাকা বাবু, আমি মাকে ডেকে আনছি৷ দুর্গা পাশের বাসায় তাদের কয়রকটা ছেড়া জামা সেলাই করে দিয়ে আসতে গিয়েছিল৷ সেখান থেকে প্রশান্ত গিয়ে দুর্গাকে দ্রুত গিয়ে ডেকে আনে – দেখে যাও মা কে এসেছে আমাদের বাসায়! পুত্রের দিকে না তাকিয়ে বলে দুর্গা- আমি জানি কে এসেছে৷পিছন দরজা দিয়ে ঘরে ঢুকে সে তার ময়লা আর ছিন্ন পরিধেয় কাপড়টা বদলে একটা পরিচ্ছন্ন কাপড় পড়ে অফিসারের সামনে এসে বলে – দাদা একটু চা খাবেন?

মাথা নেড়ে বলে অফিসার – না না এই সময়ে তোমাকে আর চায়ের ঝামেলা করতে হবে না৷ আমি চা খেয়েই এসেছি৷ তার চেয়ে প্রশান্তের সাথে একটু গল্প করি৷ তুমিও এখানে থাকো৷ গল্পটা তোমারও শোনা উচিৎ৷

একটু বিরতি দিয়ে চোখে মুখে রহস্যময় হাসির ঢেউ তুলে প্রশান্তের দিকে তাকিয়ে আবার বলেন অফিসার অনিল কুমার – পড়া শোনা তো একটা পর্যায় পর্যন্ত হল এবার কী করবে প্রশান্ত?

প্রশান্তের পক্ষ থেকে যে জবাব হওয়া ন্যায় সঙ্গত সেটাই দেয় সে- এবার একটা চাকরি বাকরি খুঁজতে হবে৷ অনেক কষ্ট করে মা আমাকে বড় করেছে – লেখা পড়া শিখিয়েছে৷ তাকে এবার বিশ্রাম দিতে হবে৷

প্রশান্তের জবাবে সন্তষ্ট হন অফিসার- আমি জানতাম তুমি এটাই বলবে৷ এটাই তোমার ভাবনা হওয়া স্বাভাবিক৷ তা তুমি ঠিক কী ধরনের চাকরি পাবার আশা করো? আজকাল জানো তো চাকরির বাজারে অসম্ভব প্রতিযোগিতা৷ খুব সহজে কোথাও কোন চাকরি পাবার সুযোগ নেই৷ রাজনৈতিক প্রভাবশালী বড়

কোন দাদা মামা থাকতে হবে, না হলে ঘুষ দেবার ক্ষমতা থাকা দরকার। তবে তুমি যদি পুলিস বিভাগে আসতে চাও চাকরি পাবার ক্ষেত্রে আমি তোমাকে কিছু সাহায্য করতে পারবো। আমার মনে হয়- তোমার মত শিক্ষিত সাহসী যুবাদের এই বিভাগেই আসা দরকার। এখানে নিষ্ঠা সহকারে কাজ করলে পদোন্নতির প্রচুর সম্ভাবনা রয়েছে-। এই আমাকে দেখো না,এক মফঃস্বল শহরের সাব ইন্সপেক্টার থেকে শুরু করে তিরিশ বছরে কমিশনার হয়ে রিটায়ার্ড করতে চলেছি। তবে তার জন্য ডিউটির সাথে সাথে পড়াশোনাটাও চালিয়ে যেতে হয়েছে। সে যাক- ওটা একটা দিক তবে চাইলে এই চাকরি থেকে সমাজের জন্য অনেক কাজ করা যায় যাতে মানসিক শান্তি পাওয়া যায়। এটা সব চেয়ে বড় দিক। দুষ্টের দমন আর শিষ্টের পালন – যেটা অন্য কোন চাকরিতে পাওয়া যাবে না। আমার যা করার ক্ষমতা আছে – আর তোমার যা করা উচিৎ বলে আমার মনে হয়েছে- দুটোই বললাম। এবার তুমি ভেবে দেখতে পারো!

দুর্গার দিকে তাকিয়ে আবার বলে অফিসার- তোমার কী ইচ্ছা দুর্গা বহিন? অফিসারে কথা শেষ হওয়া মাত্র প্রশান্ত তার মায়ের দিকে গভীর অনুসন্ধিৎসা নিয়ে তাকিয়ে থাকে। কি জবাব তার দিক থেকে আসে –শোনবার জন্য প্রতিক্ষা করে।

ধীর গম্ভীর গলায় বলে দুর্গা- আমারও ইচ্ছা তুমি পুলিস বিভাগে চাকরি নাও।

এই প্রদেশ দেশের বক্ষস্থলে অবস্থিত অধিকাংশ আদিবাসী মানুষের বাস ভুমি, অরন্য পাহাড় ঘেরা অনুন্নত দুর্গম এই প্রদেশ – এখানকার খনি খাদান- যে খাদানে রয়েছে লোহা, তামা, ডিলিমাইট, বক্সাইট, আরো নানা খনিজ সম্পদ- এখানকার অরন্যে রয়েছে শাল সেগুন বীজা আর চন্দন গাছের মত মুল্যবান বৃক্ষ সম্ভার। যার দখল নিতে গড়ে উঠেছে নানান হিংস্র মাফিয়া গোষ্ঠি,যাদের নিজেদের মধ্যে মাঝে মাঝে গুলির লড়াই চলে-খুব খুন খারাবি হয়। প্রদেশের একটা অঞ্চল – যেখানে বলা চলে পুরোপুরি ডাকাতের রাজত্ব। মানুষের মুখে মুখে এমন প্রবাদ চালু হয়ে গেছে যে–ওখানকার নদীর জল যে খায়, ওখানকার গাছের ফল-ওখানকার জমির ফসল যে খায় তার এমন গুন যে মানুষকে ডাকাত বানিয়ে দেয়। প্রদেশের কিছু অঞ্চল এমন আছে যেখানে একটি উগ্র রাজনৈতিক দল সরাসরি মানুষকে সংগঠিত করে রাষ্ট্র ব্যবস্থার উপরই আঘাত হানতে শুরু করেছে। থানা চৌকি আক্রমন – বন্দুক ছিনতাই এসব তাদের রাজনৈতিক কার্যক্রম। ফলে সবটা মিলিয়ে এই প্রদেশের আইন শৃংখলার পরিস্থিতি মোটেই

ভালো নয়। পুলিসের চাকরি মোটেই নিরাপদ চাকরি নয়। এটা দুর্গা খানিক যে না জানে তেমন নয়।

অলকার বাবা পুলিসের বড় অফিসার, সে তার বাবার চাকরি- জীবন নিয়ে যে চিন্তিত হবে সেটা অতি স্বাভাবিক। এ এমন একটা চাকরি – যেন সার্কাসের তারের উপর দিয়ে হেঁটে যেতে হবে। যে কোন মুহুর্তে পা পিছলে গিয়ে খাঁদে পড়ে হাড়গোড়- ভেঙ্গে যেতে পারে। প্রান চলে যেতে পারে। আর অলকার সাথে দেখা কথাবার্তা হবার কারনে যেমন – তেমন পত্র পত্রিকা পড়বার কারনে প্রশান্ত যা জেনেছে তা মাঝে মাঝে দুর্গাকে বলেছে। তাই তার ধারনা ছিল আর যাই হোক মা আমাকে পুলিসের চাকরি করতে দিতে চাইবে না। কিন্ত প্রশান্তকে অবাক করে দিয়ে দৃঢ় গলায় এখন যে বলে ওঠে দুর্গা- আমারও ইচ্ছা তুমি পুলিস বিভাগে চাকরি নাও। এতে প্রশান্ত কিছু অবাক হয়। শুনতে পায় সে – মা বলছে, যারা সমাজে দুর্বল অসহায় তাদের রক্ষা করো। আমি তোমাকে এই চাকরি করবার জন্য অনুমতি দিচ্ছি।আজ দাদা নিজেই এসে তোমাকে এই চাকরি নেবার জন্য বলছেন, উনি না বললে হয়তো আমাকে ওনার কাছে এই চাকরি চাইতে যেতে হত।

হেসে বলেন অনিল কুমার- দুর্গা বহিন – একদিন তুমি কী বলেছিলে মনে আছে?

-কি দাদা?

-বলেছিলে- কিছু চাইবার ধৃষ্টতা দেখাবার আগে পাবার যোগ্যতা অর্জন করতে হয়- না হলে প্রাপ্তিটা ধরে রাখা যায় না। প্রশান্ত যোগ্য হয়ে উঠুক তখনও যদি আপনার দেবার মত মন মানসিকতা থাকে- নিশ্চয় চেয়ে নেব। আমি সেই দিনই বুঝে গিয়েছিলাম তুমি ওকে কোন কাজের উপযুক্ত করে গড়ে তুলতে চাইছো। আর আমি সেই দিনই মন স্থির করে রেখে ছিলাম যে প্রশান্তকে আমি একটা পুলিসের চাকরি দেব। কোন যোগ্য কাউকে ওটা দেওয়া আমার পক্ষে কোন কঠিন কাজ নয়। তবে হ্যাঁ তাকে অবশ্যই যোগ্য হতে হবে। প্রশান্ত তা হতে পেরেছে।

একটু থেমে এবার খুশি গলায় বলেন অফিসার-তাহলে এবার এক কাপ চা খাওয়া যেতে পারে। দুর্গা বহিন – চায়ে চিনি কম দিও।

দুর্গা চা বানাতে চলে গেলে প্রশান্তকে বলেন তিনি- দেরী করার দরকার নেই, আগামী সপ্তাহের যে কোনদিন তুমি আমার অফিসে চলে এসো। যা যা ব্যবস্থা করবার সে আমি করে রেখে দেব। ধরে নাও চাকরি তোমার হয়েই গেছে। এখন

কোথায় তোমাকে পোষ্টিং দেব সেটাই আমার ভাবনার বিষয়। আপাততঃ চারটে থানার পোষ্ট খালি আছে। তার যে কোন একটায় দিতে পারবো।

কথা শেষ করে অফিসার জানলা দিয়ে বাইরের দিকে তাকিয়ে চিন্তার গভীর সমুদ্রে ডুবে যান। নরসিংহ পুর – ওটা দুর্ধর্ষ ডাকাত চানু সিংহের এলাকা। চন্দন তস্কর বীর সিং সেও চাইছে আধিপত্য বিস্তার করতে। দুই দলে নিত্য গুলির লড়াই চলে। 'নীবার মাড়'সেখানে রাষ্ট্র বিরোধী শক্তির একটা বড় ঘাটি। তারা ঠিকাদার মাফিয়াদের উপর যেমন- মাঝে মাঝে থানা চৌকির উপরও হামলা করে দেয়। এর পিছনে দুটো কারন থাকে- একটা তো অস্ত্র লুঠ আর একটা পুলিস বিভাগকে ভীত সন্ত্রস্ত করে দেওয়া। অন্য যে থানার একটা পোষ্ট খালি রয়েছে সেটা- ভরতপুর। যেখানে কিছু নব্য আইন ভঙ্গকারী দলের জন্ম হয়েছে। তাদের মাত্র এক সুত্রীয় কার্যক্রম। যারা সেখানকার সামন্ত মহিন্দর চৌধুরীর সম্মান সম্পত্তির উপর নিরবিচ্ছিন্ন হামলা চালিয়ে যাচ্ছে। যার ফলে আইন শৃঙ্খলার চরম অবনতি ঘটে চলেছে। শান্তি ব্যবস্থা সম্পুর্ন নষ্ট হয়ে গেছে। যে অফিসার ওখানে বর্তমানে পদস্থ তাকে বদলি করে দিতে হবে। লোকটা সম্পুর্ন অযোগ্য। বারবার মহিন্দর চৌধুরী সে কথা বলছেন- একে সরিয়ে যোগ্য কাউকে পাঠান। প্রদেশের মুখ্যমন্ত্রীর ও সেই ইচ্ছা।

সবচেয়ে শান্ত আর নিরাপদ হচ্ছে ভানপুর। শহর থেকে মাইল কুড়ি দূরে – ওখানে কোন সমস্যা তেমন একটা নেই। সাধারন কিছু চাষি বাসি নিরীহ মানুষের বাস। তারা কারও সাতে পাচে থাকেনা। ওই সামান্য জমি জায়গা নিয়ে ঝগড়া, সামান্য মদ খেয়ে মারপিট। নবীন প্রশান্তের পক্ষে ওটাই হতে পারে সবচেয়ে আরামদায়ক জায়গা।

চা বানিয়ে দুর্গা ফিরে এলে তার কাছে বলে অফিসার- আমার হাতে চারটে থানা আছে। আপাততঃ তার যে কোন একটায় প্রশান্তকে ছয় মাস ট্রেনিংয়ের পর বহাল করা যাবে। একটা নরসিংহ পুর, সেটা বিদর্ভ অঞ্চলে-। ওখানে ওকে পাঠানো ঠিক নয়। অন্যটা ভরতপুর সেটা-! তৃতীয় চতুর্থটার নাম বলার আগেই বলে ওঠে দুর্গা – দাদা আপনি প্রশান্তকে ভরতপুরেই বহাল করার ব্যবস্থা করে দিন।

-জায়গাটা অস্বাস্থ্যকর। আধুনিক কোন সুখ সুবিধা ওখানে নেই। শহর থেকে অনেক দূর আর পাহাড় জঙ্গল দিয়ে ঘেরা-।

-তা হোক, ওকে আপনি ওখানেই পাঠান।

চিন্তিত গলায় বলে অফিসার- দুর্গা বহিন তুমি জানোনা, ভরতপুর খুব খারাপ জায়গা।

-হোক খারাপ। তবু আপনি ওকে ভরতপুরে পাঠাবেন।

-কেন তুমি ওকে ওখানে পাঠাবার জন্য জেদ করছো আমার মাথায় আসছেনা! ওখানে আইনের শাসন বলে কিছু নেই। জোর যার মুলুক তার – এই নিয়ম ওই অঞ্চলে বহু বছর ধরে চলে আসছে। এমন জায়গায় সদ্য চাকরি পাওয়া প্রশান্তকে পাঠাতে আমার ইচ্ছা নেই।

দুর্গার মুখের বলিরেখায় কাঠিন্য ফুটে ওঠে-। ধীর কিন্ত দৃঢ় গলায় বলে সে- যেখানে আইনের শাসন নেই, সেখানে আইনের শাসন প্রতিষ্ঠা করা – নিজের যোগ্যতা প্রমান দেবার এরচেয়ে উপযুক্ত স্থান আর কোথায় হতে পারে দাদা? আমি চাই প্রশান্ত কঠিন পরিস্থিতির মুকাবিলা করুক। সহজ সাফল্যের পিছনে না দৌড়ে বিপদের সামনে দাঁড়াক আর বিপন্নের সহায়তা করুক।

আত্মসমর্পনের মত বলে অফিসার- বেশ! তুমি যখন চাইছো তখন তাই হবে। যদিও প্রশান্ত তোমারই ছেলে, তার ভালো মন্দ নিয়ে তোমার মতামতই চুড়ান্ত। তবে ওকে নিয়ে আমারও কিছু নিজস্ব ভাবনা চিন্তা ছিল।

-কি চিন্তা?

-ভেবেছিলাম ওকে কাছে পিঠে কোথাও রাখবো। ভানপুর এখান থেকে মাইল কুড়ি দূরে-। সেখানে বছরখানেক রেখে তারপর শহরের কোন থানায় আমাদের কাছাকাছি নিয়ে আসবো। অলকারও ইচ্ছা ওঁকে আমাদের কাছে কাছে রাখা।

দুর্গা অলকাকে জানে। প্রশান্তের সঙ্গে এক কলেজে পড়ে। অনিল কুমারের মেয়ে। তবু নরম গলায় বলে দুর্গা- দাদা আমাকে ভুল বুঝবেন না। প্রশান্ত যেমন আমার ছেলে তেমন আপনারও-। আপনি নিশ্চয় ওর ভালোর জন্য ভেবে এটা বলছেন। কিন্ত দাদা এতগুলো বছর আমার প্রতিটা পদক্ষেপ বহু কষ্টে আমি এগিয়ে দিয়েছি একটা নিশ্চিন্ত গন্তব্যের দিকে-। আজ মনে হচ্ছে সেই গন্তব্যে পৌছে যাবার সময় সন্নিকটে আসছে। সামান্য কষ্ট সহিষ্ণুতার কথা ভেবে আজ যদি আমি তা থেকে সরে আসি তাহলে ফেলে আসা দিনের সব সমস্ত সংকল্প- প্রচেষ্টা ব্যর্থ হয়ে রয়ে যাবে দাদা। সেই যে বলে তীরে এসে তরী ডোবা – আমার তাই হয়ে যাবে। জীবনটাই অর্থহীন আর অনাবশ্যক বলে মনে হবে। এটা শুধু আমার একার নয় – প্রশান্তেরও তাই হবে। ওকে আমি আজও কিছু বলিনি। যেদিন

সে জানতে পারবে আমার সিদ্ধান্তের কারনে তার এক হেয় জীবন ধারন করে রাখতে আর বহন করতে হচ্ছে-সেও আমাকে দোষারোপ করবে।

কিছুক্ষন গুম মেরে থেকে বলে অফিসার- আমি ঠিক জানিনা তোমার জীবনে কি কি ঘটেছে। কোন লক্ষ্য নিয়ে তুমি আগাচ্ছো। তবে আমাকে যদি বিশ্বস্ত বলে মনে করো তাহলে সব খোলাখুলি আলোচনা করে নিতে পারো। আমার মনে হয় তেমনটা করলে সব ভুল বোঝাবুঝির অবসান হতে পারে। আর আমরা পরস্পরের সহায়ক হতে পারি।

বলে দুর্গা- বলবো দাদা। কিছু গোপন করবো না। আপনাকে সব জানাবো। তবে আজ নয়। আর কিছুদিন পরে-।

অফিসার কী ভেবে যেন বলেন- বেশ। যখন তোমার সময় হবে, আমাকে বলা উপযুক্ত মনে করবে তখই বলো। প্রশান্তের দিকে তাকিয়ে বলে- তাহলে ওই কথাই রইলো- সামনের সপ্তাহের যে কোন দিন-! আচ্ছা তাহলে আজ আমি চলি।

অফিসার তার জিপে উঠে বসলে লাল লাল ধুলোর ঝড় তুলে জিপটা যে পথে এসেছিল সেই পথে ফিরে চলে যায়। চলে যাবার আগে রেখে যায় কিছু আশা সম্ভাবনা আর দুর্গার বুকে কিছু উত্তাপ।

এবার প্রশান্ত তার মায়ের দিকে তাকিয়ে বলে- মা আমাকে তোমার কি কিছু বলার আছে?

-আছে!

-তাহলে বলো।

চোখের মনিতে যেন দুর্গার ধক ধক করছে কোন সর্বনাশা আগুনের স্ফুলিঙ্গ। বলে সে- দাদা যখন কথা দিয়েছে চাকরি তুমি পেয়েই যাবে। কিন্ত সব সময় এটা মনে রেখে দিও- অন্যায়কারী বিত্ত বৈভবে – শক্তি সামর্থে যতই প্রভাবশালী হোক না কেন তুমি তাকে ভয় পাবেনা। অত্যাচারী সে যে হোক –তোমার ন্যায় বিচার থেকে যেন কোন ক্ষমা না পায়। আর যত দীন হীন দুর্বল দরিদ্র তোমার কাছে যেন নির্ভয়ে অভিযোগ জানাতে আসতে পারে। কর্মস্থলে যেন মায়ের এই বাক্যটা প্রতি মুহূর্তে মনে থাকে।

-মনে থাকবে।

-কোন ভয়ের সামনে তুমি নত হবে না। কোন প্রলোভনের সামনে তুমি তোমার আদর্শকে বন্ধক রাখবে না। মাথা উঁচু আর শিরদ্বারা সোজা রাখবে।

-রাখবো। আর কিছু বলবে?

-না, আর কিছু বলার নেই।

-নেই! বিস্মিত গলায় বলে প্রশান্ত- কে আমার বাবার হত্যাকারী তার নামটা কি আজও বলবে না!

প্রশান্তের কথায় চমকে ওঠে দুর্গা- আমি তো কোনদিন বলিনি যে ওর বাবাকে হত্যা করা হয়েছিল! তাহলে জানলো কি করে? তবে কি ভীমা কিছু বলেছে! কিন্ত এখনই তার কাছে কে তার বাবার হত্যাকারী নাম বলে দেওয়ায় অসুবিধা হতে পারে। তাহলে সে আগাম একটা ধারনা, রাগ, আর প্রতিশোধ স্পৃহা বুকে বহন করে ভরতপুরে যাবে। সে ক্ষেত্রে সেই প্রতিশোধ বাসনা তাকে ভুল পথে চালিত করতে পারে। যা তার পক্ষে ক্ষতিকর হবে। তাই নিজেকে সামলে নিয়ে বলে দুর্গা- সে নাম বলার সময় এখনো আসেনি। আমার আদেশ অক্ষরে অক্ষরে মেনে- চোখ কান খোলা রেখে সৎ পথে সঠিক কাজটা করতে থেকো। তাহলেই একদিন তার সাক্ষাৎ পেয়ে যাবে। দেখবে সে ঠিক ন্যায় পথের উল্টো দিকে দাঁড়িয়ে আছে। আমি চাই- আমি তোমাকে এত কষ্ট করে এই জায়গায় নিয়ে এসেছি – সেদিন তার বুক সোজা গুলি দাগতে যেন তোমার হাত না কাঁপে। ততোক্ষণ গুলি করবে যতক্ষন তার দেহে প্রান থাকবে।

প্রশান্ত জানে দুর্গা এক দেবীর নাম, যে মহিষাসুর নামে এক অসুর রাজাকে বধ করেছিল। আজ সে নিজের মায়ের মধ্যে সেই অসুর দলনী দুর্গার ছবি দেখতে পায়। হাতে যেন তার ঝক ঝক করছে অদৃশ্য ত্রিশূল। তৃতীয় নয়নে যেন জ্বলছে অনির্বান ধ্বংসের আগুন।

২৫

আজ আকাশে বঞ্চিত মানুষের বুকের বোবা ব্যথার মত থমথমে মেঘ জমাট বেঁধে আছে। মাঝে মাঝে মেঘ সামান্য সরে গেলে দেখা যায় হালকা রোদের ঝলক। আবার মেঘ এসে ঢেকে দেয় সেই আলোর বিচ্ছুরন।

আজ এক অচেনা মেয়ে যার কালো দুটো ভুরুতে সাপের মত ফলা তোলা, চোখের মনিতে চোরা ঘুর্নি, সারা গায়ে উল্কি আঁকা, আটোসাটো শাড়িতে উদ্ভিন্ন যৌবন বেঁধে, পায়ে রূপোর মলে রিঠি ঠিনি বাজনা তুলে নৃত্যের ছন্দে পথ হাটছে। এ কোন মেয়ে গো! ও মেয়ে তুমি কী এই গ্রহের? তুমি কী এই দেশের? আহা কালো রূপের ছটায় যে আলোর মহিমা ঢাকা পড়ে যাচ্ছে! মাথায় ঝাঁপি গলায় হাঁসুলি কোমরে রূপোর বিছে নিয়ে যে ভাবে তুমি পথ হাটছো পথের পাশে যে বহু প্রান ঘায়েল হয়ে যাচ্ছে সেদিকে কী খেয়াল আছে!

আজ ভরতপুরে সাপ্তাহিক হাট। অনেক দূর দুরান্ত থেকে মানুষ এসেছে হাটে কিছু কিনবে কিছু বেচবে বলে। হাজার আট দশ মানুষের ভিড় জমেছে প্রতি সপ্তাহের মত। মোরগ লড়াই চলছে, চলছে অদূরে জুয়ার বোর্ড। চলছে নানারকম পন্য সামগ্রীর প্রদর্শন। জামা কাপড় আছে আছে খাবার দাবারের দোকান। আছে সাজ সজ্জার উপকরন। আকাশে মেঘের ঘন ঘটা দেখে সবার মুখ দুশ্চিন্তায় কালো। বাজার হাট আজ জমবে তো! বৃষ্টি নামলে যে বিনি কিনির উপর তার প্রভাব পড়বে।

এই বাজারের এক ধারে সেই মেয়ে সাজিয়ে বসছে তার গাছ গাছড়ার ভাণ্ডার। সব রোগ সারিয়ে দেবার অসুধ আছে মেয়ের কাছে। কি হয়েছে তোমার? স্বামী বশে নেই? এই নাও গাছড়া। ডান বাহুতে লাল সুতোয় বেঁধে রাখো। সাত দিনে স্বামী তোমার পায়ের কাছে গড়াবে। তোমাকে ছাড়া আর কাউকে মনে ধরবে না। তোমার কী হয়েছে? কাউকে মনে ধরেছে? সে তোমাকে পাত্তা দিচ্ছেনা? এই নাও শেকড়। একে ভক্তি ভরে বেঁধে রেখো বাঁ হাতের কব্জিতে কালো ধাগা দিয়ে। এক মাসের মধ্যে সেই মেয়ে এসে তোমার ঘরে ঢুকে ভাত রাধবে। তোমার সেবা করবে।

লোকজন জমা করার জন্য মেয়ে সাপের খেল দেখাচ্ছে, আবার নাচছে, গান গাইছে। মজা দেখার জন্য মানুষ ভিড় করেছে তার আশেপাশে। গাছড়া না কিনি না কিনবো, নাচ আর গানে বাঁধা কোথায়!

হাটে একজন মানুষ হেঁটে হেঁটে ঘুরে ঘুরে চারদিক দেখছে। মানুষটা দীর্ঘদেহী। মাথায় পাগড়িবাধা, পরিধানে রাজস্থানী মেষপালকদের মত মোটা সুতির ধুতি। যা হাঁটুর কাছ পর্যন্ত উঁচু করে তুলে পড়া। কোমরে চামড়ার বেল্ট। গায়ে সেই মোটা সুতির জামা। যে জামার উপর মোটা ধুলোর আস্তরণ জমে আছে। যে কারনে ধুতি আর জামার একদার সাদা রঙ ঢাকা পড়ে গিয়ে ধারন করেছে ময়লা লালচে উৎকট একটা রঙ। লোকটার মুখে না কামানো দাড়ি গোঁফের জঙ্গল। তবে সবচেয়ে আশ্চর্য জনক তার কিছু লালচে নিডর দুটো চোখ। চোখের দৃষ্টি বলে দিচ্ছে – যেন যে কাউকেই ভয় পায়না। বলা বাহুল্য যে এই লোকটার নাম অশান্ত। সে চারদিক ঘুরছে আর মানুষ দেখছে। মানুষের মতিগতি অনুধাবনের চেষ্টা করছে। যে যুদ্ধ আসন্ন তাতে এদের সমর্থন কতটা পাওয়া যাবে তারই আগাম পরখ করছে নানা কথাবার্তার মধ্য থেকে।

অশান্ত ঘুরতে ঘুরতে এসে সাপের খেল দেখানো মেয়ের সামনে এসে দাঁড়িয়ে পড়ে। মেয়েটার গানের গলাটা খুব সুন্দর। যেন তার সুরে বনানীর অনাবিল সবুজ আর মাটির রুক্ষতা মিলে মিশে আছে। মেয়ে তখন গান গাইছে-

বাবুরা সাপের খেলা দেখে যা / দেখে যা,সাপের খেলা দেখে যা
বিষের খেলা দেখে যা / বাবুরা বিষের খেলা দেখে যা
বিশ্বাসে আজ বিষ মিশেছে / নিশ্বাসে আজ তরল গরল
শিশুর হাসি- মায়ের মনে কাল নাগিনীর কঠিন ছোবল
দেখে যা-
স্বপ্নে নাচে নাগ নাগিনী / কালো রাতের কাল খোলসে
বিষহরি বিষ খেয়ে আজ / কলার ভেলায় জলে ভাসে
দেখে যা –
নীল কণ্ঠ আজ নটরাজ নয়/ মত্ত মদন বানের টানে
শিব যেন আজ শবের মত / শ্মশান ভুমে শেষ শয়ানে
দেখে যা-

অশান্ত মেয়েকে দেখছে। মুখটা খুব চেনা চেনা মনে হয়। অনেকটাই মহুয়ার মত দেখতে। তবে মহুয়া নয়! সে এখানে এভাবে কেন আসবে! মানুষের মত

দেখতে আরো কত মানুষ আছে। তাই মুখ ঘুরিয়ে চলে যাচ্ছিল অশান্ত। তখনই গান থামিয়ে মেয়ে হেঁকে উঠলো- হেই বাবু, রুক।

থামতে হয় অশান্তকে – সে খানিক বিস্মিত ভঙ্গিতে বলে- আমাকে বলছিস!

-হ্যাঁ তুকেই তো বলছি। মেয়ে হেসে গড়িয়ে বলে- খেল দিখালাম, গানা ভি শুনালাম, নাচ ভি করলাম। কুছু ইনাম বিনাম তো দে-!

-আমি খুব গরীব। আমার কাছে কিছু দেবার মত নাই।

-কেন ঝুট বলছিস বাবু! হামি জানে তোর কাছে বহুত কুছ আছে। যা তুর কাছে আছে আর কারও কাছে নাই!

অশান্ত এখান থেকে সরে পড়তে চায়। বেশি ভিড় ভাড় তার অপছন্দের -। জনে জনে সংযোগ স্থাপন – এটাই আজকের সময়ে অতি জরুরি। কোন বড় সমাগম নয়। মুল কাজের আগে তার পরিচয় প্রকাশ হলে সমস্যা হতে পারে। তাই বলে সে- আমাকে যেতে দে! কিছু নেই আমার!

-সাপুড়েদের মেয়ে! যে সমাজ মেয়েদের অনেক বেশি স্বাধীনতায় বিশ্বাস রাখে। মেয়ে সেই সাহসে এগিয়ে এসে অশান্তের হাত চেপে ধরে বলে-হামি সোব জানে। পরখ করবি হামাকে? হামি তোর সব কিছু বলতে পারে। হামি জ্যোতিষ ভি জানে। অশান্ত কিছু জিজ্ঞাসা করতে পারেনা। তেমন তার কোন ইচ্ছাও নেই। কিন্ত মেয়ে নিজে থেকে বলতে শুরু করে- জীবনমে বহুত কোষ্ট করেছিস। বহুত কঠিন কাল বিতিয়েছিস। আখুন অজ্ঞাতবাস। বল হামি ঠিক বলেছি কিনা? আউর থোরা কোষ্ট বাকি আছে। তারপর বহুত সুখ পাবি। একটা মেয়ে তুকে বহুত প্যার করে। প্যার মতলব জানিস? ভালোবাসা। মতলব তুকে বহুত ভালবাসে। তুকে জান থেকে ভি বহুত প্যার করে। আবার তার কাছে বাপস যেতে পারবি।

অশান্ত বলে- আমি তো তেমন কাউকে জানিনা। কোথায় থাকে সে বলতো?

সাহসী মেয়ে অশান্তের বুকের মাঝখানে হাত রাখে- ইখানে থাকে।- ফির কভি দূরে ভি থাকে। -পায়ের নিচের মাটিতে পা ঘসে দেখিয়ে বলে – আবার ইখানেও থাকে।

অশান্ত কি যেন ভাবে কি যেন বোঝে। তবু না বোঝার ভান করে বলে- আচ্ছা এবার আমি যাই। হাতটা তো ছেড়ে দে! নাহলে যাবো কি করে!

মেয়ে খিল খিল করে হেসে উঠে বলে- অশ্রু নদীর বাঁকে হামার ডেরা। হামি আছে আউর হামার বাপু আছে। আয় না একদিন! আউর ভি বহুত কুছ বলবো। সবার সামনে সেসব কথা বলা ঠিক হোবে না। তোর মুশকিল হবে। বল ঠিক কিনা?

মাথা নাড়ে অশান্ত- ঠিক।

-তবে আয় আমার ডেরায়। আসবি?

-যাবো।

-কবে?

-চলে যাব কোন একদিন।

-কেউ সিখানে থাকবে না ব্যাস আমি আর তুই, সেদিন তুকে অনেক কথা বলবো। অ-নে-ক। বল কবে আসবি?

আকাশে একটু আগে মেঘ জমেছিল। মেঘের নিচে ঢাকা পড়ে গিয়েছিল সুর্যটা। এখন মেঘ সরে গেছে। প্রখর আলো আসছে। সেই আলোয় মেয়েকে দেখে হেসে উঠে বলে অশান্ত- এত করে ডাকলে কী না গিয়ে পারা যায়! যাবো, তবে কবে যেতে পারবো তা জানি না।

মেয়ের চোখ কেন কে জানে ছলো ছলো। কাছে গিয়ে অতি নিচু স্বরে বলে সে- সময় হলে আসিস বাবু। হামি তোর পথ চেয়ে থাকবো। অশান্ত মেয়ের হাতে মৃদু চাপ দেয়- যাবো রে-।

মেয়ে নাচ গান বন্ধ করে দেয় আর সে তার ঝাঁপি গুছিয়ে নেয়। সে তো মানুষকে খালি এইসব দেখাবে বলে এত দূর থেকে এত কষ্ট করে এখানে আসেনি, কিছু দেখতেও এসেছিল। কাউকে কোন বার্তা পৌঁছে দিতে চেয়েছিল। যা সে দেখতে এসেছিল যা দেখার জন্য তার মন প্রান চোখ আতুর সে আজ তা দেখে নিয়েছে। যে বার্তা পৌছে দিতে চেয়েছিল তা সঠিক ভাবে যথাস্থানে পৌছে দিতে পেরেছে। আর তবে হাটে নাচ গান ঝাঁপি সাজিয়ে বসে থাকার কি দরকার! এবার ডেরায় যেতে হবে। সেখানে গিয়ে খবরটা জানাতে হবে। যে কারনে আমরা এসেছি যার কাছে আমরা এসেছি তাকে দেখেছি। ভালো আছে সে।

মেয়ের কাছে দুটো ঝাঁপি। একটা ছোট একটা বড়। ছোটটায় তো সাপ আছে তবে আর একটায় কি?

সেটা সে খোলেনি- কাউকে দেখায়নি। এখন ঝাঁপি গুছিয়ে মাথায় তুলে নিয়ে হেলে দুলে সামনের দিকে পা বাড়ালে হাটের 'মনমজনু' মস্তিবাজ দুই ছোকরা তার পিছন পিছন হাটা দেয়।

দূর পরবাস থেকে আসা এক নবল বেদেনী-ওরা নাকি অনেক আমুদে উদার মুক্তমনা! যারা মোটেই শুচিবাইগ্রস্ত আর আমাদের মেয়েদের মত নাক সিটকুনে

নয়। খুব সহজেই যারা নাকি ভিনদেশী যুবক দেখলে গলে যায় আর গিলে নিতে চায়।

অল্প বয়সী 'মনচলা' ছেলে দুটো ভাবে যা শুনেছি সত্যি কিনা একটু বাজিয়ে দেখা যাক। বলা তো যায়না বেড়ালের ভাগ্যে শিকে ছিড়লেও ছিড়তে পারে। যদি ছেড়ে আহা রে! যদি ছেড়ে! সেটায় জীবনের এক পরম প্রাপ্তি ঘটে যাবে।

হাসতে হাসতে একে অপরের গায়ে গড়িয়ে পড়তে পড়তে – আর নানা রকম অঙ্গভঙ্গি করে মেয়েটির দৃষ্টিতে পড়ার আপ্রান চেষ্টা করতে করতে ছেলে দুটো মেয়ের পিছু নেয়। হাট পার হয়ে মাঠ, জন বিরল ফাঁকা মাঠ এখান থেকে শুরু হয়ে যেন আকাশের গায়ে গিয়ে মিশেছে। মাঝে কিছু ছোট ছোট পাঁথরের টিলা কিছু পাতলা পাতলা গাছ দাঁড়িয়ে আছে।

নির্জন নিরালা জায়গায় এসে আরো একটু সাহসী হয়ে ওঠে ছোকরা দুটো। মুখ থেকে হিস হিস শব্দ করে। চায়- মেয়ে পিছন ফিরে তাদের দেখুক। আর হাট ছেড়ে কেন তারা তার পিছনে আসছে তার মানেটা বুঝুক। বুঝে তাদের প্রশ্রয় দিক। চাইলে ব্যবহার করে নিক। বললে আমরা তার ডেরা পর্যন্ত যাবো। যদি বলে তার সাথে ডেরাবাসী হয়ে থাকবো। যা নাচে যা হাসে আর যা দেখতে- ওর আশ্রয়ে প্রশ্রয়ে দিন কাটানো সে যে স্বর্গের চেয়েও মহাসুখের।

কেউ যে তাকে অনুসরন করছে মেয়ে বুঝতে পেরেছে। বনে বাদাড়ে পাহাড়ে জঙ্গলে ঘুরে বেড়ানো বেদেনী মেয়ে! ওদের সামনে দুটো পিছনে দুটো চোখ থাকে। চলতে চলতে সে হঠাৎ থমকে দাঁড়ায়। আর মাথার ঝাঁপি মাটিতে নামিয়ে বিদ্যুৎ গতিতে পিছন ফেরে। ভয় পেয়ে ছোকরা দুটো দাঁড়িয়ে পড়ে। তাদের দিকে তাকিয়ে সাপের হিসের মত তীক্ষ্ণ স্বরে বলে মেয়ে – ক্যারে! পিছা কিউ কর রহা! ক্যা মংতা? আ- সামনে আ-। মেয়ের এক চোখ ছোকরা দুটোর দিকে আর এক চোখ পায়ের কাছের বড় ঝাঁপিটার দিকে-।

আক্রামক ভঙ্গির সে অসহ্য রূপ দেখে ছোকরা দুটো ঘাবড়ে যায়। বাপরে! মেয়ে তো নয় যেন ফনা তোলা কাল নাগিনী। তারা পিছন ফিরে দৌড়ে পালায়। মেয়ে ভেবেছিল তাকে হয়তো বড় ঝাঁপির ঢাকনা সরাতে হবে। কিন্ত এবারও মেয়ের বড় ঝাঁপির ঢাকনা সরাতে হয়নি। কি আছে বড় ঝাপিতে কেউ জানে! জানে বেদেনী মেয়ে।

অমাবস্যার অন্ধকার- থিক থিকে আলকাতরার মত কালো রাত।এক হাত দূরে কী আছে কিছু দেখা যায় না।সেই অন্ধকারে ডুবে আছে অনেকগুলো কালো কালো মানুষ। কিন্ত তাদের চোখের তারায় জ্বলছে সর্বনাশের ধিকি ধিকি আগুন। বুকে দাপাচ্ছে পাহাড় সমান সাহস। চির শান্ত চির নত মানুষ যখন মাথা তোলে সে মাথা হিমালয়ের উচ্চতাকে হারিয়ে দিয়ে হাত বাড়ায় আকাশের চাঁদ তার ছিড়ে আনবার অসীম স্পর্দ্ধায়। মার খেতে খেতে নুয়ে যাওয়া মানুষ আজ জমা হয়েছে মারবে বলে। ভয়কে ভয় পাইয়ে দেবে বলে।

কেউ কোন কথা বলেনি। প্রত্যেকে তবু শুনতে পেয়েছে প্রত্যেকের বুকের ভাষা- স্পন্দন। কেউ কোন আলো জ্বালেনি চোখের আলোয় খুঁজে নিয়েছে পথ। গুখেমহল্লা থেকে আলাদা আলাদা ভাবে একজন দুজন করে বের হয়ে অন্ধকার সাঁতরে জঙ্গলের পথ ধরে হেঁটে এসে জমা হয়েছে উত্তর পাহাড়ের কাছে একটা সামান্য ফাঁকা জায়গায়। সংখ্যায় যারা জন পঞ্চাশ হবে। তাদের হাতে সাধারন প্রচলিত কিছু হাতিয়ার। টাঙ্গি বল্লম তির ধনুক ফারসা-।

এখানে সবার আগে এসে হাজির হয়েছে অশান্ত। সে এখন চাপা গলায় মহা নায়কের মত বলে- ভাই সব,আজ সেই আমাদের বহু প্রতিক্ষিত রাত এসে গেছে। যে দুঃসাহসী কাজে আজ আমরা ঝাঁপাতে চলেছি খুব সাবধান থাকতে হবে যেন আমাদের কারও গায়ে কোন আঘাত না লাগে। তবে এটা তো একটা যুদ্ধ। যুদ্ধে ক্ষয় ক্ষতি দুপক্ষেরই হয়। আমাদের সবাই যে একেবারে অক্ষত ফিরতে পারবো তেমন কোন নিশ্চয়তা নেই। কিন্ত তবু আমাদের পিছনে ফেরা চলবে না। আজকের আমাদের সাফল্যের উপর দাঁড়িয়ে আছে আমাদের সবার আগামী ভবিষ্যৎ। আমাদের সন্তান সন্ততির ভবিষ্যৎ। সেই কারনে যত ক্ষয় ক্ষতিই হোক কিছুতে আমাদের খালি হাতে ফেরা চলবে না। যে অস্ত্রের জোরে ওরা মানুষের উপর দমন পীড়ন অত্যাচার চালিয়েছে আমরা আজ যদি ওদের সেই অস্ত্রগুলো কেড়ে নিতে পারি, ওদের বিষ দাঁত ভেঙ্গে যাবে। ওদের শক্তি যতোটা কমে যাবে আমাদের শক্তি আজকের পরে ততোটাই বেড়ে যাবে। যে কোন মুল্যে তাই

আজ আমাদের জয় যুক্ত হতেই হবে। সব সময় সবার দ্বারা সব কাজ হয়না। যদি কারো মনে কোন ভয়-সংশয় থাকে এখনও সময় আছে সে ফিরে যেতে পারে। আমি তাকে কোন দোষ দেবনা। সে আমাদের লোক আছে আমাদেরই থাকবে। তোমাদের মধ্যে কেউ কি ফিরে যেতে চাও?

যারা এখানে এসে জমা হয়েছে তারা মানসিক ভাবে প্রস্তত হয়েই এসেছে। সামন্ত মহিন্দরের অত্যাচার সয়ে বেঁচে থাকার চেয়ে শেষ আঘাত দিয়ে মরে যাওয়াও অনেক ভালো। তারা সমস্বরে চাপা গলায় গর্জায়- আমরা লড়বো। মরতে হলে মরবো। তবু শেষ না দেখে কিছুতে ফিরে যাবো না।

-তাহলে সামনে আগানো যাক। বলে সেনানায়কের মত সবার আগে আগে হাটে অশান্ত।

জঙ্গলের পথ ধরে পা টিপে টিপে সবাই এসে জড়ো হয় মহিন্দরের ভিলার পিছন দিকে। আজ মহিন্দরের ভিলায় বাৎসরিক রক্ষাকালীর পুজা চলছে। ওখানে মোষ বলি হবে। সবাই পুজায় পাঠা দেয় মহিন্দর দেয় মোষ। সবাইমহিন্দরের লোকজন আজ মত্ত- উৎসবে মাতোয়ারা। আজ আর ভিলা বা অস্ত্রাগার পাহারায় তেমন কোন আটোসাটো ভাব নেই।

ভিলার চারদিকে জেলখানার মত উঁচু প্রাচীর। ওরা জানতো এই প্রাচীর পার হয়ে অস্ত্রাগারের সামনে যেতে হবে। তাই আগে ভাগে একটা মই বানিয়ে রেখেছিল যেটা বহন করে নিয়ে এসেছে। এনেছে তালা ভাঙ্গার জন্য একটা বড় হাম্বুর। এখন মইটা একজন প্রাচীরে গায়ে লাগিয়ে দেয়।

বলে অশান্ত- সবাই প্রস্তত হও। মই বেয়ে পাঁচিল টপকে প্রথমে আমরা অস্ত্রাগারের সামনে যাবো। হাম্বুর মেরে অস্ত্রাগারের তালা ভেঙ্গে ফেলবো। তার আগে কেউ কোন শব্দ করবে না। তালায় আঘাত পড়লেই পাহারাদাররা আমাদের দিকে দৌড়ে আসবে। আমরা তাদের দূরে থেমে যেতে বলবো- বারন করবো আমাদের কাছে আসতে। মনে রেখ আমরা প্রথমে কাউকে কোন আঘাত করবো না। যদি কেউ কথা না মানে- আমাদের রোখার চেষ্টা করে – তখন যা করতে হয় তা করা হবে। কোন দয়া ক্ষমা দেখানো হবে না। তালা ভেঙ্গে আমরা অস্ত্রের দখল নেব। তারপর সেই অস্ত্র বাগিয়ে ধরে সোজা সদর দরজা দিয়ে বাইরে বের হয়ে আসবো। এটা হবে আমাদের প্রথম আর মোক্ষম আঘাত। এই আঘাতে শত্রুর কোমর ভেঙ্গে যাবে। – সবাই রেডি?

এতক্ষন পরে মেঘার গলার আওয়াজ শোনা যায়- রেডি।

-চলো তাহলে।

সবার আগে অশান্ত বেড়ালের মত নিঃশব্দ পায়ে মই বেয়ে পাঁচিলের উপর উঠে যায়। চারদিক দেখে সে হাত দিয়ে ঈশারা করে সঙ্গীদের পাঁচিলে ওঠার জন্য বলে। সবাই চওড়া পাঁচিলের উপর উঠে গেলে মইটাকে তুলে আবার এপারে লাগানো হয়। এবার সেই মই বেয়ে একে একে সবাই নেমে আসে নিচে। সবার শেষে আসে মেঘা। মেঘা অস্ত্র ভাণ্ডারের দরজায় লাগানো পেতলের মজবুত তালার উপর হাম্বুরের ঘা মারে। এক ঘায়ে তালা ভাঙ্গার কথা নয় তাই ভাঙ্গে না। বার কয়েক আঘাত করতে হয়, তবেই দরজার পাল্লা আলগা করা যায়। তবে ততক্ষনে তালা ভাঙ্গার শব্দ পেয়ে কিসের আওয়াজ দেখার জন্য কয়েকজন পাহারাদার দৌড়ে আসে। অশান্ত গর্জন করে ওঠে- কেউ আমাদের দিকে আগাবে না তাহলে মারা পড়বে। কিন্ত তারা নিষেধ মানে না।অশান্ত তারা অশান্তদের বাধা দেবার চেষ্টা করে অশান্তের দলের লোক জানতো এমনটা হতে পারে তারা প্রস্তত ছিল। তারা তাদের বয়ে আনা গ্রাম্য অস্ত্র এবার কাজে লাগায় ।অশান্তদের

যেসব বন্দুক অস্ত্রাগারে রাত বাড়লে যা পাহারাদারদের হাতে কাঁধে ওঠে তা এখন তাদের নাগালে না থাকুক সারাদিন সর্বক্ষন কাঁধে যে বন্দুক থাকে সে দুটো আছে। তারা সেই বন্দুক চালিয়ে অশান্তদের একটা বাধা চেষ্টা চালাচ্ছে । তবে তারা এখন অত্যাধিক মাদক প্রভাবে টলোমলো। বন্দুকের নিশানা ঠিক থাকে না। সব গুলি এদিক সেদিকে বেঁকে বেঁকে যায়। অশান্তের দলে অশান্ত ছাড়া আর কারও বন্দুক চালাবার শিক্ষা নেই। অশান্তকে এমন এক পরিস্থিতির মধ্যে হয়তো পড়তে হতে পারে সেই ভাবনা থেকে বাবা ঠাকুর তাকে বন্দুক তলোয়ার, এমন কি ঘোড়ায় চড়া- সব শিখিয়ে দিয়ে ছিলেন। আজ সেটা অশান্তের কাজে লেগে যায়। অস্ত্রাগার থেকে বন্দুক আর গুলির মালা নাগালে পেয়ে সে পাল্টা গুলি বর্ষন শুরু করে দেয়। তার সঙ্গীদের অবশ্য আগে ভাগে শত্রু পক্ষের আক্রমনের জবাবে দূর থেকে আঘাত করার উদ্দেশ্যে তির ধনুক চালাবার প্রশিক্ষন দেওয়া হয়েছিল। তারা সেটার নিপুন ব্যবহার করতে পারছে। তাদের ছোড়া প্রত্যেকটা তির কাউকে না কাউকে বিদ্ধ করে।

বাড়ির মধ্যে এই সময়ে যা হবার তাই হয়, ভীত ত্রস্ত মানুষের –বিশেষ করে মহিলাদের প্রবল আর্ত চিৎকার শুরু হয়ে যায়। চারদিকে রব ওঠে- ডাকাত ডাকাত। তোরা কে কোথায় আছিস শিগগির ছুটে আয় – চৌধুরী ভিলায় ডাকাত পড়েছে। পড়ে যায় সবার প্রান নিয়ে পালাবার হুড়োহুড়ি।

অশান্ত সঙ্গীদের নায়কোচিত স্বরে আদেশ দেয়- জলদি। জলদি সব বন্দুক গুলো তুলে নাও। আর তাড়াতাড়ি বের হয়ে চলো। যে ভাবে বন্দুক চালায় সবাই একটা করে বাগিয়ে ধরো। ওরা উচু করা বন্দুকের নল দেখলেই ভয় পেয়ে পালাবে।

অশান্তের কথাই সত্যি হয়। এতগুলো বন্দুক তাক করা দেখে পাহারাদাররা প্রান ভয়ে ছুটে পালায়। এবার সদর দরজা দিয়ে বের হয়ে যাবার পুর্ব পরিকল্পনা বাতিল করে দিতে হয় অশান্তকে। কেননা ওদের কাছে যে বন্দুক আছে তা নিয়ে ওরা সদর দরজার দিকে পালিয়েছে। সেখান থেকে গুলির আওয়াজ করছে। এলোমেলো সেই গুলি ছিটকে এসে কারও গায়ে লাগার সম্ভাবনা থাকছে। এই সময় বীরত্ব দেখাবার আর দরকার নেই। দরকার নিরাপদ প্রত্যাবর্তন। তাই আগের মতই একে একে মই বেয়ে সবাই সেই পিছনের পাঁচিল ডিঙ্গিয়ে অন্ধকার মহা সমুদ্রের মধ্যে নেমে আসে। একটু সময় লাগে, তবে নিরাপদে নামতে পারে এপারে। নিকষ অন্ধকার মুহুর্তে তাদের ঢেকে দেয় কালো আঁচল দিয়ে। কেউ আহত হয়নি, কারও কোথাও কোন আঁচড় লাগেনি, নিখুঁত পরিকল্পনা অনুসারে অস্ত্রাগার লুন্ঠন সফল হয়েছে এতে অশান্ত দারুন পরিতৃপ্ত। বলতে গেলে একেবারে নিরস্ত্র অবস্থায় এতবড় একটা সফল অপারেশান সফল হতে পেরেছে মাত্র অত্যাচারিত মানুষের বদলা নেবার আক্রোশ আর মানসিক শক্তি সাহসের জন্য। এবার তারা আরো বেশি সাহসী, হাতে অস্ত্র এসে গেছে। ‘এবার আমরা বন্দুক চালনা শিখবো, বন্দুকের জবাব বন্দুক দিয়ে দেব’।

জঙ্গলের আঁকাবাঁকা পথ দৃঢ় দৃপ্ত পায়ে হেঁটে তারা আবার এসে পৌছায় উত্তর পাহাড়ের পাদদেশে। প্রত্যেকে প্রত্যেককে আলিঙ্গন করে। জীবনে তারা কেউ কোনদিন চাষ বাস শ্রমের কাজ ছাড়া অন্য কিছু করেনি। করবে কোনদিন ভাবতে পারেনি।কিন্ত কঠিন এক সময় তাদের বানিয়ে দিয়েছে রনাঙ্গনের যোদ্ধা। তারা জানে যে পথে আজ তারা পা রেখেছে আর স্বাভাবিক জীবনে সহজে ফিরে যাওয়া যাবে না। যদি কোন ভাবে তাদের আজকের কর্মকান্ডের বিষয়ে কেউ সামান্য সন্দেহ করে ভয়ানক বিপদ ধেয়ে আসবে।

সেটাই বলে অশান্ত- সব অস্ত্র পাহাড়ের গোপন গুহায় লুকিয়ে রেখে রাত আঁধারে যে যার ঘরে গিয়ে সাবধানে ঢুকে পড়বে। আজকের কথা অতি বিশ্বাসী জনের কাছেও কেউ কিছু বলবে না। যে যেমন কাজ করতে কাল সেই কাজে লেগে পড়বে। কয়েকদিন চুপ চাপ থাকতে হবে। কাল থেকে হয়তো মহল্লায়

পুলিস আসবে। ঘরে ঘরে তল্লাশি করবে। কিছুদিন এভাবে যাবার পর আমি খবর পাঠাবো। তখন রাত গভীর হলে আবার একে একে এসে জমা হবে এখানে। তারপর নতুন করে পরিকল্পনা করা যাবে আগামীতে কি করা হবে।

বলে মেঘা- আমরা তো যে যার ঘরে গিয়ে ভালো মানুষ সেজে লুকিয়ে থাকবো। তুমি কী করবে? তুমি এই অঞ্চলের কেউ নও। এতবড় ঘটনার পর নতুন মুখ দেখলে তাকে আগে সন্দেহ করে ধরে নিয়ে যাবে। পুলিস নিয়ে গেলে প্রাণটা বাঁচতে পারে,মহিন্দরের লোক নিয়ে গেলে কেটে কুচি কুচি করে নদীর জলে ডুবিয়ে দেবে।

বলে অশান্ত- আমার জন্য তোমাদের ভাবতে হবে না। কি ভাবে নিজেকে রক্ষা করতে হবে আমি তা দেখে নেব। যাও তোমরা-।

২৭

চাকরির নিয়োগ পত্র হাতে পেয়ে গেছে প্রশান্ত। এবার রওনা দিতে হবে কর্মস্থলের উদ্দেশ্যে। জীবনে প্রথম প্রবেশ করবে কর্ম জীবনে। অনেকের এত সহজে চাকরি মেলে না কিন্ত অলকার বাবা অনিল কুমার শ্রীবাস্তব পুলিসের বড় অফিসার। তার সাথে প্রশান্তের একটা পরিচিতি থাকার সুবাদে চাকরি পেতে বিশেষ অসুবিধা হয়নি। গতকাল নিয়োগ পত্র হাতে পাবার পরই মনে হয়েছে একবার অলকার সাথে দেখা করে সুখবরটা তাকে জানাবে। অবশ্য বাবার কারনে সে এই খবর আগেই জেনে যাবার কথা। তবু নিজের মুখে সামনে গিয়ে বলা – এটা একটা সৌজন্য। তাই এক প্যাকেট মিষ্টি কিনে পায়ে পায়ে সে এসে অলকাদের বাড়ির কলিংবেল বাজায়। আর কী আশ্চর্য – কাজের মেয়ে নয় দরজা খোলে স্বয়ং অলকাই। সে সেজে গুঁজে কোথাও যাবার জন্য প্রস্তত। তার হাতেও মিষ্টির প্যাকেট। প্রশান্তকে দেখে সে মধুর হেসে বলে- ওহঃ-তুমি!

-কোথাও যাচ্ছিলে?

-দেখে কি মনে হয়?

-মনে তো এই হয় বেড়াতে যাচ্ছিলে।

-ঠিক ধরেছো, যাচ্ছিলাম। তবে আর যাবার দরকার হবেনা।

-আমি এসে পড়ায় তোমার বুঝি অসুবিধা হল! কিছু হবে না, তুমি যাও।

অলকা ভুরু কুঁচকে বলে- যাচ্ছিলাম তোমার সঙ্গেই দেখা করতে তোমাদের বাসায়। তা তুমি যখন এসে গেছো কষ্ট করে আমার আর যাবার দরকার হচ্ছে না। ধন্যবাদ তোমাকে-।

প্রশান্ত একটু গলায় ছদ্মরাগ ফুটিয়ে বলে- তুমি ভাবলে কী করে যে আমি আসবো না!

-আসবে তা জানতাম। তবে আমি ভেবেছিলাম আমি আগে গিয়ে তোমাকে কংরাচুলেশন জানিয়ে সারপ্রাইজ দেব। সেটা আর হলনা। সে না হোক – কিন্ত দেখা তো হয়ে গেল!

-দরজায় দাড় করিয়ে রাখবে, না ভিতরে ঢুকতে দেবে!

অলকা লজ্জিত হেসে দরজার এক পাশে সরে দাঁড়ায়- চলো।

বসার ঘরে ঢুকে একটা গদিতে বসে বলে প্রশান্ত- কাকা বাবু নেই!

-আছে। বলে অলকা- তার সাথে দেখা হবে, কথা হবে তার আগে আমার সাথে কথা বলো। মাথা নেড়ে বিজ্ঞ গলায় বলে অলকা- তাহলে তুমি ভরতপুরে যাওয়াই স্থির করলে?

নরম গলায় বলে প্রশান্ত- আমার স্থির করা না করায় কিছু যায় আসে না। মায়ের আদেশ যে-। যেতেই হবে।

বিড়বিড় করে বলে অলকা- বেশ বাহানা! মায়ের নামে দোষ দিয়ে নিজেকে বাঁচিয়ে নিচ্ছে!

-কি বলছো?

-বলছি ওখানে তোমার সময়টা খুব ভালো কাটবে।

-কি ভাবে?

-ওখানে তোমার একজন পরিচিত- শুধু পরিচিত বা বলি কেন, মুগ্ধ অনুরাগী পেয়ে যাবে। অবশ্য সে অনুরাগের কথাটা স্বীকার করতে চায় না। মুখে ভয়ানক রাগই দেখায়। তবে সেই যে মরা মরা বলাটা আসলে যে রাম রাম – তা যে বোঝার সে ঠিক বুঝতে পারে।

প্রশান্ত অবাক হয়ে জানতে চায়- আমি তো তেমন কারও কথা জানিনা। তুমি নিশ্চয় জানো সেই মহানুভব ব্যক্তিটি কে! যিনি আমা হেন এক নগন্য মানুষের প্রতি এত উদার-।

অলকা চোখে দুষ্টুমি হাসির ঝিলিক তুলে বলে- বলবো?

-বলো।

-তিনি হচ্ছেন অরুন্ধুতি।

-কোন অরুন্ধুতি!

-স্বনামধন্য সামন্ত মহিন্দর চৌধুরির কন্যা অরুন্ধুতি চৌধুরী। চিনতে পারছো? আমার সেই বান্ধবী! যে শহরে দিদি জামাই বাবুর কাছে থেকে পড়াশোনার পাট সমাপ্ত করে গত সপ্তাহেই নিজের নিবাসে প্রত্যাগমন করেছে। গলায় রসিকতার হালকা ঝলক তুলে নিজের বাক্য সমাপ্ত করে অলকা।

প্রশান্তের গলায় বিস্ময়-তাই বুঝি!

-তুমি জানতে না?

-না তো! আমি কী করে জানবো কেউ না বললে! তুমি তো আগে বলনি।

-আমি ভেবেছিলাম তোমার সাথে নিশ্চয় কথা হয়ে গেছে। কোন কৌশলে নিশ্চয় অরু তোমার কানে কথাটা তুলে দিয়েছে। তাহলে আমার আর ফালতু বলার কী দরকার!

-এমন ভাবনার কারন?

-কারন তুমি যে রকম শহর থেকে অত দূরে এক অজগাঁয়ে যাবার জন্য এত উতলা- তাতেই আমার মনে হয়েছিল কিছু ব্যাপার নিশ্চয় আছে।

-পাগল! তুমি একটা আস্ত পাগল! মুখ কালো করে বলে প্রশান্ত- তোমার মনে হয়েছিল আমি অরুন্ধুতির টানে ভরতপুরে যাচ্ছি! পাগল না হলে তোমার মাথায় এমন আজগুবি ভাবনা আসতেই পারে না।

যা জানবার তা জেনে ফেলেছে অলকা, যা বোঝবার তা বুঝে ফেলেছে। মনটা তার এখন হালকা – নির্ভার। কিন্ত পরিবেশটা কিছু গুরু গম্ভীর হয়ে গেছে। তাকে স্বাভাবিক করবার তাড়নায়- আগের কথাকে ঢাকবার চেষ্টায় বলে সে- তবে হ্যাঁ, জায়গাটা বেড়াবার পক্ষে অতি উত্তম। মনোরম পাহাড় আছে, নদী ঝর্না বন আছে। বনে কত রকমের ফুল কত রকমের পাখী!

-তুমি ওখানে গেছো?

-কয়েকবার।

-আবার যাবে?

-তুমি কী আমন্ত্রন জানাচ্ছো? তাহলে অবশ্যই যাবো।

-তুমি গেলে আমার খুব ভালো লাগবে।

-সত্যি বলছো?

-মন থেকে বলছি।

-কবে যাবো?

-আগে আমি যাই। গিয়ে ওখানকার পরিবেশ পরিস্থিতিটা বুঝি। তারপর তোমাকে সংবাদ পাঠাবো। আমার সংবাদ পাওয়া মাত্র তুমি যেও কিন্ত-!

নারীকে বলে ছলনাময়ী। ক্ষনে ক্ষনে তার রূপ বদলায়। যা বুঝে ওঠার ক্ষমতা নাকি স্বয়ং বিধাতারও নেই। অলকা এখন সেই ছলনার আশ্রয়ে গিয়ে বলে- যদি না যাই?

কাতর গলায় বলে প্রশান্ত- তাহলে মনে বড় কষ্ট পাবো।

অলকার ভুরুতে বঙ্কিম ভ্রূকুটি- তোমার যে মন বলে একটা বস্ত আছে আর তাতে যে কষ্ট বলে একটা পদার্থ হতে পারে সেটা এই প্রথম জানতে পারলাম।

প্রশান্তের গলায় বেদনার ঢেউ- সময়! সময় অলকা! মানুষের মনের মধ্যের রাগ অনুরাগ স্নেহ প্রেম সব কিছু সময়ের দান। সেই সময় আমাকে কোন সহযোগিতা দেয়নি। এতদিন বইয়ের পাতা ছাড়া অন্য কোনদিকে চোখ ফেরাতে পারিনি। আমার সমবয়সী যারা সবাই হেসেছে খেলেছে নেচেছে গেয়েছে। আমারও ইচ্ছা করছে ওদের আনন্দ মেলায় যোগ দিতে। কিন্ত সব ইচ্ছার গলা টিপে রেখে মনকে বলেছি- আগে কিছু হও তারপর বাকি জীবন তো খরচ করার জন্য পড়েই আছে। এখন, যখন জীবনের একটা অধ্যায় শেষ করে আর একটা নতুন অধ্যায় শুরু হতে যাচ্ছে এই সময় চোখ পড়লো চারদিকে। মনে হল আমার বুকে নিদারুন পিপাসা জমে আছে। মনে হল আমার তৃষ্ণার্ত চোখ এমন কাউকে আপন করে নিবিড় ভাবে কাছে পেতে চাইছে যাকে আবেগঘন গলায় অস্ফুট উচ্চারনে বলা যায়- আমি তোমাকে চাই। আমি তোমাকে খুব ভালোবাসি।

সারা শরীর শিহরিত হচ্ছে অলকার-। ব্রম্মতালু থেকে পায়ের পাতা-শরীরের শিরায় শিরায়–প্রবহমান শোণিত, শ্বেতকনিকায় বিদ্যুৎ তরঙ্গ দৌড়ায়। ভালোলাগার উদ্দাম ঢেউ ভাসিয়ে নিয়ে যেতে চায় অজানা- অনাবিষ্কৃত এক দ্বীপের দিকে।ডুবিয়ে দিতে চায় অন্তহীন অতল তলে-। যেখানে থরে থরে সাজানো রয়েছে মণি মুক্তার বিবিধ সম্ভার।

আবেগঘন কাতর গলায় নিচের দিকে – মাটির দিকে তাকিয়ে প্রশান্তর কাছে জানতে চায় অলকা- এমন কাউকে কী খুঁজে পেয়েছো? যাকে তোমার মন চায়?

-পেয়েছি।

-সে কে?

-সে তুমি। যাকে আমি স্বপ্নে দেখি,কল্পনায় গড়ি,যাকে আমি খুব ভালোবাসি। -কথা নয় যেন কান্না গড়ায় প্রশান্তের গলা থেকে- তোমাকে আমি ভালোবাসি অলকা।

নারী যার বিভিন্ন সময়ে বিভিন্ন রূপ। দুর্গা কালী চণ্ডী চামুন্ডা- লক্ষ্মী স্বরসতী গঙ্গা পার্বতী। কখনও রনরঙ্গিনী মুর্তী কখনও বরদা প্রসন্না প্রাণদায়িনী। নারীকে বলা হয়- সমুদ্রের মত গহীন, জোয়ারের মত উদ্দাম, ঝর্নার মত স্রোতস্বিনী আগুনের মত দাহক, মদ আর মধুর মত মাদক। আবার এই নারী এক এক সময় মাখনের মত নরম, মমতাময়ী প্রেমময়ী -মোমের মত সামান্য উত্তাপে গলে যাওয়া প্রান।

অলকা এখন যেন একটা লতানো লাউ ডগা। যে একটা মাচার অবলম্বন চায়। যে গোড়া কাটা কলা গাছের মত পড়ে যেতে যেতে প্রশান্তকে জড়িয়ে ধরে তার

কাধের উপর মাথাটা এলিয়ে দিয়ে যেন মরে যেতে চায়-। অস্ফুট গলায় বলে- আবার বলো। বার বার বলো। তোমার মুখে এই একটি মাত্র বাক্য শোনবার জন্য আমি দিনের পর দিন আকুল হয়ে রয়েছি। আবার বলো প্রশান্ত, আবার বলো আমাকে ভালোবাসো।

প্রশান্ত দুবাহু দিয়ে অলকাকে বুকে বেঁধে নেয়-। ঠোঁটের উপর একে দেয় চুম্বন চিহ্ন। নিজের দেহের মধ্যে অলকাকে বিলিন করে নেবার আতুর আবেশে আরো জোরে পেষন করে তার নরম কোমল তনু – আমি তোমাকে ভালোবাসি। ভালোবাসি ভালোবাসি।

ঠিক এই সময় দরজার সামনে অলকার বাবার কাশির আওয়াজ শোনা গেল। বাহু বন্ধন থেকে নিজেদের বিচ্ছিন্ন করে সরে দাড়ালো দুজন। অনিল কুমার ঘরের দরজায় দাঁড়িয়ে বলে উঠলেন- অলকা আমাকে এখনই বের হয়ে যেতে হবে। হাতে আর সময় নেই। বসতে পারবো না। প্রশান্ত তুমিও আছো দেখছি। তাহলে কালই গিয়ে তুমি কার্যভার বুঝে নাও। অকারনে বিলম্ব করার প্রয়োজন নেই। ভরতপুরে অনেকদিন ধরেই আইন শৃঙ্খলা বলতে গেলে আর কিছুই নেই। বর্তমানে অবস্থার চরম অবনতি ঘটেছে। কয়েকদিন আগে ওখানকার জমিদার বাড়িতে দুঃসাহসিক একটা ডাকাতি হয়ে গেছে। তার আগে জমিদারের এক কর্মচারীকে কে বা কারা যেন খুন করে নদীর জলে পাথর বেঁধে ডুবিয়ে রেখেছিল। তোমার প্রথম কাজ হবে ডাকাতগুলোকে শায়েস্তা করা।

অলকা অফিসারের কথায় চমকে ওঠে- ভরতপুরের জমিদার বাড়িতে ডাকাতি!

-হ্যাঁ অরুন্ধুতিদের বাড়িতে ওটা হয়েছে।

-অরুন্ধুতির কিছু হয়নি তো বাপি?

-ডাকাতরা মহিলা শিশুদের কোন ক্ষতি করেনি। টাকা পয়সা যা ছিল সব নিয়ে গেছে। তাহলে প্রশান্ত-গুডলাক! তোমরা গল্প করো। আমি চলি।

২৮

আজ দুর্গা অন্যদিনের মতই সাংসারিক কাজে খুব ব্যস্ত। আজ পুত্র প্রশান্ত চলে যাবে তার নতুন পাওয়া চাকরিতে। প্রশান্তের জন্য জামা কাপড়ের ব্যাগ এবং সেখানে থাকার মত প্রয়োজনীয় কিছু জিনিস পত্র সব বেঁধে ছেদে দিতে হচ্ছে। প্রশান্ত বড় আগোছালো স্বভাবের-। কোথায় যে কি রাখে নিজেই খুঁজে পায়না। ভরতপুরে গিয়ে মায়ের স্নেহছায়া থেকে বঞ্চিত হয়ে নানা অসুবিধায় পড়বে। তবে আর তাকে মা আঁচল তলে ঢেকে রাখবেনা। এবার তাকে নিজের পায়ে উঠে দাঁড়াতে হবে। স্বাবলম্বী হয়ে উঠতে হবে।

দুর্গার মন আজ যেমন পুত্রের বিদায় কালে ভারাক্রান্ত হয়ে উঠছে তেমনই আবার গর্ব অহংকারে ফুলেও উঠছে। প্রশান্ত জানে না সে কোথায় যাচ্ছে, আর কেন তাকে পাঠাতে এত জোর দিয়েছে দুর্গা। ভরতপুর – ওটাই প্রশান্তের জন্মস্থান।যেটা থেকে এক শয়তান তাদের উৎখাত করে দিয়েছে। যেখান থেকে এক রাত আঁধারে নিহত স্বামীর দেহ মাটি চাপা দিয়ে – পুত্র কোলে রিফিউজিদের মত এক বস্ত্রে পালিয়ে আসতে হয়েছে দুর্গাকে। নিজের আধিপত্য কায়েম করতে আবার সেই মাটিতে ফিরে যাচ্ছে প্রশান্ত। সেখানে সে একটু একটু করে পায়ের নিচের মাটি শক্ত করবে। যারা সেদিন তার বাবাকে মেরে ফেলে দিয়েছিল তাদের উপযুক্ত শাস্তির ব্যবস্থা করবে। নিজের মাটিতে নিজের অধিকার প্রতিষ্ঠা করবে। সেদিন প্রশান্তকে বলবে দুর্গা সব সত্য ঘটনা।

আজ তার সেই ফেলে আসা দিনটার কথা খুব মনে পড়ছে। সেদিন যদি ভীমার মত দরদী মানুষের সাথে সাক্ষাৎ না হোত সময়ের চোরাবালিতে মা আর তার শিশু পুত্র কোথায় যে ভেসে চলে যেত তা কে জানে। মানুষের সবচেয়ে বড় ভরসা যে সবমানুষ আজও অমানুষ হয়ে যায়নি। কিছু মানুষ আজও আছে যারা আর্ত অসহায় বিপন্ন মানুষের পাশে দাঁড়ায়। অযাচিত সহায়তার হাত বাড়িয়ে দেয়।

আজ ভীমার জন্যও মন খারাপ হচ্ছে দুর্গার। বড় অসময়ে সে চলে গেছে। রায়পুর থেকে মাল বোঝাই ট্রাক নিয়ে সে গিয়ে ছিল মাদুরাই। একটা ব্রিজ পার হবার সময়ে রাত গভীরে তার চোখ চেপে ধরেছিল মরন ঘুমে। আর তারফলে

ব্রিজ থেকে ট্রাক সোজা নদী গর্ভে গিয়ে পড়ে। আর ডুবে যায় নদীর অতল তলে। কাল্টু আর ভীমার শব প্রায় এক সপ্তাহ পরে ট্রাক উদ্ধার করা গেলে তার মধ্যে পচা গলা অবস্থায় পাওয়া যায়। অতদূরে তাদের দেখতে যেতে পারেনি দুর্গা। সে প্রায় আট নয় বছর আগের কথা। আজ ভীমা থাকলে প্রশান্তের এই উন্নতি দেখে যারপরনাই খুশি হোত।

ভীমার ছেলে রামাউ প্রশান্তের চেয়ে বছর পাচেক বড়। সে মাতুলালয়ে থেকে লেখা পড়া শিখে বর্তমানে একটা চাকরি করছে। মাঝে মধ্যে শহরে এলে রামাউ তার বাবার হাতে তৈরি ঘর বাড়ি দেখে যায়।

বেলা এখন প্রায় দশটা মত বাজে। প্রশান্তকে বিদায় জানাতে অলকাও এসে গেছে। ওদের গাড়ি আছে। সেই গাড়িতে প্রশান্তকে তুলে নিয়ে সে ওর সঙ্গে রেল ষ্টেশন পর্যন্ত যাবে। প্রশান্তকে ট্রেনে তুলে দিয়ে ফিরে আসবে। বলেছিল অলকা – মা আপনিও ইচ্ছা করলে আমাদের সঙ্গে যেতে পারেন। চলুন না!

অলকার আর প্রশান্তের মধ্যে যে মন দেওয়া নেওয়ার একটা পর্ব শুরু হয়েছে সে বিষয়ে কিছু অনুমান করতে পেরেছে দুর্গা। ওরা এখন একান্তে বসে কিছুক্ষন হাসবে কিছুক্ষন কাঁদবে। জীবনের যা ধর্ম – এই বয়স বড় আবেগি। সেখানে দুর্গার উপস্থিতি ওদের বিড়ম্বনায় ফেলবে। তাই পাশ কাটিয়ে যাবার বাহানায় বলেছে – আমার মাথাটা কেমন ঘুরছে। গাড়িতে বমি ফমি হয়ে গেলে মুশকিল হবে। যদি না গেলে হয়, তাহলে আমাকে আর নিতে চেওনা। অলকা কিছু বলার আগেই প্রশান্ত বলে উঠেছে- তাহলে মা থাক। ঘরে শুয়ে বিশ্রাম নিক। তুমি তো আছো আমার সঙ্গে আর কোন অসুবিধা হবে না।

রায়পুর শহর থেকে ভরতপুর যেতে হলে প্রথমে ট্রেনে ঘন্টা দুয়েকের পথ পার হয়ে গিয়ে নামতে হবে হয় রায়পুর। এরপর প্রায় দেড়শো মাইল বন জঙ্গলের মধ্য দিয়ে যেতে হবে বাসে নাহয় জিপে। তবেই পাওয়া যাবে দূর দুর্গম অঞ্চল ভরতপুর। সেখানে থানায় গিয়ে রিপোর্ট করার পর – চার্জ বুঝে নেবার পর কি করতে হবে তা সে ধীরে ধীরে বুঝে নিতে পারবে।

প্রশান্ত প্রস্তত হয়ে মাকে প্রনাম করে বলে- মা এবার আমি যাচ্ছি। আশীর্বাদ করো যেন সফল হই। তোমার প্রত্যাশা যেন পুরন করতে পারি।

পুত্রের মাথায় হাত রেখে মনে মনে দুর্গা তার ইষ্ট দেবতার কাছে কামনা করে – হে দেব, আমার পুত্র প্রশান্ত যেন দানব দলনী দেবী দুর্গার বীরপুত্র দেব সেনাপতি কার্তিকেয়র মত শত্রু ধ্বংস করে সাহসের সাথে ফিরে আসতে পারে। তোমার

কাছে আজ সেই কামনা করি। যেখানে সে আজ প্রবেশ করতে চলেছে ওই শত্রুভুমিতে তোমার সহায়তা ছাড়া আর ওর সাথে কিছু নেই। সমস্ত আপদ বিপদ থেকে তুমি ওকে রক্ষা করো প্রভু। এই সময় দুর্গার চোখ থেকে কয়েক ফোটা জল প্রশান্তের মাথায় ঝরে পড়ে।

বলে প্রশান্ত- আমার জন্য কোন চিন্তা করোনা। কোয়াটার পেয়ে গেলে সাফ সাফাই করে কয়েকদিন পরে এসে আমি তোমাকে ওখানে নিয়ে যাবো।

জানে দুর্গা তাকে ওখানে যেতেই হবে। এই ঘর ছেড়ে দিতে হবে। জমিটা খাঁস কিন্ত ঘরটা তো ভীমার! ভীমার ছেলে বড় হয়েছে, তাকে তার বাবার বহু কষ্টে বানানো ঘরের অধিকার প্রত্যার্পন করতে হবে। বার কয়েক তাকে বলেছে দুর্গা – এই ঘর বাড়ি তোর। যেদিন দরকার বলবি আমরা ছেড়ে অন্য কোথাও উঠে চলে যাবো। ভীমার ছেলে ভীমার মতই মানসিক দিক থেকে উদার। ভীমার ছেলে রামাউ নিজেদের অঞ্চলেই প্রাইমারী স্কুলে একটা মাষ্টারির চাকরি পেয়ে গেছে। বলেছে সে- এখন আমার তো এই ঘর লাগছে না। আছো তোমরা – থাকো। যখন এর চেয়ে ভালো বাসস্থান পাবে চলে যেও। আমি আর কী করবো এই ঘর! একে যা দাম পাই কাউকে বেচে দেব। দাদু দিদার ঘর বাড়ি সামলে এটাকে আর সামলে রাখা যাবে না। শহরের চেয়ে আমার গ্রামীন পরিবেশ বেশি ভালো লাগে। টাটকা সব্জি ভাজি, প্রদূষন মুক্ত বাতাস সরল সহজ মানুষজন ফেলে শহরের এই ঘিঞ্জি পরিবেশে কে আসে! যার সে সুযোগ নেই সে আসে। আমি আসবো কেন!

এখন প্রশান্তের মাথায় হাত রেখে বলে দুর্গা- আমার জন্য কোন চিন্তা করার দরকার নেই। মন দিয়ে নিজের কর্তব্য- কর্ম করে যেও। ওখানে যাবার যখন সময় হবে তোমার বলতে হবে না। দেখবে আমি নিজেই চলে যাবো।

-আর কিছু কী বলবে মা?

- সেই কথাটা মনে আছে?

-আছে। অন্যায়কারী যতই প্রভাবশালী হোক অন্যায় করলে আমার কাছে কোন দয়া ক্ষমা পাবে না।

-আর?

-অত্যাচারিত যতই দীনদরিদ্র হোক সাধ্যমত তার পাশে দাঁড়াবো-সহায়তা করবো।

-আর?

-ভয়ের সামনে নত হবনা, প্রলোভনে বিকাবো না, সম্মানের সঙ্গে মাথা উঁচু করে সত্যে পথ ধরে হাটবো।

দুর্গা প্রশান্তের মাথা থেকে হাত সরিয়ে নিলে সে উঠে দাঁড়িয়ে অলকাকে বলে- অলকা আমি তো চলেছি। আমার মা রইলো। এই শহরে তাকে আর দেখার মত কেউ নেই। যতদিন আমি মাকে নিয়ে যেতে না পারি তুমি তার খেয়াল রেখো।

প্রশান্তের উৎকণ্ঠা দেখে তাকে স্বাশস্ত করার অভিপ্রায়ে বলে অলকা- মা একা তোমার নয়। আজ থেকে উনি আমারও মা। কি করতে হবে আমি দেখে নেব। মায়ের জন্য তোমার ভাবতে হবে না।

প্রশান্ত তার ব্যাগ পত্র তুলে অলকার নিয়ে আসা গাড়িতে গিয়ে চাপে। তার পাশের সিটে গিয়ে বসে অলকা। গাড়ি রওনা দেয় ষ্টেশনের দিকে। ভরতপুর রনভুমির দিকে। এখন কেন কে জানে দুর্গার বুক কাঁপিয়ে একটা দীর্ঘশ্বাস আছড়ে পড়ে।

ইতিহাসে বার বার দেখা গেছে অপমানিত অত্যচারিত মানুষ যখন উঠে দাঁড়ায় – আর প্রত্যাঘাত করে সে আঘাত অত্যন্ত তীব্র ভীষন আর ভয়াবহ হয়ে যায়। বহু বছর ধরে যে বিষজ্বালা ভরতপুরের মানুষ বুকের গভীরে বহন করে চলেছিল, সুযোগ পাওয়া মাত্র তা নামিয়ে দিয়েছে প্রবল পরাক্রান্ত প্রতিপক্ষের উপর। সেই প্রবল প্রত্যাঘাতে চৌধুরীভিলা যেন বেঁকে নুয়ে গেছে। এমনটা যে কোন দিন হতে পারে তা ভিলার বাসিন্দাদের কারো স্বপ্নেও ছিলনা। এরা মার খেয়ে কাঁদবে- হা হুতাশ করবে আর অদৃষ্টকে দোষারোপ করবে। মহিন্দরের কাছে দয়া কৃপা করুনা ভিক্ষা করবে- এই তো হয়ে এসেছে সবদিন। কিন্ত এইবার তা হয়নি। পাল্টা মার দিয়েছে।

আক্রমনের ধরন ধারন দেখে প্রথমে মহিন্দরের মনে হয়েছিল বিহোড় থেকে কোন ডাকাত দল হয়তো বন জঙ্গল পার হয়ে,পাহাড় নদী ডিঙ্গিয়ে এসে ধন দৌলত লুঠ করার উদ্দেশ্যে ভিলায় হামলা চালিয়েছে। কিন্ত পরে বোঝা যায় যে এরা বিহোড়ের ডাকাত নয়। তারা হলে মহিলাদের এত সম্মান দিতোনা। গা ভর্তি গহনা দেখেও লোভ সামলে রাখবে, কোন মেয়ের গায়ে হাত দেবে না–সুবোধ বালকের মত মাথা নত করে চলে যাবে এত ভালো মানুষী তাদের কাছ থেকে পাবার আশা করা যাবে না।

গোটা দশ বারো বন্দুকই তারা নিয়ে গেছে। কোন টাকা পয়সা লুঠ করেনি। যা দেখে মনে হয় যেন বন্দুক লুঠ করাই তাদের আসল উদ্দেশ্য ছিল। অন্য কিছু

নয়। যে কারনে মহিন্দরের সন্দেহ এরা সাধারন কোন লুঠেরা ডাকাত নয়। এদের অস্ত্র সংগ্রহের পিছনে বড় কোন উদ্দেশ্য আছে। এই অস্ত্র বলে বলিয়ান হয়ে এরা আগামী দিনে কোন বড় পরিকল্পনা সফল করতে চায়।

যদিও মহিন্দর পুলিসকে বলতে পারেনি যে তার অস্ত্রাগারে এত বন্দুক ছিল। সে বলতে পেরেছে মাত্র সরকারী লাইসেন্স প্রাপ্ত দুখানা দোনালার কথা। দেশীয় কারখানায় তৈরি আর চোরাপথে কিনে এনে জমা করা অস্ত্রের কথা পুলিসকে জানালে আইনি সমস্যা হতে পারে সেটা মহিন্দর বুঝতে ভুল করেনি। সে বন্দুকের কথা যেমন বলেনি – যা তারা নেয়নি, সেই সিন্ধুকের কথা বলেছে। বলেছে ওরা- হামলা করে প্রচুর সোনা গহনা আর নগদ টাকা নিয়ে গেছে।

ঘটনার প্রায় এক মাস বাদে আজ ঘন জঙ্গলের মধ্যে অবস্থিত দুর্গম উত্তর পাহাড়ের সামনে এসে আবার জমা হয়েছে অশান্তের দলবল। যেটা ভাবা গিয়েছিল তেমন হয়নি। ঘটনার গতি প্রকৃতি দেখে পুলিসের সন্দেহ হয়েছিল বহিরাগত কেউ নয় যে এর পিছনে – গ্রামের সাধারন সংগঠিত যুবকরাই রয়েছে তাই তারা এক দুজন মানুষকে থানায় নিয়ে গিয়ে জিজ্ঞাসাবাদ শুরু করা মাত্র যারা ঘটনার সাথে সরাসরি যুক্ত- বিচ্ছিন্ন ভাবে সব জঙ্গলে গিয়ে আত্মগোপন করেছিল। এমনটাই করার জন্য বলেছিল অশান্ত। – এক সাথে এক জায়গায় সবাই থাকলে ধরা পড়ে যাবার সম্ভাবনা আছে। দুজন তিন জন করে সবাই থাকবে- ছড়িয়ে ছিটিয়ে-। আর প্রত্যেকে প্রত্যেকে দিকে খেয়াল রাখবে। উঁচু টিলায় উঠে লক্ষ্য রাখবে -যদি দেখো কোন একটা গ্রুপের দিকে পুলিস আগাচ্ছে, জানোয়ার তাড়ানো পটকা ফাটিয়ে তাদের সতর্ক করে দেবে। পুলিসকে কোন আক্রমন করবে না, খালি পিছনে সরে আত্মরক্ষা করবে। এখন আক্রমন করলে আমাদের আগামী পরিকল্পনা সফল করতে অসুবিধা হবে।

আজ সবাই জমা হলে একটা উঁচু টিলা মত জায়গায় দাঁড়িয়ে নেতার ভঙ্গিতে বলে অশান্ত- সবার শক্তি আর সাহসে একটা বড় রকম সাফল্য পাওয়া গেছে। এই সাফল্যকে আমাদের যে কোন মুল্যে ধরে রাখতে হবে। আমাদের জন্য সাধারন মানুষের মনোবল তুঙ্গে উঠে গেছে। যে বাড়িতে এত গুলি বন্দুক – লোকলস্কর পাহারা, বাড়ির চারদিকে উঁচু দেওয়াল – কোনদিন কেউ ভাবতে পারেনি যে সেই সামন্তের বাড়ির ভিতরে ঢুকে কেউ হামলা চালাতে পারে।আমরা সেটা করে দেখিয়েছি। আমাদের সেই আঘাতে মহিন্দর চৌধুরী এখন শোকে দুঃখে মুহ্যমান। শয়তান লোক, খুব অল্প সময়ে শোক সামলে উঠবে। তারপর আবার সে তার

আগের স্বমুর্তী ধরবে৷ তার আগেই আমাদের পরবর্তী আঘাত হানতে হবে৷ এবার আমরা আগুন দিয়ে পুড়িয়ে নষ্ট করে দেব ওই মদের কারখানাটা-।

সবার চেয়ে বয়সে প্রবীন দীনানাথ৷ কিন্ত সে যেন আজকাল উৎসাহ উদ্দিপনায় যুবককদের হারিয়ে দিতে চাইছে৷ অন্য অনেকের চেয়ে মানুষের দুঃখ কষ্টে তার মন বেশি উতলা হয়৷ বলে সে- ভরতপুরের সকল দুর্দশা অভাব অনটনের মুল কারন ওই মদের কারখানা৷ ঘরে ঘরে অশান্তি ওই মদের জন্য৷ ওটাকে যদি নষ্ট করে দেওয়া যায় –মদের জন্য আটকে রাখা নদীর জল মুক্তি পাবে৷ জল পেলে আবার চাষীর জমিতে সোনার ফসল ফলবে৷

দীনানাথ থেমে গেলে – সেখান থেকে বলা শুরু করে মেঘা- জেলেরা আবার নদীতে মাছ ধরতে যাবে৷ কারখানার পচাজল নদীর জলে মিশে সব জল বিষাক্ত হয়ে গেছে৷ ওই জলে মাছ বাঁচেনা৷ সব মরে ভেসে ওঠে৷ মাছ বাঁচলে জেলেরাও বাঁচবে৷ তাদের সংসারে আবার হাসি আনন্দে ভরে উঠবে৷

-মানুষ খিদের কষ্ট সহ্য করতে পারেনা৷ না খাওয়া মানুষ মনের কষ্টে- খিদে ভুলতে মদ খায়৷ মদ আনে ঘরে ঘরে অশান্তি ঝগড়া মারামারি৷-গ্রামে গ্রামে বদমায়েশি গুন্ডামি সব কিছুর জন্য দায়ী ওই মদের কারখানা৷

অশান্ত উপস্থিত অন্য সবার মুখের দিকে তাকায়- সবাই একমত? দীনানাথ কাকা আর মেঘা যা বললো তোমাদের সায় আছে? করা হবে মদের কারখানা নষ্ট?

জনা কুড়ি বাইশ যুবক – যার মধ্যে নবল রামাধীন রাজ কিশোর আছে -এক যোগে সবাই সাড়া দেয়- করা হোক৷

বলে অশান্ত- তবে তাই হবে । আগামী দোল পূর্নিমার রাতে সারা অঞ্চলে যখন হোলিকা দহন হবে – সেই একই সময়ে আমরা দহন করবো ওই অমঙ্গলের আখাড়া৷ যেমন আছো কিছুদিন তেমন সবাই আত্মগোপন করে থাকো৷ ওইদিন একে একে সবাই এখানে আসবে৷ সুর্য ডোবার কিছু পরে আমরা রওনা দেব কারখানার দিকে৷

একজন বলে- আগের যে থানার বড় বাবু ছিল খবরে পেলাম সে নাকি বদলি হয়ে গেছে৷ তার জায়গায় আর এক অন্য অফিসার এসেছে৷ লোকটা নাকি ভালো৷

অশান্তর চোখে মুখে কুঞ্চন৷ বলে সে- কোন মানুষ ভালো বা মন্দতে কিছু যায় আসে না৷ বলেনা কর্তার ইচ্ছায় কর্ম! তাকে তার কর্তা যেভাবে চালাবে – চলতেই হবে৷ চাকরির এই শর্ত -নাহলে আর চাকরিটা থাকবে না৷ আমরা সবাই

জানি যে সরকার কাদের পক্ষে কাজ করে৷ সরকারে যেতে হলে ভোটে জিততে হয়৷ ভোটে জিততে হলে নানা রকম সভা সমিতি করতে হয়৷ প্রচার চালাতে হয়৷ কর্মী দল পুষতে হয়৷ যাতে প্রচুর খরচ খরচা৷ এই টাকা দলকে জোগান দেয় সেই সব লোক যাদের প্রচুর টাকা পয়সা থাকে৷ আর প্রচুর টাকা পয়সা তাদের থাকে- যারা মানুষকে তার ন্যায্য পাওনা থেকে বঞ্চিত করে – ঠকিয়ে সিন্ধুক ভরে নিতে জানে৷ যে রকম লোক এই মহিন্দর চৌধুরী৷ তা যারা এত টাকা চাঁদা দেয়- সরকারে যে যাবে সেই দাতা লোকটার স্বার্থই তো দেখবে৷ পুলিস তাকেই রক্ষা করবে৷ ওই অফিসার যত ভালো লোকই হোক তাতে আমাদের কোন লাভ হবে না৷ সে আমাদের পক্ষে দাঁড়াবে না৷ কাজেই সে থাকুক তার ভালো নিয়ে আমাদের ও নিয়ে মাথা ঘামাবার দরকার নেই৷

একটু থেমে আবার বলে অশান্ত- আমরা লড়ছি একটা ব্যবস্থার বিরুদ্ধে৷ যেটা এখনাকার জন জীবনকে ধবংশ করে দিচ্ছে৷ যার মানুষের ভালো মন্দ নিয়ে কোন মাথা ব্যথা নেই৷ খালি তার ব্যবসা চালাতে চায়৷ তাই এটাকে আমাদের খতম করতে এই লড়াই আমাদেরই লড়তে হবে৷ দেশের যে আইন কানুন তা দিয়ে আমরা জিততে পারবো না৷ হাইকোর্ট, সুপ্রিমকোর্ট যেখানে নাকি ন্যায় বিচার মেলে কিন্ত সেই ন্যায় বিচার কেনবার মত ক্ষমতা আমাদের নেই৷ সে কিনতে পারে মহিন্দর চৌধুরির মত লোকেরা৷ তাই ওই বিচারের কাছে গেলে আমাদের হার নিশ্চিত৷ জিতবে ওই মহিন্দর- তাই ওই পুলিস কোর্ট বিচার আমাদের দরকার নেই৷ আমরা মনে করছি মদের কারখানা দেশ সমাজ কারও মঙ্গল করবে না, আইন তাকে কি অধিকার দিয়েছে না দিয়েছে তা আমাদের দেখার দরকার নেই, আমরা ওটাকে যেভাবে বন্ধ করা যায় তা করে তবে দম নেব৷ পুলিস অফিসার যদি ভালো মনে করে আমাদের পক্ষে দাড়াবে৷ না দাঁড়ালে না দাঁড়াবে৷ যা তার ইচ্ছা তাই করবে৷ এটা তার কাছে সামান্য চাকরি কিন্ত আমাদের কাছে জীবন মরনের সমস্যা৷

আর একটা কথা – একটু দম নিয়ে আবার বলে অশান্ত- এমন নয় যে আমরা মহিন্দরের কারখানা নষ্ট করে দেব আর সে চুপচাপ বসে থাকবে৷ সে আবার ওই কারখানা বানাতে চেষ্টা করবে৷ সরকার তাকে পুলিস দিয়ে সেই কাজে সাহায্য করবে৷ তখন হয়তো আমাদের পুলিসের সাথেও লড়াই করতে হবে৷ অস্ত্রের মুকাবিলা অস্ত্র দিয়েই করতে হবে৷ হাতে খুব বেশি সময় আর থাকবেনা৷ এর মধ্যে তোমার ভাল ভাবে প্রত্যেকে কি ভাবে বন্দুক চালাতে হয় শিখে নাও৷ সবার কি

জানা হয়েছে কেমন করে গুলি ভরতে হয়, আর লক্ষ্য স্থির রেখে ট্রিগার টিপতে হয়!

বলে মেঘা -তুমি আমাকে যে রকম শিখিয়েছো আমি সবাইকে শিখিয়ে দিয়েছি।

বলে অশান্ত- আমাদের কাছে তো অঢেল গুলি নেই। তাই এখন খালি বন্দুক চালিয়ে শিখতে হবে। যেদিন কারখানায় আগুন দেওয়া হবে সেদিন সত্যি গুলি চালিয়ে কিছু পোক্ত হবার সুযোগ পাওয়া যাবে। দেখা যাক যদি কোন জায়গা থেকে কিছু গুলি জোগাড় করা যায়।

যা বলার ছিল তা বলে দিয়েছে দল নেতা,আর কারও কিছু শোনার নেই, অশান্তের আর কিছু বলার মত নেই। অসীম আগ্রহ আর আগামীর প্রতিক্ষা নিয়ে সবাই যে যার আত্মগোপনের জায়গার দিকে পা বাড়ায়।

অশান্ত উত্তর পাহাড় পিছনে ফেলে একটা জঙ্গলের পথ ধরে হেটে সামনের দিকে যেতে থাকে। তাকে নিত্য নতুন গুহায় বাস করতে হয়। সঙ্গীরা কেউ বিশ্বাসঘাতক নয় বটে কিন্ত যদি কেউ পুলিসের হাতে ধরা পরে যায় আর মার সহ্য করতে না পারে তাতে তাকে দোষ দেওয়া যাবে না। তাই সতর্কতা। সাবধানে পা ফেলে সে সামনে আগায়।

এখনও সন্ধ্যা ঘনায়নি। মাত্র সুর্য ডুবেছে। পশ্চিম দিগন্ত থেকে আসছে নরম কোমল গোধুলির আলো। বাতাসে মহুয়ার ফুলের মাদক সুবাস। এখানে বেশ বড় একটা মহুয়া ফুলের গাছ আছে।

এটা মহুয়ার সময়। জঙ্গলে মহুয়ার অগুনতি গাছ। এই সময় সারাদিন গাছের মগডাল থেকে টুপ টুপ করে সাদা সাদা রসে টৈ টুম্বুর ফুল খসে খসে পড়ে। গাছের তলাটা ফুলে ফুলে ভরে যায়। গ্রাম্য বালক বালিকা ঝুড়ি ভরে সেই মহুয়া ফুল নিয়ে গিয়ে শুকিয়ে রেখে দেয়। তারপর হাটে বাজারে নিয়ে গিয়ে বেচে আসে। ফড়েরা কিনে নেয়। আবার তারা বিক্রি করে দেয় বড় মহাজনের কাছে। সেখান থেকে মহুয়ার সাধারন ফুল ট্রাক ভরে চলে আসে মহিন্দরের কারখানায়। এতে আরো কিসব মিশেল দিয়ে সেখানে তৈরি হয় মদ। প্রদেশের নানা অঞ্চলে ট্রাক ভরে সে মদ চালান যায়। আর নিম্ন মানের সস্তা কিছু মদ এখানে ঠেক বানিয়ে বিক্রি করা হয়। যে মদ আজ জন জীবনকে ধ্বস্ত করে দিচ্ছে।

আপন মনে হেঁটে যাচ্ছিল অশান্ত সেই সময় অভাবনীয় ভাবে বনের আড়াল থেকে খিল খিল হাসির সাথে ভেসে আসে সেই বেদেনী মেয়ের গলার সুরেলা আওয়াজ- হেই বাবু।

অশান্ত তাকিয়ে দেখে বেদেনী মেয়ে একটা ছোট শাবল দিয়ে মাটি খুড়ে কি যেন খুঁজছে৷ সাপ কী! মনে হয় অশান্তের সে যেখানে যাক না কেন এই মেয়ে যেন দূর থেকে সর্বক্ষন তাকে অনুসরন করে চলে৷ যেন কায়ার সাথে ছায়ার মত লেগে আছে৷ কেন আছে সে অশান্ত কিছুটা যে না বোঝে তেমন নয় কিন্ত এই সময় তার মানসিক দুর্বলতা দেখাবার উপায় নেই৷ সামনে যে অগ্নি পরীক্ষা!

মাথা উচু করে অশান্তকে দেখে হেঁকে বলে মেয়ে- হেই বাবু হেই সাহাব,তুর জন্য পথের দিকে তাকিয়ে তাকিয়ে হামার যে চোখ থকে গেল! তুই যে হামার ডেরায় যাবি বলেছিলি! কই গেলি নাতো৷

-খুব কাজের চাপ৷ সময় পেলে যাবো একদিন৷ বলে অশান্ত- সন্ধ্যা নামছে, আঁধার ঘনাচ্ছে এই সময় তুই এখানে কী করছিস?

পাহাড় কাঁপিয়ে খিল খিল হাসিতে ঝর্নার জলের মত গলায় বলে মেয়ে- দিল! দিল কাঁহা সে কাঁহা- কি না কী খুঁজতে লিয়ে যায় তা কৌন জানে৷

মেয়ের রহস্যময় আর ইঙ্গিতপুর্ন কথায় অশান্ত খানিক হেসে তার দিকে তাকায়৷ অশান্তের মুখের দিকে তাকিয়ে আবার বলে মেয়ে- আরে বাবু আমি ইখানে এসেছি যা হামার কাজ তা করতে! জঙ্গলে জড়ি বুটি খুঁজি, সাপ খুঁজি৷ তুই কী ভাবলি!

-আমি কিছু ভাবিনি৷ বলছি এখন ডেরায় ফিরে যা৷

-তুই আজ চলো না হামার ডেরায়৷

-আজ নয় অন্য একদিন যাবো৷

মেয়ের গলায় দারুণ জেদ- হরদিন হামি কি নদীর পাড়ে পড়ে থাকবো! রমতা যোগী বহতা পানী৷ কবে কোনদিন কোথায় চলে যাবো কোন জানে!

মেয়ের কাজল টানা কালো চোখের মনির উপর নিজের চোখ রেখে দৃঢ় গলায় বলে অশান্ত- আমি জানি কোথাও যাবি না তুই! আর তোর সাথে আমার দেখা হবেই৷ একটু ধৈর্য রাখ৷ উতলা হোস না৷

-ঠিক বলছিস? দেখা হবেই?

মেয়ের পিঠে আলতো হাত রেখে বলে অশান্ত- হ্যাঁরে পাগলি-আমাদের দেখা হবেই৷

মেয়ে হতবিহবল হয়ে দাঁড়িয়ে থাকে বনের মধ্যে৷ আর দৃঢ় পদক্ষেপে অশান্ত হেঁটে মিলিয়ে যায় বনের সবুজ আদিমতার গহন গভীরে।

মেয়ে তার জড়ি বুটির বোঝা তুলে ভারাক্রান্ত মনে ফিরে যেতে থাকে নদীর বাঁকে – নিজস্ব ডেরার দিকে। কেন কে জানে এই সময় তার দুচোখে জল চিক চিক করে। বহু কষ্টে সে হাতের তালু দিয়ে সেই জল মুছে নেয়।

২৯

ভরতপুরে এসেছে প্রশান্ত মাত্র দিন দশেক হয়েছে। ষ্টেশনে ট্রেন থেকে নেমে থানা থেকে পাঠানো জিপ গাড়ি করে আসার সময়ে চারদিকে তাকিয়ে সে ভীষন চমকে উঠেছিল। প্রশান্ত বিজ্ঞান মনস্ক যুক্তিবাদী, জন্মান্তরবাদে তার কোন বিশ্বাস নেই। কিন্ত এখানকার মাঠ মাটি আকাশ পাহাড় নদী জঙ্গল সব দেখে মনে হচ্ছিল সব তার অতি চেনা। যেন এখানকার হাওয়া বাতাস ধুলো মাটি গায়ে মেখে বড় হয়ে উঠেছে সে। বহে চলা স্রোতস্বিনী দুধ নদীর জল পান করে পিপাসা মিটিয়েছে অনেকবার। অথচ তার যতদূর মনে পড়ে এখানে সে কোন কালে আসেনি। তবু কেন কে জানে দেখা মাত্রই এখানকার মাটি মানুষ পাহাড় নদীকে ভালোবেসে ফেলে সে। মন বলে এই স্থান আমার স্থান। এখনকার জীবন এখানকার ভালো মন্দ সব কিছুর সাথে মিশে আমাকে এখানেই থেকে যেতে হবে। আর আমার কোথাও যাওয়া হবেনা। যেখানেই যাই,যত দুরেই যাই এই মাটির টানে আমাকে ফিরে ফিরে আসতে হবে।

ভরতপুর থানাটার অতি জীর্ন দশা। সেই যে অনেক বছর আগে ইংরেজ শাসকরা ঠিক যে অবস্থায় একে রেখে চলে গিয়েছিল তারপর আর এতে হাত পড়েনি। কোন সংস্কার হয়নি। চারদিকে দাঁত বের করা পাকা দেওয়াল তো আছে কিন্ত তার না আছে রঙ না কোন পলেস্তারা। কাঠা দুয়েক জায়গায় খান কয়েক ঘর নিয়ে দাঁড়ানো থানার চেহারা দেখে করুনা যত হবে তার চেয়ে বেশি আসবে হাসি। এক কোনে দাঁড় করানো আছে খান কয়েক জং ধরা মান্ধাতার আমলের বন্দুক। চেয়ার টেবিল সব কাঠের। যাতে ঘুন ধরেছে, নড়বড় করছে। এমনিতে থানার এরিয়া অনেক। প্রায় দশ বিঘে পরিমান জায়গা। যাতে আগাছার জঙ্গল পুর্ন হয়ে আছে। দশ বারজন পুলিস কর্মী এখানে আছে – তাদের বাড়ি দূরে দূরে। তাই মেস বানিয়ে এখানেই থাকে – খায় দায়। অশান্ত অফিসার, তাই তাদের সাথে এক মেসে খেতে পারবে না।

এইসব অঞ্চলে চুরি ডাকাতি ছিনতাই রাহাজানি মারামারি হানাহানি তেমন কিছু আগে ছিলনা। পুলিস বিভাগকে আইন শৃংখলা জনিত কোন বড় সমস্যা নিয়ে

কোনদিন ভাবিত হতে হয়নি তেমন একটা। তাই থানার কর্ম ক্ষমতা বৃদ্ধি বিষয়টা জেলার বড় কর্তাদের মাথায় না রাখলেও চলত। থানা একটা রাখতে হয় তাই রাখা হয়েছে,কয়েকজন পুলিস কর্মী রাখতে হয় তাই রাখা হয়েছে, তারা মাস গেলে মাইনে পায় – এর বেশি আর কিছু নয়। কিন্ত বর্তমানে এখানে কিছু আইন ঘটিত সমস্যা দেখা দিচ্ছে। যা পুর্বে কোনদিন হয়নি, তা হচ্ছে। তাই অঞ্চলের বিশিষ্ট ধনপতি সামন্ত মহিন্দর চৌধুরী যিনি আবার প্রদেশের মুখ্যমন্ত্রীর ঘনিষ্ট বন্ধু- মুলুকচাঁদ কেডিয়ার বিশেষ আত্মীয়, তার উপর কয়েকটা হামলা হয়ে গেছে। যা বেশ বড় ধরনের -। ফলে প্রদেশের শাসক পক্ষকে অঞ্চলের শান্তি শৃংখলা বিষয়ে ভাবতে হচ্ছে। থানার শক্তি বৃদ্ধি করার কথা চিন্তা করতে হচ্ছে। এই কারনে আগের আধ বুড়ো প্রায় অক্ষম ইনচার্যকে বদলি করে নতুন যুব অফিসার আনা হয়েছে।

মাত্র দিন দশেক হয়েছে প্রশান্ত এখানের দায়িত্বভার নিয়ে এসেছে। কি তার কাজ, কোনভাবে সে তার কাজ শুরু করবে সেটা নিয়ে ভাবনা চিন্তা করছে। এই থানায় অনেকদিন যাবত যারা পোষ্টিং আছে সেই সব কনষ্টেবল- হাবিলদার গনপত এরা এলাকার বিষয় আসয় সব কিছু জানে। তাদের সাথে পরামর্শ করে আগামীর রননীতি রনকৌশল স্থির করে ঝাঁপাতে হবে এলাকার সমস্যা সামাধান করতে।

গনপতের বাড়ি মুরেনা জেলায়। ছাব্বিশ বছর হয়ে গেছে পুলিসের চাকরিতে। বলে সে- কোনমতে নাক কান গুঁজে আর চারটে বছর কাটিয়ে দিতে পারলে রিটায়ার্ড। প্রবিডেন্ট ফাণ্ড,পেনসান,গ্রাচ্যুইটি। নর্মদামে ডুবকি লাগাকে ঘর চলা যাউঙ্গা। অনেক পাপ করেছি চাকরির জন্য- যে কটা দিন বেঁচে থাকি ঘরে বসে ভগবানের নাম করবো।

আগে যে থানায় পোষ্টিং ছিল সেখানে সে ঠিক কি করেছিল তা কেউ জানে না। তবে গনপত বলে- এই থানায় পোষ্টিং এটা নাকি ডিপার্টমেন্ট দ্বারা প্রদত্ত তার প্রতি শাস্তি।

গনপত সৎ মানুষ। মনে হয় প্রশান্তের এর পরামর্শ মত কাজ করলে তাতে এলাকার মানুষের মঙ্গল হতে পারে। মা তাকে বলেছে – ক্ষমতা হচ্ছে একটা ধারালো চাকুর মত। যা কোন ডাক্তারের হাতে গেলে তা দিয়ে অপারেশান করে কোন রুগীর প্রান বাঁচিয়ে নিতে পারে। কিন্ত ওই চাকুটাই কোন খুনির হাতে গেলে সে কারও বুকে বসিয়ে দিয়ে প্রান কেড়ে নিতে পারে। আবার ওই চাকু

কোন অবোধ বাচ্চার হাতে দিলে সে তার নিজের হাত কেটে ফেলবে। কোন ঘরেলু মহিলার হাতে গেলে সে ওই চাকু দিয়ে আনাজ সব্জি কেটে রান্না করবে। এতে চাকুর কোন দোষ গুন নেই। দোষ গুন যে হাতে গেল তার। তুমি তোমার ক্ষমতা কীভাবে ব্যবহার করবে সেটা নির্ভর করছে তোমার উপর। চাইলে কাউকে মারতে পারো চাইলে কাউকে বাঁচাতে পারো। যা করবে মনের কাছে জিজ্ঞাসা করে করবে। মানুষের মন হল সব চেয়ে বড় বিচারক। মন যদি বলে এটা করা অন্যায় কোনদিন করবে না। যে কাজ ন্যায় সঙ্গত তা আইন সঙ্গত নাও হতে পারে। যা আইন সঙ্গত তা ন্যায় সঙ্গত নাও হতে পারে। তুমি ন্যায় বা আইন দেখবে মানবিক চোখে। বুকে যদি মানুষের জন্য দরদ রাখো দেখবে কোন কাজে ভুল হবেনা।

আজকে থানায় এসে অফিসারের চেয়ারে বসে মনে মনে মাকে স্মরন করে বলে প্রশান্ত- আমার যে ক্ষমতা সরকার দিয়েছে – তার সবটুকু প্রয়োগ মানুষের হিতেই করবো মা। দলিত দরিদ্র আদিবাসী যে সব মানুষ এখানে বাস করে তাদের রক্ষা করাই হবে আমার এক মাত্র ব্রত।

এমন সময় গনপত এসে প্রশান্তকে জানায়- আপনার সাথে দেখা করতে মহিন্দর বাবু এসেছে। তাকে ডাকবো?

মহিন্দর চৌধুরির নাম আগেও শুনেছে প্রশান্ত,অঞ্চলের সম্ভ্রান্ত সম্মানীয় মানুষ। বলে সে- কোথায় তিনি?

-নিজের জিপে বসে আছে।

শশব্যস্তে বলে প্রশান্ত- আরে-! ডাকো।

প্রশান্তের অফিসে ঢুকে হেসে উঠে বলে মহিন্দর- কথায় বলে কুয়া কারও কাছে যাবে না। সে যেখানে আছে সেখানেই অনড় থাকবে। যার জলের দরকার যেতে হবে কুয়ার কাছে। সেই নিয়মেই আমি আজ তোমার কাছে এসেছি। তোমার আগে যত অফিসার এই থানায় এসেছে প্রথম দিনই গিয়ে আমার সঙ্গে দেখা করেছে। দশদিন হয়ে গেল। তবু তুমি গেলে না। তাই ভাবলাম আমিই যাই। নতুন থানায় নতুন ইনচার্য – বলতে গেলে আমাদের অতিথি – গিয়ে কেমন আছে কোন অসুবিধা হচ্ছে কিনা খোঁজ খবর জেনে আসি।

বলে প্রশান্ত- আমি সদ্য সদ্য এসেছি। ভেবেছিলাম একটু গুছিয়ে উঠতে পারলেই যাবো আপনার সাথে দেখা করতে। আজ আপনি নিজেই চলে এসেছেন এতে আমি খুবই আনন্দিত হয়েছি।

-তুমি আনন্দিত হয়েছো জেনে আমিও আনন্দ পাচ্ছি। তুমি বলেই বলছি, কিছু মনে করোনা। শুনলাম তুমি নাকি আমার মেয়ে অরুন্ধুতির পুর্ব পরিচিত – মানে বন্ধু! তোমাকে তো তুমি করে বলাই যায়!

লজ্জিত গলায় বলে প্রশান্ত- হ্যাঁ অরু আমার পুর্ব পরিচিত।

-আমি সত্যি বলছি আজ এখানে তোমাকে পেয়ে খুব ভালো লাগছে। আমি খুব খুব খুশি হয়েছি। তুমি এখানকার দায়িত্ব ভার নেওয়ায় আশা করছি আমরা যারা শান্তিপ্রিয় নাগরিক অঞ্চলে এবার নিরুপদ্রবে থাকতে পারবো।

বলে প্রশান্ত- অঞ্চলের আইন শৃংখলার শাসন ফিরিয়ে আনতে আমি আমার যথা সাধ্য চেষ্টা করবো। এটা আপনাকে কথা দিতে পারি। বলতে পারেন এটাই আমার প্রধান এবং প্রথম কাজ। সে ব্যাপারে আমি অঞ্চলের মানুষের সাহায্য চাইবো। আশাকরি আপনারও সব রকম সাহায্য পাবো।

-নিশ্চয় পাবে। আমি সর্ব প্রকার সাহায্য করার জন্য সর্বদা প্রস্তত। বস্ততঃ সেটা বলার জন্যই আমার এখানে আসা। কখন কি সাহায্য দরকার কাউকে পাঠিয়ে আমাকে বলবে। আর কোন অসুবিধা হবে না।

-আমি একেবারে প্রথম থেকে শুরু করতে চাইছি। আমি এই সামান্য সময়ে প্রাথমিক তদন্তে যেটুকু যা তথ্য পেয়েছি তাতে জেনেছি যে এখানে যতগুলো বড় ধরনের অপরাধ সংঘটিত হয়েছে তার সব কটাতে কোন না কোন ভাবে পল্টন মাল্লার যুক্ত ছিল। যাদের কেস থানা নেয়নি। হতে পারে সেই ক্ষতিগ্রস্ত লোকেরা একজুট হয়ে তাকে...।

প্রশান্তের কথা শেষ হবার আগে বলে মহিন্দর- না না-কে তোমাকে কি বলেছে তুমি ওই কথার উপর কোন বিশ্বাস করো না। পল্টন খুব ভালো মানুষ ছিল। আমার কারখানায় সিকিউরিটি ইনচার্য ছিল। তা ছাড়া সে মারা গেছে। মৃত মানুষ সব দোষ গুনের উর্ধে। যে মারা গেছে তাকে নিয়ে আর টানাটানি করার কী দরকার! ওটাকে তুমি ছেড়ে দাও। সদ্য যেটা ঘটেছে – এই যে সেদিন আমার বাড়িতে ডাকাতি হল সেটা নিয়ে কিছু করো।

বলে প্রশান্ত- আমাদের ট্রেনিং পর্বে অনেক গুলো ভালো জিনিস শেখানো হয়েছে। সেই শিক্ষার আলোকে আমার যা মনেহয়- বর্তমানে যা কিছু ঘটে চলেছে তা একটা সংগঠিত শক্তির কাজ। এটা কোন বিচ্ছিন্ন কিছু নয়। এবং এই সব আগেকার কিছু ঘটনার প্রতিক্রিয়া। পল্টন বিষয়ে সঠিক তথ্য পেলে কারা তাকে মেরেছে কেন মেরেছে জানতে পারবো। আর আমার যা অনুমান যে যারা

তাকে মেরেছে তাদের দ্বারাই আপনার ভিলায় হামলা হয়েছে। এটা সত্য হলে সহজেই আমরা অপরাধীদের নাগাল পেয়ে যাবো।

ভীত গলায় বলে মহিন্দর- আমারও তাই মনে হয়। যারা পল্টনকে মেরে দিয়েছে তারাই আমার ভিলায় হামলা করেছে। আমার আরো ভয় ওরা এরপর আমার আরও বড় কোন ক্ষতি করার চেষ্টা করবে।

-সেই জন্যই তো আমাকে জানতে হবে তাকে কারা আর কেন মেরেছে।

বলে মহিন্দর- আমার মনে হয় ওরা আমার ভিলায় হামলা করার প্লান অনেক আগে বানিয়েছিল। ওরা জানতো পল্টন খুব সাহসী। সে থাকলে সহজে ভিলার মধ্যে ঢোকা যাবে না। সে জান প্রান দিয়ে আটকাবে। তাই তাকে একা বাগে পেয়ে পথের বাধা সরিয়ে দিয়েছে।

-হতে পারে। সেটাও হতে পারে। আমাকে জানতে হবে তাকে কোথা থেকে ধরা হয়েছিল আর সেই সময় কতজন লোক ছিল। কেউ তো এমন আছে যে দেখেছে সেখানে সে কি করতে গিয়েছিল। এইসব জানতে পারলে একেবারে মূলে গিয়ে পৌছাতে পারবো। আর জানেন তো রোগটা ধরে ফেলতে পারলে সঠিক অসুধ প্রয়োগ করা গেলে আর রোগ থাকবেনা। রোগী নিরাময় হতে বাধ্য।

কি বলবে বুঝতে না পেরে মাথা নামিয়ে বসে থাকে মহিন্দর। বলে প্রশান্ত- চা খাবেন?

-এখানে সে ব্যবস্থা আছে?

-আমার চায়ের নেশা তাই ব্যবস্থা করতে হয়েছে।

-তবে খেতে পারি একটু।

চা খেতে খেতে বলে মহিন্দর- তুমি শুনে থাকবে হয়ত আমার নামে এখানে বাঘে গোরুতে এক ঘাটে জল খেত। সেদিন আর নেই। নাহলে কার হিম্মত ছিল আমার ভিলায় ঢোকে! আর এখন তো বলতে গেলে আমি এক নখ দন্তহীন বুড়ো বাঘ। এই সময় একমাত্র তুমিই আমার প্রধান ভরসা।

এই কথা বলার সময় মহিন্দরের মনে পড়ে তার বিশ্বস্ত একজন পাশের প্রদেশ- যেখানে বন্দুকের কারখানা আছে সেখানে অর্ডার দিতে গেছে। খুব শীঘ্রই মাল ডেলিভারী আসবে। তাই আবার বলে- সামান্য সময় পেলে আবার আমি সামলে উঠতে পারবো। সেইটুকু সময় তুমি আমাকে রক্ষা করো।

-আমি তো আপনাদের সুরক্ষা দিতেই এসেছি। বলুন কি করতে হবে!

-আমার কারখানা আর বাড়িতে যদি একটু পুলিসি পাহারার ব্যবস্থা করে দাও তো খুব উপকার হয়। খুব ভয়ে ভয়ে আছি কখন আবার হামলা হয়ে যায়।

-রাতে তো পুলিস পেট্রোলিং হয়!

-সে হয়, একটু দিনেও যদি...।

-আচ্ছা নিশ্চিন্তে থাকুন, আমি দেখে নিচ্ছি। কিছু ভয়ের নেই আমি এসে গেছি আর কিছু হবে না।

চায়ে শেষ চুমুক দিয়ে খুশি মনে বলে মহিন্দর- অরু তোমার কথা খুব বলে।

-ভালো কিছু বলেনা নিশ্চয়! হেসে হেসে বলে প্রশান্ত।

-না না! চমকে উঠে বলে মহিন্দর- ভালই বলে। তোমাদের কত গভীর বন্ধুত্ব তাই বলে-। আমাদের ভিলায় একদিন এসো। অরু- খুব খুশি হবে।

-যাবো। বলে প্রশান্ত, অরুকে বলে দেবেন – আগামী সপ্তাহে যাবো।

-কথা দিলে?

-দিলাম।

-কবে যাবে দিন বললে গাড়ি পাঠিয়ে দিতে পারতাম।

-তার দরকার হবেনা। সরকারি জিপেই চলে যেতে পারবো।

মহিন্দর চলে যাবার আগে আবার বলে যায়- মনে করে যেও কিন্ত, অরু খুব খুশি হবে। আর কিছুক্ষন পরে প্রশান্ত গনপতকে ডেকে জিজ্ঞাসা করে –আমার কাছে কোন মিথ্যা বা বানিয়ে বলার দরকার নেই। তুমি যেমন জানো যেমন বুঝেছ তাই বলবে – এই লোকটা কেমন?

ভয়ে ভয়ে সামনে এসে বলে গনপত –আপনি তো জানেন। আবার আমার কাছে জিজ্ঞাসা করছেন কেন!

-আমি একে জানিনা চিনিনা।এর মেয়ে শহরে থেকে পড়তো। মাত্র সেটুকু চেনা জানা। এর বিষয়ে যা কিছু তোমার জানা আছে আমাকে জানাও। লোকটা কেমন?

মিন মিন করে বলে গনপত- ওই জমিদার মহাজন যেমন হয় তেমনই সাব।

-মানে?

চিবিয়ে চিবিয়ে বলে গনপত- আমাদের খুব খেয়াল রাখে। কিছু চাইবার আগে পাঠিয়ে দেয়। ওনার জন্য যা দরকার সব পেয়ে যাই।

গনপতের আমতা আমতা করা দেখে বুঝে যায় প্রশান্ত – গনপত কিছু বলতে চাইছে না। প্রশান্ত অফিসার,তার পরিচিত জনের নামে খারাপ কথা বলে বিপদে পড়তে চায় না। এর মন থেকে এই ভয় দূর করতে হবে।

বলে প্রশান্ত- আচ্ছা তুমি যাও।

ডিউটির মাঝখানে থানা সংলগ্ন অফিসার্স কোয়াটারে – যেখানে নিজের থাকার জন্য একটা ঘর বরাদ্দ করেছে প্রশান্ত- সেখানে খেতে আসে। এলাকার একটি মহিলা যে আগের থানার ইনচার্যের রান্না বান্নার কাজ করতো এখন প্রশান্তের রান্না বান্না বাজার করে। সেখানে এসে আজ অবাক হয়ে যায় সে- কোন খবরা খবর না দিয়ে দুর্গা এসে অপেক্ষা করছে। মাকে দেখে যারপরনাই খুশি তো হয়, তবে তার মুখ থেকে একটা বিস্মিত প্রশ্নও বের হয় – একী মা! তুমি এভাবে হঠাৎ একা একা চলে এলে? আমি তো বলেই ছিলাম একটু গুছিয়ে উঠেই গিয়ে তোমাকে নিয়ে আসবো।

বলে দুর্গা- এতদিন তো তুই আমার কাছ ছাড়া হয়ে কোনদিন থাকিস নি। মনটা কেন কে জানে তোকে দেখার জন্য খুব বিচলিত হয়ে উঠেছিল। তাই চলে এলাম।

আনন্দিত গলায় বলে প্রশান্ত- এসে গেছো ভালোই হয়েছে। আর তোমার শহরে যেতে হবেনা। এখানেই থাকো। আমি কাউকে পাঠিয়ে ঘরের যে সব মালপত্র আছে আনিয়ে নেব।

দুর্গার মালপত্র নিয়ে তেমন মাথা ব্যথা কিছু নেই। অতি দৈন্য দশায় দিন কেটেছে। ঘরে কিবা আছে এমন! কটা হাড়ি কুড়ি আর সামান্য বিছানা মাদুর- একটা সেলাই মেশিন। সে সব এমন জিনিস যা চোরেও নিতে চাইবে না।

বলে সে- কেমন লাগছে এই জায়গাটা? ভালো?

আবেগ মাখা গলায় বলে প্রশান্ত- আচ্ছা মা, আমি তো আগে কখনও এখানে এসেছি এমন নয়। কিন্তু এই জায়গাটা আমার খুব চেনা চেনা লাগে। যেন সব সময় মনে হয় এই পাহাড় নদী মাঠ মাটি আকাশ বন সব যেন আমার অতি চেনা।

পুত্রের দিকে তাকিয়ে অন্ত্রর্ভেদী দৃষ্টি দিয়ে আপাদমস্তক নিরীক্ষন করে ধীরে ধীরে বলে দুর্গা- আমাদের মনের মধ্যে দুটো অতি সংবেদনশীল কেন্দ্র আছে। যার একটা ভালো আর একটা মন্দকে চিহ্নিত করে। যেটা ভালো কেন্দ্র যখন সেখানে কোন গভীর ছাপ ছবি – ছায়াপাত হয় তখন মনে হয় এটা আমার পুর্ব থেকে দেখা বা জানা। যে কোন কারনেই হোক এই জায়গাটা তোমার মনে দাগ কেটেছে। তাই মনে হচ্ছে খুব চেনা খুব আপন। সে যাক-এবার বলো সামন্ত মহিন্দর চৌধুরী লোকটা কেমন?

মায়ের দিকে তাকিয়ে বিস্মিত হয়ে বলে প্রশান্ত- তুমি মহিন্দর চৌধুরির নাম কী করে জানলে!

বলে দুর্গা- ওকে এখানকার কে না চেনে! বাস থেকে নেমে আসছিলাম যে টাঙ্গায় চেপে, সেই টাঙ্গাওয়ালা বলেছে মহিন্দরের কথা। মানুষটা কেমন? কথা সমাপ্ত করে দুর্গা গভীর অনুসন্ধিৎসা নিয়ে প্রশান্তের দিকে তাকিয়ে থাকে।

বলে প্রশান্ত- আজই সামনা সামনি দেখলাম। দেখে মনে হল মন্দ নয়। তবে এই কদিনে নানা লোকের কথায় মনে হয়েছে অঞ্চলের মানুষ কেন কে জানে ওঁকে খুব একটা সহ্য করতে পারেনা। যেন সবার ওর উপর একটা চাপা রাগ ক্ষোভ আছে। কিন্ত কেউ মুখ ফুটে সেটা বলতেও চায়না। আমাদের থানার যে পুরাতন হাবিলদার- সেও দেখলাম কিছু বলতে গিয়ে মুখ বন্ধ করে নিল।

বলে দুর্গা- শুধু চোখ কান নয়, মনের দরজা খুলে রেখো। মনের দরজা খুলে রেখে কর্তব্যের পথে চলো। তাহলেই দেখবে সব সত্য তোমার কাছে দিনের আলোর মত পরিস্কার হয়ে যাবে।

যে মহিলা প্রশান্তের জন্য রান্না করে সে বলে- সাব তোমার জন্য রান্না হয়ে গেছে। মা তো এখন এল তার জন্য ভাত বসিয়েছি। দুজনে এক সাথে খেলে কিছু দেরী হবে। তুমি আগে খেয়ে যেতে চাইলে যেতে পারো। আমি কি ভাত বেড়ে দেব?

দুর্গা বলে- আমার দেরী হবে। চান টান করবো। তুই খেয়ে চলে যা। রাতের খাওয়া এক সাথে খাব। তোর জন্য আমি রান্না করবো।

প্রশান্ত খেয়েই নেয়। নিরামিষ রান্না – ভাত ডাল পটল ভাজা আর আলু পনীর তরকারি। পনীর এখানে পাওয়া যায় না। আনাতে হয় বাস মোড়ের বাজার থেকে। পুলিসের টহলদারী জিপ টহল দিতে গিয়ে বাজারটাও সেরে আসে।

ভাত খেয়ে সবে প্রশান্ত মুখ ধুয়ে মুখে সামান্য মৌড়ি ফেলেছে এমন সময় এক সিপাই দ্রুত এসে নিচু গলায় তার কাছে কিছু বলে। তখনই প্রশান্ত দুর্গাকে বলে- তুমি চান করে খেয়েনিও। আমাকে এক্ষুনি বের হয়ে যেতে হবে।

-কখন ফিরবি?

মায়ের উৎকণ্ঠা লক্ষ্য করে নরম গলায় বলে প্রশান্ত- পুলিসের চাকরি! কখন যে ফিরতে পারবো তা জানি না। একটু থেমে আবার বলে- মা আজ আমার চাকরি জীবনের প্রথম পরীক্ষা। আশীর্বাদ দাও যেন সফল হতে পারি।

-যাও। আমার আশীর্বাদ তোমার সাথেই যাচ্ছে। তুমি সফল হয়েই ফিরবে। আমি চান করে মন্দিরে তোমার জন্য পুজা দিতে যাচ্ছি। যতক্ষন তুমি ফিরে না আসো আমি মন্দিরে দেবতার সামনে বসে থাকবো।

-খাবে না!

-তুমি ফিরে এলে তোমার মুখে বিজয়ী হবার সংবাদ জেনে তারপর খাবো। এখন তুমি যেখানে যাচ্ছো, তুমি একা যাচ্ছ না। আমার এতকালের স্বপ্ন প্রতিজ্ঞা সাফল্য কামনা সব তোমার সাথে যাচ্ছে।

দুঃখিত গলায় বলে প্রশান্ত- কতক্ষনে ফিরে আসতে পারবো তার কি কোন নিশ্চয়তা আছে! এতক্ষন না খেয়ে থাকলে তোমার পিত্ত পরে যাবে!

-আমার জন্য চিন্তা করোনা। আমার কিছু হবে না। তুমি যাও।

প্রশান্তের এখন মায়ের জন্য ব্যস্ত বিচলিত হবার আর সময় নেই। দায়িত্ব কর্তব্যের আহ্বান এসেছে। তাকে সাহসের সাথে পালন করতে হবে। সে খাটের উপর রাখা গুলি ভরা রিভালবার কোমরের চামড়ার খাপে ঢুকিয়ে জিপে গিয়ে উঠে বসে। আর এক রাশ ধোয়া ধুলো উড়িয়ে জিপটা সামনের দিকে ছুটে যায়। যতক্ষন দেখা যায় জিপের দিকে তাকিয়ে থাকে দুর্গা। বুক কাঁপিয়ে তার একটা দীর্ঘশ্বাস পড়ে।

জিপে থেকে না নেমে অনেক দূর থেকেই প্রশান্ত দেখতে পায় আকাশের দিকে সাপের মত কুন্ডলি পাকিয়ে উড়ে যাওয়া কালো ধোঁয়া আর দাউ দাউ আগুনের লেলিহান শিখা। মদ অতি দহন শীল একটা তরল পদার্থ। অনেকটা ডিজেল পেট্রোলের মত। সামান্য আগুনের স্পর্শ পাওয়া মাত্র আগুন ভয়াবহ হয়ে উঠেছে। নদী কাছেই-। সেখান থেকে পাম্প করে জল এনে আগুন নেভানোর একটা চেষ্টা করা যেত। কিন্ত করা যাচ্ছে না। যারা আগুন ধরিয়েছে বন্দুক উঁচু করে দাঁড়িয়ে আছে নদীর পাম্প ঘরের কাছ। যে পাম্প চালিয়ে আগুন নেভাবার যে চেষ্টা করবে ওরা বলছে তাকে গুলি করবে।

প্রায় দুশো মত কর্মী এই মদের কারখানায় কাজ করে। দুই শিফটে ডিউটি হয়-। সকাল ছটা থেকে বেলা দুটো। আবার দুটো থেকে রাত দশটা। প্রথম শিফটের ডিউটি শেষ হবার পর মন্থর পায়ে একে একে মজুররা ঢুকছিল কারখানার গেট দিয়ে। আর তখনই নদীর দিক থেকে জনা কুড়ি পঁচিশ যুবক – যাদের কারও হাতে উদ্যত বন্দুক কারও হাতে আবার তির ধনুক, বল্লম টাঙ্গি – তারা এসে দাঁড়াল কারখানার সামনে। কর্কশ গলায় হুকুম দিল – মজদুর ভাই তোমরা আমাদের কেউ শত্রু নও। আমাদের শত্রু সামন্ত মহিন্দর চৌধুরী। আমরা তার বিষের কারখানা ধ্বংস করতে এসেছি। কেউ কোন বাঁধা দেবার চেষ্টা করবে না। একে একে সবাই কারখানা থেকে বেড়িয়ে নিরাপদ দুরত্বে সরে যাও। না হলে মারা পড়বে। তেমন হলে আমাদের কোন দায় থাকবে না।

মজুদুররা নিরীহ- খেটে খাওয়া মানুষ। তারা কারও কোন বিবাদে জড়াতে চায় না। প্রান সবার কাছেই প্রিয়। তাই তারা নির্দেশ মত কারখানা পরিত্যাগ করে দূরে পালিয়ে যায়। আর এরা আগুন ধরিয়ে দেয়। মুহুর্তে গোটা কারখানায় আগুন ছড়িয়ে পড়ে। এখন বড় বড় মদ ভর্তি ড্রাম গুলো বোমের মত ফাটছে। আর আগুন আরো বিধ্বংসী হয়ে উঠছে। কারখানার আশে পাশে যাবার উপায় নেই।

কারখানার এক পাহারাদার এবড়ো খেবড়ো পথে প্রানপনে আধা ঘন্টা দৌড়ে মহিন্দরের ভিলায় পৌছায় আর এই দুঃসংবাদ জানায়। সেখান থেকে আবার

একজন জিপ নিয়ে দৌড়ায় থানার দিকে। আর যতক্ষনে থানা থেকে একটা সহায়ক দল কারখানার গেটের সামনে এসে পৌছাতে পারে কারখানার প্রায় ভস্মীভূত হয়ে গেছে। দাহ্যবস্তু ফুরিয়ে আসায় আগুন খানিক নিস্তেজ হয়ে আসছে।

প্রায় অর্ধেক পুড়ে যাবার পর অশান্তদের দলটা বুঝে ছিল আর আগুন নেভানো সম্ভব হবে না। তাই তারা কারখানার কাছ থেকে পশ্চাদপসরন করছিল। কারখানার উত্তর দিকে একটা ছোট নদী। কারখানার জলের প্রয়োজন মেটাবার জন্য যে নদীর উপর একটা বাঁধ দিয়ে জল আটকানো হয়েছিল ওরা সেই বাঁধ পার হয়ে জঙ্গলের পথ ধরে কিছুটা এগিয়ে বাঁ দিকে বেঁকে পাকা রাস্তা টপকে আবার জঙ্গলের মধ্যে নেমে উত্তর পাহাড়ের দিকে চলে যেতে চেয়েছিল। এটাতেই তাদের একটু ভুল হয়ে গেছে। পাকা রাস্তা টপকাবার আগেই তাদের মুখোমুখি হয়ে যেতে হল পুলিস বাহিনীর। পুলিস আসবে তারা জানতো। এত দ্রুত এসে পড়বে সেটা বুঝতে পারেনি।।পুলিসের কাছে খবর আছে যে দলটা এখানে সক্রিয় হয়ে উঠেছে তাদের ঘাটি ওই দুর্গম উত্তর পাহাড়ে। ওই দিক থেকে তারা এসেছে – ফিরে যাবে ওই দিকেই। আর একবার উত্তর পাহাড়ের দুর্গম দুর্ভেদ্য জঙ্গলের মধ্যে ঢুকে পড়তে পারলে সহজে তাদের বাগে আনা মুশকিল। তাই সেই দিকে যাতে দলটা যেতে না পারে জিপ আর পুলিস ভ্যান নিয়ে সেদিকটা অবরোধ করে দাঁড়িয়ে পড়ে প্রশান্তের বাহিনী। কিছুতেই যেন দলটা পাকা রাস্তা টপকে ঘন জঙ্গলের মধ্যে নামতে না পারে।

পাকা রাস্তা পার না হতে পেরে প্রশান্তের দল পাশের কিছু পাতলা জঙ্গলের মধ্যে ঢুকে গাছ পাথরের আড়াল নিয়ে দাঁড়িয়ে পড়ে। আসন্ন যুদ্ধের জন্য প্রস্তত হয়।

জিপে মাইক লাগানো আছে। সেই মাইক দ্বারা দলটার উদ্দেশ্যে বলে প্রশান্ত- তোমরা কেউ পালাতে পারবে না। পালাবার কোন চেষ্টাও করোনা। এমনটা বলতে হয় – বলে ভয় দেখাতে হয় তাই বলে প্রশান্ত- চারদিক থেকে তোমাদের ঘিরে ফেলা হয়েছে। জঙ্গল থেকে বেড়িয়ে এসে আত্মসমর্পন করো না হলে গুলি চালানো হবে।

একটা বড় পাথরের আড়াল থেকে চিৎকার করে জবাব দেয় অশান্ত- অফিসার ভালো চাও তো আমাদের পথ ছেড়ে সরে দাড়াও। হাজার হাজার মানুষের জীবন বিনষ্টকারী অঞ্চলে সব অশান্তির মূল- মহিন্দরের পাপের ঘাটির

জন্য নিজের প্রান বিপন্ন করো না। মনে রেখো আমাদের হাতেও বন্দুক আছে। আর আমাদের বন্দুক দিয়েও বুক ফুটো করে দেওয়া যায়। কেন একটা বদমাশ লোকের জন্য মরবে! কেন নিজের পরিবার পরিজনকে কাঁদাবে! ভালো চাও তো সামনে থেকে সরে দাড়াও।

অশান্তের কথার জবাবে বলে প্রশান্ত- আমরা কি করবো সেটা তোমাকে বলে দিতে হবে না। আমরা আইন রক্ষক, আইন তার নিজের পথেই চলবে। তোমরা যদি নিজেদের মঙ্গল চাও – ধরা দাও। না হলে গুলিতে বুক পিঠ ঝাঁঝরা করে দেব।

বলে অশান্ত- যে আইন তোমার প্রভু- তুমি তাকে মান্য করো। যে আইন আমাদের মত সাধারন মানুষের মঙ্গল করে না – আমাদের পক্ষে সে আইন মেনে নেওয়া অসম্ভব।

অশান্তের কথা শেষ হবার সাথে সাথে প্রশান্ত ইশারা করে, আর এদিক থেকে ছুটে যায় এক ঝাঁক বুলেট। কিন্তু প্রশান্ত যা ভাবতে পারেনি, যে খবর তার কাছে ছিলনা তাই হয় – ওদিক সম পরিমান গুলি এদিকে ছুটে আসে। মহিন্দর বলেছিল তার দুখানা বন্দুক লুঠ করা হয়েছে তাহলে তো দুটো গুলি আসার কথা! এ তো এক ঝাঁক!

এক ঝাঁক গুলি বিনিময়ের পর সাময়িক বিরতী। দু তরফ থেকে দু তরফকে একটু মেপে বুঝে নেবার চেষ্টা। সেই অবসরে হাবিলদার গনপত প্রশান্তের কাছে এসে বলে- কি করবো সাব?

প্রশান্ত এক অভিজ্ঞ পুলিস কর্মীর কথায় বিস্ময় প্রকাশ করে- কি করবো মানে! যা করছি তাই করবো। অন্য আর কি করার আছে!

-আমরা ওদের চেয়ে সংখ্যায় অনেক কম। আর ওদের কাছে আমাদের চেয়ে অস্ত্রও অনেক বেশি। নিশ্চয় দশ বারো খানা বন্দুক আছে।

প্রশান্তের এখন মনে পড়ে যায় সেই ট্রেনিং কালের কিছু কথা। বলে সে- ওরা দুষ্কৃতী আর আমরা আইনের রক্ষক। সংখ্যা যাই হোক ওদের চেয়ে আমাদের শক্তি অনেক বেশি। দরকার খালি লড়বার মানসিকতা। কটা দেশি বন্দুক দিয়ে আমাদের রাইফেলের সামনে ওরা কতক্ষন টিকতে পারবে!

বলে গনপত- পাচটা রাইফেল তার একটা চলেনি। ট্রিগার লক হয়ে গেছে।

-লক হয়ে গেছে!

-সেই কবেকার রাইফেল! আমি যতদিন এই থানায় এসেছি কোনদিন চালানো হয়নি। জং পড়ে মরচে ধরে যা তা অবস্থা।

-চারখানা ভালো আছে তো! বলে প্রশান্ত- ওই দিয়ে লড়তে হবে।তারপর সে আবার অশান্তদের উদ্দেশ্যে বলে- এই যে তোমরা শোন, আর মাত্র দু মিনিট সময় দিচ্ছি। হয় আত্মসমর্পন করবে, নাহলে মরবে। যেটা খুশি তোমরা বেছে নিতে পারো।

অশান্ত তার সঙ্গীদের বলে- কোন অবস্থায় ধরা দেওয়া চলবে না।ওরা কিন্ত আমাদের ফালতু ভয় দেখাচ্ছে না। ভয় প্রথবার দেখাতে চেষ্টা করেছিল। এবার আক্রমন আরও তীব্র করবে। যে যার হাতিয়ার নিয়ে প্রস্তুত হয়ে থাকো। ওরা যখন আমাদের আক্রমন করবে আমরা খানিক পিছিয়ে গিয়ে আত্মরক্ষা করবো। যেই ওরা বিরতি দেবে সেই সময় আমরা ঝাঁপিয়ে পড়বো। যে মুহুর্তে আমি বলবো সব এক সাথে ঝাঁপাবে। না তার আগে না তার পরে মনে থাকে যেন-।

মেঘা বলে- ওদের কাছে রাইফেল! আমাদের কাছে কটা দেশি বন্দুক! এ দিয়ে কি আমরা ওদের সাথে পেরে উঠবো!

প্রশান্ত পরম মমতায় মেঘার পিঠে হাত রাখে। ছিল এক সাধারন খেটে খাওয়া মানুষ আজ দায়ে পড়ে বন্দুক হাতে তুলে নিতে হয়েছে। বলে- দ্যাখ মেঘা অস্ত্র লড়াই জেতায় না। জেতায় আদর্শ আর আত্মবিশ্বাস।একটা মাস মাইনের কর্মচারী যার প্রানের-পরিবারের চিন্তা সব চেয়ে বড়। তার হাতে একটা রাইফেল। সে দিয়ে কি করতে পারে আমাদের? সামনে শত্রু দাঁড়িয়ে আছে – ওরা জিতলে আমরা শেষ হয়ে যাবো। ওদের হারিয়ে দিতে পারলেই আমাদের প্রান বাঁচবে। এই সময় কোন দ্বিধা সন্দেহ ভয় নয়। মনে সাহস রাখ- জয় আমাদেরই হবে। প্রথম ধাক্কা সামলে যেই আমরা পাল্টা আক্রমন করবো সব পালাবে। তুই আমার পিছনে থাক। আমি আগালে তুই আগাবি।

প্রশান্ত তার দুরু দুরু বুক সঙ্গীদের দিকে তাকায়। জীবনে এই রকম পরিস্থিতির সামনে কোনদিন পড়েনি। তাদের সাহস জোগায়- কোন ভয় নেই, সবার সামনে আমি আছি। গাছ পাথরের আড়াল নিয়ে শত্রুর দিকে সজাগ চোখ রাখো আর অপেক্ষা করো।

প্রশান্ত ঘড়ি দেখছে আর গুনছে এক দুই তিন...দু মিনিট শেষ। এবার সে হুংকার দেয় – ফায়ার! চারখানা রাইফেল থেকে গরম সিসের বুলেট ছুটে আসে অশান্তদের দিকে। অনভিজ্ঞ যোদ্ধা তাই কি ভাবে নিজেকে বাঁচাতে হবে তা শিখে উঠতে পারেনি। ভীত ত্রস্ত হয়ে ছোটা ছুটি করার জন্য কয়েকজন জখম হয়ে যায়। গুলি কারও গায়ে লাগেনি খালি ভয়ে আহত। এক ঝাক গুলি চালিয়ে পুলিস একটু দম নেয়।

বলে অশান্ত- এই উপযুক্ত সময়। ওরা থেমেছে এবার আমাদের আক্রমন। আমি পুলিসকে গুলি চালিয়ে ব্যতিব্যস্ত করে রাখবো। সেই সুযোগে তোমরা আমার পিছন দিক থেকে রাস্তা টপকে ওপারে নেমে জঙ্গলের পথ ধরে ঘাটিতে ফিরে যাবে। আর আমার ফেরার অপেক্ষা করবে।

বলে মেঘা- আমরা তোমাকে ফেলে যেতে পারবো না। সবাই মিলে লড়বো। মরতে হলে সবাই এক সাথে মরবো।

ধমক দেয় অশান্ত- পাগলের মত কথা বলিস না মেঘা! আমাদের লড়াই মরার জন্য নয়। বাঁচার জন্য আমাদের লড়াই। যাতে ক্ষয় ক্ষতি না হয় আমাদের এখন তাই করতে হবে। আমার কথা ভাবিসনা। আমি নিজেকে নিজে রক্ষা কি করে করতে হয় তা জানি। আমি ঠিক নিজেকে বাঁচিয়ে নিতে পারবো।

দলের অন্যদের বলে- তোমরা এগিয়ে যাও, আমার আদেশ – যাও। বলেই অশান্ত মুহুর্মুহ পুলিসকে লক্ষ্য করে দোনালা বন্দুক থেকে বাঘ মারা এল, জি, কার্তুজ ছুড়তে শুরু করে। এই গুলির মজা এই যে- গুলি মাত্র একটা কিন্তু যখন বের হয় ছয় দিশায় ছিটকে যায়। রিকশার বল বিয়ারিংয়ের মত ছটা সিসের গুলি এক সাথে ছয়দিকে ছোটে।

অশান্তের সঙ্গীরা যতটা না সাহসে তার চেয়ে অধিক ভয়ে পর পর গুলি দেগে চলে। বাধ্য হয়ে পুলিসকে পুলিস ভ্যানের আড়ালে সরে শরীর রক্ষা করতে হয়। অনভ্যাসে বিদ্যা হ্রাস পায়। এই থানার পুলিসও তো বহুকাল- বহুকাল কেন কোন কালেই এমন দুষ্কৃতির সামনে পড়েনি। তারা জেনেছে অপরাধী পুলিস দেখলে পালাবে। এই প্রথম দেখছে – পালায় না, ঘুরে দাঁড়িয়ে পাল্টা মার দেয়। এমন পরিস্থিতি এলে তখন কি করতে হবে তাদের কেউ শেখায়নি। তাই ভ্যানের আড়ালে দাঁড়িয়ে কখন গুলি বন্ধ হবে-অপেক্ষা করে। সেই সুযোগে অশান্তের সঙ্গীরা রাস্তা পার হয়ে ওপারের জঙ্গলে নেমে যেতে সক্ষম হয়। সর্বশেষ যার যাবার কথা সে অশান্ত। সে আর একটু হলে রাস্তার ওপাশে চলেই যাচ্ছিল তার আগে একটা গুলি এসে তার ডান হাতের খানিক মাংস ছিড়ে নিয়ে চলে গেল। সবাই তো নয়, তবে হাবিলদার গনপত বিহবলতা কাটিয়ে পাল্টা আক্রমন করে দিয়েছে। আহত অশান্ত গড়িয়ে রাস্তার পাশে পড়ে যায়। হামগুড়ি দিয়ে সে ঢুকে যায় ঘন বনের মধ্যে। বনের মধ্যে সাপ আছে বিছে আছে আর যারা পালিয়ে গেল তারাও বন্দুক নিয়ে ঘাপটি মেরে থাকতে পারে। মাস মাইনের কর্মচারী অন্যের প্রান নিতে পারে, পারেনা নিজের প্রানের ঝুঁকি যেখানে আছে সেখানে গিয়ে

দাঁড়াতে। তাই অশান্তকে ধরতে কেউ এগিয়ে যাবার সাহস করে উঠতে পারেনা। প্রশান্ত একা কি করবে! তা ছাড়া সে বলতে গেলে শিক্ষানবিশ। পরিপক্ক হয়ে উঠতে তার আরও কিছু সময় লেগে যাবে। আজ সবে মাত্র হাতেখড়ি হল।

তবে এখন তার গলায় আক্ষেপ ঝরে- এটা বড় আপসোষের কথা। হাতের নাগালে পেয়েও দলপতিটাকে ধরা গেল না। ওটাকে পেলে পুরা দলটাকে কব্জা করতে বিশেষ বেগ পেতে হত না। তবে জখম যখন হয়েছে বেশি দূরে যেতে পারবে না। নিশ্চয় কাছে পিঠে কোথাও পড়ে থাকবে। ভালো করে চারদিকে তল্লাশি চালাতে পারলে ওটাকে পেলেও পাওয়া যেতে পারে।

বলে গনপত- আমাদের কয়েকজন পুলিসের অল্প বিস্তর চোট লেগেছে। তাদের আগে নিয়ে গিয়ে চিকিৎসার ব্যবস্থা করা উচিৎ । আর এত বড় জঙ্গল তল্লাশি করতে হলে হেড কোয়াটার থেকে আরো ফোর্স আনানো দরকার। আমরা এই কয়জন জঙ্গলে ঢুকলে বেঘোরে মারা পড়বো। ওরা তো সাধারন কোন অপরাধী নয় সব বন্দুকধারী- বাগি ।

হ্যাঁ এটা একটা সমস্যা বটে-। মানতে হয় প্রশান্তকে। যে বন্দুক দিয়ে পুলিস জনগনকে ভয় দেখায় দমিয়ে রাখে যদি জনগনের হাতে সেই একই অস্ত্র উঠে যায় – ভয় পাবার – ভয় ধরানোর ব্যাপারটা আর এক তরফা থাকে না। বর্তমান অবস্থার যথার্থ বিশ্লেষণ করে পুলিস জিপ আর ভ্যান থানার দিকে ফিরে যাওয়াই সমীচীন বলে মনে করে।

৩১

বাবা লিঙ্গেশ্বরের মন্দির! যার কাছেই অতি ধীরে বহে চলা একটা শীর্ন নদী। যারাই বাবা লিঙ্গেশ্বর মন্দিরে পুজা দিতে আসে- আগে ওই নদীতে নেমে স্নান করে নেয় তারপর প্রবেশ করে মন্দিরে। শিবের আর এক নাম লিঙ্গেশ্বর। প্রধানতঃ মেয়েরাই এর উপাসক। বিশ্বাস আছে মহিলারা বাবার কাছে যা কামনা করে বাবা তা পুরন করে দেন। স্বামী পুত্রের মঙ্গল কামনায় কত শতবার যে দুর্গা এই মন্দিরে এসেছে কত বার যে লিঙ্গেশ্বরের পুজা দিয়েছে তার কোন গোনা গাথা নেই। আজ আবার পুজা দিতে এসে সেই স্মৃতির ভারে খানিক বিহ্বল হয়ে পড়ে সে। যখন তার মাত্র বারো বছর বয়স তখন এই গ্রামের বধু হয়ে এসেছিল। কুশল তখনও মাষ্টার হয়নি ছিল –ছাত্র। তখন সে আট কেলাসে পড়ে। বিয়ে করার তার মোটেই ইচ্ছা ছিলনা কিন্ত মাতৃপিতৃহীন দুর্গাকে নিজের বাড়িতে স্থান দেবার প্রয়োজনে কুশলের বাবা কুশলকে বিয়ের পিড়িতে বসতে বাধ্য করেছিলেন। দুর্গার মা বাবা দুজনে এক দিনে এক সময়ে মারা যান। এক বর্ষার দিনে মাঠে কাজ করার সময়ে তাদের উপর বজ্রপাত হয়। কুশলের বাবা আর দুর্গার বাবা সেই বাল্যবেলা থেকে পরম মিত্র ছিল। বন্ধুর অনাথ মেয়েকে তাই বধু বানিয়ে নিয়ে এসেছিলেন নিজগৃহে। বিবাহের পরও কুশল পড়া শোনা বন্ধ করেনি। মধ্যম চাষীর সন্তান। ঘরে চাল ডালের সমস্যা ছিল না। তাই পড়াশোনা চালিয়ে গেছে। আর একটা কাজ করেছে সে – নিজে শেখার সাথে সাথে দুর্গাকেও লেখাপড়া শিখিয়েছে। যে কারনে কোন সার্টিফিকেট না থাকলেও দুর্গা যথেষ্ট শিক্ষিত। সময় সমাজ সংস্কৃতি রাজনীতি নিয়ে অল্প বিস্তর জ্ঞান রাখে। শিক্ষা আনে চেতনা। সচেতন চোখ দিয়ে সব কিছু দেখে নেবার ফলে সে অঞ্চলের অন্য মহিলাদের চেয়ে অনেক এগিয়ে থাকা মানুষ।

বাবা লিঙ্গেশ্বরের মন্দিরে অনেকক্ষণ ধরে প্রান ভরে পুজা দিয়ে মনে হয়েছিল দুর্গার এতক্ষনে প্রশান্ত মনে হয় ফিরে আসতে পেরেছে। এবার তার কোয়াটারে গিয়ে পুত্রকে দেখা আর পুত্রের আনন্দে আনন্দিত হয়ে আশীর্বাদ দেওয়া দরকার। তাই সে সিড়ি দিয়ে নেমে সবে ফেরার পথ ধরে ছিল। এমন সময় তার কানে গেল একটা কাতর আর্তনাদ – উঃ মা, মাগো! সেই আওয়াজ লক্ষ্য করে সামান্য

এগিয়ে দেখতে পায় দুর্গা – ঝোপের মধ্যে পড়ে আছে একটা আহত রক্তাক্ত মানুষ। সারা শরীর রক্তে ভিজে গেছে তার। নারী জাতির স্বাভাবিক মাতৃ সুলভ মমতায় দুর্গার গলা থেকে একটা করুন কান্না বের হয়ে আসে- তুমি কে বাছা? কি হয়েছে তোমার? সারা শরীর রক্তে ভেসে যাচ্ছে! কে তোমার এমন অবস্থা করেছে?

আহত মানুষটার নাম অশান্ত। গুলির একটা বিশেষত্ব প্রথম যখন লাগে – সামান্য ব্যথা। অনেক সময় শরীর এফোড় ওফোড় হয়ে গুলি বের হয়ে যাবার পরও বোঝা যায়না যে গুলি লেগেছে। কিন্তু যত সময় গড়াবে ব্যথা সারা দেহে ছড়িয়ে যাবে। পা থেকে মাথা সারা দেহে অসহ্য বিষ ব্যথার কামড় বসাবে। সেটাই হয়েছে অশান্তের-। আর ব্যথার কামড়ে দেহকে টেনে সামনের দিকে নিয়ে যেতে পারছে না।

দেহে এই যন্ত্রনার পাহাড় নিয়ে এত পথ পাড়ি দিয়ে তার পক্ষে উত্তর পাহাড়ে সঙ্গী সাথীদের কাছে পৌছানো সম্ভব হবেনা এটা বুঝেই সে পথ পরিবর্তন করে চলে এসেছিল বাবা লিঙ্গেশ্বরের মন্দিরের কাছে। যখন সে প্রথম এখানে আসে আশ্রয় নিয়েছিল এই মন্দিরে। মানুষের রেখে যাওয়া প্রসাদে উদর পুর্তি হোতো আর নদী দিত পিপাসার জল। দিন কয়েক এভাবেই কেটেছিল। তারপর অবশ্য মুন্নি খাবার দিয়ে যাওয়া আরম্ভ করে। জায়গাটা নিরাপদ – ভেবেছিল অশান্ত আপাততঃ নিজেকে এখানে লুকিয়ে রাখবে। যন্ত্রনা কমলে একটু সুস্থ বোধ হলে ফিরবে উত্তর পাহাড়ে।

অশান্তের এই সময় খুব জল তেষ্টাও পেয়েছে। নদীর দিকে পা বাড়িয়ে ছিল সেই কারনে। জল খেয়ে এসে মন্দিরের পাথরের আড়ালে শুয়ে পড়ার ইচ্ছা ছিল। কিন্তু আহত দেহ টেনে নদী পর্যন্ত নিয়ে যেতে পারেনি। থেমে যেতে হয়েছে অনেকটা দূরে। আর কি ভাবে যেন তার যন্ত্রনা কাতর মুখ থেকে গোঙানি বের হয়ে গেছে- উহঃ মাগো!

এখন সে অস্ফুট স্বরে বলে- জল! আহঃ, একটু জল। কথা শেষ করেই সে অজ্ঞান মত হয়ে যায়।

দুর্গা বেদনার্ত হৃদয়ে অশান্তের দিকে তাকায়। তার বুক মমতায় উথলে ওঠে। মনের কোন এক কোনে করুন সুর বেজে ওঠে। -আহা রে!

সে তাড়াতাড়ি নদীর দিকে দৌড়ে যায়।পুজার থালায় বসানো খুব ছোট্ট একটা মঙ্গলঘট, যা জোগাড় করে দিয়েছে রান্নার মহিলা- রমাবাঈ। আর অন্য

কোন জলপাত্র সাথে নেই। তাই নিজের আঁচল ভিজিয়েই জল নিয়ে আসে। ভেজা আঁচল নিংড়ে অশান্তের মুখে দেয়। জল পেয়ে অশান্ত ধীরে ধীরে চোখ খোলে। মনে হয় দুর্গার এই যুবক তার অচেনা কেউ নয় – বহু বহুকালে চেনা। আর তখন আবার দুর্গা বলে- তুমি কে বাছা?

অশান্তের চোখ আগে ঘোলা ঘোলা ছিল- দৃষ্টি ছিল অসচ্ছ। জল খেয়ে এখন কিছু সচ্ছ হয়। সে এবার চোখ মেলে দুর্গাকে দেখেই চিনতে পারে। আর তাই হুহু করে কেঁদে ওঠে অশান্ত- মা মা গো! এতদিন তুমি কোথায় ছিলে? আমি যে অনেক পথ পার হয়ে তোমাকে খুঁজতে এসেছি। তোমরা কেমন আছো, আমার ভাই কেমন আছে?

চেনা চেনা মনে হলেও দুর্গা অশান্তকে এখনও পুরপুরি চিনে উঠতে পারেনি। কান্না জড়ানো গলায় বলে- কে তুমি? কি নাম তোমার? বাড়ি কোথায়?

দলা দলা আর্তি মিশিয়ে বলে অশান্ত- আমি অশান্ত মা। আমি অশান্ত। তোমার সেই অভাগা ছেলে। আমাকে চিনতে পারছোনা!

-অশান্ত! আমার অশান্ত! পাগলের মত দুর্গা অশান্তের রক্তাক্ত হাতটা চেপে ধরে- কোথায় ছিলি বাপ আমার এতদিন? তোকে দেখার জন্য- একটা খবর পাওয়ার জন্য দিনরাত ভগবানকে ডেকেছি। আজ এলি, তা কি অবস্থায় এলি! কে তোর এমন অবস্থা করেছে বাপ আমার!

বলে অশান্ত- আমাদের সবকটা মানুষের জীবন তছনছ করে দিয়েছে শয়তান মহিন্দর।বাবাকে খুন করেছে, তোমার কাছ থেকে আমাকে বিচ্ছিন্ন করে দিয়েছে। তার সব শক্তির উৎস- জমা করা কটা বন্দুক আর ওই মদের কারখানা। বন্দুক আমরা আগেই কেড়ে নিয়েছি আর আজ তার মদের কারখানাটা আগুন দিয়ে পুড়িয়ে দিয়েছি। গোটা কারখানা ছাইয়ে পরিনত হয়ে গেছে। আমরা বুঝে উঠতে পারিনি, সামান্য দেরী করে ফেলেছিলাম। এর মধ্যে পুলিস এসে যায়। আর পালাতে পারিনি। আমাদের অনেকে অল্প সল্প জক্ষম হয়ে গেছে। তবে আমার গুলি লেগেছে-।

দুর্গার এখন বুক ভিজিয়ে ঝরঝর বর্ষা নামে। হায় ইশ্বর! একি দুঃসময়! যে দুই ভাইয়ের হাতে হাত মিলিয়ে এক শত্রুর বিরুদ্ধে রুখে দাঁড়াবার কথা তারাই আজ দাঁড়িয়ে পড়েছে পরস্পরের মুখোমুখি। একে অন্যের উপর গুলি দাগছে।

বলে অশান্ত- আমাকে কোথাও নিয়ে গিয়ে লুকিয়ে দাও। পুলিস আমাকে খুঁজছে।

বিড়বিড় করে দুর্গা- কোথায় তোকে লুকাবো বাপ আমার! যখন ছোট ছিলিস আমার আঁচলের তলে লুকিয়ে পড়তিস। এখন এত বড় হয়ে গেছিস এখন কোথায় তোকে লুকাই! তোরই ছোট ভাই পুলিস অফিসার। সে তোর শত্রু-। আর তার কাছে সব সময় সামন্ত মহিন্দরের লোক জনের আসা যাওয়া। পাছে তাদের কেউ প্রশান্তকে চিনে ফেলে তাই আমি ওর সাথে এখানে আসিনি। আজ এসেছি, কিন্ত কারও সামনে বের হইনি, আত্মপরিচয় প্রকাশ করিনি। নিজেকে লুকিয়ে রেখেছি বাপ। আমি যেখানে থাকবো তোকে সেখানে নিয়ে গেলে তোর খবর আর গোপন থাকবে না। সে যে আরো বড় বিপদের মুখোমুখি হওয়া। কি যে করি এখন তোকে নিয়ে! কোথায় যে লুকিয়ে রাখি!

চোখের জলে দুর্গার বুক ভেসে যেতে থাকে। মনের মধ্যে হাহাকার দাঁপায়। হারানো পুত্র ফিরে এসেছে আজ তার আনন্দ হবার কথা। দুই ভাইকে এক সাথে বসিয়ে ভাল মন্দ রান্না করে খাওবার কথা। মায়ের মমতায় দুজনকে সিক্ত করার কথা। কিছুই করতে পারবে না সে। যে ঘটনা ঘটেছে আর যা আগামী দিনে ঘটবে সেই ভয় আতংক কোমল মায়ের প্রানকে দুমড়ে মুচড়ে একাকার করে দেয়।

এই সময় অশান্ত শুনতে পায় সেই মিষ্টি মধুর সুরেলা স্বর- সাপের খেলা দেখে যা! বাবুরা সাপের খেলা দেখে যা। এই স্বর সুর তার বড় প্রিয়। আজ যেন সেই স্বর অনেক বেশি স্পষ্ট আর জোরালো।আজ যেন ওই স্বর অভয় বার্তা বহন করে নিয়ে এসেছে।

এই ঘন বন এখানে মানুষের নাম গন্ধ নেই। থাকলে থাকতে পারে কিছু কাঠুরে, কিছু পাখী ধরা শিকারী। এখানে কেউ সাপের খেলা দেখার লোক থাকবে না তা কী ওই মেয়ে জানে না? জানে। কিন্ত এই স্বর সুর দিয়ে সে তার অস্বিত্বের জানান দেয়। যাকে সে খুব ভালোবাসে সেই প্রিয় মানুষের কানে বার্তা পৌছে দিতে চায় – এই যে আমি! তোমার আশেপাশেই আছি।প্রতি মুহুর্তে তোমার দিকে নজর রাখছি। দরকার হলেই সাহায্যের ডালি নিয়ে তোমার কাছে পৌছে যাব।

সেই আওয়াজে চঞ্চল হয়ে উঠে বলে অশান্ত- মা ওই মেয়েকে ডাকো।

-ওই বেদের মেয়েকে?

-হ্যাঁ ওকে ডাকো।

দুর্গা উঠে দাঁড়িয়ে দূর থেকে হেটে যাওয়া মেয়েকে ডাকে- এই মেয়ে এদিকে এসো।

মেয়ে ঘাড় ঘুরিয়ে দুর্গাকে দেখে বলে- আমি? আমাকে ডাকছো?

-তোমাকে ডাকছি।

মেয়ে দ্রুত চলে আসে দুর্গার কাছে। আর দেখতে পায় শায়িত রক্তাক্ত অশান্তকে। চমকে উঠে বলে সে- একী বাবু সাহাব! কি হয়েছে তোর?

বলে অশান্ত- আমি বাবু সাহেব নই। তোমার অশান্ত। তুমি তো মহুয়া।

-আমাকে চিনতে পেরেছ অশান্ত!

-যেদিন প্রথম তোমাকে এখানে দেখেছি সেই দিনই চিনে ফেলেছি। যতই ছদ্মবেশ নাও তোমার ওই চোখ – গলার স্বর একি লুকাবার! মহিন্দরের মদের কারখানা পোড়াতে গেলে পুলিস আমাকে গুলি করেছে। হাতে গুলি লেগেছে আমার। যত তাড়াতাড়ি পারো এখান থেকে নিয়ে গিয়ে আমাকে কোথাও লুকিয়ে রাখো।

মহুয়া বন রাজ্যের মেয়ে। ভয় কাকে বলে জানেনা। সে তার সেই বড় ঝাঁপি থেকে বের করে হাতে তুলে নেয় ধারালো কাটারি। অচেনা অঞ্চল অচেনা মানুষ! কার মনের মধ্য থেকে নারী মাংস লোভী একটা হায়না বের হয়ে আসবে, আর কে একলা অসহায় মেয়ে দেখে- সহজ শিকার ভেবে ঝাঁপিয়ে পড়বে তার কোন নিশ্চয়তা নেই। তাই সেই বিপন্ন সময়ে অন্য কারও উপর ভরসা করা চলবে না। নিজেকে রক্ষা করতে হবে নিজেরই। ওজনদার ধারালো কাটারি খানা সেই নিশ্চয়তা দেয়। ওটাই রাখা ছিল বড় ঝাঁপিটার মধ্যে।

এখন পরিধেয় কাপড় কোমরে সাপটে নিয়ে বলে মহুয়া – আর তোমার কোন ভয় নেই। আমি এসে গিছি। বাঘিনীর মত আমি তোমাকে আগলে রাখবো। আমি থাকতে কারও ক্ষমতা হবেনা তোমাকে ছুয়ে দেয়।

সাপের ঝাঁপি সেখানে ফেলে রেখে মহুয়া শোয়া অশান্তকে তুলে ধরে বসিয়ে দেয়। বলে- আমার কাধের ভর করে দাঁড়াও। আমি তোমাকে আমাদের ডেরায় নিয়ে যাচ্ছি।

মায়ের দিকে তাকিয়ে করুন স্বরে বলে অশান্ত- মা, কতকাল পরে তোমাকে কাছে পেলাম। কিন্ত সময় বড় অসময়! কতদিন ভেবেছি তোমার দেখা পেলে সেই ছোটবেলার মত তোমার কোলের কাছে বসবো। আদর করে তুমি মাথায় হাত বুলিয়ে দেবে।সব দুষ্টুমি ভুলে তোমার কোলে মাথা রেখে চুপ করে ঘুমিয়ে পড়বো। তা আর হল না। বড় কঠিন কাজের দায়িত্ব আজ আমার কাঁধে। বাবার হত্যার বদলা নিতে হবে। যারা অঞ্চলের জন জীবন ধ্বস্ত করে দিয়েছে সেটা ঠিক

করে আবার ভরতপুরকে মানুষের বাসযোগ্য বানিয়ে তুলতে হবে। ধ্বংস করা অতি সহজ, গড়ে তোলা খুব কঠিন। বহু বছর এখানে কুশল মাষ্টারের মত কেউ না থাকার এক শয়তান তার ইচ্ছামত সমাজটাকে বিষাক্ত করে দিয়েছে। একে ঠিক করতে কিছু সময় লাগবে। কাজ শেষ হলে আমি তোমার কাছে ঠিক ফিরে আসবো। মায়ের কাছ থেকে বিচ্ছেদের যন্ত্রনায় কেঁদে ওঠে অশান্ত- মাগো, তুমি দেখে নিও আমি ঠিক ফিরে আসবো।

মহুয়াকে বলে দুর্গা- তুমি কে মা আমি তা জানিনা। আমার নাড়ি ছেড়া বুকের ধন তোমার কাছে গচ্ছিত রইলো। সাবধানে রেখো। দেখো যেন ওর কিছু না হয়।

-কিছু হবেনা। বলে মহুয়া- হাজার হাজার মানুষের আশীর্বাদ যার মাথার উপর আছে কোন অশুভ শক্তি তার কিছু ক্ষতি করতে পারবে না। গোটা অঞ্চল আমি ঘুরে দেখেছি- মানুষ মহিন্দর সামন্তের বিনাশ চাইছে। হাজার হাজার মানুষের ক্ষোভ ক্রোধ -ঐকান্তিক কামনার মুর্ত রূপ ধরে এখানে অশান্ত এসেছে। মানুষ যার সাথে আছে কেউ তার কিছু করতে পারবেনা। তোমার কোন চিন্তা নেই মা। তুমি নিশ্চিন্তে থাকো। আমি থাকতে অশান্তের কোন অমঙ্গল ওর ধারে কাছে আসতে সাহস পাবে না।

বলে অশান্ত- আমি আমার সব চেয়ে আপনার জনের হেপাজতে রইলাম। কোন চিন্তা করোনা মা।-বলে মহুয়ার কাঁধে ভর দিয়ে অশান্ত উঠে দাঁড়ায়। আর বলে – চলো মৌ-।

দুর্গা বনের পথে অদৃশ্য হতে থাকা দুজন মানব মানবীর দিকে নির্নিমেষে তাকিয়ে থাকে। বাঁধ ভাঙ্গা বন্যার জলের মত চোখ ছাপিয়ে জলের ধারা নামে। অস্তাচল গামী সূর্যের দিকে হাত জোড় করে মনে মনে বলে- কুরুক্ষেত্র মহাসমরে কর্ন আর অর্জুন মুখোমুখি। বড় ভয়ংকর কাল মাতা কুন্তির জীবনে। আজ আবার সেই কল্পিত মহাকাব্যের নিষ্ঠুর বাস্তব সংঘটিত হতে যাচ্ছে। হে বাবা লিঙ্গেশ্বর হে মা দুর্গা – তুমি আমার সন্তানকে আসন্ন বিপদ থেকে রক্ষা করো মা।

মায়ের মন খুব খারাপ। কেন খারাপ তা প্রশান্ত বুঝতে পারেনা। গত এক মাস সে এখানে এসেছে। কিন্ত ভাল করে প্রশান্তের সাথে কথাও বলছে না। সব সময় পুজা পাঠ নিয়ে পড়ে আছে। আর ঠাকুরের সামনে অনবরত কাঁদছে। কি তার দুঃখ কি তার বেদনা – কেন চোখ থেকে জল ঝরছে – তার কি হয়েছে মন খুলে না বললে কী করে বুঝবে প্রশান্ত! খালি একদিন মাত্র অনেকক্ষন সময় নিয়ে বলেছিল–বাবা প্রশান্ত তোমাকে আমার কিছু বলার নেই। বড় হয়েছো কোনটা ভালো কোনটা মন্দ তা বোঝার মত যথেষ্ট বুদ্ধি হয়েছে তোমার। যখন ছোট ছিলে হাত ধরে হাঁটতে শিখিয়েছি, কোনটা ভালো কোনটা মন্দ বলে বুঝিয়েছি। আজ আর আমার তোমাকে কিছু বলতে হবেনা। সরকার তোমাকে এত বড় দায়িত্ব দিয়েছে। আমি খালি একটা কথাই বলবো- যে কাজ করে মনের কাছে মাথা উঁচু থাকে সেটাই হচ্ছে পুন্য। আর যে কাজ করে মনের মধ্যে অপরাধবোধ আসে,গ্লানি আসে সেটাই হচ্ছে পাপ। পাপ পুন্য বলে আর কিছু হয়না। স্বর্গ নরক বলেও কিছু হয়না। যে মানুষ ভালো কাজ করে সে এখানেই স্বর্গ সুখ ভোগ করে। যে খারাপ কাজ করে নরকের শাস্তি তাকে এখানেই ভোগ করে যেতে হয়। তুমি এমন কিছু করছো না তো যাতে আত্মগ্লানি আসে?

বলে ছিল প্রশান্ত- মা আমি হুকুমের চাকর। উপর থেকে যেমন হুকুম আসবে তা পালন করাই আমার কাজ। আমাকে বলা হয়েছে অঞ্চলের শান্তি শৃঙ্খলা সুনিশ্চিন্ত করতে হবে। যেসব অসামাজিক তত্ব আইন শৃঙ্খলা ভঙ্গ করছে তাদের দমন করতে হবে। আমি তাই করছি।

বলেছিল দুর্গা- আমি তোমাকে একদিন বলেছিলাম যা আইন সঙ্গত তা ন্যায় সঙ্গত নাও হতে পারে। তুমি মানবিক হয়ো আর ন্যায় সঙ্গত পথে চলো। আইনের তৈরি করা পথ ধরে হাঁটতে গেলে ভুল হয়ে যেতে পারে বাপ।

মাকে আজ নয় সবদিন প্রশান্তের খানিক দুর্বোধ্য আর জটিল বলে মনে হয়। তার সব কথার অর্থ বোঝা যায়না। একদিন ইস্কুল থেকে ফেরার সময়ে ভীমা মামার সাথে দেখা হলে তাকেই বলেছিল প্রশান্ত এই কথা- মামা মায়ের কি

হয়েছে বলও তো! অনেক সময় সে কি যে বলে আমি তার মাথা মুণ্ড কিছু বুঝতে পারি না। তার জবাবে ভীমা যা বলে ছিল তা আরও দুর্বোধ্য।

ভীমা প্রশান্তের দিকে চোখ কুঁচকে তাকিয়ে বলেছিল- কথা মানে তোমার দিকে ছুড়ে দেওয়া কিছু শব্দ। যে হেতু তুমি পুর্বে সেই শব্দ গুলো শুনেছ তাই তার অর্থ বুঝতে অসুবিধা হয় না। জল – মাত্র একটা শব্দ। কিন্ত ওই শব্দ কানে যাওয়া মাত্র তরল একটা পদার্থ তোমার চোখের সামনে ভেসে উঠবে।-ভীমা তার ট্রাক ষ্ট্রার্ট করে বলেছিল- এই যে এখন তোমার কানে একটা ঘরঘর শব্দ যাচ্ছে এর মানে কি তুমি জানো? মানে হচ্ছে গাড়িটা এবার যাবার জন্য প্রস্তত। আকাশে মেঘ গর্জে উঠলো – তার মানে সংকেত পাঠাচ্ছে বৃষ্টি নামবে। তোমার ইস্কুলে ঢং ঢং করে ঘন্টা বেজে ওঠে তার মানে ছুটি হল। এই সব শব্দ যে হেতু আগে থেকে তোমার জানা তাই মানে বুঝতে অসুবিধা হয় না। সেই রকম দিদির কথার মানে বুঝতে হলে আগে তাকে জানতে বুঝতে হবে। বড় হও, দেখবে সব মানে বুঝে যাবে।

বড় তো হয়েছে প্রশান্ত কিন্ত মায়ের সব কথার অর্থ আজও তার বোধগম্য নয়। তাই কেন মায়ের মুখ ভার কেন তার চোখে জল বুঝতে পারছে না।

সেদিন হঠাৎ প্রশান্তের অফিসে জিপ নিয়ে মহিন্দর চৌধুরী এসে হাজির। মুখ চোখ দেখে বোঝা যায় দারুন উৎকণ্ঠিত। সারা শরীর তার ঘেমে নেয়ে চুপ চুপে। আভ্যন্তরীণ উত্তেজনার বহিঃপ্রকাশ হচ্ছে এই ভাবে। হাঁপাতে হাঁপাতে বলে সে- খুব গুরুত্ব পুর্ন একটা খবর নিয়ে এসেছি। অন্য কাউকে দিয়ে তোমার কাছে খবরটা পৌছে দিতে মনের সায় পাইনি। কাকে বলব! সে আবার কাকে না কাকে ফাঁস করে দেবে। তাই আমিই দৌড়ে এলাম।

প্রশান্ত ঠাণ্ডা গলায় বলে- বসুন জল টল খান শান্ত হন। আপনি যে খবর সংগ্রহ করে এনেছেন তা তেমন বিশেষ কিছু নয়। ওটা আমরা আগেই পেয়ে গেছি। অনেক আগেই আমরা জেনে গেছি- ওই বাগি দলটা সব উত্তর পাহাড়ের জঙ্গল গুহায় আত্মগোপন করে রয়েছে। ওদের যে দলনেতা সে গুরুতর আহত হয়ে ওখানেই লুকিয়ে আছে। এই খবর তো দিতে এসেছেন?

আহত গলায় বলে মহিন্দর- হ্যাঁ খবর তো এটাই কিন্ত তুমি ওদের বাগি বলছো! বাগি ফাগি নয়, ওরা ডাকাত।

-আমাদের কাছে খবর আছে এরা পেশাদার ডাকাত নয়। খেপে ওঠা পাবলিক। তাই এদের ডাকাত বলা চলে না। এরা বাগিই-।

বাগি মানে বিদ্রোহী! এটা বললে ওদের কিছু বাড়তি সম্মান দেওয়া হয়ে যায়। সে ক্ষেত্রে জন সহানুভুতি আর প্রশাসনিক দৃষ্টিভঙ্গী প্রভাবিত হবার আশংকা থাকে। এটাতেই মহিন্দরের আপত্তি। ডাকাত বললে যতটা নির্মম হওয়া যায় বাগিদের বেলায় যায় না। সুখের বিষয় প্রশান্ত এটা বললেও উপর মহল সেটা মানছে না। তারা এদের ডাকাত বলেই চিহ্নিত করেছে। মহিন্দর চৌধুরির ভিলায় যে ডাকাতি হয়েছে শহরের পত্র পত্রিকায় সে খবর ছেপেছে। তারা প্রশাসনের কাছে আবেদন রেখেছে যত তাড়াতাড়ি সম্ভব ডাকাত দলটাকে নিশ্চিন্ন করার।

বেদনাহত গলায় বলে মহিন্দর- তা নামে আর কি যায় আসে! এটা তো সত্য যে ওদের জন্য অঞ্চলের শান্ত জীবন অশান্ত হয়ে গেছে। পুলিস বিভাগের কাছে খবর যখন আছে এবার তাহলে ওদের উৎখাত করতে দ্রুত পদক্ষেপ নেওয়া হোক।

বলে প্রশান্ত- পুলিস বিভাগের কাছে সব খবর আছে। কিন্তু মুশকিল কি জানেন,ওই পাহাড় চারদিক থেকে ঘিরে দলটাকে ধরে ফেলার মত লোকবল আমাদের নেই। দশ বারো জন কনষ্টেবল নিয়ে আমি কী করতে পারি? ওদের হাতেও অস্ত্র আছে। ওরা তার প্রয়োগ করবে। সে ক্ষেত্রে আমাদের কিছু জনের প্রান চলে যাবে। আমি অপেক্ষা করছি হেড কোয়াটার থেকে ফোর্স পাঠাবার। যতক্ষন ব্যাটালিয়ান ফোর্স এসে না পৌছাচ্ছে...।

শুধু এই অঞ্চল নয় গোটা প্রদেশের কোনা কোনায় নানা রকম জন বিক্ষোভ সংঘটিত হচ্ছে। পুলিস আর জনতার রোজ সংঘর্ষ হচ্ছে। ভিন্ড মুরেনা জেলায় বাগিদের উৎপাত তীব্র হয়েছে। মাড় অঞ্চলে আদিবাসীরা আয়তনে কেরালার মত একটা বিশাল এলাকায় প্রশাসনকে ঢুকতেই দিচ্ছে না। এদিকে আবার ছত্তিশ গড়ের খনি খাদান জুড়ে শ্রমিক অসন্তোষ তুঙ্গে। চারদিকের এত সমস্যা সামলিয়ে তবে তো একটা ছোট্ট অঞ্চল – ভরতপুরের কয়েকটা 'ডাকাত' নিয়ে গঠিত দলকে দমন করতে ফোর্স পাঠাবে।

বলে মহিন্দর- হেড কোয়াটারের কবে টনক নড়বে, আর কবে ফোর্স পাঠাবে সেই ভরসায় ধন প্রান হাতে নিয়ে কতদিন আর বসে থাকা যায়! সবই তো আমার গেছে খালি বাকি আছে প্রাণটা। ওদের আশায় না থেকে তুমি একটা কিছু করো বাবা। আমার নিজের কিছু লোকজন আছে। অঞ্চলে শান্তি শৃংখলা ফিরিয়ে আনবার স্বার্থে একজন সৎ নাগরিক হিসাবে – দেশের আইন রক্ষার প্রয়োজনে আমি – মানে আমার লোকজন পুলিসের কাজে সব রকম সহযোগিতা করতে প্রস্তুত।

প্রশান্ত চিন্তা যুক্ত গলায় বলে- দেখুন, জনগনের সহযোগিতা পেলে ওদের দমন করা তেমন কিছু কঠিন ছিলো না। মাত্র গোটা কুড়ি বাইশ তো লোক। কিন্ত দুঃখের সঙ্গে স্বীকার করতে হচ্ছে- কেন কে জানে আমরা তা পাইনি। বলতে গেলে যেন জনতার সমর্থন ওদের দিকেই রয়েছে। কেউ ওদের কোন খবর আমাদের দিতে উৎসুক নয়। এই রকম হলে তো ওদের কাবু করা মুশকিল।

মহিন্দর নড়ে চড়ে ওঠে- কিছু লোক তো ওদের সমর্থন দেবেই। কিন্ত যারা ওদের মোটেই পছন্দ করে না তেমন লোক জোগাড় করে আমি দেব। খালি কিছু পুলিসের পোশাক দরকার। আমার লোকজনকে সেই পোশাক পড়িয়ে দিলে একেবারে পুলিস হয়ে যাবে। তখন কে সরকারী পুলিস আর কে আমার পুলিস কিছু বোঝা যাবে না। আমি যদি জনা পঞ্চাশ লোক দিই ওদের কব্জা করতে পারবেনা?

পত্রিকায় পড়েছে কোথায় যেন এমন একটা ব্যাপার করা হয়েছে। তবে সেটা গোপন থাকেনি। পোশাক তো তাদের খাকি ছিল কিন্ত পায়ে হাওয়াই চটি থাকার জন্য পত্রিকায় রিপোর্টারদের শেন্য চোখ তাদের চিনে নেয়। যা নিয়ে খুব লেখা লেখি হয়। এই ভুল এবার করা যাবে না। মহিন্দরের লোককে গায়ে পোশাকের সাথে সাথে পায়ে বুটও দিতে হবে।

বলে প্রশান্ত- যে করেই হোক বাগি দলটাকে আমার দমন করতেই হবে। এটা আমার চাকরি জীবনের চরম পরীক্ষা। এই পরীক্ষায় আমাকে উত্তির্ন হতেই হবে। পোশাক কিনে দিয়ে আপনি আপনার লোকজনকে পুলিস হবার জন্য তৈরি রাখুন।যে কোন সময় আমার দরকার পড়বে।

-আমার লোকজন সব তৈরী করাই আছে। তুমি বলা মাত্র পাঠিয়ে দেব।

-খাকি পোশাক আছে?

-পোশাক বানিয়ে দেব।

-পায়ের বুট চাই।

-পোশাক খাকি হলে পায়ে বুট তো লাগবেই। নাহলে পুলিসবালা লাগবে কেন! তা ছাড়া জঙ্গলের মধ্যে সাপ বিছে কত কি! দেব বুট কিনে-।

-ওদের জন্য অস্ত্র চাই। থানায় খুব বেশি রাইফেল নেই। কটা আছে আপনার?

-সে নিয়ে তোমাকে ভাবতে হবে না। আমার লোকজনকে আমি সাজিয়ে দেব।

-বেশ। আর কোন কথা নেই। একটা ভালো দিন দেখেই...।

এতক্ষন পরে মহিন্দরের মুখে হাসি ফোটে। মনের মেঘ কেটে যায়। ওই দলটা যতক্ষন মুক্ত থাকবে কারখানা পুনর্গঠন করা যাচ্ছে না। অঞ্চলের অভাবি মানুষ – যারা মজুর খাটে তারা ভয়ে কেউ কাজ করতে চাইছে না। এদের নিকেশ করে দিতে পারলে আবার চালু করে দেওয়া যাবে কারখানা। মদের ব্যবসা জলের ব্যবসা। এক বছর চালিয়ে নিতে পারলে যা লোকসান গেছে তা উসুল হয়ে যাবে।

এবার মহিন্দর ফিরে যাবে। চেয়ার থেকে উঠে দাঁড়িয়ে আবার বসে পড়ে সে। আর বলে- বাবা প্রশান্ত, আমরা তোমাকে আত্মীয় বলেই মনে করি। কিন্ত তুমি তো আমাদের তেমন মনে করো না! আমাদের দিক থেকে কি কোথাও কোন অপুর্নতা রয়ে গেছে?

এখানে আসার পর অনেকদিন হয়ে গেছে। যাব যাব করেও প্রশান্ত মহিন্দরের ভিলায় গিয়ে উঠতে পারেনি। অলকার বন্ধু অরুন্ধুতি আছে। অন্তত তার সঙ্গে একবার সৌজন্য সাক্ষাৎ করে আসা উচিৎ ছিল। লজ্জিত গলায় বলে প্রশান্ত- না না কি যে বলেন। আপনাদের দিক থেকে কোন অপুর্নতা থাকেনি। আমিও আপনাদের নিজের লোক, আত্মীয় বলেই মনে করি।

-তাহলে শহর থেকে তোমার মা এসেছেন, আমাকে বললে না তো! আমাকে তোমার কোয়াটারে নিয়ে চলো। তার সঙ্গে আমার পরিচয় করাও।

বেদনার্ত গলায় বলে প্রশান্ত- কি যে হয়েছে মা'র! আজকাল কারও সামনে বের হতে চাননা। সব সময় পুজায় বসে থাকেন। কি যে কামনা করেন কে জানে! বলেছিলাম মাকে একদিন – আপনাদের ভিলায় যাবার জন্য। উনি বললেন – এখন আমি কারও সাথে দেখা সাক্ষাৎ করবো না। কাউকে আমার কাছে নিয়ে আসবে না। এটা আমার তপস্যার কাল। তপস্যা শেষ হলে সেদিন যাবো। গিয়ে সবার সাথে দেখা করবো।

বলে মহিন্দর- তাহলে আজ আর যাবার দরকার নেই। ওনার তপস্যা শেষ হবার আশায় থাকলাম। এবার তাহলে আমি উঠি?

-হ্যাঁ আসুন। আর ভরসা রাখুন সব ঠিক হয়ে যাবে।

কোয়াটারে ফিরে অবাক হয়ে যায় প্রশান্ত। মা কি অন্তর্যামী! সে তো কোয়াটার থেকে বাইরে বের হয় না তাহলে সব খবর তার কাছে পৌছে যায় কি করে! মনে সন্দেহ জাগে একজন কেউ নিশ্চয় আছে যে মায়ের কাছে নিয়মিত সব খবর পৌছে দেয়। এমনটাও মনে হয় তার এই যে কিছুক্ষন আগে মহিন্দর চৌধুরী এসেছিল সে খবর কেউ ইতিমধ্যে তাকে জানিয়ে দিয়েছে। মহিন্দর চৌধুরী

লোকটা যে ভালো নয়, অঞ্চলের অনেক দুঃখের কারন সেটা প্রশান্ত বুঝে গেছে। যে কারনে মানুষ তার পক্ষে নেই। কিন্ত কে ভালো কে মন্দ সেটা দেখা তার কাজ নয়। আপাততঃ তাকে অঞ্চলে আইনের শাসন প্রতিষ্ঠা করতে হবে। তারপর বাদ বাকি সব কিছু। মহিন্দর যদি আইন বিরুদ্ধ জন বিরোধী কাজ করে আইন তাকেও ক্ষমা করবে না।

এখন কোয়াটারে ফিরে অভ্যাস মত যেই সে ডেকে ওঠে মা তুমি কোথায়? সাথে সাথে জবাব আসে- এখানে এসো। তোমার সাথে আমার কটা কথা আছে। প্রশান্ত মায়ের সামনে গিয়ে বলে- বলো কি বলবে।

বলতে চায় দুর্গা কিন্ত এখন সে কিছু বলতে পারেনা। খালি শব্দ হাতড়ায়-। বিড় বিড় করে- বলতে চাই কিন্ত কি করে যে তোকে বলি! কি করে যে মনের কথা বোঝাই!

একটু পরে বলে দুর্গা- প্রশান্ত, বাপ আমার, আমার মন বলছে কোথায় যেন তোর একটা ভুল হয়ে যাচ্ছে। পা সঠিক দিশায় পড়ছে না!

-না মা, আমি ঠিক পথেই চলেছি। জ্ঞানতঃ আমি কোন ভুল বা অন্যায় করছি না।

-অজ্ঞানে হয়ে যাচ্ছে না তো?

-মা তুমি বলেছিলে যে অন্যায়কারী সে যেন আমার কাছে প্রশ্রয় না পায়। আমি তো তাই করছি।

-যাদের বিরুদ্ধে তোর অভিযান তারা কি অন্যায়কারী? অত্যাচারী?

-ওরা খুন করেছে। ডাকাতি আর অগ্নি সংযোগ করেছে। আইনের চোখে ওরা অপরাধী।

-কিন্ত তারা তো সবাই খেটে খাওয়া সাধারন গ্রাম্য মানুষ। মহিন্দর চৌধুরীর অন্যায় অত্যাচার শান্ত জীবন থেকে ওদের ওই পথে যেতে বাধ্য করেছে।

বলে প্রশান্ত- মহিন্দর চৌধুরী যদি অন্যায় করে থাকে তার বিচার নিশ্চয় হবে। হওয়া উচিৎ। কিন্ত তার জন্য আইন আছে বিচার ব্যবস্থা আছে। তাকে সেই বিচারের সামনে উপস্থিত করতে হবে। সাক্ষ্য প্রমান দ্বারা অপরাধী বিবেচিত হলে তার যা শাস্তি প্রাপ্য – তা তাকে দেওয়া হবে। কিন্ত তা না করে যদি মানুষ নিজের হাতে আইন তুলে নেয় সেটা শাসন প্রশাসন মেনে নিতে পারে না।

প্রশান্ত আরো কিছু বলতে চেয়েছিল। মা কি বলে তা শুনতে চেয়েছিল কিন্ত হলোনা। এক সেপাই এসে হাঁপাতে হাঁপাতে বলল- সাব শিগগীর আসুন। সেই ডাকাত সর্দারের সন্ধান পাওয়া গেছে।

মায়ের দিকে তাকিয়ে বলে প্রশান্ত- মা, তোমার সাথে ফিরে এসে আবার কথা বলবো।

প্রশান্ত বের হয়ে যাবার আগে তাকে কাঁপাকাঁপা গলায় বলে দুর্গা- যাবার আগে আমার একটা কথা শুনে যা-কিছু করবার আগে যুক্তি বুদ্ধির সাথে হৃদয়টাকেও জিজ্ঞাসা করিস যা করছিস তা সঠিক না বেঠিক! হৃদয় যদি বাঁধা দেয় আর আগাস না।

থানার অফিসে এসে দেখতে পায় প্রশান্ত- রাউন্ড দিতে বের হয়ে গনপত আর দুজন কনষ্টেবল একজন আধ বুড়ো বেদেকে ধরে নিয়ে এসেছে।মুখে কাচাপাকা দাড়ি, গলায় লাল নীল পাঁথরের মালা মাথায় রঙিন পাগড়ি কানে দুল হাতে রূপোর বালা। বেশ বলশালী দেহ।

জানতে চায় প্রশান্ত- এ কে?

গনপত বলে- নদীর ধারে ডেরা বেঁধে থাকে। এই অঞ্চলের কেউ নয়। মাত্র মাস খানেক আগে এখানে এসেছে। সাথে এর একটা মেয়েও আছে।

বিরক্তি সহকারে তার দিকে তাকিয়ে বলে প্রশান্ত- যা যা বললে একটাও কি একে ধরে নিয়ে আসার পক্ষে কোন যুক্তি হতে পারে? এর অপরাধ কী? সেটা বলো।

-জখম ডাকাত সর্দারকে এরা এদের তাবুর মধ্যে লুকিয়ে রেখে দিয়েছিল। চৌধুরী বাবুর লোকের চোখে পড়ে যায়। আমরা পেট্রলিং করছিলাম। তারা আমাদের সেই খবর জানায়। আমরা তাবুতে হানা দিয়ে তাকে ধরবার চেষ্টা করেছিলাম। যেই আমরা তাবুর দিকে এগিয়েছি এর মেয়ে তাকে তুলে নিয়ে জঙ্গলে পালিয়ে যায়।আমরা আর ধরতে পারিনি। এই কারনে আমার ধারনা এরা আসল বেদে নয়। ওই ডাকাতদের সঙ্গী। তাই তুলে এনেছি।

প্রশান্ত সেই বুড়ো লোকটার দিকে রাগত চোখে তাকিয়ে জিজ্ঞাসা করে কি নাম তোমার?

জবাবে বলে লোকটা- সবাই আমাকে বাবা ঠাকুর নামে চেনে জানে-।

-সেই ডাকাতটা কোথায়?

ব্যাঙ্গ মাখা স্বরে বলে বাবা ঠাকুর- শুনলে তো পুলিস আসতে দেখে তারা পালিয়ে গেছে। যাবার সময় কোন ঠিকানা রেখে যায়নি।

প্রশান্ত কঠোর গলায় বলে- সোজা কথার সোজা জবাব দাও।

-এর চেয়ে সোজা আমার জানা নেই।আগের মতই নির্ভিক্ষ গলায় বলে বাবা ঠাকুর।

বাবা ঠাকুরের চোখে চোখ রেখে দৃড় স্বরে বলে প্রশান্ত- যা জিজ্ঞাসা করছি সোজা করে বলো। নাহলে কথা বের করার পুলিসের নিজস্ব পদ্ধতি আছে সেটা বোধহয় জানো।

বাবা ঠাকুরের চোখে সর্বনাশা আগুন ধক করে ওঠে। দেহের শিরায় শিরায় যৌবনের জঙ্গী রক্তে লালিত ক্রোধ বারুদের মত বিস্ফোরণ ঘটাতে চায়। প্রশান্তকে দেখে আন্দাজ করে নিতে পারে বাবা ঠাকুর একেবারে অনভিজ্ঞ। বাবা ঠাকুরের কোমরে মোটা দড়ি বাধা। কিন্ত তার দুটো হাত খোলা। মাত্র দু হাত দূরে দাঁড়িয়ে আছে প্রশান্ত। যার কোমরের খাপ থেকে অর্ধেক বের হয়ে আছে গুলি ভরা রিভালবার। ইচ্ছা করলে বাবা ঠাকুর ঝাঁপিয়ে পড়ে ওই রিভালবার মুহূর্তে ছিনিয়ে নিতে পারে। আর গুলি চালিয়ে শুইয়ে দিতে পারে সব কটাকে। কিন্ত তার এখন এসব করতে ইচ্ছা করেনা। তাই খুব শান্ত গলায় বলে- অফিসার, তুমি আমাকে ভয় দেখাবার চেষ্টা করো না। ভয়কে ভয় পাইয়ে দেবার শক্তি আমার আছে। তার পরীক্ষা নিতে যেওনা।

বাবা ঠাকুরের ভাষায় কিছু এমন একটা ছিল যা প্রত্যেকের বুকে কাঁপন ধরায়। কোথাও তার একটা লুকানো শক্তি ভান্ডার আছে যা অনুমান করতে পারে। তাই দড়ি ধরে রাখা পুলিসকে বলে প্রশান্ত- আপাততঃ একে লকআপে রেখে দাও। পরে এর সঙ্গে কথা বলা হবে।

সেই পুলিসটা লকআপের তালা খুলে বাবা ঠাকুরকে ভিতরে ঢুকিয়ে দিয়ে বাইরে থেকে তালা বন্ধ করে দেয়। লকআপের এককোনে গিয়ে বসে পড়ে বাবা ঠাকুর। তাকে দেখে বোঝা যায় কোন ভয় ভীতি ছুতে পারেনি। সে দেওয়ালে ঠেস দিয়ে চোখ বোজে।

৩৩

গোটা দলটা উত্তর পাহাড়ের কাছে নিরাপদেই পৌছে যেতে পেরেছিল। কারও তেমন বড় ধরনের চোট লাগেনি। সামান্য যা ছিড়ে ছড়ে গিয়ে ছিল নিজেদের প্রথাগত পারম্পারিক বনৌষধি চিকিৎসায় সারিয়ে তুলতে পেরেছে। এই অঞ্চলে কোন আধুনিক চিকিৎসা এসে পৌছায়নি। মানুষকে জঙ্গলের লতাপাতা শেকড় বাঁকড়ের উপর নির্ভর করেই বেচে বর্তে থাকতে হয়।

প্রায় দিন সাতেক হয় এরা এখানে ঘাটি গেড়ে আত্মগোপন করে রয়েছে কিন্ত সাহস করে কেউ বের হয়ে অশান্ত কোথায় আর কি অবস্থায় আছে খবর সংগ্রহ করতে পারেনি। তাই সবাই খুব চিন্তায় ছিল। পুলিস তাকে ধরতে পারেনি তাহলে মানুষটা গেল কোথায়! অশান্ত যে জখম হয়েছে এদের কাছে তার কোন সংবাদ আসেনি। তবে অনুমানে বুঝেছে সে মারাত্মক ভাবে আহত নিশ্চয় হয়েছে, না হলে তার তো ঘাটিতে ফিরে আসার কথা।

এখন সবাই দেখতে পায় সেই বেদেনী মেয়ের কাঁধে ভর দিয়ে ধীরে ধীরে অশান্ত আসছে। তাকে দেখতে পেয়েই সবার মধ্যে একটা উল্লাস চাপা হর্ষ ছড়িয়ে যায়। – দাদা এসেছে। দাদা ফিরে এসেছে!

অশান্ত কাছে এলে তাকে বলে দীননাথ- তোমার জন্য চিন্তায় আমাদের যে কি অবস্থা। কোথায় আছো কি ভাবে আছো কোন খবর পাচ্ছিলাম না। আমাদের তো বের হবার উপায় নেই। গ্রামের কয়েকজনকে চারদিকে খোঁজ করতে লাগিয়ে রেখে ছিলাম। তারা এসে বলল দাদাকে পুলিস ধরতে পারেনি। কিন্ত কোথায় রয়েছে কোন খবর পাচ্ছি না।

অশান্ত বলে- আমার গুলি লেগেছিল। তাই ঘাটিতে আসতে পারিনি। মহুয়াকে দেখিয়ে বলে- এরা আমাকে আশ্রয় চিকিৎসা সব দিয়েছে। তাবুতে লুকিয়ে রেখেছিল। তার জন্যই বিপদে পড়ে গেছে। কে জানে কেমন ভাবে পুলিস আমার খবর পেয়ে যায়। পুলিস আমাকে ধরতে এলে আমরা জঙ্গলে পালাতে পারি। কিছু দূরে এসে লুকিয়ে ছিলাম। তারপর দূর থেকে দেখি, বাবা – বাবা ঠাকুর, এই মেয়েটার বাবা, তাকে পুলিস তুলে নিয়ে যাচ্ছে। আমার কথা বের করার জন্য

তার উপর অত্যাচার করবে৷ এক্ষুনি আমাদের একটা কিছু করা দরকার৷ আমি পুরোপুরি সুস্থ হয়ে উঠতে পারিনি৷ যা করতে হবে, তা তোমাদেরই করতে হবে৷ মেঘা তুমি নেতৃত্ব দাও৷

মেঘা সামনে এগিয়ে এসে বলে- বলও কি করতে হবে! তোমার হুকুমে জান দিতে হলেও আমি রাজী৷

বলে অশান্ত- পুলিস মহিন্দর চৌধুরীর কথায় নাচছে৷ তাকে রক্ষা করতে সব কিছু করতে পারে৷ আমাদের এক্ষুনি মহিন্দরের কোন আত্মীয়-আপনজনকে তুলে নিয়ে এসে বন্ধক বানাতে হবে৷ পুলিস যতক্ষন না বাবা ঠাকুরকে ছেড়ে দিচ্ছে তাকেও ছাড়া হবে না৷বলা হবে – বাবা ঠাকুরের কোন ক্ষতি হলে তাকেও মেরে ফেলা হবে৷ পারবে মেঘা?

-পারবো৷

-তাহলে দেরী না করে এক্ষুনি যাও৷

মেঘা তার বন্দুক তুলে নিয়ে উঠে দাঁড়ায়- আমার সাথে আর কে যাবে?

বলে দীনানাথ- সবার যেতে হবে না৷ তিন চার জন গেলেই হবে৷ আমি যাচ্ছি মেঘার সঙ্গে৷

-তুমি খুড়ো এখানেই থাকো৷ দাদাকে পাহারা দাও আমরা যাচ্ছি৷ বলে নবল, রামাধীন, আর রাজকিশোর উঠে দাড়ায়৷

যেটা উত্তর পাহাড় নামে খ্যাত গভীর জঙ্গলের মধ্য দিয়ে সেই পাহাড় পিছনে ফেলে ওরা সামনে আগায়৷ আগায় সেই পথে- পাকা রাস্তা থেকে নেমে যে পথ ধরে ওরা পালিয়ে এসেছিল৷ দিকের হিসাবে সেটা উত্তর দিক৷ সামনে সেই পুর্ব থেকে পশ্চিম দিকে চলে যাওয়া পাকা রাস্তা৷ এই রাস্তায় মাইল চারেক গেলে বাস আড্ডা৷ যেখান থেকে কোন বাস ডান দিকে যায়৷ কোন বাস বাদিকের রাস্তায়৷ তা ফেলে দেড়শো মাইল আরো পশ্চিমে গেলে রায়পুর রেল ষ্টেশন৷ যার আরো পশ্চিমে ভুপাল৷ ডান দিকের রাস্তা ধরে মাইল চারেক পরে বাদিকের যে সিমেন্টের রাস্তা সেই রাস্তার অল্প কিছু দূরে চৌধুরী ভিলা৷ সেটা পিছনে ফেলে সামনে আর মাইল চার পাচ গেলে ভরতপুর থানা৷ আর সেটা ফেলে পাকা রাস্তা ধরে দুশো মাইল আরও গেলে অন্য শহর অন্য প্রদেশ৷পুর্ব কিংবা পশ্চিম দুই শহরের মাঝখানে এই যে বিস্তৃত ভু ভাগ তার সবটা জুড়েই বন জঙ্গল পাথর পাহাড়৷ তবে খুব পাতলা জন বসতি আর অগুনতি খনি খাদান৷ আর সবচেয়ে

যেটা বলার – আধুনিক যে ভারত সভ্য যে জগত তা যেন থমকে দাঁড়িয়ে আছে দুদিকের দুই শহরের সীমায়। এখানে তার ছিটে ফোটা পৌছাতে পারেনি।

এখান থেকে রাস্তা টপকে ওপাশে নেমে জঙ্গল পথে যাওয়া যাবে মহিন্দরের সেই মদের কারখানায়। যেটা এখন অগ্নিদগ্ধ অবস্থায় পড়ে আছে।

-এবার কোন দিকে যাবো? নবল জিজ্ঞাসা করে।

বলে মেঘা- রাস্তা টপকাবো না। আমরা রাস্তার ডান দিকের নিচে- জঙ্গলের মধ্য দিয়ে লুকিয়ে মহিন্দরের ভিলার কাছে যাবো। আর অপেক্ষা করবো ভিলা থেকে কে এসে পাকা রাস্তায় ওঠে। যাকে পাবো তাকেই তুলে নেব।

এই রাস্তা কোন সময় তেমন যান বাহনে পুর্ন থাকে না। কখনও সখনও এক আধটা দূর পাল্লার বাস আসা যাওয়া করে। মাঝে মাঝে মাল বোঝাই ট্রাক যায়। আর আজকাল একটু বেশি মাত্রায় পথে টহল দেয় ভরতপুর থানার একটা ঝর ঝরে জিপ। নাহলে অধিকাংশ সময় অজগরের মত শীত ঘুমে ডুবে থাকে কালো পিচ ঢালা রাজপথটা।

ওরা মোট পাচজন মানুষ রাস্তার ডান দিকের জঙ্গলের মধ্য দিয়ে শিকারী বাঘের মত পা টিপে টিপে নিঃশব্দে এগুতে থাকে চৌধুরী ভিলার দিকে। কিন্ত খুব একটা বেশি পথ তারা এগিয়ে যেতে পারেনা, তার আগে দেখতে পায় ভিলার দিক থেকে একটা এক ঘোড়ায় টানা গাড়ি এগিয়ে আসছে। গাড়িতে বসে আছে মহিন্দরের ছোট মেয়ে অরুন্ধুতি। মনে হচ্ছে সে ঘোড়ার গাড়িতে চেপে বাস আড্ডায় যাচ্ছে। হতে পারে যে বাসে চেপে রায়পুর শহরে তার দিদি জামাই বাবুর বাড়িতে যাবে। অঞ্চলের আবহাওয়া বড্ড গরম তাই বাপ হয়তো মেয়েকে নিরাপদ জায়গায় পাঠিয়ে দিয়ে নিশ্চিন্ত হতে চেয়েছে। তবে এটাও মানতে হবে যে শহরে বাস করার ফলে অরুন্ধুতি যথেষ্ট সাহসী হয়ে গেছে। নাহলে একা একা পথে যাবার ঝুঁকি নিতে পারতো না। যদিও এখন দিন – বলতে গেলে দুপুর। তবু পথটা তো শুনশান আর জঙ্গল পথ। আগে এই পথে কোন ভয় ভীতি ছিলোনা-। মহিন্দর চৌধুরীর মেয়ের দিকে চোখ তুলে তাকাবার হিম্মত কারও ছিলো না। কিন্ত আজকাল তো অঞ্চলে নানা রকম গণ্ডগোল হচ্ছে। উত্তর পাহাড়ে যাদের ঘাটি তারা কি রাত না হলে ঘাটি থেকে বের হয়ে আসতে পারে না! মহিলাদের গায়ে তারা হাত দেবেনা, সেই যেদিন বন্দুক ছিনতাই করে নিয়ে গেছে কারও আগে হাত দেয়নি। সে সব তো ঠিক আছে কিন্ত যদি গুলি গোলা চলে দুপক্ষের মাঝে পড়ে গেলে আহত হবার ভয়টা তো থাকছে!

এত সাহস দেখানো ঠিক হয়নি সেটা যখন বুঝতে পারলো অরুন্ধুতি তখন অনেক দেরী হয়ে গেছে।

মেঘাকে ঘোড়ার গাড়ি আর গাড়ির আরোহীকে দেখালো রামাধীন- পেয়ে গেছি। -মিল গ্যায়া।

-কি পেয়ে গিছিস! কি মিল গ্যায়া?

-ওই যে মহিন্দরের ছোট মেয়ে যাচ্ছে।

মেঘা দেখল তাকে আর বলল- কোথাও যাওয়া হবেনা। আমরা একেই তুলে নেব। ধর ওকে-।

-নারী হরন! রাজ কিশোর ভাবনায় পড়ে যায়।

সাথে সাথে ওরা জঙ্গল ছেড়ে সোজা পাকা রাস্তার উপর উঠে আসে আর বন্দুক বাগিয়ে দাঁড়িয়ে গাড়োয়ানকে বলে- থাম। না হলে গুলি করবো। গাড়োয়ান ভয়ে ঘোড়ার লাগামে টান দেয়। টাঙ্গা থেমে গেলে বন্দুকধারীদের দিকে তাকিয়ে বলে অরুন্ধুতি- কে তোমরা? আমাকে আটকাচ্ছো কেন?

জবাব মেঘা দেয় – আমরা তোমার বাপের অত্যাচারের ফসল। – বাগি আমরা। তোমাকে আমরা নিয়ে যাবো- তুমি আমাদের বন্ধক। কিন্তু তোমার কোন ভয় নেই। মেয়েদের আমরা মায়ের মতই সম্মান দিই। আমাদের সঙ্গে চলো।

টাঙ্গা থেকে নামতে হয় অরুন্ধুতিকে। এইটুকু সে বোঝে ওদের কথায় রাজী না হলে ওরা ক্ষিপ্ত হয়ে উঠবে। সেক্ষেত্রে বড় কোন বিপদ ঘটে যাবে। খালি কাতর স্বরে সে জানতে চায়- আমাকে কোথায় নিয়ে যাবে?

-আমাদের ঘাটিতে। তোমাকে আটকে রাখবো ততক্ষন যতক্ষন আমাদের লোক ছাড়া না পাবে। সে থানা থেকে ফিরে আসবে তুমি তোমার ভিলায় ফিরে যাবে। রওনা দেবার আগে মেঘা টাঙ্গা চালককে বলে- গিয়ে মহিন্দর চৌধুরিকে বলে দেবে -যত তাড়াতাড়ি আমাদের লোককে ছেড়ে দেবে ততো তাড়াতাড়ি মেয়েকে ফেরত পাবে।

দলটাকে তেমন কোন বাঁধার সামনে পড়তে হয়নি। তারা খুব নিরাপদেই মহিন্দরের মেয়েকে নিয়ে সন্ধায় কিছু আগে উত্তর পাহাড়ে ফিরে আসতে পারে। অশান্ত দলের এত বড় সাফল্য দেখে দারুন খুশি হয়। যাকে এরা ধরে আনতে পেরেছে মহিন্দরের কাছে তার অনেক মুল্য। আর বাবা ঠাকুরকে মুক্ত করে না দিয়ে পুলিসের কোন উপায় থাকবে না।

অরুন্ধুতিকে মহুয়ার হাতে সমর্পন করে দিয়ে বলে মেঘা- দিদিভাই তুমি একে দেখে রাখবে। যদি শান্ত শিষ্ট হয়ে থাকে কোন কথা নেই। যদি পালাবার ফালাবার চেষ্টা করে...।

মহুয়া অরুন্ধুতির দিকে তাকিয়ে বলে- আমাদের সাথে সামান্য সহযোগিতা করলে তোমার কোন ক্ষতি হবেনা। কিন্ত পালাবার চেষ্টা করলে–অবাধ্য হলে সাপের ছোবল খাবে। বিষের জ্বালায় মরবে।

টাঙ্গা চালক কি টাঙ্গা চালিয়ে চৌধুরী ভিলায় ফিরে এসেছিল! নাকি উড়িয়ে এনে ছিল টাঙ্গা? টাঙ্গা থেকে নেমেই সে গিয়ে কেঁদে আছাড় খেয়ে পড়েছিল মহিন্দরের পায়ে – হুজুর বহুত আফত হো গিয়া! ছোটা বেবীকো ডাকু লোগোনে পাঁকাড়কে লে গিয়া। খবরটা শুনে মাথায় যেন আকাশ ভেঙ্গে পড়েছিল মহিন্দরের। যে বিপদ আসতে পারে আশংকা করে মেয়েকে শহরে পাঠিয়ে দিতে চেয়েছিল সেটাই এসে গেল! এখন কি হবে!

বলে টাঙ্গাওয়ালা- ওরা বলেছে বেবীর কোন নুকসান করবে না। খালি ওদের লোক ফেরত দিলেই ওরা তাকে ছেড়ে দেবে। না হলে কী হবে কে জানে!

নিজেকে আর স্থির রাখতে পারেনা মহিন্দর। পাগলের মত ছোটা ছুটি শুরু করে দেয়। নিজের কপালে নিজে আঘাত করে। তারপর যা করা উচিৎ – জিপে উঠে বসে চালককে হুকুম দেয় থানা -থানামে জলদি লে চল!

মহিন্দরের ভিলা থেকে থানা পর্যন্ত আসতে যতটুকু সময় যায় মনে হয় মহিন্দরের অনন্ত সময় বুঝি পার হয়ে গেল। জিপ থামতেই সে যেন ছুটে গিয়ে প্রশান্তের সামনে আছড়ে পড়ে- বাবা প্রশান্ত – বাঁচাও। সর্বনাশ হয়ে গেছে আমার। ডাকাতরা আমার অরুকে ধরে নিয়ে গেছে। বলেছে ওদের লোককে ছেড়ে না দিলে তাকে ছাড়বে না। কি বিপদ! তুমি এক্ষুনি একটা কিছু করো বাবা।

প্রশান্ত গভীর চিন্তায় পড়ে যায়। যা ওরা আগে কোনদিন করেনি এবার তাই করছে! আর তো ওদের বাগি ভাবা যাচ্ছেনা! বাগিরা মহিলাদের উপর অত্যাচার করে না।

-কি ভাবছো বাবা?

-আমার মা বলেছে শিশু আর মহিলাদের উপর যারা অত্যাচার করে, আমি যেন তাদের উপর নির্মম নিষ্ঠুর হই। ওদের আর রক্ষা নেই। কোন দয়া পাবার ওরা যোগ্য নয়।

-তাহলে এখন কি করতে চাও?

-এখন তো রাত হয়ে গেছে। রাতে আর কিছু করা যাবে না। আপনি আপনার লোকজনকে রেডি করুন। সুর্য ওঠার সাথে সাথে আমার যে কয়জন সেপাই আছে

আর আপনার যে সব লোক সবাইকে নিয়ে উত্তর পাহাড়ের উপর হামলে পড়তে হবে। না হলে একটা মেয়ের জীবন ধ্বংস হয়ে যাবে।

মিন মিন করে বলে মহিন্দর- ওরা বলেছে বুড়োটাকে ছেড়ে দিলে ওরা অরুকে ছেড়ে দেবে!

-ওরা বলেছে। কিন্ত সেটা যে মানবে তার কি কোন গ্যারান্টি আছে? তেমন কোন কেউ কি মধ্যস্থততাকারী আছে যে ওদের মানাতে পারবে? বুড়ো লোকটাকে ছেড়ে দেবার পর যদি ওরা অন্য কিছু দাবী করে?

-তাহলে কি করার?

-আর কিছু করার নেই – আক্রমন করতে হবে।

মহিন্দর চৌধুরী এখন খুব দার্শনিক হয়ে গেছে। বলে সে- ঘরে আগুন লাগলে বাচ্চা বুড়ো সবাইকে জলের বালতি নিয়ে ছুটতে হয়। আমি বুড়ো হয়ে গেছি তো কি হয়েছে। বাঘ বুড়ো হলেও বাঘই থাকে। এখন তো আর ঘর না গোটা থানা এলাকাতেই আগুন জ্বলছে। আমিও তোমাদের সঙ্গে যাবো।

মনে মনে ভাবে মহিন্দর- ওরা আমার ভিলার মধ্যে ঢুকে খালি আমার বন্দুক নেয়নি আমার অস্মিতাকেও লাথি মেরে গেছে। আমার কারখানা আগুন গিয়ে পোড়ায়নি মান সম্মান প্রভাব প্রতিপত্তি সব পুড়িয়ে দিয়ে গেছে। আমার মেয়েকে ধরে নিয়ে গিয়ে আমার উঁচু-মাথাটা মিশিয়ে দিয়েছে ধুলোর সাথে। এর বদলা নিজের হাতে না নিয়ে পারলে দেহের দাহ কমবে না। একটা দুটোকে বুক সোজা গুলি চালিয়ে ঝাঁঝরা করে দিতে পারলে তবে মনে শান্তি আসবে।

বলে সে- দেরী করোনা যেন, সকাল হবার সাথে সাথেই কিন্ত ঝাঁপিয়ে পড়তে হবে।

-আমার জন্য ভাববেন না, আপনি গিয়ে সবাইকে প্রস্তত রাখুন।

মহিন্দর ফিরে যায় তার ভিলায়। লোকজন সব রেডি করতে হবে। খান কয়েক বন্দুক ইতিমধ্যে এসে গেছে। বাকিগুলো দিন কয়েক মধ্যে পাওয়া যাবে। কিন্ত সে জন্য আর অপেক্ষা করার উপায় নেই। যা আছে তা নিয়েই আক্রমন শানাতে হবে।

রাত তখন অনেক। থানার সবাইকে আগামী সকালের কর্তব্য কর্ম সম্বন্ধে যথাযথ নির্দেশ দিয়ে কোয়াটারে ফিরতে কিছু দেরী হয়ে যায় প্রশান্তের। এসে দেখে মা পথের দিকে তাকিয়ে বসে আছে। তার সারা মুখে থমথমে শ্রাবনের মেঘ। মাকে বলে প্রশান্ত-মা আশীর্বাদ দাও কাল সকালে আমরা উত্তরপাহাড় অভিযানে

নামবো। অনেক সহ্য করেছি আর সহ্য করা যাচ্ছে না। বাগি দলটাকে এবার ধরতেই হবে। না হলে ওরা একটা মেয়ের জীবন নষ্ট করে দেবে।

চিন্তিত গলায় বলে দুর্গা- কিন্তু ওদের তুলনায় তোমাদের লোকবল তো অনেক কম।

-কিছু কম অনেক কম নয়। অপেক্ষা করেছি, কবে ফোর্স আসবে তার জন্য আর দেরী করা যাবে না। যে করে হোক মেয়েটাকে ওদের হেপাজত থেকে ছাড়াতেই হবে।

-ওই বুড়ো লোকটাকে ছেড়ে দিলে ওরা তো মেয়েটাকে এমনিতেই ছেড়ে দিতো।

-একটা দস্যু দলের কথায় কি করে বিশ্বাস করা যায়! তা ছাড়া আজ যদি ওদের দাবীর সামনে ঝুঁকে যাই ওরা আমাদের দুর্বল ভাববে আর বার বার এই পথ নেবে। আমার নতুন চাকরি। কতৃপক্ষ আমার উপর অনেক ভরসা করে এখানে পাঠিয়েছে। তাদের কাছে আমার সম্বন্ধে একটা ভুল বার্তা যাবে। রেপুটেশান খারাপ হয়ে যাবে আমার।

-কি খারাপ হয়ে যাবে!

-ইয়ে – মানে ভাবমুর্তি। যা আর সহজে তৈরি করা যাবে না।

কি ভেবে দুর্গা আর কোন কথা বলে না। যেন পাথর হয়ে যায়।

সারারাত ঘুমাতে পারেনা প্রশান্ত। তার চাকরি জীবনের আজ সেই চরম পরীক্ষা। সুর্যোদয়ের সাথে সাথে অগ্নিকুণ্ডে ঝাঁপাতে হবে। মনে মনে প্রতিজ্ঞা করে – আমি ভয় পাবোনা। যে করে হোক আমাকে আজ জিততেই হবে।

আর ঘড়িতে ভোর চারটে বাজার সাথে সাথে সে থানার অফিসে চলে এসে সহকর্মীদের উদ্দেশ্যে গম্ভীর গলায় বলে- ফোর্স রেডি! আওয়াজ আসে- ইয়েস স্যার। – ফরোয়ার্ড মার্চ! – কুইক! বলেই সে জাল লাগানো জিপে গিয়ে ওঠে। ড্রাইভারকে বলে- আগে চৌধুরী ভিলা। তারপর উত্তর পাহাড়...।

যেই প্রশান্ত রণ সাজে সেজে জিপে গিয়ে বসল আর জিপ তাকে নিয়ে সামনে আগাতে শুরু করল অমনি দুর্গার বুকের মধ্যে কে যেন হাহাকার করে কেঁদে উঠল- থামা ওঁকে থামা দুর্গা। যেতে দিসনা। ওই এগিয়ে যাওয়া জিপের চাকা তোর কোন এক সন্তানের অন্তীম যাত্রার দিকে গড়াচ্ছে। ওঁকে থামা দুর্গা-। মায়ের বুকে মোচর মেরে উঠল আসন্ন পুত্র শোকের গভীর যন্ত্রনা। সংকট বড় গম্ভীর – আজ তার দুই ভাই মুখোমুখি হতে চলেছে। আজ কেউ না কেউ একজন আর একজনের হাতে

মারা পড়বে। কর্ন আর অর্জুনের সেই ঘটনার আবার পুনারাবৃত্তি হবে। আর ঘরে বসে থাকতে পারেনা দুর্গা পাগলের মত জিপের পিছন পিছনে ছুটতে শুরু করে আর চিৎকার করতে থাকে- ওরে থাম থাম! আমার একটা কথা শুনে যা। কিন্ত দুরত্ব আর জিপের চলার শব্দে দুর্গার গলার আওয়াজ ঢাকা পড়ে যায়। প্রশান্ত মায়ের আর্তি শুনতে পায়না। জিপ এগিয়ে চলে যায় উত্তর পাহাড়ের দিকে।

চৌধুরী ভিলার কাছে এসে দেখতে পায় প্রশান্ত লোক লস্কর নিয়ে মহিন্দর প্রস্তত হয়েই বসে আছে। তার আদুরি মেয়ে দস্যুর কবলে, চোখে কি ঘুম আসতে পারে! সারারাত না ঘুমিয়ে সকাল হবার প্রতিক্ষায় কাল গুনেছে মহিন্দর চৌধুরী। তার বেতনভুখ জনা পঞ্চাশলোক কেউ বন্দুক কেউ লাঠি কেউ বল্লম কেউ তির ধনুক নিয়ে রণসাজে সেজে রয়েছে। যারা এই জেলার তো নয় এই প্রদেশেরও কেউ নয়। এদের ভিন্ন ভিন্ন প্রদেশের ভিন্ন ভিন্ন জেলা থেকে জোগাড় করে আনা হয়েছে। যাদের অনেকের পুর্ব রেকর্ড মোটেই ভাল নয়। খুঁজলে পুলিস ফাইলে নাম পাওয়া যাবে। কারও কারও নামে খুন ডাকাতি ধর্ষন কেসও আছে। তারা শরণাপন্ন হয়েছে একটা বড় গাছের। যার নিচে আশ্রয় নিলে ঝড় জল রোদ থেকে রক্ষা পাওয়া যায়। আর মহিন্দর তাদের আশ্রয় দিয়ে রেখেছে এই জন্য যে ভাল লোক দিয়ে কোন 'ভাল' কাজ করানো যায় না। কোনটা যে ভাল আর কোনটা যে মন্দ বুঝতেই চায়না। পল্টন মাল্লারকে আনানো হয়েছি সেই ভিন্ড জেলা থেকে। আগে সে এক ডাকাত ছিল। জেল থেকে ছাড়া পেয়ে মহিন্দরের শরনে আসে। যতদিন বেঁচে ছিল খুব সেবা করেছে মহিন্দরের।

জমা হওয়া লোকজনের কয়েকজনের হাতে দেশি কারখানায় তৈরি বন্দুক দেখা যাচ্ছে। তাদের দেহে পুলিসের পোশাক আছে। তবে পায়ে বুট নেই। সেই বদনামি হাওয়াই চটি। সময় ছিলো না মহিন্দরের। গতকালই বিপদটা এলো আর আজই ওদের পাঠাতে হচ্ছে- নাহলে নিশ্চয় কিনে দিতো।

প্রশান্ত- বুট, পোশাক, দেশি বন্দুক, কিছুই দেখতে চায় না এখন। মাকনা হাতি দিয়ে বুনোহাতি ধরতে হয়। তার আজকের লক্ষ্য বনের বুনো হাতি। সে জিপ থেকেই হাত দিয়ে মহিন্দরের লোক জনকে এগিয়ে যাবার নির্দেশ দিয়ে ড্রাইভারকে জিপ নিয়ে এগিয়ে যেতে বলে।-চলো। কুইক। ভেরি ফাষ্ট-।

মহিন্দর তার লোকজনকে বহন করে নিয়ে যাবার জন্য খাদান থেকে দুখানা ট্রলার আনিয়ে রেখেছে। দুদ্দাড় করে সবাই সেই ট্রলারে উঠে বসে আর ট্রলার প্রশান্তের জিপের পিছন পিছনে পাকা রাস্তার দিকে রওনা দেয়।

পাকা রাস্তা ধরে তারা কয়েক মাইল আসতে পারে। তারপর আর যাবার পথ নেই। এবার জঙ্গলের মধ্য দিয়ে পায়ে হেঁটে যেতে হবে। তাই করে প্রশান্ত। জিপ থেকে লাফ মেরে নিচে নেমে রিভালবারের ট্রিগারে আঙ্গুল রেখে সবার আগে সে হেঁটে চলে উত্তর পাহাড়ের দিকে।

পাহাড়টা দেখা যাচ্ছে বটে তবে ওটা অত নিকটে নয়। কাছে দেখালেও মাইল সাত আট নিশ্চয় হবে। প্রশান্তের পিছনে পিছনে আসে তার নিজস্ব থানার ফোর্স। তার পিছনে মহিন্দর হাটছে তার লোক লস্কর নিয়ে।

তখন সবে পুবাকাশে সুর্যের মুখ উঁকি দিচ্ছে, গোটা দলটা পৌছে যেতে পারে পাহাড়ের কাছে। একটু ভারী শরীর তবু কাঁধে বন্দুক নিয়ে মহিন্দর সমান তালে হেঁটে এসেছে পিছনে। পাহাড়ের কাছাকাছি গিয়ে হাতের ইশারায় প্রশান্ত মহিন্দরের লোকজনকে পাহাড়টাকে ঘিরে ফেলতে নির্দেশ দেয়। বলে- একটা পিঁপড়ে যেন পালাবার পথ না পায়। অনেক সহ্য করা হয়েছে। এবার চরম আঘাত করতে হবে। ওদের নাম নিশান ধুলোর সাথে মিশিয়ে দিয়ে তবে বিশ্রাম। তার আগে নয়। যদিও বলা হয়েছে- কিন্ত পাহাড় ঘেরা -সেটা সম্ভব নয়। এত বড় পাহাড় ঘিরতে কয়েক হাজার লোক দরকার।এত লোক এই দলে নেই।

প্রশান্ত পাহাড়ের আরো খানিক সামনে এগিয়ে যায়। হ্যাঁন্ডসেট একটা মাইক সঙ্গে নিয়ে এসেছে সেটার চোঙ্গে মুখ লাগিয়ে পাহাড়ের দিকে সতর্কবার্তা ছুড়ে দেয় – যারা পাহাড়ে লুকিয়ে আছো তোমাদের উদ্দেশ্যে বলছি – আর তোমরা পালাতে পারবে না। আমরা তোমাদের চারদিক থেকে ঘিরে ফেলেছি। যদি বাঁচতে চাও একে একে সবাই আত্মসমর্পন করো। আর যে মেয়েটাকে তোমরা ধরে রেখেছো তাকে এক্ষুনি ছেড়ে দাও। তাকে না ছাড়লে আমরা গুলি চালাতে বাধ্য হবো।

সময় পার হয় কিন্ত ওদিক থেকে কোন সাড়া আসেনা। তারা যে ধরা দেবে বা অরুন্ধুতিকে ছেড়ে দেবে তেমন কোন লক্ষনই দেখা যায় না। সময় গড়িয়ে চলে, যেন দুপক্ষ দু পক্ষের ধৈর্যের পরীক্ষা নেয়। বেলা বাড়তে থাকে বেড়েই যেতে থাকে...।

গনপত পুরানো পুলিস। আগে ভিন্ড মুরেনায় ডিউটি করেছে। বার কয়েক ডাকাত দলের সামনা সামনি হয়েছে। তার অন্যদের চেয়ে অভিজ্ঞতা কিছু বেশি – প্রশান্তের কাছে জানতে চায় সে- আব ক্যা করে সাহাব?

কিযে করা দরকার বুঝে উঠতে পারেনা প্রশান্ত। এই তো প্রথম! আগে তো এমন অভিযানে অংশ নেয়নি। তবে এটা বোঝে তেমন ব্যাপক আক্রমন চালানো যাবে না। কারন ওদের কব্জায় অরুন্ধুতি রয়েছে। তাকে ওরা ঢাল বানাতে পারে। তার গায়ে গুলি লেগে যেতে পারে।

বহু সময় পার হয় ওদিকের কোন সাড়া না পেয়ে ভাবে প্রশান্ত তবে কি তারা এই স্থান ত্যাগ করে অন্য কোনদিকে চলে গেছে! কিন্ত তেমন কোন লুকাবার জায়গা- ঘন জঙ্গল পাহাড় তো কাছে পিঠে আর নেই। তাহলে?

আরো কিছুক্ষন অপেক্ষা করার পর প্রশান্ত পুলিস ফোর্সকে ইশারা করে – ফায়ার। একটা দুটো গুলি ছুড়ে বুঝে নেওয়া যাক ওরা এখানে আছে কি নেই।-

...আছে। ওরা এই পাহাড়েই আছে। কারন গুলির জবাবে ওদিক থেকেও কয়েকটা গুলি ছুটে আসে। আর প্রশান্ত টের পায়না ওদিক থেকে গুলি আসা শুরু হওয়া মাত্র পুলিস কর্মীরা এক পা দু পা করে পিছনে হটছে। দস্যু ধরার চেয়ে প্রানের মায়া বেশি। পুত্র কন্যা পরিজন আছে। আমার কিছু হয়ে গেলে তাদের কে দেখবে! এই ভাবনা তাদের সামনে আগাতে দিচ্ছে না। পা পিছনে যাচ্ছে। যার ফলে এগিয়ে যাওয়া প্রশান্ত একেবারে একা হয়ে যাচ্ছে।

একটা বড় পাথরে আড়ালে বসে ছিল অশান্ত। সেখান থেকে সে তার সঙ্গীদের উদ্দেশ্যে বলে- ভাইসব আমাদের ভয় পেলে চলবে না। আর পিছিয়ে যাওয়া চলবে না। ওদের গুলির জবাব আমরা গুলি চালিয়েই দেব। অত্যাচারীরা নয় শেষ কথা বলবে মানুষ। বিজয় হবে মানুষের মহাসংগ্রামের। সাহসের সাথে মুকাবিলা করো। দেখবে ওরা পালাবে।

প্রশান্ত বয়সে নবীন, আর তার প্র্যাক্টিক্যাল অভিজ্ঞতা কম। এই তো প্রথমবার এসেছে ময়দানে। মনের অদম্য সাহসে সে পাহাড়ের অতি নিকটে পৌছে যায়। সে টের পেয়েছে ওখানে কেউ লুকিয়ে আছে।

কিন্ত উদ্যম উৎসাহের আতিশয্যে সে এখন সম্পুর্ন ভুলে গেছে- যে, রিভালবারের গুলি যত দূরে আঘাত হানতে পারে বন্দুকের গুলি যায় তার চেয়ে অনেক বেশি দূরে। সে যে অশান্তের বন্দুকের নাগালে পৌছে গেছে বুঝে উঠতে পারেনি। দেখে পাঁথরের আড়াল থেকে তার বুক সোজা উদ্যত একটা ধাতব নল। ট্রিগার টেপা মাত্র দুটো গুলি এসে তার বুক ঝাঁঝরা করে দিতে পারে। নলটা সামান্য নড়ে উঠলো- গুলি চলার ঠিক পুর্ব মুহুর্ত – আর সাথে সাথে একটা মেয়েলি গলার তীব্র আর্তনাদ ভেসে এল- না না আআআআআ। সেই বন্দুক থেকে গুলি ছুটল

বটে কিন্ত প্রশান্তের মাথার অনেক উঁচু দিয়ে উড়ে গেল। মেয়েলি কণ্ঠের তীব্র চিৎকার যেন পাহাড় পাথর ফাটিয়ে আছড়ে পড়লো- কি হচ্ছে অশান্ত! কি করছো! থামো। থেমে যাও। আর একটাও গুলি চালাবে না। তারপর একটা পুরুষ কণ্ঠের আওয়াজ শোনা গেল- ওকে মারব না। খালি ভয় দেখাচ্ছি।

-না তাও দেখাবে না।...যদি গায়ে লেগে যায়!

এটা যুদ্ধক্ষেত্র। এখানে দয়া মায়া দেখাবার কোন জায়গা নেই। দুজন মুখোমুখি- হাতে বন্দুক। হয় সে আমাকে মারবে না হয় আমি তাকে মারবো। আমি তাকে না মারলেও সে আমাকে ছেড়ে দেবে না। আমার বাঁচার জন্যই তাকে মারতে হবে। কিন্ত কে ওই নারী যে তার প্রান বাঁচাতে চাইছে? আর কে ওই পুরুষ যে নাগালে পেয়েও তাকে মারতে চাইছে না?

মহুয়া সর্বক্ষন অশান্তের সন্নিকটেই থাকে। কিছু প্রাকৃতিক প্রয়োজনে তাকে কিছু দূরে যেতে হয়েছিল। ঠিক সেই সময়ই পুলিসি আক্রমন ঘটে গেছে। তাই মহুয়াকে মাথা বাঁচিয়ে বসে পড়তে হয়েছে কিছুটা দূরে। এখন একটু গুলি চালনায় ছেদ পড়লে সেই অবসরে মহুয়া এক ছুটে অশান্তের কাছে চলে আসে আর কর্কশ গলায় ভর্ৎসনার সুরে বলে- ও তোমাকে না চিনুক তুমি তো জানো- যে সামনে দাঁড়ানো সে তোমার নিজের ভাই।

অসহায় অশান্ত যেন কাতর আর্তনাদ করে ওঠে- আমি এখন কি করবো বলো তো মৌ! শত শত মানুষ আমাদের দিকে তাকিয়ে বসে আছে। আমাদের পরাজয় যে তাদের পরাজয়। এখন যদি আমি ট্রিগার না টানি- ও তো থামবে না। ক্রমে এগিয়ে আসবে। তাহলে যে আমাদের হার হয়ে যাবে। আমাদের কোন মতেই হারা চলবেনা। ও যদি থেমে না যায় আমার কোন উপায় নেই- গুলি করতেই হবে। ওদের দু একটাকে জখম করে ফেলতে পারলে আর ওরা এখানে দাঁড়াবে না। প্রান নিয়ে পালাবে-।

-তোমার ছোটভাই! তাকে মারবে!

-সেই তো সমস্যা! -আমি এখন কি যে করি!- যেন কান্না এসে অশান্তের গলা চেপে ধরে -যে আমার বাবাকে খুন করেছে, যে অঞ্চলের সব মানুষের শত্রু আমাদের সেই শত্রুকে যে রক্ষা করতে এগিয়ে এসেছে সে আমার নিজের ভাই। হয় ওঁকে মারতে হবে আর না হলে আমার মরতে হবে! আমি যে এখন কি করি! বলে মহুয়া- একমাত্র তোমার মা পারে সব সমস্যার সমাধান করতে। এই সময় তাকে ডেকে আনা দরকার।

-কে যাবে ডাকতে?

-আমি... আমি যাবো। কোনমতে কিছু সময় ওদের ঠেকিয়ে রাখো। আমি তোমার মাকে সব বলে এখানে ডেকে নিয়ে আসবো। অশান্ত পিছনে পিছিয়ে আসে। প্রশান্তের বুক সোজা তাক করে রাখা বন্দুক সরিয়ে আনে। যা দেখে প্রশান্ত আশ্চর্য বোধ করে। যুদ্ধক্ষেত্রের এই নিয়ম নয়।

অশান্ত মাকে ডাকছে। আর যেন সেই ডাক দুর্গার বুকে গিয়ে বাজছে। আর সে চলে যাওয়া জিপের চাকার দাগ বেয়ে পাগলের মত ছুটছে। পাঁথরের ঠোক্কর আঘাত লেগে পা ফেটে রক্ত গড়াচ্ছে। পায়ের তালু কাটার খোঁচায় ক্ষত বিক্ষত হয়ে যাচ্ছে। তবু থামতে পারছে না দুর্গা। কত পথ যে ছুটে ছুটে পার হয়ে যায়- কত বিষাক্ত পোকা মাকড় সাপ বিছে মাড়িয়ে এক মা পুত্রের মঙ্গল কামনায় কত পথ পার হয়ে যায় এটা এক মাত্র মা-ই পারে। মায়ের মমতা পারে অসাধ্য সাধন করতে। কোন বাঁধাই আর তার সামনে পাহাড় হয়ে দাঁড়াতে পারেনা।

ছুটতে ছুটতে দুর্গা চলে আসে উত্তর পাহাড়ের পাদদেশে। যেন এক অমীমাংসিত ধাঁধার উত্তর দিতে।

সত্যিই প্রশান্তের কাছে এটা একটা অমীমাংসিত ধাঁধাঁই বটে-। কেন বন্দুক নীরব হয়ে গেল কেন আর একটাও গুলি ওদিক থেকে ছুটে আসছে না এটা একটা ধাঁধাঁ ছাড়া আর কি! কিন্ত ওদিক থেকে গুলি না আসুক এদিক থেকে যাবে। প্রশান্ত তড়িত গতিতে ছুটে সামনের একটা বড় গাছের আড়ালে গিয়ে দাঁড়িয়ে পড়ে। এবার সে অশান্তকে রিভালবারের গুলির নাগালে পেয়ে যাবে। ওই যে পাথরটা যার আড়ালে অশান্ত আত্মগোপন করে আছে একটু নড়লে- সামান্য মাথা উঁচু হলে প্রশান্ত গুলি দেগে দেব। সে রিভালবার তাক করে নিশ্চল দাঁড়িয়ে থাকে।

সেই সকালে যখন প্রশান্ত কোয়াটার থেকে রণসাজে সেজে বের হয়ে ছিল তখনই দুর্গার বুকে মোচড় মেরে উঠে ছিল গভীর যন্ত্রনা। বুঝতে পেরে ছিল আজ তার দুই পুত্র মুখোমুখি হতে চলেছে। আজ কেউ না কেউ একজন আর একজনের হাতে মারা পড়বে। তাই সে প্রশান্ত বের হয়ে যাওয়া মাত্র ছুটতে শুরু করেছিল পাগলের মত উত্তর পাহাড়ের দিকে। সেই সকাল থেকে ছুটে ছুটে এখন এসে পৌছাতে পেরেছে যুদ্ধ ভুমিতে। এই বিপদ সংকুল ভুমিতে মাকে দেখতে পেয়ে আর্তনাদ করে ওঠে প্রশান্ত- মা তুমি এখানে কেন এলে! কি করে এলে! যুদ্ধ চলছে- তোমার গায়ে গুলি গেলে যাবে!

তখন মহুয়া সবে দু পা পিছনে টেনে নিয়ে ছিল। কোন মতে পথ করে পৌছে যেতে চেয়েছিল থানার কোয়াটারে- যেখানে দুর্গা থাকে। কিন্ত এখন অবাক হয়ে দেখে – তার যাবার আগেই দুর্গা এখানে এসে গেছে। সে অশান্তকে চিৎকার করে বলে- মা, মা এসে গেছে।

অশান্ত চোখ ঘুরিয়ে দেখতে পায় মাকে। দেখা মাত্র তার বুক বেদনা আর আনন্দে ভরে ওঠে। সে পাঁথরের আড়াল থেকে ডেকে ওঠে- মা, মাগো!

দুর্গার এখন আর কথা বলার সময় নেই তার ভীষন ভয়ে বুক কেঁপে ওঠে। দুজন দুজনের দিকে বন্দুক তাক করে রয়েছে। গুলি যেদিক থেকে চলুক যার বুক বিদ্ধ করুক মরবে তার সন্তান। তাই বিলম্ব না করে সে ছুটে গিয়ে অশান্ত আর প্রশান্তের মাঝখানে দাঁড়িয়ে পড়ে-। আর চিৎকার করে বলে- কি করছিস তোরা দু ভাই! কে কার দিকে বন্দুক তাক করে দাঁড়িয়ে আছিস! চিনতে পারছিস না কে আপন আর কে পর! কে শত্রু আর কে মিত্র! প্রশান্ত ভাল করে চেয়ে দেখ যাকে মারবার জন্য তোর এত আয়োজন সে আর কেউ নয়, তোর দাদা অশান্ত।

দাদা! আমার দাদা! তাহলে আমার এক দাদা আছে? আমি দাদাকে চিনতে পারিনি। তবে কি দাদা আমাকে চিনতে পেরেছিল? তাই কি তার গুলি আমার বুক ফুটো করে দেয়নি। মাথার উপর দিয়ে উড়িয়ে দিয়েছে!

বলে দুর্গা- আমি আমার অশান্তের জন্য গর্বিত। চৌধুরীর খুনি থাবা থেকে যে বহু কষ্ট সয়ে বেঁচে আছে। আর আজ তার বাবার হত্যার বদলা নিতে বাঘের মত ঝাঁপিয়ে পড়েছে। তোকে আমি যেমন করে গড়ে তুলতে চেয়েছিলাম, কোথায় কি এক ভুলে যা হয়নি-অশান্ত তা হতে পেরেছে।

অশান্ত এবার পাঁথরের আড়াল থেকে সোজা হয়ে উঠে দাঁড়ায়। বন্দুক রেখে দিয়ে হেঁটে আসে মা ভাইয়ের দিকে। ছোটভাইকে গভীর আবেশে বুকে জড়িয়ে ধরে। দুই ভাইয়ের মাথা বুকে চেপে ধরে দুর্গা। তার চোখ বেয়ে আনন্দাশ্রু গড়ায়।

সেই যে গল্পে আছে বোতলের দৈত্যের কথা আজ যেন আবার তা সত্য হয়ে গেছে। আগে তো প্রশান্ত বুঝতে পারেনি যে সেই বোতলের এক দৈত্য মহিন্দর চৌধুরী। বাগিদের দমন করতে তাকে দলবল সহ ডেকে এনেছিল সে-ই।

এখন দূর থেকে মহিন্দরের সঙ্গী বহু পাপকর্মের অংশীদার সেই মুখিয়া যে মহিন্দরের সাথে এসে দূরে দাঁড়িয়ে ছিল মজা দেখবে বলে- সে মহিন্দরকে বলে- বড় গজব ব্যাপার হয়ে গেল না চৌধুরী বাবু। এ যে দেখি একেবারে করন অর্জুন সিনেমার মত ব্যাপার স্যাপার। মাষ্টারের বউ এতদিন বহাল তবিয়তে বেঁচে বর্তে

থাকবে আবার বাঘের মত দু দুটো ছেলে নিয়ে ভরতপুরে ফিরে আসবে এ তো ভাবাই যায়নি৷ যা যা বলেছিল একেবারে তাই করে দেখালো! বলেছিল আমি ঠিক ফিরে আসবো – এসেছে৷ এবার আর তো আমাদের রক্ষা নাই৷

দুঃখিত গলায় বলে মহিন্দর- সেদিন সব কটাকে মেরে দিলে খুব ভাল হত৷

-শাস্ত্রে বলে সাপ মেরে সাপের লেজ রাখতে নেই৷

- পল্টন বলেছিল অশান্তটাকে মেরে ফেলে দিয়েছে৷ কেমন করে যে বেঁচে গেল কে জানে!

- মারেনি৷ মারতে পারেনি৷ না মেরে আমাদের কাছে মিছে কথা বলেছিল৷

রাগত গলায় বলে মহিন্দর- মিথ্যা কথা বলা মহাপাপ৷ সেই পাপেই ওটা মরেছে৷ আমার মন বলছে – আর কেউ নয় ওই অশান্তই পল্টনকে মেরেছে৷

কাতর গলায় বলে মুখিয়া- নিজে তো মরেছে আবার আমাদের ও মেরে রেখে গেছে৷ আর আমাদের বাঁচার কোন উপায় নেই৷ দু ভাই মিলে তার বাপের বদলা নেবে৷

আহত সাপের মত ফোঁস ফোঁস করে ওঠে মহিন্দর- কি করে নেবে! বেঁচে ফিরে যেতে পারলে তবে তো নেবে৷ সেদিন যে ভুল হয়েছিল তা আজ শুধরে নিতে হবে৷ আর ওদের বাঁচিয়ে রাখা যাবে না৷ ওরা আজ বেঁচে ফিরে গেলে আমরা মরবো৷

বলে মুখিয়া- বেঁচে তো ওরা যাবেই৷ কিছু করা যাবেনা৷ বড়টার কথা ছেড়ে দিন, ছোটটার কি করবেন? ওটা পুলিস৷ সরকারী লোক৷ ওটাকে কি করে মারবেন? জানাজানি হয়ে গেলে-!

-কিচ্ছু জানাজানি হবে না৷ কাক পক্ষীতেও টের পাবেনা৷ এদিকে দুধনদী ওদিকে অশ্রুনদী৷ নদী পার হয়ে কোন খবর ওপারে গিয়ে পৌছাবে না৷ আজ যা হবে সবাই জানবে ডাকাতের গুলিতে পুলিস আর পুলিসের গুলিতে ডাকাত মারা গেছে৷

মহিন্দরের স্বাশ্বস্ত গলায় ভরসা পেয়ে বলে মুখিয়া- তাহলে হয়েই যাক৷

মহিন্দরের নিজের লোক লস্কর সব তার আশেপাশে-পিছনে, গাছের, টিলার আঁড়াল নিয়ে দাঁড়ানো৷ পল্টন মারা যাবার পর তার শূন্যস্থান যাকে দিয়ে পূরন করা গেছে তার নাম মালখান৷ মহিন্দর হাতের ইশারায় মালখানকে ডেকে নিচু গলায় কিছু বলে৷ সে আবার ডেকে তার দলবলকে কিছু বলে৷ আর সবাই তাকায় মহিন্দরের দিকে, সে হাত উঁচু করতেই অনেককটা দেশী বন্দুক থেকে একসাথে

গুলি ছুটে যায় অশান্ত প্রশান্ত আর দুর্গাকে লক্ষ্য করে। একটা গুলি এসে প্রশান্তের গায়ে লাগে। সে মাগো বলে মাটিতে পড়ে যায়।

দুর্গা গুলির শব্দে হতবিহবল হয়ে পড়ে ছিল। কিন্ত প্রশান্তকে পড়ে যেতে দেখে সে বসে পড়ে তার কাছে- কি হল- কি হয়ে গেল! ককিয়ে কেঁদে ওঠে। তার মাথার উপর দিয়ে কয়েকটা গুলি উড়ে যায়।

মহুয়া এখন দলনেত্রী। সে সিদ্ধান্ত নিতে দেরী করেনা। অশান্তের রেখে যাওয়া বন্দুক তুলে মহিন্দরের দলের দিকে গুলি ছুড়তে শুরু করে। ওদিকে তো আপনজন কেউ নেই। গুলি চালাতে তার হাত কাঁপে না। তার দেখা দেখি অন্যরাও গুলি দাগে। ভয় পেয়ে মহিন্দরের লোক মহিন্দরকে ফেলে পিছন দিকে পালাতে আরম্ভ করে। বেগতিক দেখে মহিন্দর ও পালাতে চেষ্টা করে।

কি হল কি হচ্ছে এটা অশান্ত বুঝে ফেলতে বিলম্ব করেনি। সে যে দিক থেকে গুলি আসছে গুলি বৃষ্টি উপেক্ষা করে সেদিক পানে ধেয়ে যায়। আর ধাওয়া করে গিয়ে পলায়নয়পর মহিন্দরকে ধরে তুলে সেই পাথরতোলা বলশালী হাতে সামনে পড়ে থাকা একটা পাথরে আছাড় মারে।

দুর্গা চিনতে পেরেছে মহিন্দরকে। ওই মুখ তার পক্ষে ভুলে যাওয়া কঠিন। আজ কেন আরো দশ কুড়ি বছর পড়ে হলেও সে মহিন্দরকে ঠিক চিনে নিত। তাই সে চিৎকার করে ওঠে- অশান্ত ওই সেই কালো কুৎসিত হাত! যে হাত তোর বাবার প্রান কেড়ে নিয়েছে। হাতটা ভেঙ্গে ফ্যাল।

অশান্ত মহিন্দরের ডান হাতটা ধরে। অশান্তের হাত যেন লোহার সাড়াসি-। নিজের ডান পা খানা তুলে দেয় তার মুখের উপর। আর মহিন্দরের সেই হাতটা মুচড়ে মুচড়ে ভেঙ্গে দেয়।

রণরঙ্গিনী ভঙ্গীতে দুর্গা উঠে দাঁড়ায়- দু পা সামনে এগিয়ে আসে আর বলে- ওই হাত! ওই হাত তোর জন্মদাত্রী মায়ের মান সম্মানকে খোলা আকাশের নিচে নিলাম করেছিল।

আর কিছু শোনবার দরকার নেই। অশান্ত মহিন্দরের বাঁ হাতটা ধরে সেটাও মুচড়ে ভেঙ্গে দেয়।

আজ দুর্গা মমতাময়ী কোন মা নয়, যেন পাষাণ প্রতিমা। যার কোন দয়া মায়া নেই, বুকে জেগে আছে ভয়ংকর প্রতিশোধের দাউ দাউ আগুন। চিৎকার করে সে- অশান্ত ও সেই মানুষ যার বুকে ছিল নিরপরাধ এক বালককে হত্যা করার বীভৎস বাসনা।

অশান্ত মায়ের দিকে তাকিয়ে মহিন্দরের বুকে সজোরে লাথি মারে। মহিন্দরের মুখ থেকে গল গল রক্ত বের হয়ে আসে।

আহঃ এত করেও দুর্গার মনের দাহ শান্ত হচ্ছে কই! এত দিনের এত বঞ্চনা এত দুঃখ কষ্ট অবমাননা তৃপ্ত হচ্ছে কই! সে আবার গর্জে ওঠে- আর ওই সেই শয়তানের মাথা! যে মাথা থেকে বের হয়েছিল তোকে আর তোর ভাইকে- মেরে ফেলার কূট বুদ্ধি।

অশান্ত পড়ে থাকা একটা বিশাল পাথর উঁচু করে। এটা মহিন্দরের মাথায় ফেললে মাথাটা মুহুর্তে গুড়ো হয়ে যাবে। ভয়ে মহিন্দর কাতর স্বরে চিৎকার করে ওঠে- দুর্গা দেবী আমাকে বাঁচাও। আমি তোমার পায়ে ধরে প্রান ভিক্ষা চাইছি।

কঠোর গলায় বলে দুর্গা- সেদিনের কথা স্মরন কর চৌধুরী! আমাদের কাউকে তুই বাঁচতে দিতে চাস নি! কি অপরাধ করেছিল মাষ্টার? কি অপরাধ ছিল আমার অশান্তের? প্রশান্ত আর আমি তোর কি ক্ষতি করেছিলাম।

আহত প্রশান্ত কিছুটা যন্ত্রনা সহ্য করে উঠে দাড়াতে পেরেছে। সে পায়ে পায়ে মহিন্দরের সামনে এগিয়ে আসে। মহিন্দরের বুকে তারও একটা লাথি মারার খুব ইচ্ছা করে।

ওদিকে অরুন্ধুতি যে অশান্তদের বন্ধক ছিল, যাকে পাহারা দিয়ে রেখেছিল মহুয়া – এই টালমাটাল অবস্থায় তার পাহারায় ঢিল পড়ে গেছে। সুযোগ পেয়ে সে পাঁথরের আড়াল থেকে ছুটে এসে মহিন্দরের মাথার সামনে দাঁড়িয়ে পড়ে আর কাঁদে- প্রশান্তদা! আমার বাবাকে বাঁচিয়ে দাও।

অরুন্ধুতি কোনদিন প্রশান্তকে সম্মান দেয়নি মান মুল্য দেয়নি। সব দিন তুচ্ছ তাচ্ছিল্য করেছে। প্রশান্তও তাকে খুব বেশি পছন্দ করেনা। মাত্র অলকার বন্ধু তাই-। এখন নির্ম্মম গলায় বলে প্রশান্ত- তুমি কে আমি চিনি না। আমার মায়ের আদেশে ও রকম হাজারটা চৌধুরীর প্রান আমার কাছে পিঁপড়ের মত তুচ্ছ-নগন্য। আমি অক্ষম তোমার বাবাকে বাঁচাতে পারলাম না।

অনেক দিন অনেক ব্যাঙ্গ করেছে অরুন্ধুতি – যেন তার বদলা নেবার জন্য বলে প্রশান্ত- মহিন্দর চৌধুরীর আত্মার শান্তি কামনা করি।

অরুন্ধুতি এখন প্রবল ভয়ে ককিয়ে কেঁদে ওঠে- কে আছো আমার বাবাকে বাঁচাও। তার কান্নার শব্দ পাহাড়ে পাথরে প্রতিধ্বনি তোলে বাঁচাও বাঁচাও বাঁচাও।

আর যেন পাথর পাহাড় উপহাস করে হেসে ওঠে- কে কাকে বাঁচায়! আর কে বা কাকে মারে? রবি ঠাকুরের কবিতা পড়নি-? অদৃষ্টরে শুধালাম চিরদিন

পিছে, অমোঘ নিষ্ঠুর বলে কে মোরে ঠেলিছে? সে কহিল ফিরে দেখো, দেখিলাম থামি, সম্মুখে ঠেলিছে মোরে পশ্চাতের আমি। তোমার বাবা সারাজীবনে যা সঞ্চয় করেছে আজ তার প্রতিদান পাচ্ছে।

প্রশান্ত ঘাড় ঘুরিয়ে দেখে অলকা আর তার বাবা। এই ভয়ংকর অসময়ে এরা এখানে কি করে এল!

পরিচিত বড় পুলিস অফিসারকে দেখে ককিয়ে ওঠে মহিন্দর চৌধুরী- আমার জীবন বাঁচান।আমি সব দোষ স্বীকার করে নেব। আইনের যা সাজা হবে মাথা পেতে নেব। আমি কুশল মাষ্টারকে খুন করেছি -স্বীকার করছি। আমাকে বাঁচান।

অলকার বাবা অনিল শ্রীবাস্তব অশান্তের দিকে তাকিয়ে বলেন- জানি তোমাদের উপর অমানুষিক অত্যাচার হয়েছে। জানোয়ারটাকে মেরে আর কি করবে! যদিও ওর মত মানুষের মরাই উচিৎ তবু ওঁকে একবার একটা সুযোগ দাও। এই আমার অনুরোধ।

অশান্ত তাকায় দুর্গার দিকে- মা! – যেন নির্দেশ চায়। আর কেউ নয় মায়ের আদেশ না পেলে সে মহিন্দরকে ছাড়তে পারবে না।

দুর্গা এখন অনেক শান্ত সংযত। ধীর গলায় বলে- শেষবারের মত জানোয়ারটাকে ক্ষমা করে দে! কি আর করবি!

অশান্ত পাথর ফেলে দিয়ে অফিসারের দিকে নিজের হাত বাড়িয়ে দেয়-। গ্রেপ্তার বরন করতে চায়।

তখন বলে পুলিস অফিসার অলকার বাবা- আমি এখন ডিউটিতে নেই। একমাস ছুটি নিয়েছি। তাই আমি তোমাকে গ্রেপ্তার করতে পারিনা। ওটা প্রশান্তের এক্তিয়ারে পড়ে-।

প্রশান্তের দিকে তাকিয়ে কথা আগে বাড়ান তিনি- সারা জীবন অনেক খেটেছি, কত মেডিক্যাল লিভ যে জমে আছে হিসাব করিনি। অলকা বলল চলো বাবা একবার প্রশান্তকে দেখে আসি, কি করছে কেমন আছে। তাই হঠাৎ কোন খবর না দিয়েই চলে এলাম। থানায় গিয়ে শুনলাম তুমি রেডে গেছো। কোথায় গেছো তাও জানলাম। সাথে যে ফোর্স বেশি নেই সে খবর পেলাম। তাই ভাবলাম আমার সাথে তো কিছু ফোর্স আছে। আমি তোমাকে কিছু সাহায্য করতে পারি। তাই এখানে চলে এলাম। আর এলাম বলেই একটা বড় সমস্যা থেকে তোমার পরিবার রক্ষা পেয়ে গেল। কথা শেষ করে হেসে ওঠেন তিনি।- চলো আগানো যাক।

পথে আসতে আসতে প্রশান্তকে নিচু গলায় বলেন তিনি- যাহা আইন সঙ্গত তাহা ন্যায় সঙ্গত নাও হতে পারে৷ এটা তোমার মায়ের কথা৷ এখন তোমার সামনে দুরূহ সমস্যা আইন রাখি না ন্যায় রাখি৷ তাই না? আমি অবশ্য তোমাকে কিছু বলবো না৷ আমার পদ থেকে সেটা বলা উচিৎ হবেনা৷ তবে আমি তোমার অবস্থায় পড়লে এমন ব্যবস্থা নিতাম – সাপ মরে যেতো লাঠি ভাঙ্গতো না৷

-মানে?

-মানে অতি সোজা৷ চৌধুরীর গুন্ডাগুলোকে ধরে চালান করে দিতাম৷ পুলিসের উপর গুলি চালিয়েছে, আইন ভঙ্গ করেছে, অঞ্চলে নানা রকম অপরাধ মূলক কাজ করছে সেই চার্জ দিতাম৷ এটা করলেই তো এখানে শান্তি ফিরে আসবে৷ তোমাকে তো এখানে শান্তি স্থাপনার জন্য পাঠানো হয়েছে৷ এখানকার আইন রক্ষার ভার তোমার৷ তুমি কাগজে যা লিখবে সেটাই সত্য৷ সরকার তোমাকে সেই পাওয়ার দিয়েছে৷

মাথা নাড়ে প্রশান্ত- বুঝেছি৷

মহিন্দরের ভাঙ্গা হাতে হাত কড়া পড়িয়ে কয়েকজন পুলিস কর্মী তাকে টেনে টেনে নিয়ে যেতে থাকে৷ জঙ্গলের পথ ঠেলে সবাই সামনে আগায়৷ মাথার উপর এখন গোলাকার সুর্য জ্বলছে৷ তার আলোয় জঙ্গল আলোকিত৷ আহত প্রশান্ত অলকার হাত ধরে সামনে আগাতে থাকে৷ মহুয়া হাঁটতে থাকে অশান্তের পাশে পাশে-৷ অরুন্ধুতি কাতর চোখে তাকিয়ে থাকে৷ কোন এক অদৃশ্য থেকে মনে হয় দুর্গার যেন গীতার মহাস্তব ভেসে আসছে- যদা যদা হি ধর্মস্য গ্লানির্ভবতি ভারত... পরিত্রানায় সাধুনাং বিনাশায়চ দুস্কৃতাম ধর্ম সংস্থাপনার্থায় সম্ভবামি যুগে যুগে...৷